DEMANDE-MOI PARDON

DU MÊME AUTEUR :

Le Suspect, Lattès, 2005.
La Disparue, Lattès, 2006.
La Clandestine, Lattès, 2008.
Traquées, Lattès, 2009.
Saigne pour moi, Lattès, 2012.
Déroute, Lattès, 2014.

www.editions-jclattes.fr

Michael Robotham

DEMANDE-MOI PARDON

Roman

Traduit de l'anglais
par Carole Delporte

JC Lattès

Titre de l'édition originale
SAY YOU'RE SORRY
publiée par Sphere, un département de Little,
Brown Book Group, UK, 2012

Maquette de couverture : Bleu T
Photo : © Ayal Ardon / Arcangel

ISBN : 978-2-7096-4766-3

Première édition mars 2016.

Pour Alex

« Je reconnais ce moment.
C'est le moment qui précède.
Le moment où l'on inspire. »

Jon Bauer, *Des cailloux dans le ventre*

Je m'appelle Piper Hadley

et j'ai disparu il y a trois ans, le dernier samedi des vacances d'été. Je n'ai pas vraiment disparu et je n'ai pas fugué, en dépit de ce que beaucoup de gens pensent (ceux qui ne me croient pas morte). Et malgré ce que vous avez pu entendre ou lire, je ne suis pas montée dans la voiture d'un inconnu, ni enfuie avec un pervers sexuel rencontré sur Internet. Je n'ai pas été vendue à un marchand d'esclaves égyptien, ni forcée de me prostituer par un gang d'Albanais ou d'embarquer sur un yacht de luxe pour être vendue en Asie.

J'ai toujours été ici – pas au paradis ni en enfer, ni même dans cet entre-deux dont je ne me rappelle jamais le nom parce que je n'écoute pas les cours de catéchisme. (Je n'y vais que pour rigoler et m'empiffrer de gâteaux.)

Je ne sais pas au juste depuis combien de jours, de semaines ou de mois je suis ici. J'ai essayé de tenir le compte, mais je n'ai jamais été très douée avec les chiffres. Complètement nulle, même, pour être honnête. Vous pouvez demander au vieux M. Monroe, mon professeur de mathématiques, qui dit toujours qu'il perd ses cheveux à force de vouloir m'enseigner l'algèbre. En fait, c'est n'importe quoi. Il était chauve comme une tortue à cause de la chimio bien avant de m'avoir dans sa classe.

Tous ceux qui regardent les infos savent que je ne suis pas la seule à avoir disparu. Ma meilleure amie, Tash, était avec moi. Si seulement elle était à mes côtés en ce moment ! Je regrette qu'elle se soit faufilée par la lucarne. Je regrette de ne pas m'être échappée à sa place.

Dans les journaux, les gosses disparus sont toujours entourés de parents et de proches aimants qui attendent impatiemment leur retour, que ce soit vrai ou non. Je ne dis pas que nous n'étions pas aimées ou choyées, mais ce n'est qu'une partie de la vérité.

Les filles qui cartonnent aux examens ne font pas de fugue. Pas plus que les gagnantes des concours de beauté ou les veinardes qui sortent avec des garçons canon. Elles ont une bonne raison de rester. Mais les gamines en détresse, au bord de l'anorexie, mal dans leur peau ou qui ne supportent plus de voir leurs parents se disputer ? De nombreuses raisons peuvent pousser un enfant à s'enfuir, et ce n'est pas forcément le manque d'amour.

Je préfère ne pas penser à Tash, ça me fait trop mal. Mon écriture laisse à désirer, même quand j'ai le moral – plutôt étrange quand on pense que j'ai gagné un concours d'écriture à l'âge de neuf ans. J'ai même gagné un stylo à plume dans un joli coffret qui vous pince les doigts chaque fois que vous le fermez.

Nous avons disparu ensemble, Tash et moi. L'été avait été chaud et venteux, balayé d'orages violents et imprévisibles. C'était une belle soirée de la fin août, le dernier jour du festival d'été de Bingham, quand les manèges de la fête foraine se sont arrêtés et que les lumières multicolores se sont éteintes.

Ils ne se sont aperçus de notre disparition que le lendemain matin. Au début, seules nos familles nous ont cherchées, puis nos voisins et amis se sont joints à eux, criant nos noms dans les aires de jeux, les rues, par-delà les haies et les champs. Au bout de quelques heures, ils ont appelé la police et des recherches sérieuses ont été organisées. Des centaines de personnes se sont rassemblées sur le terrain de cricket puis se sont réparties en plusieurs groupes pour fouiller les fermes, les forêts et les abords de la rivière.

Le deuxième jour, cinq cents personnes s'étaient mobilisées, en plus des hélicoptères de police, des chiens policiers et des avions de la Royal Air Force. Puis les journalistes ont débarqué dans leurs vans à antenne parabolique, qu'ils ont garés sur les pelouses du village vert de Bingham, où l'accès aux toilettes est payant. Ils faisaient leur compte rendu quotidien devant la grande horloge de la ville, même s'ils n'avaient aucune nouvelle fraîche. Cela a duré des jours et des jours, sur toutes les chaînes, à toutes les heures, parce que le public voulait être tenu informé de l'absence de progrès de l'affaire.

Ils nous ont surnommées « les filles de Bingham ». Les gens nous ont dédié des lieux de pèlerinage remplis de fleurs et ont noué des rubans jaunes aux réverbères. Il y avait aussi des ballons, des peluches et des bougies, comme à la mort de la Princesse Diana. De parfaits étrangers priaient pour nous et sanglotaient comme s'ils nous connaissaient depuis toujours, comme si on incarnait la tragédie même de leur existence.

On était comme les jumelles d'un conte de fées, Hansel et Gretel ou Le Petit Poucet, ou les filles de Soham, ces gamines assassinées avec le maillot de Manchester United sur la photo que tout le monde connaît. Je me souviens des filles de Soham parce que notre école avait envoyé des cartes à leurs familles pour leur dire qu'elles étaient dans nos prières.

Je n'aime pas les contes de fées où les enfants sont dévorés par des loups ou enlevés par des sorcières. Dans notre école primaire, le conte Hansel et Gretel a été banni de la bibliothèque parce que certains parents le trouvaient trop effrayant pour leurs enfants. Aux dires de mon père, ces Nazis diraient bientôt que Humpty Dumpty, ce personnage rigolo en forme d'œuf, était une incitation à la violence contre les poussins en gestation.

Mon père n'est pas connu pour son sens de l'humour, mais parfois il est hilarant. Un jour, il m'a fait tellement rire que mon thé est ressorti par mes narines.

Jour après jour, la tempête médiatique continuait de souffler sur Bingham. Les caméras se sont invitées dans nos maisons, ont grimpé nos escaliers, sont entrées dans *nos chambres. Mon soutien-gorge pendait à la poignée de ma porte et une boîte de tampons vide traînait sur ma table de chevet. Une chambre d'adolescente typique, d'après eux, à cause des posters, de ma collection de cristaux et des portraits de mes amis sur Photo Booth.*

Ma mère aurait dû piquer une crise de nerfs face à un tel désordre, mais elle ne semblait plus beaucoup faire le ménage dans la maison. Ni respirer, à en juger son expression livide. C'est papa qui parlait à chaque fois, sans toutefois faire de longs discours, vu qu'il est plutôt du genre taciturne.

Nos parents ont reconstitué la chronologie de nos dernières journées grâce à des bribes d'informations glanées un peu partout, comme un album photo de bébé. Le moindre détail semblait d'une importance capitale. Le livre que j'étais en train de lire ? Le Bizarre incident du chien pendant la nuit *– pour la sixième fois. Le dernier DVD que j'ai emprunté ?* Shaun of the Dead. *Si j'avais un petit ami ? Ben voyons !*

Tout le monde avait sa petite anecdote à raconter sur nous – même ceux qui ne nous appréciaient pas. On était mignonnes, drôles, populaires, studieuses. Des élèves modèles ! Je me suis tordue de rire en entendant celle-là !

Les gens ont dressé de nous le portrait de filles parfaites, irréelles – les anges qu'ils voulaient voir en nous. Nos mères étaient normales. Nos pères n'avaient rien à se reprocher. Des parents sans histoires qui ne méritaient pas de souffrir ainsi.

Tash était la plus brillante et la plus jolie. Et elle le savait. Toujours à porter des jupes courtes et des hauts moulants. Même dans son uniforme d'écolière elle était à tomber par terre, avec des seins fermes et fiers, qui annonçaient la couleur. Les seins d'une adulte chanceuse, une femme qui aurait pu poser pour une marque de lingerie ou devant les voitures de luxe d'un salon d'exposition. Elle roulait la taille de sa jupe pour la raccourcir et défaisait le premier bouton de son corsage. Tout le monde la dévorait des yeux.

À quinze ans, les filles changent d'apparence. Certaines s'épanouissent, d'autres jouent de la clarinette. Moi, je suis mince, couverte de taches de rousseur, j'ai d'épais cheveux noirs et emmêlés, un menton pointu et des cils de lama.

Soit mes avantages n'ont pas encore fait leur apparition, soit ils ont été livrés à une autre, plus fervente dans ses prières.

Je suis taillée pour la vitesse plutôt que pour les robes courtes. Maigre comme un haricot, véritable bolide, je suis arrivée deuxième aux championnats nationaux de ma tranche d'âge. Mon père disait que j'avais tout du lévrier, jusqu'à ce que je lui fasse remarquer que me comparer à un chien n'était pas très valorisant. Casanière, d'après ma grand-mère. Dévoreuse de livres, d'après ma mère. Elles auraient pu juste dire « une fille toute simple », même si cela ne veut pas dire grand-chose. Être toute simple est peut-être bien après tout.

Tash est le vilain petit canard qui s'est mué en cygne, moi je suis le caneton qui s'est transformé en canard – une fin moins heureuse, je sais, mais plus réaliste. Autrement dit, si j'avais été actrice dans un film d'horreur, tout le monde aurait compris au premier coup d'œil que j'étais fichue. Alors que Tash aurait été la fille nue sous la douche sauvée au moment crucial, qui termine avec le héros aux dents parfaites.

Peut-être méritait-elle ce dénouement heureux, car la vie n'a pas été un long fleuve tranquille pour elle. Tash a grandi dans une ancienne ferme, à un kilomètre de Bingham, le long d'une route étroite qui permet tout juste le passage d'une voiture ou d'un tracteur. M. McBain louait la ferme et espérait l'acheter un jour, mais il n'avait jamais pu économiser l'argent nécessaire.

Je me rappelle avoir entendu ma mère dire que les McBain étaient des laissés-pour-compte, une remarque que je n'ai jamais vraiment comprise. Un tas de gens louent leur maison et mettent leurs enfants dans des écoles publiques, sans pour autant être plus paumés que les nantis de Priory Corner.

C'est le quartier où j'habitais, dans une propriété que tout le monde appelle « le Vieux Presbytère ». Le vicaire a vécu là jusqu'à ce que l'Église décide de vendre le domaine pour faire rentrer de l'argent dans les caisses. Les rues de Priory Corner ne sont pas pavées d'or, mais nos voisins se comportaient comme si elles l'étaient.

Après notre disparition, mes parents ont collé des affiches sur leurs fenêtres et des autocollants sur leurs voitures, comme tous les habitants de la ville. Des veillées aux chandelles ont été organisées, des messes spéciales à l'église Saint-Marc et des prières à l'école. Tant de prières que je ne comprends toujours pas comment Dieu a pu les ignorer.

Vous vous demandez probablement comment je connais tous ces détails sur les recherches policières et les veillées aux chandelles. Durant les premières semaines, George nous a laissées regarder la télévision et lire les journaux. Il nous avait enchaînées dans la chambre mansardée d'un grenier éclairé par un puits de lumière dont la vitre était souillée de fientes d'oiseaux. La pièce sous les toits était étouffante, mais tout de même plus agréable que cet endroit. On avait un vrai lit, une vieille télé avec un cintre en guise d'antenne, et un écran neigeux sur presque toutes les chaînes.

Le troisième jour, j'ai vu papa et maman à la télé, l'air de lapins piégés dans les phares d'une voiture. Maman portait sa robe crayon noire Alexander McQueen et une paire d'escarpins noirs à talons. Tash connaissait cette marque. Je ne suis pas très au fait des noms de créateurs. Maman serrait une photo dans ses mains. Elle avait retrouvé l'usage de la parole et rien ne semblait plus pouvoir l'arrêter.

Elle a fait l'inventaire des vêtements que je pouvais porter, à croire que je les avais semés comme des petits cailloux et qu'il suffisait de suivre mes traces. Puis elle s'est tue et a fixé les caméras du regard. Une larme s'est figée à mi-chemin de sa joue, et les gens, au lieu de l'écouter, ont attendu que la goutte tombe en retenant leur souffle.

M. et Mme McBain étaient eux aussi présents à la conférence de presse. Mme McBain avait renoncé au maquillage... et au sommeil. Elle avait des cernes sous les yeux et portait un simple T-shirt sur un vieux jean.

— On dirait qu'elle porte une de ces loques rapportées par le chat, a commenté Tash.

— Elle s'inquiète pour toi.

— C'est sa dégaine habituelle.

Malgré le tremblement de sa voix, mon père a réussi à s'exprimer clairement.

— Des gens ont forcément vu Piper et Tash. Peut-être que vous avez un doute ou que vous protégez quelqu'un. Je vous en prie, réfléchissez et appelez la police. Vous n'imaginez pas ce que Piper représente pour nous. Nous sommes une famille unie et son absence nous est insupportable.

Il regardait la caméra bien en face.

— Si vous avez pris nos bébés, ramenez-les, je vous en supplie. Déposez-les au bord d'une route, ou n'importe où. Elles peuvent prendre un bus ou un train. Laissez-les partir.

Puis il s'est adressé à Tash et moi :

— Piper et Tash, si vous nous regardez, nous allons vous retrouver. Tenez bon, les filles, on arrive.

Maman avait des yeux de panda à cause des coulures de mascara, pourtant elle avait l'air d'une star de cinéma. Elle n'a pas son pareil pour poser devant les caméras.

— Qui que vous soyez, nous vous pardonnons. Laissez seulement Piper et Tash rentrer chez elles.

Ma sœur Phoebe a ensuite été poussée devant les caméras, vêtue de sa plus jolie robe, les jambes incurvées, un doigt dans la bouche. Maman a dû l'inciter à parler.

— Reviens à la maison, Piper. Tu nous manques.

Le père de Tash avait les bras croisés pendant tout ce cirque. Il n'a pas prononcé une parole avant la toute fin, quand un journaliste lui a demandé :

— Avez-vous un mot à dire, monsieur McBain ?

Il a jeté au journaliste un regard meurtrier et a décroisé les bras avant de répondre :

— Si vous les avez encore, laissez-les partir. Si elles sont mortes, dites à quelqu'un où elles sont.

Puis il a recroisé les bras. Deux phrases, pas un mot de plus.

Quelque chose s'est brisé chez la mère de Tash, qui a laissé échapper un gémissement d'animal effrayé, comme un chaton dans une boîte en carton.

Après cela, des rumeurs ont couru sur M. McBain. « Ne ressent-il aucune émotion ? se demandaient les gens. Pourquoi a-t-il suggéré qu'elles étaient mortes ? »

Apparemment, vous êtes censés sangloter et balbutier pendant une conférence de presse. C'est une sorte de loi tacite, sans quoi les gens pensent que vous avez violé et assassiné votre fille et sa meilleure amie.

À la fin de la conférence, ma mère a brandi une photo de Tash et moi. Cette image aujourd'hui célèbre, que tout le monde gardera en mémoire, a été prise par M. Quirk, le photographe de l'école (avec ses mains baladeuses et son haleine mentholée, il avait l'habitude de relever les cols et lisser les corsages pour toucher les seins des filles).

Sur le cliché, Tash et moi sommes assises au premier rang de notre classe. La jupe de Tash est si courte qu'elle est obligée de garder les jambes serrées et les mains sur les genoux pour éviter de taper dans l'œil de l'objectif, si l'on peut dire. À côté d'elle, j'arbore un beau sourire factice, digne de Victoria Beckham.

Telle est l'image dont tout le monde se souvient : deux filles en uniforme, Piper et Tash, les filles de Bingham.

Sur toutes les chaînes, on pouvait voir cette photo et entendre nos parents supplier d'éventuels témoins de se faire connaître. Des millions de mots ont été écrits dans les journaux sur de nouveaux développements sans intérêt ne faisant en rien progresser l'enquête.

À la veillée aux chandelles, le révérend Trevor faisait réciter les prières pendant que sa femme alimentait la rumeur. On aurait dit un mégaphone humain avec un énorme postérieur, comme ces gros oiseaux qui se dandinent et fourrent leur bec dans un verre.

Le révérend et elle ont un fils prénommé Damian qui aurait dû se faire tatouer une croix sur le front, tant il appartient au côté obscur. Ce petit vicieux adore se glisser derrière les filles et tirer sur l'élastique de leur soutien-gorge. Il ne me l'a jamais fait parce que je suis plus rapide que lui et qu'une fois, je lui ai enfoncé son inhalateur dans le nez.

L'église Saint-Marc était le seul sanctuaire assez vaste pour accueillir la veillée aux chandelles. Des haut-parleurs avaient même été installés dehors pour que les gens puissent entendre les prières et les chants. Ne manquaient que les enfants. Les parents étaient tellement terrifiés à l'idée d'un autre enlèvement qu'ils avaient laissé leur précieuse progéniture à la maison, en sûreté derrière des portes closes.

Le week-end suivant, les touristes ont commencé à affluer. Des gens venus d'Oxford et de régions plus éloignées déambulaient dans les rues. Ils allaient à l'église, s'arrêtaient devant notre école, passaient devant le Vieux Presbytère.

Ils écoutaient les journalistes parler sans reprendre leur souffle, faisant du moindre rien un petit quelque chose, ramassant les miettes de tragédies passées, jetant des noms comme Holly Wells et Jessica Chapman, les filles assassinées dans le village de Soham, ou encore Sarah Payne, autre enfant victime d'un tueur, afin de spéculer quelques heures supplémentaires.

Ensuite, les touristes sont repartis, un peu déçus. Ils s'attendaient à trouver une ville plus sinistre, où les adolescentes se volatilisaient pour ne plus jamais revenir.

1.

Il gèle dehors – moins vingt-six degrés par endroits –, des températures extraordinaires à cette période de l'année. Je me suis senti dans la peau d'un explorateur en Antarctique quand j'ai traversé Hyde Park ce matin pour aller au cabinet – O'Loughlin se bat contre les éléments – même si je ressemblais davantage à un concurrent maladroit de *Dancing on Ice*.

La neige tombait depuis quatre jours. Les gros flocons fondaient et gelaient avant d'être recouverts d'une nouvelle pellicule neigeuse, qui figeait la circulation dans un silence stupéfiant. Les chasse-neige et les saleuses n'étaient pas assez nombreux pour dégager les autoroutes et saler les routes.

Tous les vols ont été annulés et les aéroports fermés. De nombreux véhicules sont abandonnés sur les routes. Des dizaines de milliers de gens étaient coincés dans les terminaux et les stations-service des autoroutes, qui avaient pris des allures de camps de réfugiés où les gens se blottissaient les uns contre les autres sous des couvertures chauffantes en aluminium.

D'après les bulletins télévisés, un courant froid dense stagne au-dessus du Groenland et de l'Islande, bloquant le *jet stream* en provenance de l'Atlantique. Dans le même temps, les vents de l'Arctique et de Sibérie ont renforcé le froid à cause d'un phénomène appelé l'oscillation arctique.

D'ordinaire, la neige ne me gêne pas. Elle peut dissimuler bien des péchés. Londres est somptueux sous son manteau neigeux, telle une cité de conte de fées ou de cinéma. Mais aujourd'hui, j'ai besoin que les trains soient à l'heure. Charlie vient à Londres et nous allons passer quatre jours ensemble à Oxford. Un week-end père-fille, même si elle ne le voit probablement pas ainsi.

Il y a une histoire de garçon. Il s'appelle Jacob.

— Tu n'aurais pas pu nous trouver un Edward ? ai-je demandé à Charlie.

Elle m'a jeté un regard – le même que celui de sa mère.

Je ne sais presque rien de ce Jacob, en dehors de la marque de son caleçon, qui dépasse largement de la taille de son pantalon. Il est peut-être très sympathique et s'exprime sans doute très bien. Ce qui est sûr, c'est qu'il a cinq ans de plus que Charlie, et qu'ils ont été surpris tous les deux dans sa chambre la porte fermée à clé. Ils s'embrassaient, d'après eux, même si le chemisier de Charlie était déboutonné.

— Il faut que tu lui parles, m'a dit Julianne. Mais gentiment. Il ne faut pas donner de complexe à Charlie.

— Quel genre de complexe crains-tu de lui donner ?

— Cela pourrait la dégoûter du sexe.

— Ce ne serait pas un mal.

Ma réponse n'a pas fait rire Julianne. Elle a peur que Charlie ne perde toute estime de soi, ce qui serait le début d'une longue descente aux enfers vers les troubles alimentaires, les dents pourries, les problèmes de peau, l'échec scolaire, la drogue et la prostitution. Bien sûr, j'exagère, mais au moins Julianne s'est tournée vers moi pour avoir des conseils.

Nous sommes séparés, pas divorcés. Le sujet du divorce est parfois évoqué (jamais par moi), mais nous n'avons jamais eu le cran de signer les documents. Dans l'intervalle, nous partageons l'éducation de deux filles, une brillante et adorable fillette de sept ans et une adolescente lunatique à la langue bien pendue.

J'ai ré-emménagé à Londres il y a huit mois. Hélas, je ne vois pas beaucoup les filles. Je suis pratiquement revenu au point de départ – j'ouvre une nouvelle clinique et je vis dans le nord de Londres. Il y a cinq ans, je vivais avec Julianne dans une maison entre Camden et Primrose Hill. L'été, quand les fenêtres étaient ouvertes, on entendait le rugissement des lions et le ricanement des hyènes du zoo. C'était un peu comme faire un safari sans la voiture.

Aujourd'hui, je vis dans un deux pièces qui me rappelle mes années universitaires – bon marché, transitoire, il est meublé de bric et de broc et le réfrigérateur est rempli de pickles indiens et de chutneys.

J'essaie de ne pas trop m'attarder sur le passé. Je le caresse du bout des doigts, comme s'il s'agissait d'une grosseur inquiétante sur mes testicules, probablement bénigne, mais létale jusqu'à preuve du contraire.

Je donne de nouveau des consultations. Sur ma porte, une plaque de bronze indique : JOSEPH O'LOUGHLIN, PSYCHOLOGUE CLINICIEN, avec plusieurs lettres après mon nom de famille. La majorité de mes références viennent du service des Poursuites judiciaires de la couronne, même si je travaille deux jours par semaine pour le National Health Service britannique.

Aujourd'hui, j'ai déjà vu un vendeur de voitures travesti, un fleuriste atteint de troubles obsessionnels compulsifs et un videur de boîte avec des problèmes de gestion de la colère. Aucun d'eux n'est particulièrement dangereux, chacun lutte simplement contre ses démons.

Ma secrétaire, Bronwyn, frappe à la porte. C'est une intérimaire qui mâche des chewing-gums plus vite qu'elle tape à la machine.

— Votre rendez-vous de 14 heures est là. Je me demandais si je pouvais partir plus tôt aujourd'hui.

— Vous êtes partie plus tôt hier.

— C'est vrai.

Elle s'en va sans ajouter un mot.

Mandy, vingt-neuf ans, blonde et corpulente, a le teint terne et les yeux d'une femme mûre. Elle doit être suivie parce qu'elle a laissé ses deux enfants seuls, enfermés dans un appartement à Hackney. Mandy est allée danser avec son petit ami et a dormi chez lui. Elle a dit à la police qu'elle pensait que sa fille, six ans, était assez grande pour veiller sur son jeune frère, quatre ans. Les deux enfants vont bien. Un voisin les a trouvés en train de batifoler sur le tapis clairsemé de miettes de biscuits et de matières fécales.

En ce moment, Mandy m'observe d'un air accusateur, comme si j'étais personnellement responsable de la prise en charge de ses enfants par les services sociaux. Les cinquante minutes suivantes, elle me raconte son histoire et me débite une litanie d'excuses. Nous convenons de nous revoir la semaine suivante, puis je rédige mon rapport.

Il est 15 heures passées. Le train de Charlie arrive dans une demi-heure et je la retrouve à la gare. Je ne sais pas ce que nous allons faire à Oxford ce week-end. Je suis censé donner une conférence à un symposium sur la santé mentale, même si à mon avis personne ne viendra, à cause de la neige. Mais ils m'ont déjà envoyé les billets (en première classe) et réservé une chambre dans un bel hôtel.

Ma valise bouclée, je prends mon nécessaire de voyage dans l'armoire et verrouille mon bureau. Bronwyn est déjà partie, laissant dans son sillage une fragrance de parfum et une boule de chewing-gum collée à son mug.

À la gare de Paddington, je cherche Charlie dans la foule des passagers qui se déversent des voitures du First Great Western. Au cœur de la cohue, elle parle à un garçon qui pousse un vélo de montagne avec la nonchalance d'un conducteur de Ferrari. Il porte un caban de laine et les pattes de son visage sont soigneusement entretenues.

Le garçon s'éloigne sur son vélo. Charlie remet ses écouteurs blancs dans ses oreilles. Elle porte un jean, un sweat-shirt ample et un manteau qui fait penser à une relique de la Luftwaffe.

Elle me tend la joue pour recevoir un baiser et se laisse étreindre.

— Qui était-ce ?

— Juste un copain.

— Où l'as-tu rencontré ?

— Dans le train.

— Comment s'appelle-t-il ?

Elle m'arrête.

— Tu vas me poser beaucoup de questions, papa ? Parce que je n'ai pas pris de notes. J'aurais peut-être dû, hein ? Fallait me prévenir. Je t'aurais fait un compte rendu détaillé.

Ce ton sarcastique lui vient de sa mère, ou peut-être de cette école privée qui me coûte si cher.

— Je voulais juste faire la conversation.

Charlie hausse les épaules.

— Il s'appelle Christian. Il a dix-huit ans, il est originaire de Bristol et veut devenir médecin – pédiatre pour être exacte. Il pense aller travailler un temps dans le tiers-monde, mais ce n'est pas mon genre.

— Tu as un genre ?

— Ouaip.

— On peut savoir lequel ?

Elle soupire, lasse de devoir m'expliquer la vie.

— Aucune fille de mon âge ne devrait sortir avec un garçon que ses parents approuvent.

— C'est une règle d'or ?

— Ouaip.

Je prends son sac et regarde le tableau des départs. Notre train pour Oxford part dans quarante minutes.

— Alors, quoi de neuf ?

— Rien.

— Comment ça va à l'école ?

— Bien.

— Emma ?

— Ça va.

Je recommence à l'interroger. Charlie n'est pas du genre bavard. Sa posture préférée, c'est « trop cool pour s'en faire ».

Nous achetons des sandwichs dans des triangles en plastique et des sodas. Charlie enfonce ses écouteurs dans ses oreilles, si bien que j'entends un vacarme indistinct quand nous embarquons dans notre wagon et nous asseyons l'un en face de l'autre.

Elle s'est teinté les cheveux depuis la dernière fois que je l'ai vue et sa frange lui tombe sur les yeux. Je m'inquiète pour elle. Elle fronce trop souvent les sourcils. Bizarrement, elle se croit obligée de tout comprendre de la vie dès maintenant, alors qu'elle n'est pas encore armée pour le faire.

Le train part à l'heure et laisse Londres derrière nous. Les roues jouent des percussions sous mes pieds. Les quartiers pavillonnaires font peu à peu place à de vastes étendues champêtres – un paysage figé dans une existence paisible, où les seuls signes de vie sont les fumées des cheminées et les phares des voitures arrêtées aux croisements.

Un couple s'embrasse sur les sièges de l'autre côté du couloir, soudés l'un à l'autre. La jambe de la fille se presse entre les cuisses du garçon.

— C'est dégoûtant, râle Charlie.

— Ils s'embrassent, c'est tout.

— J'entends des bruits de langue !

— On est dans un lieu public.

— Ils devraient prendre une chambre.

Je jette un nouveau coup d'œil au jeune couple et ressens une pointe de nostalgie, véritable réflexe pavlovien. La fille est jeune et jolie. Elle me rappelle Julianne au même âge. Être amoureux. Appartenir à quelqu'un.

Juste avant Oxford, le train ralentit et s'arrête. Les roues crissent, tremblotent et s'immobilisent enfin. Charlie plaque la main sur la vitre et observe un groupe d'hommes dans un champ de neige, penchés vers le sol comme s'ils poussaient des charrues invisibles.

— Ils cherchent quelque chose d'après toi ?

— Je ne sais pas.

Le train s'ébranle de nouveau. À travers la vitre striée de neige fondue, je vois les essieux d'une voiture de police s'enfoncer dans le profond sillon neigeux d'un chemin. Une Land Rover boueuse est garée au bord d'un lac. Des silhouettes postées en cercle dressent une tente sur la rive. Ils maintiennent fermement le dôme en place, malgré le vent furieux qui fait claquer la toile, jusqu'à ce que les chevilles soient enfoncées dans le sol gelé et les cordes tendues.

Comme le train progresse lentement, je vois ce que ces hommes s'efforcent de dissimuler. Au début, j'ai cru à un vêtement abandonné ou un animal mort, mais ensuite, j'ai reconnu une forme humaine : un corps, piégé sous la glace tel un insecte figé dans l'ambre.

La scène n'échappe pas à Charlie.

— Il y a eu un accident ?

— On dirait bien.

— Quelqu'un est tombé d'un train ?

— Je ne sais pas.

Charlie presse son front contre la vitre.

— Tu ne devrais peut-être pas regarder. Tu vas faire des cauchemars.

— Je n'ai plus six ans.

Le train tressaute, puis prend de la vitesse. Les flocons virevoltent comme des confettis tombés du toit. Un bref instant, le monde se désaxe et une inquiétude m'étreint. Comme un vide dans l'univers… Quelqu'un ne rentrera pas chez lui ce soir.

Je suis là.

Je veux le crier.
Le hurler.
Je suis là.
JE SUIS LÀ.
JE SUIS LÀ !

Trois jours. Quelque chose a mal tourné. Tash devrait être revenue maintenant. George a dû la rattraper. Peut-être lui a-t-il donné un coup de pelle sur la tête avant de l'enterrer dans la forêt, comme il nous l'a promis si on tentait de s'échapper.

Ou bien elle s'est perdue. Tash a un piètre sens de l'orientation. Une fois, elle a réussi à s'égarer dans le centre commercial d'Oxford, alors qu'on était censées se retrouver chez Apricot pour dépenser mon argent de Noël dans une ceinture incrustée de perles et un jean noir délavé.

C'est le jour où Tash s'est disputée avec Bianca Dwyer et a menacé de la frapper avec un stylo parce qu'elle flirtait avec Aiden Foster. Elle en était capable. Une fois, Tash m'a planté un crayon dans la cuisse, à travers mes collants. J'ai le plus petit tatouage de l'univers pour le prouver. Elle était en colère parce que j'avais perdu l'anneau de l'amitié qu'elle m'avait offert pour mon douzième anniversaire.

Quoi qu'il en soit, Tash a un très mauvais sens de l'orientation – presque aussi nul que son goût en matière de petits copains.

Je n'en reviens pas d'avoir aussi froid. Je porte tous les vêtements que je possède – ainsi que ceux de Tash. Elle ne m'en voudrait pas, je le sais.

J'ai jeté la couverture sur ma tête. Je sens ma propre haleine, légèrement fétide. Ma sueur. À intervalles réguliers, je passe la tête au dehors et prends quelques goulées d'air frais, puis je replonge dans ma cabane.

Les premières semaines, c'était très différent. C'était l'été et il faisait une chaleur atroce dans le grenier, sous les toits. On avait un lit convenable, de la nourriture mangeable, et on pouvait regarder la télé. George nous avait dit qu'on rentrerait bientôt chez nous. Il n'avait pas l'air d'un monstre. Il nous apportait des magazines et des barres chocolatées géantes.

Je ne sais pas si George est son vrai nom. C'est Tash qui l'a inventé. Elle disait que ça lui allait bien parce qu'il avait des airs de George Clooney, en plus jeune et plus gros. Moi, je crois plutôt qu'on aurait dû l'appeler Freddy, comme le type de Griffes de la nuit *ou cet autre psychopathe qui porte un masque de hockey et se balade avec une tronçonneuse.*

Au début, George nous a parlé d'une rançon.

— Tes parents sont riches, m'a dit George, mais ils ne veulent pas payer la rançon.

— Ce n'est pas vrai.

— Ils ne veulent plus de toi.

— Je ne vous crois pas.

Encore un mensonge. Il n'y a jamais eu de demande de rançon. Comment acheter un objet dont personne ne connaît le prix ?

Enchaînées ensemble à la tête de lit, on regardait la télé, on attendait les bulletins d'informations. Comme tous les habitants du pays. Chacun avait sa propre opinion. La moindre rumeur était disséquée. Selon certains, nous avions été kidnappées par un pédophile. Nous l'avions rencontré sur Internet et il nous a fait enlever nos vêtements. Franchement !

Un médium de Bristol a déclaré qu'on était mortes et que nos corps avaient été jetés dans l'eau. La police a dragué la rivière à Abingdon et fouillé des douzaines de puits et de fossés d'écoulement.

Mme Jarvis, notre voisine, a raconté à la police qu'elle avait vu un homme l'épier par la fenêtre de sa chambre pendant qu'elle se déshabillait. Cette histoire a bien fait rire Tash.

— Jarvis laisse ses rideaux ouverts tous les soirs dans l'espoir qu'un homme la regarde !

Un chauffeur de taxi londonien a affirmé nous avoir vues devant un cinéma de Finchley. Un motard de High Barnet a vu deux filles à l'arrière d'un van blanc, les mains pressées sur la vitre.

Pourquoi est-il toujours question d'un van blanc ? Les enfants ne sont donc jamais kidnappés dans des vans violets ou jaunes ?

Le frère de Tash a dit aux journalistes qu'il avait repéré un homme au comportement suspect dans un champ non loin de Bingham. Il les a emmenés sur les lieux et leur a montré l'endroit exact. Quand il a parlé de sa sœur, sa voix vibrait d'émotion. Il a séché ses larmes et menacé de tuer tous ceux qui lui feraient du mal.

C'est fou comme la vérité tient parfois à un simple fil. Un fil si ténu qu'à force de tirer dessus, les gens le font disparaître. Comme s'ils créaient peu à peu une version imaginaire de nos existences et faisaient semblant d'y croire.

Le Sun *a offert deux cent mille livres pour toute information susceptible de faire avancer l'enquête. Soudain, nous étions des « célébrités » à Bristol, Manchester, Aberdeen, Lockerbie et Douvres. Un regain d'espoir avant de sombrer dans le désespoir.*

*L'*Oxford Mail *a révélé que neuf cent quatre-vingt-quatre délinquants sexuels étaient répertoriés dans le comté d'Oxford. Plus de trois cents d'entre eux habitent à moins de vingt-cinq kilomètres de Bingham. Qui se doutait que tous ces pervers vivaient si près de chez nous ?*

L'un d'eux est M. Purvis, qui habite une maison en face du village de Bingham. Ce vieux croulant traîne souvent autour de la gare et interpelle les filles pour leur dire qu'elles lui rappellent la sienne.

La police a fouillé le jardin de M. Purvis, mais n'a rien trouvé en dehors du squelette de son chien Buster. Mais déjà, les gens ont fait le siège de sa maison et l'ont traité de tueur d'enfant et de pédophile.

La police a dû secourir M. Purvis et le faire sortir de chez lui avec une couverture sur la tête. On ne voyait que son pantalon ample et ses chaussures marron, avec une chaussette ratatinée. Quelqu'un a tiré sur la couverture, révélant un vieil homme apeuré.

Après cette histoire, la situation a encore empiré. L'oncle de Tash, Victor, a dressé une liste des nouveaux habitants de Bingham – principalement des étrangers. Des inconnus. Avec un copain plombier, ils ont rassemblé un groupe de « citoyens concernés », qui ont fait du porte-à-porte en prétendant que quelqu'un avait signalé une fuite de gaz, ce qui leur donnait le droit légal d'entrer.

La police a arrêté Victor sans échauffourée. Il a expliqué aux caméras de télévision que la police ne faisait pas son travail. Le poste de police local n'aurait jamais dû être fermé. Je ne savais même pas qu'il y en avait eu un à Bingham autrefois.

Les personnes qui s'apitoient le plus sont aussi les plus enclines à la haine… et à la critique. La police a été accusée d'avoir commis des erreurs. Elle a agi trop lentement, ou trop vite, elle a mené son enquête dans la précipitation, elle a ignoré les évidences et tenu les familles dans l'ignorance.

Quand le chœur des doléances est devenu trop fort, la police a battu en retraite. Des rumeurs se sont mises à circuler. Nous n'étions pas les anges que tout le monde avait décrits. Nous étions des filles légères. Dissolues. Immorales. Tash était une fille sauvage qui avait été renvoyée du lycée. Son père avait fait de la prison. Mon père avait touché des bonus obscènes pendant que les contribuables renflouaient sa banque.

En l'espace d'une nuit, le paisible village pittoresque de Bingham s'est transformé en un lieu sombre, sinistre, où les adolescentes s'adonnaient au sexe, à la drogue et à l'alcool. Ceux qui avaient ardemment prié pour notre salut, envoyé des mots de sympathie et des dons, secouaient la tête d'un air désapprobateur. La ville tout entière bruissait de mécontentement et la campagne suivait son exemple.

Les fleurs fanaient dans leur cellophane, les ballons se dégonflaient, les peluches prenaient l'eau et l'encre des lettres manuscrites coulait. Le lustre de Bingham s'est écaillé comme du vernis bon marché, révélant son cœur putride et nauséabond.

2.

Enveloppé dans son manteau neigeux, Oxford semble stupéfié par son propre silence. Des monticules de neige fondue et sale s'accumulent sur le bord des routes et des allées des maisons. Les flèches éthérées des clochers semblent rêver, dans leur manteau de brume, sous le regard vigilant des gargouilles aux barbes de glace.

J'ai passé la matinée à préparer ma conférence, installé dans un fauteuil confortable du salon de l'hôtel Randolph. Dans le Morse Bar – baptisé en hommage à l'inspecteur Morse, le personnage de fiction –, les murs sont couverts de photos des principaux protagonistes de la série télévisée.

Charlie a fait les magasins toute la matinée dans Cornmarket Street. Elle se réchauffe à présent devant la cheminée.

— Tu as faim ?

— Je suis affamée !

— Et si on mangeait des sushis ?

— Je n'aime pas la cuisine japonaise.

— Elle est pourtant très saine.

— Pas pour les baleines et les dauphins.

— On ne va pas manger de la baleine ou du dauphin.

— Et le thon rouge alors ?

— Donc, tu boycottes tout ce qui est japonais ?

— Tant qu'ils n'auront pas mis fin à leur programme soi-disant scientifique sur les baleines.

Mon bras gauche tremble. Mon traitement se dissipe et une force irrésistible tire des fils invisibles, tel un poisson sur un hameçon.

Je sais tout de mon mal, car j'ai lu tous les articles, revues scientifiques, autobiographies de célébrités et blogs traitant de la maladie de Parkinson. Je connais les théories, les symptômes, les pronostics et les traitements possibles – tous capables de ralentir la progression de la maladie mais impuissants à la guérir. Je n'ai pas abandonné mes recherches. Seulement, j'essaie de ne plus me ronger les sangs.

Dans le hall de l'hôtel, derrière Charlie, je vois deux hommes ôter leurs manteaux. Des gouttes d'eau éclaboussent les dalles de marbre. Leurs chaussures, couvertes de boue, dégagent une légère odeur de ferme.

Le plus âgé, la quarantaine, a les cheveux implantés si bas sur le front qu'ils se confondent presque avec ses sourcils. Son collègue, plus jeune et plus grand, a le physique d'un ancien boxeur qui s'est un peu laissé aller.

Ils brandissent leur badge de policier.

— Nous cherchons le Pr O'Loughlin.

La jeune réceptionniste appelle ma chambre. Charlie me donne un coup de coude.

— Ces types te cherchent.

— Je sais.

— Tu ne vas pas te manifester ?

— Non.

— Pourquoi ?

— Nous allons déjeuner.

La curiosité a raison de ma fille. Elle déclare haut et fort :

— Vous cherchez mon père ?

Les deux hommes se tournent vers nous.

— Il est juste ici, ajoute-t-elle.

— Professeur O'Loughlin ? demande le plus âgé des policiers.

Je regarde ma fille sans chercher à masquer ma déception.

— Oui, dis-je de mauvais gré.

— Nous sommes venus vous chercher, monsieur. Je suis le sergent Casey. Et voici mon collègue, l'agent stagiaire Brindle Hughes.

— Les gens m'appellent Grievous, déclare le plus jeune avec un sourire emprunté.

— Nous allions sortir, dis-je en pointant la porte tambour.

— Notre boss veut vous voir, monsieur, renchérit Casey. Il dit que c'est important.

— Qui est votre boss ?

— L'inspecteur en chef Drury.

— Je ne le connais pas.

— Lui vous connaît.

Un silence s'installe. Mon attitude envers les agents de police est la même qu'avec les prêtres – ils font un métier important mais me rendent nerveux. Ce n'est pas la nature confessionnelle de leur travail – je n'ai aucune raison de me sentir coupable –, plutôt le sentiment d'avoir fait ma part du boulot. Je pourrais brandir une pancarte qui proclame : « J'ai déjà donné ! »

— Dites à votre chef que je suis vraiment désolé, mais je ne suis pas disponible. Je suis avec ma fille.

— Ça ne me dérange pas, intervient Charlie, soudain intéressée.

Casey baisse la voix.

— Une femme et son mari sont morts.

— Je peux vous donner les noms d'autres profileurs...

— Le boss ne veut personne d'autre.

Charlie me tire par la manche.

— Allez, papa, tu devrais les aider.

— Je t'ai promis un déjeuner.

— Je n'ai pas faim.

— Et le shopping ?

— Je n'ai pas d'argent, ce qui veut dire que je vais devoir te culpabiliser pour m'acheter quelque chose. Je préférerais utiliser mon capital culpabilité pour un truc que je veux vraiment.

— Ton capital culpabilité ?

— Oui.

Les policiers semblent trouver la conversation amusante. Charlie leur adresse un grand sourire. Elle s'ennuie. Elle veut du frisson. Mais je ne souhaite ce genre d'aventure à personne. Un homme et une femme sont morts. C'est tragique. Et vain. Tout à fait le type d'affaire que je veux éviter.

Charlie ne lâchera pas le morceau.

— Je ne le dirai pas à maman. S'il te plaît, on peut y aller ?

— Tu dois rester ici.

— Non, ce n'est pas juste. Laisse-moi venir.

Casey l'interrompt :

— Nous allons seulement au poste, monsieur.

Une voiture de police est garée à l'extérieur. Charlie se glisse sur la banquette arrière à côté de moi. Nous roulons en silence dans les rues presque désertes. Oxford a l'air d'une cité fantôme piégée sous un dôme neigeux. Charlie se penche en avant, étirant sa ceinture de sécurité.

— C'est à propos du cadavre dans la glace ?

— Comment savez-vous ça ? demande Casey.

— On l'a vu du train.

— C'est une autre affaire, mademoiselle, dit Grievous. Pas la nôtre.

— Que voulez-vous dire ?

— De nombreux automobilistes ont été pris dans le blizzard. Une conductrice a dû quitter son véhicule et tomber dans le lac.

Charlie frissonne à cette idée.

— L'avez-vous identifiée ?

— Pas encore.

— Personne n'a signalé sa disparition ?

— Non.

L'entrée du poste de police de St Aldates est protégée d'une marquise de verre, à présent recouverte d'une couche de neige. Un employé municipal perché sur une échelle se sert d'une pelle pour briser la pellicule de glace, dont les fragments retombent en pluie sur les pavés.

Au lieu de s'arrêter près du commissariat, les policiers continuent à rouler sur une centaine de mètres, puis prennent une rue à droite pour se garer devant un restaurant chinois avec des canards dépecés dans la vitrine.

— Pourquoi s'arrête-t-on ici ?

— Le boss vous invite à déjeuner.

Dans une salle privée de l'étage, une douzaine d'agents de police sont assis autour d'une grande table de banquet ronde. La desserte est chargée d'assiettes fumantes de porc, fruits de mer, noodles et légumes sautés.

Le boss, une serviette coincée dans le col de sa chemise, décortique une pince de crabe à l'aide d'une pince à crustacés. Il en aspire la chair, puis passe à la suivante. Même assis, il donne l'impression d'être corpulent. Âgé de quarante-cinq ans environ, il a rapidement gravi les échelons. Ses cheveux noirs sont en bataille et la peau de son visage est striée de marques rouges dues au rasage. Je remarque son alliance et sa chemise froissée. Il n'est pas rentré chez lui depuis plusieurs jours, mais s'est débrouillé pour se doucher et se raser.

Derrière la table ronde, une série de tableaux blancs ont été installés pour présenter des photographies et une chronologie d'événements. Les noms des victimes sont écrits en haut. Le restaurant a été transformé en salle des opérations.

L'inspecteur Drury arrache la serviette de son col et la jette sur la table. C'est un signal. Des serveurs se précipitent vers lui et emportent les restes de son repas. Repoussant son siège, l'homme se lève avec la grâce et la coordination d'une chaise pliante.

— Professeur O'Loughlin, merci de vous joindre à nous.

— Je n'ai pas vraiment eu le choix.

— Bien.

Il lâche un renvoi, puis enfonce ses bras dans les manches de sa veste.

— Vous voulez manger un morceau ?

Je regarde Charlie. Elle est affamée.

— Parfait, dit Drury. Grievous, apportez une carte à la demoiselle. (Il se penche vers moi.) Ce n'est pas son vrai nom, mademoiselle. Ses initiales sont GBH. Savez-vous ce qu'elles signifient ?

Charlie secoue la tête.

— Gerald Brindle Hughes. (L'inspecteur éclate de rire.) Pas très sexy, hein ? On a préféré le surnommer Grievous, pour le rendre plus effrayant. Mais ne vous inquiétez pas, c'est un bleu ! (Il se tourne vers moi.) Comment trouvez-vous ma salle des opérations, professeur ?

— Peu conventionnelle.

— Je veux que mes gars aient le sentiment de faire partie d'une équipe. Boire un verre, déjeuner ensemble. Chacun est libre de donner son opinion. De reconnaître ses erreurs. D'exprimer ses doutes. Mon département a le meilleur taux de décriminalisation du comté.

Votre mère doit être très fière, songé-je, me faisant instantanément une opinion négative de cet inspecteur un peu trop sûr de lui.

Il prend un cure-dent et commence une opération de curetage.

— Vous m'avez été chaudement recommandé.

— Par qui ?

— Une amie commune. On m'avait prévenu que vous risquiez de refuser.

— Vous êtes bien informé.

Il sourit.

— Désolé si nous avons démarré du mauvais pied. Repartons de zéro. Je suis Stephen Drury.

Il me serre la main, et la retient une seconde de trop.

— J'ai un double homicide sur les bras, avec effraction. Le mari a eu le crâne défoncé. Sa femme a été ligotée au lit, peut-être violée, et brûlée.

Il a chuchoté ces paroles. Je jette un coup d'œil à Charlie, qui est en train de se servir une assiette de riz frit à l'autre bout de la salle.

— Quand ?

— Il y a trois jours.

J'étudie sur le tableau blanc la photographie d'une ferme blanchie à la chaux, à peine touchée par le feu. La neige tombait quand les images ont été prises, ce qui leur donne un ton sépia. La fumée qui s'élève du toit contraste avec le blanc éclatant du ciel.

— Qu'attendez-vous de moi exactement ?

— J'ai un suspect en garde à vue. Il travaillait pour la famille. Nous avons retrouvé ses empreintes dans la maison et il a des brûlures sur les mains. Il nie le meurtre et prétend avoir essayé de les sauver.

— Vous ne le croyez pas ?

— Notre homme a des antécédents de troubles mentaux. Il suit un traitement antipsychotique. À l'heure où je vous parle, il gratte les murs, parle tout seul, s'égratigne la peau des bras. Il dit peut-être la vérité. Peut-être pas. Je peux le garder encore vingt-deux heures, pas plus. C'est le temps que j'ai pour décider ou non de l'inculper.

— Je ne comprends toujours pas...

— Par quel bout dois-je prendre ce type ? Jusqu'où le pousser ? Je ne voudrais pas qu'un connard d'avocat me dise que je lui ai mis les mots dans la bouche ou que je l'ai intimidé.

— Une évaluation psychologique prend trois jours.

— Je ne veux pas connaître sa vie en détails, juste avoir vos impressions.

— Où est son dossier médical ?

— On n'y a pas accès.

— Qui est son psychiatre ?

— Le Dr Victoria Naparstek.

Voilà qui est intéressant. J'ai rencontré le Dr Naparstek huit mois plus tôt, au cours d'une audience au tribunal sur la santé mentale de l'un de ses patients. Elle m'a traité de personnage arrogant et misogyne parce que j'ai malmené son patient pour l'obliger à dévoiler sa véritable personnalité. L'homme a fini par admettre qu'il fantasmait sur le Dr Naparstek et rêvait de la suivre jusque chez elle pour la violer.

L'ai-je secoué ? Oui. Ai-je dépassé les bornes ? Absolument, mais la brave doctoresse aurait dû me remercier. Au lieu de quoi, elle a menacé de faire un rapport auprès de la British Psychological Society pour que je sois sanctionné.

Pourquoi m'aurait-elle recommandé dans cette affaire ? Cela n'a pas de sens.

Drury attend ma décision. Je regarde Charlie, regrettant qu'elle ne soit pas restée à la maison.

— D'accord, je vais parler à votre suspect, mais d'abord, je veux voir la scène du crime.

— Pourquoi ?

— Le contexte.

3.

La Land Rover dérape sur la neige fondue du chemin de terre et se dirige vers un bouquet d'arbres squelettiques au pied d'une colline. Les champs détrempés sont baignés d'un étrange halo jaune, comme si la neige avait absorbé les faibles rayons du soleil pour créer un crépuscule angoissant.

La ferme du XVIIIe siècle semble s'adosser à la colline pour se protéger du vent. Des traces de suie maculent le haut des fenêtres de l'étage, tel le mascara d'un adolescent adepte du style gothique.

Libéré de la touffeur claustrophobique de la voiture, je sens le vent s'engouffrer dans mon pantalon et mon col. Drury me guide à travers la pelouse. Puis il signe un registre et me tend une paire de gants chirurgicaux.

— Les victimes sont Patricia Heyman, quarante-deux ans, et William Heyman, quarante-cinq ans. Mariés. Une fille, Flora. Elle étudie dans l'un des collèges universitaires d'Oxford. Mme Heyman écrit des livres pour enfants et M. Heyman est éditeur free-lance. Ils ont acheté la maison il y a trois ans. Tous deux travaillent à domicile.

— Des traces d'effraction ?

— La porte d'entrée a été fracturée. Rien n'a été volé. Nous avons découvert quatre cents livres dans un tiroir à côté du lit et William Heyman avait son portefeuille dans sa poche. C'est le problème avec les amateurs.

— Que voulez-vous dire ?

— Ils paniquent et font des trucs stupides. Un voleur professionnel n'aurait jamais laissé un bordel pareil derrière lui.

L'inspecteur ouvre un cadenas et pousse un panneau de contreplaqué. Le vestibule n'a pratiquement pas été dérangé. Par les doubles portes ouvertes, je vois un salon avec une cheminée et des poutres apparentes. Dans la salle à manger au plafond voûté se trouve une deuxième cheminée en fer forgé, à l'insert rebondi. Dans l'air flotte une odeur âcre, mélange de fumée, de butane et de détergent.

Presque sans réfléchir, je glane quelques détails, autant d'indices d'une existence normale : les tasses près de l'évier, la poudre à récurer, les gants en latex, des épluchures de légumes dans la poubelle de compost, une boîte de chocolat en poudre sur le comptoir de la cuisine américaine. La cuisinière Aga est froide.

Drury poursuit son compte rendu :

— C'est là que nous avons trouvé le mari. Face contre terre. Deux coups à l'arrière du crâne. Avec un objet lourd, contendant – un marteau ou une hache. Il a rampé par terre pour essayer de s'enfuir.

La flaque de sang a séché en une mare noirâtre.

— Et la femme ?

— Elle était à l'étage, attachée au lit. Encore vivante quand son agresseur l'a aspergée d'un produit hautement inflammable, peut-être de l'essence.

— Le feu ne s'est pas propagé ?

— Seulement dans la chambre, mais le plafond n'a pas été touché.

L'odeur de détergent est plus forte dans la cuisine. À côté du lave-vaisselle, une porte mène à la buanderie. Trois paires de bottes Wellington alignées – pour le père, la mère et la fille. Une robe sale trempe dans le lavabo.

Dans le salon, deux tasses à moitié bues sur la table basse. Du chocolat chaud. Un troisième mug en morceaux dans l'âtre. Une bouteille de scotch sur le manteau de la cheminée. Pur malt. Vingt ans d'âge. Pour les occasions spéciales.

Sur une grille de séchage, une paire de chaussons fins en cuir. Des chaussons de danse. Comme ceux de Charlie.

L'inspecteur continue :

— Ça s'est passé jeudi soir, pendant le blizzard. La moitié du comté était dans le noir. Les routes fermées. Les lignes coupées. Quelqu'un a appelé les secours depuis le portable de William Heyman au plus fort de la tempête, mais le standard des urgences était débordé et l'a mis en attente.

— Combien de temps ?

— Quatre, peut-être cinq minutes. Le temps que l'opératrice prenne l'appel, le correspondant avait raccroché.

Drury m'adresse un regard sombre.

— C'était un putain d'enfer cette nuit-là : des douzaines d'accidents, des gens piégés dans leurs voitures... L'autoroute ressemblait à un parking géant.

Il me précède dans l'escalier qui mène à l'étage. Je marche sur un caillebottis pour pénétrer dans la chambre parentale, où flotte une odeur doucereuse et écœurante de chair humaine brûlée et de graisse liquide.

Des flocons s'engouffrent par la fenêtre brisée et s'accumulent dans un coin de la pièce. Presque toutes les surfaces sont recouvertes d'une fine pellicule de suie noire. Le feu a pris sur le matelas. Les draps repoussés du lit révèlent les contours d'une silhouette – deux bras, deux jambes, un torse. Le corps de Patricia Heyman a protégé le matelas des flammes.

— Ses mains étaient ligotées au-dessus de sa tête, précise Drury.

— Était-elle habillée ?

— C'est important ?

— Oui.

— Pyjama et robe de chambre.

J'entre dans la salle de bains attenante. La fenêtre de verre poli est cassée, mais pas sous l'effet de la chaleur. Quelqu'un a forcé dessus pour l'ouvrir, ce qui a craquelé la peinture au niveau des gonds. La baignoire est remplie d'eau froide, avec des bulles de savon. Des serviettes assorties sèchent côte à côte sur le radiateur chauffant. Une troisième, au motif différent, est pliée dans un panier d'osier.

La chambre de Flora Heyman se trouve au bout du couloir. Son armoire est ouverte. Des vêtements sont éparpillés sur le lit. Quelqu'un a fouillé dedans. Je vérifie la taille.

— Est-ce que la fille vit à la maison ?

— Elle habite dans un studio meublé à Oxford. Elle rentre presque tous les week-ends.

— Parlez-moi du suspect.

— Augie Shaw. Vingt-cinq ans. Un gars du coin. C'est pas la première fois qu'il a des ennuis avec la police. Il est abonné aux petits boulots - tondre la pelouse, couper du bois, réparer des clôtures, ce genre de choses. Il travaille pour les Heyman depuis leur emménagement, mais a été renvoyé il y a deux semaines.

— Pour quelle raison ?

— Flora dit que son père a surpris Shaw en train de fouiller dans ses affaires personnelles.

— Les affaires personnelles de Flora ?

— Oui. Ses sous-vêtements.

— Qui a prévenu les pompiers ?

— Un sauveteur bénévole qui passait près de la ferme a remarqué la fumée. Il a appelé les secours. On a trouvé la voiture d'Augie Shaw dans une congère au pied de la colline. Environ une heure plus tard, sa mère est venue au poste de police d'Abingdon et nous a dit qu'Augie devait nous parler. Il avait des brûlures sur les mains.

— Que faisait-il dans la maison ?

— Il prétend être venu réclamer ses gages. Son dernier salaire.

— Au milieu du blizzard ?

— Exactement. D'après Shaw, la maison brûlait déjà quand il est arrivé. Il est entré et a essayé de sauver Mme Heyman.

— Pourquoi n'a-t-il pas donné l'alerte ?

— Il est allé chercher du secours, mais les routes étaient tellement glissantes qu'il s'est encastré dans une congère. Il a continué jusqu'à Abingdon à pied et est rentré tout droit chez lui. Il s'est mis au lit et a oublié de nous prévenir.

— Il a oublié ?

— Encore mieux. Il dit que son frère lui a dit de ne pas aller trouver la police.

— Où est le frère ?

— Il n'en a pas. Je vous l'ai dit, ça ne tourne pas très rond dans sa tête. Ou alors il fait semblant.

De retour au rez-de-chaussée, je suis l'allée qui mène à la terrasse et au jardin de derrière. Des buissons chargés de roses poussent dans la neige. Mon regard va du portail à la grange, puis au verger, sans but particulier.

Je fais plusieurs fois l'aller-retour jusqu'à la clôture. Combien de temps faut-il pour se perdre dans les bois ? Est-il facile d'épier une maison comme celle-ci sans être vu ?

Un psychologue ne voit pas la scène de crime comme un policier. La police cherche des indices et des témoins. Moi, j'observe la scène dans son ensemble et m'intéresse aux aspérités du paysage. Par exemple, une route peut agir comme une barrière psychologique. Les gens qui vivent d'un côté peuvent très bien ne jamais la traverser. Il en est de même pour les chemins de fer et les rivières. Les frontières naturelles altèrent le comportement des gens.

Grievous me rejoint dans le jardin et tape la neige de ses chaussures.

— Certains lieux sont tout simplement maudits.

— Que voulez-vous dire ?

— C'est ici que vivait Tash McBain.

— Qui ?

— Vous ne vous en souvenez pas ? C'était l'une des filles de Bingham.

Je fouille ma mémoire et retrouve la moitié de l'histoire, un titre et la photo de deux adolescentes.

— Sa famille louait cette maison, explique Grievous. Mais après sa disparition, les parents se sont séparés. Divorcés. Ils n'ont pas supporté de ne pas savoir.

— Les filles n'ont jamais refait surface ?

— Jamais. C'est l'un de ces mystères dont les gens du coin parlent toujours. Je me rappelle quand ça s'est passé. Cet endroit était bondé de journalistes et d'équipes de télévision.

— Vous travailliez sur l'affaire ?

— J'étais encore en formation.

— Que leur est-il arrivé d'après vous ?

Il hausse les épaules.

— Cinq mille personnes sont portées disparues chaque année dans la Vallée de la Tamise. La moitié sont des gosses entre douze et dix-huit ans, fugueurs pour la plupart. Ils finissent par revenir… ou pas.

Drury émerge de la maison et dit à Grievous d'aller chercher la Land Rover.

— Où est le chien ?

— Quoi ?

— La famille avait un chien.

— Comment le savez-vous ?

— Il y a une gamelle d'eau dans la buanderie et une boîte de nourriture pour chien vide. Une race à poils ras. Noir et blanc. Peut-être un Jack Russell.

Il secoue la tête, mais je lis une question muette dans son regard. Il la balaie et remet ses gants.

— Il est temps que vous rencontriez Augie Shaw.

Puis nous avons été portées disparues.

La pire tragédie que Bingham a connue est le jour où un bombardier allemand a manqué Londres de cent vingt-huit kilomètres et a déversé son chargement mortel sur un foyer d'hébergement. Le nombre de victimes n'a jamais été rendu public – le gouvernement voulait protéger la morale – mais des historiens locaux ont avancé le nombre de vingt et une victimes.

La seconde tragédie de Bingham s'est produite le soir où Aiden Foster a foncé en voiture sur Callum Loach, dont les deux jambes écrasées ont dû être amputées au-dessus des genoux. Aujourd'hui, il a deux moignons, mais porte généralement des prothèses en plastique de la couleur de sa peau.

Tash gloussait quand elle entendait le mot prothèse. Cela lui faisait penser à prophylactique, un nom rigolo que notre professeur de biologie (Mlle Trunchbull) avait employé à propos du préservatif. C'était juste avant d'enfiler ledit préservatif sur une banane en cours d'éducation sexuelle. Tash a levé la main pour demander : « Pourquoi doit-on se protéger des bananes, mademoiselle ? »

J'ai eu un tel fou rire que j'ai failli me faire pipi dessus. Tash a été envoyée dans le bureau de Mme Jacobson, la directrice (surnommée Lady Adolf). Tash allait si souvent dans son bureau qu'elle aurait dû avoir une carte de membre.

Notre disparition nous a rendues populaires. Des sacs remplis de courriers sont arrivés chez nous : des cartes, des lettres, des poèmes et des photos de mères, pères, enfants, églises et écoles. Le Premier ministre nous a même écrit une lettre, tout comme le prince de Galles.

À la rentrée des classes, il y avait des caméras devant les grilles du lycée Sainte-Catherine. La plupart de nos amis ont été interviewés : tous sauf Emily, qui est restée à l'écart des journalistes. Emily Martinez était le troisième membre de notre clan. Elle a six mois de plus que nous, est un peu grassouillette, et s'extasie pour un rien. Au début, je ne l'aimais pas à cause de son petit côté Miss Perfection. Puis j'ai eu pitié d'elle parce que ses parents divorçaient et se battaient pour sa garde.

Je n'ai jamais rencontré son père – il travaille aux États-Unis –, mais sa mère était plutôt bizarre, toujours fourrée chez son médecin ou son thérapeute. Emily disait qu'elle était un peu nerveuse, mais Tash imitait le geste de boire de l'alcool.

Le jour de la rentrée, des conseillers en soutien psychologique rôdaient au lycée comme des mouettes se battant pour quelques miettes. Ils ont dit aux élèves qu'il était normal d'être bouleversé et qu'ils devaient exprimer leurs sentiments. Les caméras de télévision ont eu l'autorisation de filmer l'assemblée générale de l'école où Mme Jacobson a dit une prière spécialement pour nous. Quand elle a parlé de Tash et moi, elle avait des trémolos dans la voix.

— Écoute-la un peu celle-là ! s'est exclamée Tash en riant. Il y a un mois, elle rêvait de se débarrasser de moi.

— Maintenant, elle veut te récupérer.

— Ben voyons !

Un mois après notre disparition, George nous a emmenées dans cet endroit. À ce moment-là, la police avait cessé ses recherches et tout le monde croyait à une fugue. George ne parlait plus de demande de rançon ni d'argent. Il nous avait sauvées, disait-il, tel un noble chevalier de conte de fées. Il allait nous protéger de la tentation et du mal de l'univers.

Vous pensez probablement qu'on était stupides de croire ses mensonges. Naïves. Crédules. Idiotes. Quand vous aurez été terrorisées, droguées et enfermées dans une cave, sans rien à boire ni à manger, alors vous pourrez nous juger. Quand vous aurez pleuré toutes les larmes de votre corps ; que vous serez restées tapies sous une couverture et que vous commencerez à perdre la raison ; quand vous n'aurez plus la force de désobéir ou de penser clairement... Alors vous pourrez nous juger.

Il nous a fait avaler des cachets et on s'est réveillées dans ce trou à rat. Il avait scié l'échelle pour qu'on ne puisse pas atteindre la trappe du plafond sans son aide, et on n'avait plus de télévision ni de paysage à contempler.

Quand on était de braves filles, il nous laissait la lumière. Si on se conduisait mal, il l'éteignait. Vous n'avez jamais connu les ténèbres ; si épaisses que l'on croit suffoquer ; si profondes que l'on a l'impression qu'un monstre respire tout contre votre oreille.

Nos existences dépendent entièrement de lui. George décidait de notre alimentation, de notre tenue. Il contrôlait la lumière et l'air. Parfois, il était gentil et on pouvait se moquer de lui. On lui donnait des listes de courses et on le taquinait pour qu'il nous rapporte des magazines et de la nourriture.

— Je ne veux pas que vous preniez du poids, disait-il en rationnant le chocolat.

Nous avons lu et relu nos magazines. On découvrait de nouveaux visages, de nouveaux films, de nouvelles modes, mais tout cela restait familier. Brad et Angelina. Posh et Becks. Elton et David. Le monde ne changeait pas tant que cela. Le prince William a épousé Kate Middleton. Les fesses de Pippa sont devenues célèbres.

Nous n'avons aucun moyen de savoir si nous sommes près de chez nous. Je ne le sais toujours pas. Ma maison pourrait se trouver à plusieurs kilomètres de là. Ou juste derrière les arbres. Je sais seulement que nous sommes près d'une ligne de chemin de fer, car j'entends les trains quand le vent souffle dans la bonne direction.

Tash me manque. J'aimerais pouvoir tendre le bras vers sa couchette et lui serrer la main. Sa voix me manque. La regarder dormir me manque.

George n'est pas venu me voir depuis qu'elle s'est échappée et je sais qu'il va être en colère. Voilà pourquoi Tash doit revenir vite avec la police... avant George.

Je n'ai presque plus rien à manger et la bouteille de gaz est pratiquement vide.

Mon écriture est de plus en plus mauvaise, à cause du froid. Je ne sens plus mes doigts, ce qui m'empêche de tenir correctement mon stylo. Quand la mine s'émousse, je gratte doucement le plomb sur une brique pour l'aiguiser.

Écrire m'empêche de sombrer dans la folie, mais Tash, elle, n'avait rien à quoi se raccrocher.

Elle était de plus en plus malade. Ne mangeait plus rien. Se rongeait les ongles au sang.

Voilà pourquoi elle devait s'enfuir.

4.

Augie Shaw est assis à une table, appuyé sur les coudes, les yeux rivés au miroir. Il ne peut pas me voir derrière son reflet et pourtant, il semble me fixer du regard.

Les miroirs sans tain des salles d'interrogatoire ont un effet intéressant. Les gens peinent à mentir lorsqu'ils s'observent en train de le faire. Vouloir paraître sincères et convaincants les met mal à l'aise.

Maintenant, Augie est debout. Il fait les cent pas, gesticule, grimace, comme pris dans un dialogue intérieur. Plus grand que je ne l'imaginais, il a une démarche traînante et une mèche de cheveux sur l'œil.

S'arrêtant devant le miroir, il se penche vers la paroi de verre et fait bouger ses sourcils. Il a de grands yeux, un front large, des traits réguliers. Ses mains sont bandées de gaze et il est affublé d'un bleu de travail jetable.

— Où sont ses vêtements ? demandé-je.

— Nous les avons pris pour analyse, répond Drury.

Augie presse ses mains l'une contre l'autre et ferme les yeux, comme s'il priait.

— Il est pratiquant, précise Drury. Il appartient à une église pentecôtiste en ville – une de ces joyeuses bandes de chanteurs.

— J'en déduis que vous n'êtes pas croyant.

— Je crois à la rédemption. C'est la foi aveugle et les comportements conditionnés qui me dérangent.

J'ouvre la porte et pénètre dans la salle d'interrogatoire. Le regard d'Augie balaie les murs, puis le sol, sans jamais croiser le mien. Une odeur bizarre se dégage de lui. De la sueur. Du talc.

Je prends un siège et demande au suspect de s'asseoir. Il regarde la chaise d'un air soupçonneux avant de se laisser tomber dessus, les genoux de biais, face à la porte.

— Mon nom est Joe. Je suis psychologue clinicien. Avez-vous déjà parlé à quelqu'un comme moi ?

— Je parle au Dr Victoria.

— Pourquoi ?

Il hausse les épaules.

— Je n'ai rien fait.

— Je n'ai rien suggéré de tel.

— Pourquoi me regardez-vous comme ça ? Vous pensez que j'ai fait quelque chose de mal. Vous allez m'accuser. C'est pour ça que vous m'avez amené ici.

— Détendez-vous, Augie, je veux juste discuter avec vous.

— Vous allez me tuer ou m'électrocuter.

— Pourquoi ferais-je une chose pareille ?

— Ils le font dans certains pays.

— Nous n'avons pas la peine de mort en Grande-Bretagne, Augie.

Il hoche la tête, se passe les mains dans les cheveux, joue avec sa frange.

— Comment vous sentez-vous ?

— J'ai mal aux mains.

— Avez-vous besoin d'antidouleurs ?

— Le médecin m'a donné des cachets.

— Comment vous êtes-vous brûlé les mains ?

— Avec le feu.

Je ne lui demande pas comment le feu a pris, préférant me concentrer sur son histoire personnelle. Augie habite à Bingham avec sa mère. Il est né dans la région, a quitté l'école à seize ans et depuis, vit de petits boulots dans les fermes alentour. Les Heyman lui faisaient couper leur bois et tondre leur pelouse. Il a aussi réparé plusieurs fois leurs clôtures.

— Pourquoi avez-vous cessé de travailler pour eux ?

Augie se tortille sur son siège et gratte nerveusement ses mains bandées. Une minute s'écoule en silence. Je fais une nouvelle tentative :

— Vous avez été renvoyé. Que s'est-il passé ?

— Demandez à Mme H.

— Comment le pourrais-je, Augie ? Mme Heyman est morte. La police pense que vous l'avez tuée.

— Non. Non !

— C'est pour cette raison que vous êtes ici.

Il cligne des yeux.

— Elle est auprès de Dieu. Je vais prier pour elle.

— Vous priez beaucoup ?

— Tous les jours.

— Que demandez-vous à Dieu ?

— Son pardon.

— Pourquoi avez-vous besoin de son pardon ?

— Ce n'est pas pour moi – c'est pour les pécheurs.

— Pourquoi êtes-vous allé à la ferme ?

— Mme H. m'a demandé de venir.

— Elle vous a appelé ?

— Oui.

— Les lignes étaient coupées, Augie. Il y avait une terrible tempête. Comment a-t-elle pu vous téléphoner ?

— Elle m'a demandé de venir.

— Quand vous a-t-elle appelé ?

— La veille.

À l'entendre, c'est si simple.

Je lui demande des détails de sa visite. Il a emprunté la voiture de sa mère et a roulé en direction de la ferme des Heyman, mais a failli manquer un virage à cause de la tempête. La neige l'empêchait de poursuivre son chemin en voiture, aussi s'est-il arrêté sur le bord de la route pour continuer à pied.

— La maison était plongée dans le noir. Aucune lumière n'était allumée. Sauf un halo à la fenêtre de l'étage, mais d'une couleur étrange, vous voyez, pas comme une lampe ou une bougie. (Il se bouche les oreilles.) Je l'ai entendue crier.

— Mme Heyman ?

Augie hoche la tête.

— J'ai enfoncé la porte. Ça m'a fait mal à l'épaule. J'ai monté l'escalier, mais les flammes me barraient le passage.

Il se met à hyperventiler, comme s'il inhalait de la fumée, et presse ses mains sur ses tempes.

— Comment vous êtes-vous fait ces brûlures aux mains ?

— Je ne sais pas.

— Avez-vous frappé M. Heyman ?

Il secoue la tête.

— Avez-vous mis le feu ?

— Non, non !

Sans prévenir, il se lève et gagne le fond de la pièce en parlant à voix haute, comme s'il se disputait avec quelqu'un.

— À qui parlez-vous, Augie ?

Il secoue la tête.

— Qui est-ce ?

Il se recroqueville et son regard me traverse, comme si quelqu'un s'était glissé derrière moi.

— Parlez-moi de votre frère.

Il hésite.

— Vous pouvez le voir ?

— Non. Parlez-moi de lui.

— Parfois, il me vole mes souvenirs.

— Que vous dit-il d'autre ?

— Il me met aussi en garde contre certaines personnes.

— Que dit-il exactement ?

— Il me dit qu'ils essaient de m'empoisonner.

— Qui ?

— Il est dans l'air.

— Pour quelle raison êtes-vous vraiment allé à la ferme, Augie ?

— Pour réclamer mon salaire.

— Je ne vous crois pas.

Augie joint ses mains bandées en prière, l'air suppliant. Une rougeur sur sa nuque s'étend jusqu'à la racine de ses cheveux.

— Dieu me jugera si je mens.

— Dieu ne peut plus vous aider maintenant.

— Si, il le peut. Il le doit.

— Pourquoi ?

— Qui d'autre arrêtera le diable sinon ?

Le bureau de Drury se trouve au deuxième étage. Aucune affiche. Le mobilier sobre. Je m'attendais à voir des cadres au mur, et non un tableau blanc avec des noms, des photographies, des repères chronologiques – véritable arbre généalogique du meurtre.

Des gouttelettes de condensation maculent la vitre et de minuscules éclats de givre semblent piégés à l'intérieur du verre. L'inspecteur se recule dans son fauteuil et croise les jambes, ôtant une poussière de son pantalon.

— Alors, que pensez-vous de notre homme ?

— Il est déconnecté de la réalité, sans doute schizophrène.

— Vous avez diagnostiqué ça en une heure ?

— Je l'ai diagnostiqué en cinq minutes.

Drury vide sa bouteille d'eau en plastique et la jette dans la poubelle.

— Comment dois-je m'y prendre alors ?

— Pour le moment, il essaie de se contrôler. Physiquement, il va bien, mais psychologiquement, il est très fragile. Vos interrogatoires doivent être brefs, avec des pauses fréquentes. N'insistez pas sur certains points – laissez-le vous raconter son histoire à sa manière. S'il panique, laissez-le se calmer. Traitez-le comme une victime, pas comme un agresseur.

— Il va avouer ?

— Il dit qu'il n'est pas coupable.

— Il ment, hein ?

— Il cache quelque chose, mais je ne sais pas quoi.

Le regard du policier devient féroce et il me scrute avec un mélange d'impatience et d'irritation. Il se lève et fait le tour du bureau, le corps tendu à l'extrême.

— C'était le pire blizzard du siècle, pourtant ce gamin a roulé un kilomètre en pleine tempête. Je pense qu'il cherchait à se venger. Il était obsédé par la fille des Heyman. Et furieux d'avoir été renvoyé. Nous savons qu'il se trouvait sur le lieu du crime. Il avait le mobile et l'opportunité.

— L'auteur de ces meurtres n'a pas paniqué. Il a voulu détruire les preuves avec de l'eau de Javel et du feu. Cette personne est douée d'un esprit logique. Une intelligence supérieure. Cela ne ressemble pas à Augie Shaw.

— Comment s'est-il brûlé les mains ?

— Il a essayé de sauver Mme Heyman.

— Pourquoi avoir pris la fuite ?

— Il a paniqué.

L'inspecteur en avait assez entendu.

— Foutaises ! Augie Shaw a assassiné le mari et violé la femme. Il voulait se venger. Il a tué ces pauvres gens et je vais le prouver ! (Drury ouvre la porte.) Merci pour votre aide, professeur. Je vais vous faire déposer à votre hôtel.

Je prends ma veste et regarde mes chaussures. Des traces de boue ont séché sur le cuir.

— Vous n'avez rien remarqué de bizarre sur la scène de crime ?

— Quoi au juste ?

— Les Heyman n'étaient pas des amateurs d'alcool. Le seul alcool qu'ils avaient chez eux était une bouteille de scotch. Sur le manteau de la cheminée, ouverte depuis peu.

— Et alors ?

— On n'ouvre pas un pur malt de vingt ans d'âge pour un homme qu'on vient de renvoyer.

— Il faisait froid. L'électricité était coupée. Peut-être que les Heyman avaient envie de se réchauffer.

— Il y avait trois tasses. Une seule sentait le scotch.

— Où voulez-vous en venir ?

— Une couverture était étendue devant la cheminée. Quelqu'un s'est installé là pour se réchauffer. Pour sécher ses chaussures. Des chaussons de ballet. Taille trente-sept. La mère et la fille chaussent toutes les deux du trente-neuf.

Maintenant, Drury m'écoute. Nous prenons le couloir en direction des ascenseurs.

— La robe qui trempait dans le lavabo est deux tailles trop petite pour Mme Heyman.

— Peut-être que sa fille...

— Sa fille fait du quarante-quatre. J'ai vérifié dans son armoire.

— Je ne comprends toujours pas où vous voulez en venir.

— Quelqu'un a pris un bain à l'étage. Il y avait une serviette supplémentaire. La fenêtre de la salle de bains était cassée.

— Vous niez l'évidence pour retenir des détails comme une serviette supplémentaire et la taille d'une robe ?

— Et le chien disparu ?

— Il s'est enfui pendant l'incendie. Mort dans le blizzard.

Un silence s'installe. Un silence pesant. Drury presse le bouton de l'ascenseur avec impatience. Une petite veine palpite à son front.

— Vous ne m'aimez pas beaucoup, n'est-ce pas ? lui dis-je.

Il m'adresse un sourire ironique.

— L'un des privilèges de mon grade. Je ne suis pas obligé d'aimer les gens.

— Je suis désolé si je vous ai dit quelque chose de perturbant.

— Perturbant ? Non. Je crois que vous aimez être en désaccord avec les gens, professeur, parce que ça vous donne le sentiment d'être plus important ou plus intelligent que les autres. Mais contrairement à ce que vous croyez, je ne suis pas un connard borné et inculte qui pense que Jeanne d'Arc était la femme de Noé.

C'est une bonne repartie. Ça me rappelle un ami, Vincent Ruiz, un ancien inspecteur qui a le chic pour ce genre de boutades.

— Vous savez combien d'affaires de meurtres j'ai traitées ?

— Non.

— Combien de cadavres j'ai vus ?

— Non.

— Poignardés, tués par balle, étranglés, noyés, empoisonnés, électrocutés, poussés d'une falaise, plongés dans un tonneau, entaillés dans une baignoire, enveloppés dans un tapis, brûlés dans des voitures et jetés aux cochons ? Vous croyez comprendre les gens, professeur, mais vous ne savez pas de quoi ils sont capables. J'ai une expérience du comportement humain que vous n'aurez jamais.

L'ascenseur arrive et les portes s'ouvrent.

— Comment s'appelle votre épouse ?

L'inspecteur est surpris par ma question.

— Quel est le rapport ?

— Je me disais seulement que vous devriez changer de chemise avant de rentrer chez vous. Vous la portez depuis hier, ce qui signifie que vous n'êtes pas rentré chez vous hier soir. Vous étiez avec une autre femme, chez elle. Le rouge à lèvres sur le côté gauche de votre col vous trahit. Vous n'aviez pas de chemise de rechange alors vous avez gardé celle-ci et l'avez aspergée de déodorant. J'ai remarqué aussi la boîte de chocolats dans votre bureau – luxueuse, belge – pour votre femme. Vous devez beaucoup aimer votre maîtresse, mais vous ne voulez pas que cette liaison détruise votre mariage. Bonne chance avec ça...

Drury est tétanisé.

— Je ne me préoccupe pas des cadavres, inspecteur. Ce sont les vivants qui m'intéressent.

Il y a une différence entre

s'enfuir et disparaître dans la nature. Les fugueurs sont comparables à ces pièces de monnaie que l'on déniche entre les coussins des canapés. On finit toujours par les retrouver, mais ce n'est pas comme gagner au loto.

Nous avons glissé entre les coussins, disparu des gros titres. Loin des yeux, loin du cœur. George disait que personne ne s'intéressait à nous en dehors de lui. Il était notre protecteur à présent. Il s'occuperait de nous.

J'avais envie de le croire. Certains jours, j'attendais avec impatience qu'il déplace les caisses au-dessus de la trappe. Tash l'a toujours détesté. Elle le comprenait mieux que moi. Elle en savait plus sur les hommes... leurs envies, leurs motivations.

Tash et moi formions un drôle de couple, mais cela ne nous empêchait pas d'être amies. Je marche comme un pigeon ; elle a une allure de top model. Je porte des shorts et des survêtements ; elle raffole des minijupes et des chaussures compensées. Ma passion est la course à pied ; le sport est selon elle une perte de temps.

J'ai des rougeurs sur la peau à cause du psoriasis. Tash a un teint parfait, si lisse et pur qu'on croirait un mannequin dans la vitrine d'une boutique de vêtements. (Elle a essayé une fois de dissimuler mes boutons sous une couche de fond de teint, mais ça m'a donné l'air d'un Oompa Loompa.)

Nous sommes nées dans le même hôpital, à deux semaines d'écart, et nous sommes allées à la même école primaire. Nous pensions que nous serions séparées par la suite, mais Tash a obtenu une bourse pour payer les frais de scolarité de Sainte-Catherine. Son père monte des échafaudages. Le mien est banquier. Sa mère bosse dans un supermarché. La mienne ne fait rien.

Sur le papier, nous n'avons rien en commun, pourtant nous sommes amies. Je passais une grande partie de mes après-midi sur la piste du stade, à faire des sprints et tirer un pneu sur la pelouse. Tash trouvait ça hilarant, pourtant elle ne se moquait pas de moi. Et ce n'est pas comme si elle voulait côtoyer un laideron pour lui servir de faire-valoir. Un tas de filles sont plus moches que moi.

Je crois que Tash aimait ma famille plus que la sienne, en particulier ma mère, qui est une véritable Desesperate Housewife *à Bingham. Une « femme d'intérieur », comme elle dit, qui fait du yoga le lundi, du tennis le mercredi et du golf le vendredi. Avant de se marier, elle était mannequin. Elle prétend avoir fait des défilés, mais sur la plupart des photos de son book, elle pose dans des salons automobiles.*

Ma mère est une femme élégante et gracieuse, que rien ne semble pouvoir atteindre ou salir. On dirait une poupée avec laquelle on n'a pas le droit de jouer, et que l'on doit conserver dans sa boîte d'origine parce qu'un jour, elle aura une grande valeur.

Je ne me suis jamais intéressée à la mode, au maquillage et à tous ces trucs de filles, au grand désarroi de ma mère. Parfois, je me demande si les bébés n'ont pas été échangés à la maternité et que ma mère n'était pas censée ramener Tash à la maison.

Les gens m'appellent la « coureuse », « la petite dure » ou « le garçon manqué ». Cela désespérait maman, tandis que papa montrait mes trophées à tout le monde en disant que j'étais ce qui lui était arrivé de mieux après un fils. Bien sûr, cela me plaçait en seconde position, mais on ne peut pas tout avoir.

La dernière fois que j'ai entendu parler de notre disparition, c'est quand mon père a doublé la récompense. À ce moment-là, j'ai su qu'il m'aimait. Tash n'a pas dit un mot pendant un long moment. Ses parents ne pouvaient se permettre d'offrir une telle somme d'argent.

— Peut-être que tu vas rentrer chez toi, disait-elle.

— Ne t'inquiète pas, je ne partirai pas sans toi.

Pendant des semaines, j'ai supplié George de nous laisser écrire des lettres. Il a fini par accepter. J'en ai écrit une à papa et maman et une à Emily. Tash a écrit à ses parents et à Aiden Foster, son ex-petit ami, même si je ne sais pas pourquoi elle a pris cette peine.

George nous a dicté ce que nous devions dire, nous n'avons donc pas pu distiller le moindre indice. Nous avons été forcées d'écrire que nous avions fugué, que nous habitions à Londres et qu'ils devaient abandonner les recherches. J'aurais voulu écrire d'autres choses, mais George ne m'a pas laissée faire.

Les bons jours, il faisait preuve de gentillesse et de générosité. Les mauvais jours, il se montrait cruel. Il aimait répéter que nos parents ne voulaient plus de nous. Ma mère était enceinte et le bébé allait me remplacer. Quant aux parents de Tash, ils divorçaient.

J'ai dit à Tash de ne pas le croire, mais il nous a fait lire des articles dans les journaux, qui d'après lui prouvaient que nos parents ne voulaient plus de nous. Ils étaient soulagés d'être débarrassés de nous, les mauvaises graines.

5.

Perché sur l'estrade, je serre le pupitre à deux mains et cligne des yeux. Les visages se dessinent dans la lumière distillée par la scène : pâlis par l'hiver, ils m'observent depuis les sièges fatigués alignés dans l'ombre.

La salle de conférences est à moitié vide. Le blizzard a retenu les gens chez eux, à moins que ce ne soit moi qui les aie rebutés : le Pr Joseph O'Loughlin – le psychologue tremblotant –, l'homme censé « lire dans les esprits ».

Ce n'est pas mon auditoire habituel. D'ordinaire, je m'adresse à des étudiants à la peau grasse et habillés de pantalons larges. Aujourd'hui, je fais face à mes pairs : des psychologues, des psychothérapeutes et des psychiatres qui pensent que je peux leur communiquer une certaine sagesse, quelques clés sur la condition humaine pour leur permettre de mieux comprendre leurs patients.

Je me lance :

— Imaginez, si vous le pouvez, n'éprouver absolument aucun intérêt pour vos congénères. Pas de culpabilité. De remords. De honte. Imaginez ne jamais regretter la moindre action ou parole égoïste, paresseuse, cruelle, malveillante ou immorale de toute votre vie.

« Personne ne compte à vos yeux en dehors de vous. Personne ne mérite votre respect. Vous vous moquez de l'équité, l'impartialité. Les autres sont tous des imbéciles, inutiles et ignorants, qui empiètent sur votre espace vital et respirent votre oxygène.

« Maintenant, je voudrais que vous ajoutiez à cet étrange fantasme la capacité à cacher aux autres votre personnalité, votre vraie nature. Personne ne sait qui vous êtes vraiment... combien vous vous moquez des autres... ce dont vous êtes capable...

« Imaginez les possibilités qui s'offrent à vous. Là où d'autres hésitent, vous agissez. Là où d'autres respectent les règles, vous les transgressez, nullement retenu par la loi, la morale ou l'inquiétude, car votre sang est glacé et votre cœur de pierre.

« Que feriez-vous d'un tel pouvoir ? Tout dépend de vos désirs. Les psychopathes sont tous différents. Et en dépit de ce qu'on lit dans les tabloïds, ce ne sont pas tous des meurtriers ou des tueurs en série.

« D'après les statistiques, au moins quatre personnes dans cette salle correspondent à la description que je viens de donner. Peut-être êtes-vous assis à côté de l'un d'eux. Peut-être en êtes-vous un vous-même.

Quelques sourires nerveux apparaissent dans l'auditoire, mais personne ne détourne les yeux. Ils sont à l'écoute.

— Nous sommes tous différents. Certains d'entre nous sont motivés par l'ambition, le gain ou le pouvoir. Certains sont paresseux. Bêtes. Violents. D'autres sont lâches et d'autres encore, comme je l'ai expliqué, sont des psychopathes. Pas des monstres ni des fous. Ils se marient, ont des enfants, et créent des empires financiers sans jamais révéler leur secret.

« Le concept du psychopathe brillant est souvent oublié voire ignoré par la médecine. Nous étudions ceux qui sont en marge de la société – les laissés-pour-compte, les déclassés, les délinquants, des êtres qui n'ont ni l'intelligence ni l'envie de gouverner le monde. Depuis quelques années seulement nous faisons des recherches sur les psychopathes qui se fondent parmi nous.

Parcourant l'auditoire du regard, je reconnais un ou deux visages. Eric Knox, avec qui j'ai travaillé sur un projet de recherches, est assis à côté d'Andrew Nelson, un ami universitaire qui est sorti avec ma sœur Rebecca et lui a brisé le cœur. Deux rangs derrière eux, je remarque une femme au visage familier. Il me faut plusieurs minutes pour l'identifier : Victoria Naparstek, la psychiatre d'Augie Shaw.

— Je vais terminer par une petite anecdote. C'est l'histoire d'un homme affable et charismatique qui a grandi dans un modeste quartier new-yorkais. Solitaire, distant, légèrement froid, il a épousé son amour d'enfance et a eu deux fils. Puis il a connu le succès : un penthouse à Manhattan, des parts dans deux jets privés, un yacht mouillant dans la Riviera française. À soixante-dix ans, il gérait des milliards de dollars pour des particuliers et des fondations, et faisait sans cesse signer de nouveaux clients incluant des œuvres caritatives, des institutions publiques et des banques d'investissement. Il évitait les entrevues en tête à tête avec ses investisseurs, ce qui ne faisait qu'ajouter à son charisme. Il boudait également les soirées mondaines de Manhattan, se forgeant la réputation d'un cerveau de la finance qui transformait tout ce qu'il touchait en or – le sage de Wall Street. Quelqu'un sait-il de qui je parle ?

— Bernie Madoff, dit une voix dans la pénombre.

— Un psychopathe classique. Un escroc d'envergure internationale. Un manipulateur si avide de richesses qu'il a détruit l'existence de milliers de personnes sans jamais perdre le sommeil.

« L'homme a de l'instruction, de l'argent, un QI élevé, mais absolument aucune conscience. Sans hésitation ni crainte d'être démasqué, il a mis en place le plus grand schéma de Ponzi de toute l'histoire, convaincu d'être au-dessus des lois et d'avoir affaire à des victimes stupides, indignes et méprisables.

« Madoff n'est pas un cas unique. Ils sont nombreux comme lui. Ces personnages choisissent les affaires, la politique, le droit, les sciences, la finance et les relations internationales. Ils poursuivent la carrière qu'ils se sont choisie avec une efficacité et une férocité redoutables, sans être entravés par la morale, le doute ou la culpabilité. Et sans se préoccuper du sort de quiconque.

« Ils poignardent leurs collègues dans le dos, détruisent leurs rivaux, ruinent leurs ennemis, fabriquent des preuves de toutes pièces, déforment la réalité, mentent, volent, trompent leur entourage et piétinent tous ceux qui se mettent en travers de leur chemin. Parfois ils se marient pour l'argent, divorcent pour la même raison. Mettent en faillite des associations caritatives. Déclenchent des guerres. Envahissent des pays. Écrasent les faibles. Corrompent les innocents. Et toujours avec la délicieuse liberté de savoir qu'ils dormiront paisiblement la nuit.

« Ce ne sont pas les psychopathes que vous et moi traitons dans nos cabinets. Peut-être est-ce une bonne chose. Il est peut-être inutile de vouloir les soigner. Ils ne sont pas détraqués – ils sont eux-mêmes. C'est un trait de caractère, pas un trouble de la personnalité.

Une main se lève. Un jeune homme, peut-être un étudiant diplômé.

— Ne sommes-nous pas dans l'obligation de les traiter ?

— Pourquoi ?

— Ils ont besoin de notre aide.

— Et si nous leur donnons les outils pour parfaire leur jeu et tromper encore mieux leur monde ?

Mon interlocuteur n'est pas satisfait.

— Ne croyez-vous pas que vous exagérez le problème ?

Je stoppe le tremblement de mon bras gauche.

— J'ai lu ce matin un article sur l'anorexie, qui a atteint des proportions épidémiques dans notre pays. Il y a quatre fois plus de psychopathes que de personnes atteintes de troubles alimentaires. Est-ce une épidémie ou une exagération ?

Je réponds à une poignée de questions, la plupart sur des données empiriques. Je leur dis de se méfier des statistiques, importantes pour les scientifiques et les étudiants, moins pour les cliniciens. Le comportement humain ne peut se résumer à des courbes et des graphiques.

— Le 24 juillet 2000, le Concorde était l'avion le plus sûr du monde. Le lendemain – d'après les statistiques –, il est devenu l'avion le moins sûr du monde. Méfiez-vous des chiffres.

La conférence est terminée. La salle se vide. Personne ne m'approche. Le Dr Naparstek ne vient pas me saluer, ce qui me vaut une pointe de regret. C'est une belle femme, naturellement séduisante. Un peu moins de quarante ans. Mince. Stylée. Beaucoup trop bien pour moi.

Comme si je pouvais plaire à une femme !

À l'extérieur, tout le monde discute du temps. Une voix m'interpelle.

— Augie Shaw n'a pas tué ces gens.

Victoria Naparstek se tient près de la sortie. Elle porte une robe de laine grise, des collants noirs et des bottes de cuir noires.

— Moi qui croyais que vous seriez honnête. Inébranlable. Vous avez laissé Stephen vous forcer la main, poursuit-elle.

— Stephen ?

— L'inspecteur Drury.

Ils s'appellent par leurs prénoms ?

— Vous lui avez dit ce qu'il voulait entendre.

— Je lui ai donné mon opinion.

Elle fait un pas vers moi et m'étudie. Quand elle se déplace, ses yeux semblent changer de couleur.

— Ils veulent garder Augie Shaw en garde à vue quarante-huit heures de plus.

— Cela n'a rien à voir avec moi.

— Il n'a pas assassiné ces gens.

— Il était sur le lieu du crime.

— Augie n'a pas d'historique de violence. Il supporte mal les espaces confinés. La dernière fois qu'il a été enfermé…

— La dernière fois ?

— C'était une erreur. Il a été blanchi.

Ses cheveux sont plus courts que dans mon souvenir. Au lieu de longues tresses épaisses, elle porte un carré qui lui caresse les joues et flotte sur sa nuque.

— J'ai peur qu'il tente de se faire du mal.

— Dites-le à Drury.

Elle jette un coup d'œil à ma main gauche. Mon pouce et mon index se frottent malgré moi l'un contre l'autre, comme si j'émiettais du pain.

— Est-ce que je vous rends nerveux ?

— J'ai la maladie de Parkinson.

Sa bouche forme un petit o de surprise. Elle tente de s'excuser.

— Vous ne pouviez pas le savoir.

— Je fais tout de travers aujourd'hui. Peut-on repartir de zéro ? Je vous invite à déjeuner.

— À condition que je paie ma part.

Un sourire... et des fossettes.

— Je connais l'endroit idéal, dit-elle en me précédant.

J'admire sa ligne, plein d'espoir. Elle m'emmène au Head of the River, un pub sur Folly Bridge. Après avoir poussé la lourde porte du restaurant, elle prend mon manteau et le pend à une patère. Puis elle choisit une table à l'écart de la cheminée, commande de l'eau minérale et me demande si je veux du vin.

— Je ne bois pas.

— À cause de votre traitement.

— Oui.

— Que prenez-vous ?

— Levodopa pour les symptômes, carbidopa pour les nausées. Prozac pour ne pas tomber en dépression à cause de ma maladie neuro-dégénérative.

— Comment ça se passe ?

— Disons que c'est un bon jour...

Nous restons un moment assis sans rien dire, comme fascinés par les couverts sous nos yeux.

Victoria Naparstek est un peu différente de la femme de mon souvenir. Ses vêtements sont moins féminins, plus confortables. Son rang de perles lui donne l'air un peu plus âgé. Peut-être est-elle fatiguée d'être prise pour un objet, ce qui la distingue des autres femmes.

— Êtes-vous venu seul ?

— Non, ma fille aînée, Charlie, est avec moi... Elle est allée dépenser mon argent dans les boutiques.

— Vous êtes marié ?

— Séparé. Depuis trois ans. Deux filles, quinze et sept ans. Elles vivent avec leur mère, mais je les vois assez souvent. Moins depuis que j'ai emménagé à Londres.

— Mmm.

— Quoi ?

— Intéressant.

— Que voulez-vous dire ?

— Je vous ai posé une simple question et vous m'avez raconté votre vie – tout sauf votre couleur préférée.

— Bleu.

— Pardon ?

— Ma couleur préférée est le bleu.

J'étudie le menu. Victoria commande la soupe. Moi aussi. Un choix horrible. Mon bras gauche tremble.

Je change de sujet et l'interroge à mon tour. Elle vit à l'ouest de Londres et se rend deux fois par semaine à Oxford. Elle travaille essentiellement pour le National Health Service, le système de santé public du Royaume-Uni.

— Comment Augie Shaw est-il devenu votre patient ?

— Il est allé trouver la police il y a deux ans pour avouer un viol. Mais c'était faux.

— La victime n'a pas porté plainte ?

— La femme en question ne le connaissait pas. Augie rêvait de la violer et pensait sincèrement l'avoir fait. Il était mortifié. Choqué. Furieux contre lui-même.

— Vous l'avez arrêté à temps.

— Il s'est arrêté tout seul. (Elle fait courir son doigt sur le rebord du verre.) Augie a commencé à avoir des problèmes à la fin de l'adolescence. Hallucinations auditives. Trous de mémoire. Raisonnements absurdes. Migraines chroniques. Insomnies. Il affirmait recevoir des messages contradictoires chaque fois qu'il devait prendre une décision importante.

— Des messages ?

— De son frère jumeau.

— Drury a dit qu'il n'avait pas de frère.

— Son jumeau est mort à la naissance, mais Augie pense qu'il est toujours connecté à l'âme de son frère. Il dit que son jumeau est en quelque sorte piégé dans sa tête et n'en partira pas.

— Schizophrénie paranoïaque.

— Il a des hallucinations, certaines délirantes, d'autres paranoïaques.

— Quel est son traitement ?

— Des antipsychotiques : olanzapine, quinze milligrammes, et des somnifères. Pendant nos séances, j'essaie d'amener Augie à couper mentalement le cordon, mais il résiste. Pour lui, perdre le lien avec son frère, c'est perdre la moitié de sa personnalité.

— Vous avez parlé aussi de claustrophobie ?

— Son père l'enfermait dans un placard quand il était petit. Il fait toujours des cauchemars et ne supporte pas les espaces confinés. Il croit aussi que l'air des espaces intérieurs est empoisonné et que c'est pour cette raison que son frère est mort in utero.

— Vous avez dit qu'il n'avait pas d'historique de violence ?

— En effet.

— Mais il rêvait de violer une femme.

— Il était déconnecté de la réalité, le défend-elle.

— Il a été renvoyé par les Heyman pour avoir fouillé dans les sous-vêtements de leur fille.

— Augie dit que c'était un malentendu.

— Ses empreintes ont été retrouvées partout sur les lieux du crime. Ses mains étaient brûlées. Au lieu de prévenir les pompiers, il est rentré se coucher.

Les yeux de Victoria se plissent.

— Il a paniqué.

— C'est tout ce que vous avez comme explication ?

— Il est schizophrène. Il est convaincu d'avoir commis de mauvaises actions, alors que ce n'est pas le cas.

Elle m'entend soupirer.

— Vous devriez en parler à son avocat. Lui transmettre vos observations cliniques.

— Il sera obligé de les partager avec l'accusation.

— Vous vous cachez derrière la procédure.

— J'essaie de sauver Augie.

— La police peut obtenir une injonction du tribunal.

— Bien. Quand cela se produira, je me soumettrai à la justice. En attendant, je me range du côté des anges.

Nos plats sont servis. Je prends un petit pain, nerveux à l'idée de renverser ma soupe.

— Vous n'avez pas faim ?

— Pas vraiment.

Elle fait signe à la serveuse et lui murmure quelques mots. Peu après, deux autres soupes nous sont servies, cette fois dans des tasses.

Je devrais être embarrassé, mais j'ai dépassé ce stade.

— Allez-vous l'interroger de nouveau ?

— Qui ?

— Augie. Vous devriez lui parler.

— Je n'en vois pas l'intérêt.

— Vous verrez que j'ai raison. J'ai travaillé avec lui. Il est inoffensif.

Elle me cache quelque chose. La raison pour laquelle Augie Shaw a rendu visite aux Heyman ce soir-là. Il a perdu son travail à cause de son comportement inapproprié. Il a été surpris en train de fouiller dans les affaires de la fille.

— C'est à cause de la fille ?

Victoria Naparstek secoue la tête.

— Pas la fille… la femme.

Je me demande souvent de quoi j'ai l'air maintenant.

Je vois certaines parties de mon corps : mes mains, mes pieds, mon ventre, mes genoux, mais pas mon visage. On avait un miroir, mais Tash l'a cassé pour essayer de se trancher les veines, alors George l'a repris.

Si elle ne s'est pas entaillé la peau très profondément, c'est uniquement parce qu'elle n'a pas trouvé d'éclats assez tranchants. On a aussi perdu notre paire de ciseaux parce que Tash m'a coupé les cheveux. Elle voulait m'enlaidir.

Les couteaux, coupe-ongles, bref tous les objets coupants ont été confisqués, comme si on était dans un asile. Il a même pris l'ouvre-boîte, de peur que Tash ne se serve du rebord de la boîte de haricots, mais il a fini par nous le rendre car il fallait bien qu'on se nourrisse.

Si je m'approche tout près du robinet, je discerne mon reflet dans l'acier inoxydable, mais mon visage est écrasé par la courbure du métal. Comme les miroirs déformants des fêtes foraines ou les photos bizarres sur Photo Booth.

Tash sera bientôt de retour. Elle va revenir avec la police... ma mère et mon père... l'armée, la marine, la garde nationale. Chaque fois que j'observe la lucarne au-dessus de l'évier, je pense à elle. Chaque fois que je ferme les yeux.

Si George n'est pas revenu, c'est sûrement parce qu'il a été arrêté par la police et jeté au trou. J'espère qu'il s'est pris une putain de raclée par les flics et s'est fait violer avec un manche à balai.

Pardon de ma grossièreté. Je parle souvent mal. Une fois, j'ai entendu ma mère dire à Tante Jean que j'avais sûrement le syndrome de Tourette. Alors j'ai regardé sur Google et j'ai découvert que c'est lorsqu'on jure à tort et à travers et qu'on n'arrête pas de cligner des yeux et de grimacer. Gordon Ramsay le fait tout le temps, alors que moi, je ne jure pas n'importe quand. Mais je dis beaucoup de gros mots, c'est vrai.

Je me roule en boule sur ma couchette, emmitouflée dans tous mes vêtements. Quand Tash était là, on s'allongeait l'une contre l'autre pour se tenir chaud et on se racontait des histoires. On rêvait de repas délicieux, comme des fish & chips, du pain perdu aux raisins, et du poulet korma, le plat préféré de Tash.

Après que Tash m'a coupé les cheveux, je lui ai proposé de lui rendre la pareille, mais c'était inutile parce que ses cheveux tombaient tout seuls. Elle les arrachait par poignées, comme par magie.

Quand j'étais petite, j'aimais mouiller mes cheveux et les aplatir avec un peigne, avant de parader devant le miroir comme si j'avais les cheveux raides. Je faisais un tas de trucs embarrassants à l'époque, mais cela n'a plus tellement d'importance maintenant.

J'ai dix-huit ans à présent – enfin je crois. Je n'ai aucune idée de la date précise, mais j'ai vu les saisons se succéder. Tash m'a réveillée un matin du printemps dernier pour me dire qu'on allait fêter mon anniversaire. On a disposé des biscuits et du thé sucré sur une couverture par terre au milieu de la pièce.

Maintenant, c'est l'hiver, parce qu'il neige et que les arbres ont perdu leurs feuilles. Je peux regarder dehors si je monte sur le banc sur la pointe des pieds. La lucarne mesure environ vingt-cinq centimètres de haut et autant de large. Si j'approche mon visage tout contre la vitre, je sens l'air s'infiltrer par l'interstice en bas de l'armature métallique. À certains moments de l'année, quand le soleil brille, un faisceau de lumière oblique pénètre dans la cave et dessine des formes géométriques mouvantes sur le mur. C'est ma télévision, ma chaîne météo.

C'est par cette fenêtre que Tash a réussi à se glisser dehors, juchée sur mes épaules. Je l'ai remise en place pour que George ne se fâche pas, mais il finira par découvrir la vérité et je n'ai nulle part où me cacher.

Je connais le moindre centimètre carré de ma prison. Chaque fissure, chaque rainure entre les briques, chaque tache d'humidité, chaque parcelle de peinture écaillée.

Dans un coin, deux lits de camp étroits. Tash et moi les avons collés l'un contre l'autre pour pouvoir nous tenir la main dans le noir. Sur le mur opposé, des étagères chargées de boîtes de conserve et de paquets de céréales. À côté, un plan de travail avec un réchaud à gaz, une bouilloire et un évier. Le robinet ne donne que de l'eau froide. Un tuyau à l'embout verdâtre serpente dans un trou du mur.

Le reste du mobilier consiste en une commode aux tiroirs peints en vert et un placard de cuisine décoré de géraniums. C'est là que sont rangés nos vêtements. Oh, et j'oubliais de mentionner les deux chaises en paille et la table aux pieds en bambou.

L'échelle face à la fenêtre s'arrête à mi-hauteur du mur. Si je parvenais à me maintenir en équilibre sur le dernier échelon, je pourrais à peine toucher la trappe du bout des doigts. Derrière l'échelle, une affiche du port de Brighton. Je pense que c'est Brighton. Le bas de l'image avec la légende a été déchiré, mais on voit la mer et des gens flâner sur le port. Leurs vêtements sont démodés. Les femmes tiennent des ombrelles et les hommes portent des chapeaux.

Dans un coin du plafond est installée une caméra. Une de ces webcams en forme de bille de billard ou de gros œil noir. Je ne sais pas si elle est branchée. Sûrement un autre mensonge de George.

Il n'y a qu'un endroit dans la cave où il ne peut nous voir. Le coin près de l'évier, sous l'échelle. C'est là que je fais ma toilette et que je m'accroupis au-dessus du pot de chambre.

Quand je ne peux pas dormir, j'ai des troubles obsessionnels compulsifs. Je me mets par exemple à réarranger les boîtes de conserve sur les étagères ou à frotter le plan de travail. Il ne reste que quatre conserves. Des haricots cuisinés. À la saucisse. À la sauce barbecue. Au fromage, ce qui est vraiment immangeable. Je n'ai plus de thon, de maïs ni de biscuits. Après avoir soigneusement empilé les boîtes, je compte les pansements adhésifs, les cachets contre la migraine et les sachets de réhydratation que l'on dissout dans l'eau quand on a la chiasse. Ils sont censés avoir un goût fruité, mais sont dégoûtants.

C'est tout ce qu'il y a dans le placard. Rien pour les rougeurs cutanées, les infections oculaires, les maux de dents, les crampes d'estomac ou les douleurs menstruelles. Rien non plus contre la solitude et la morosité.

Au moins, je ne suis pas dévorée par les bestioles. Si c'était l'été, mes jambes seraient couvertes de piqûres d'insecte, que je gratterais jusqu'au sang.

L'obscurité ne me gêne plus. Elle dissimule ma peau mouchetée et mes jambes poilues. Dans le noir, elles sont invisibles. Je peux faire semblant de ne pas exister. George ne peut pas me voir. Il croira que je me suis échappée et me laissera tranquille.

Certains soirs, je me disais qu'il nous épiait. Je l'imaginais derrière l'œil de verre noir au plafond, en train de suivre nos moindres mouvements dans la pièce, même si Tash affirmait que ce n'était qu'une illusion.

Durant tous ces mois, toutes ces années, il n'a jamais regardé que Tash. Elle m'a coupé les cheveux pour m'enlaidir. Pour me protéger.

6.

Le dégel a débuté, mais quelques flocons continuent de tomber, telles les pellicules du crâne d'un vieil homme. Des touffes d'herbe éructent dans les parcs et les vergers, donnant aux chiens un endroit où faire leurs besoins.

Tirant la langue, je goûte les cristaux de glace. Deux douzaines de journalistes patientent devant la cour de la Couronne d'Oxford, prêts à remettre leurs portables et leurs caméras. Personne ne me reconnaît lorsque je passe le contrôle de sécurité.

Je ne sais pas pourquoi je suis là. Serait-ce le besoin désespéré d'un beau visage, d'un geste tendre, d'un corps que j'aimerais serrer dans mes bras ?

Victoria Naparstek est assise à côté de moi dans la galerie supérieure, qui a été ouverte pour accueillir le flot des journalistes. L'ancien et le moderne se mêlent dans la salle de tribunal sous nos yeux : les plafonds voûtés décorés de blasons et le matériel d'enregistrement numérique.

Je murmure à Victoria :

— Alors vous disiez qu'Augie avait le béguin pour Patricia Heyman ?

— Oui.

— Elle est assez vieille pour être sa...

— Oui, je sais.

— Ils couchaient ensemble ?

— Pas d'après Augie, mais je crois qu'elle l'aimait bien.

— Elle l'aimait bien ?

— Oui. Allez-vous répéter tout ce que je dis ?

Augie Shaw apparaît dans une cage de verre blindé. Les gens étirent le cou pour mettre un visage sur le crime : ils sont venus voir le monstre, pas l'homme.

Il s'assoit, mains menottées, entre deux agents de sécurité du tribunal. Tournant la tête, il parcourt le public du regard. Ses yeux s'arrêtent sur une petite femme au nez droit et aux cheveux emmêlés, au premier rang. Sa mère, qui n'a pas cinquante ans, est habillée d'une veste en jean légère et d'un jean noir.

Augie lui fait un petit signe de la main. Elle sourit nerveusement, effrayée à l'idée de ce qui l'attend.

Le procureur prend la parole.

— Votre Honneur, nous avons affaire à un double homicide particulièrement horrible. L'homme a eu le crâne défoncé et son épouse a été brûlée vive. Une résolution rapide serait la bienvenue, mais nous ne devons pas bâcler cette enquête. C'est pourquoi l'affaire a besoin de plus de temps. La police aimerait approfondir les recherches et poursuivre l'interrogatoire du suspect.

L'avocat de la défense, un jeune commis d'office nommé Reddrop, bute sur son propre nom au moment de se présenter.

— Votre Honneur, mon client a été très coopératif avec la police et a accepté de se plier à de nouveaux interrogatoires. M. Shaw est un garçon de la région qui vit avec sa mère et n'a pas de casier judiciaire. Cela dit, il souffre de troubles mentaux depuis l'enfance. Sa psychiatre est ici aujourd'hui. Elle pense que son état mental risque de se détériorer en prison. Il est claustrophobe et craint les figures d'autorité.

Le juge Eccles s'éclaircit la gorge.

— Est-il sous traitement, monsieur Reddrop ?

— Oui, Votre Honneur, mais sa psychiatre, le Dr Naparstek, assure qu'il n'est pas une menace et peut souffrir des restrictions imposées...

Il est interrompu par le procureur, qui n'a pas pris la peine de se rasseoir.

— Il y a deux semaines à peine, l'accusé travaillait comme garçon de ferme pour les Heyman. Il a été renvoyé pour mauvaise conduite et est soupçonné d'avoir volé un sous-vêtement appartenant à la fille des Heyman. L'adolescente craint pour sa sécurité et souhaite que M. Shaw ne soit pas relâché.

— Le vol a-t-il été déclaré ?

— Non.

M. Reddrop intervient :

— Ces allégations sont niées par mon client. Il est allé ce soir-là chez les Heyman pour réclamer ses indemnités de licenciement et est tombé sur un crime. Il s'est brûlé les mains en tentant de sauver le couple.

— Il s'est enfui, rétorque le procureur.

— Il est allé chercher de l'aide, mais a été victime d'une sorte de trou noir.

— Comme c'est commode !

Le juge Eccles fait taire les deux hommes et les somme de s'asseoir.

Il griffonne quelques mots sur un calepin et s'enfonce dans son siège, qui émet un couinement désagréable.

— J'accepte la requête de la police. Les enquêteurs ont quarante-huit heures de plus pour interroger le témoin. (Il s'adresse ensuite à Augie.) Monsieur Shaw, vous allez rester un peu plus longtemps en détention, mais je vais m'assurer que l'on s'occupe bien de vous. Dans l'intervalle, je veux un rapport psychiatrique complet.

Augie observe son avocat, dans l'attente d'une explication. M. Reddrop hausse les épaules, l'air défaitiste.

— Je pourrai bientôt rentrer chez moi ? demande Augie d'une voix forte.

— Vous êtes toujours en état d'arrestation.

— Mais je veux rentrer chez moi !

Quand les deux agents de police l'emmènent, Victoria Naparstek essaie de lui faire signe.

— Je vais être malade, dit Augie.

— Pas ici, répond l'un des agents.

Hors de la salle du tribunal, Victoria louvoie entre les journalistes à la recherche de Reddrop. Elle l'intercepte avant qu'il ne quitte le bâtiment. Je n'entends pas leur conversation, mais cette femme est manifestement très convaincante.

— Nous pouvons le voir, me dit-elle peu après en glissant son bras sous le mien. Augie ne sera pas transféré à la prison avant ce soir. Il est en bas.

Après avoir vidé nos poches et signé le registre, nous empruntons un long couloir morne à la suite d'un agent de sécurité qui tient son trousseau de clés comme une arme de poing. La porte n'est pas verrouillée. Augie est assis sur une couchette, les jambes bizarrement repliées sous lui, comme deux ressorts tordus.

Il s'essuie les joues et ne regarde pas Victoria lorsqu'elle s'assoit sur le banc face à lui.

Certains psychologues vous diront que le mot le plus important prononcé par un patient est le premier. Une fois qu'il a raconté son histoire, tout ce qui suit n'est qu'une nouvelle version du même thème ou une tentative de réparer ses erreurs.

Je ne suis pas d'accord avec cette analyse. Je pense que les gens mentent, dissimulent des choses. La vérité est mouvante. Elle se révèle avec le temps ou émerge de l'immobilisme ou des faits avec lesquels les gens parviennent à vivre. Augie a l'air d'un oiseau sur un perchoir, la tête penchée vers l'unique fenêtre.

— Si c'est moi le coupable, ils devraient me tuer, dit-il en grattant les bandages de ses mains. Mais je n'ai rien fait et je ne peux pas rester ici, sinon je vais mourir aussi.

Victoria tend la main vers lui, mais il recule, pris de frissons.

— Des tas de spermatozoïdes se ruent pour faire un bébé mais un seul réussit à fertiliser l'œuf. Les autres tentent d'arriver les premiers, mais ils meurent, vous savez, ils meurent tous.

— Ce que vous dites n'a aucun sens, objecte Victoria.

— L'œuf se scinde en deux. Deux spermatozoïdes. Des jumeaux.

Il parle de son frère.

— ... les cellules se divisent, le cerveau se forme...

Augie se tourne vers moi.

— J'essaie seulement d'empêcher les gens de mourir.

— Quels gens ?

— Si je meurs, je ne peux pas les sauver.

Ses yeux oscillent de droite à gauche, dansant dans ses orbites.

— J'ai violé une femme. Vous auriez dû m'écouter.

— Vous n'avez violé personne, rétorque Victoria.

— J'ai violé cinq filles à l'école.

— C'est faux, Augie.

Il s'immobilise et me fixe du regard.

— Vous êtes là pour me tuer ?

— Non.

— Mais vous finirez par me tuer.

— Non, vous vous trompez.

Victoria m'observe d'un air d'espoir. Mais dès que j'ouvre la bouche, Augie devient rouge de colère, et semble prêt à me sauter dessus. Victoria recule, effrayée.

— Augie, est-ce que vous prenez votre traitement ?

Le jeune homme baisse les yeux sur ses mains.

— Vous dites que je souffre d'un déséquilibre chimique. Et d'hallucinations. Mais vous avez tort. Ce que j'entends est réel.

Ses épaules sont rentrées et une minuscule veine palpite dans son cou.

— Je crois que je l'ai tuée.

— Qui ?

— La femme sur la route.

— Quelle femme ?

Il gémit à la manière d'un enfant :

— Qu'est-ce qu'elle faisait là ? Au beau milieu de la route ? (Il nous observe tour à tour.) Je crois que je l'ai renversée. Oui. Je n'ai pas pu m'arrêter à temps.

Je croise le regard de Victoria. Elle secoue la tête.

— Qu'est-ce qui vous fait croire que vous avez percuté cette femme ? demande-t-elle.

Augie essuie un trait de salive du coin de sa bouche.

— J'ai fait une embardée, mais je pense avoir entendu un cri. C'est pour ça que la voiture a quitté la route. Quand je suis sorti dans le blizzard, je l'ai cherchée. Je l'ai appelée, mais elle avait disparu.

— Pourquoi n'êtes-vous pas allé trouver la police ?

— Mon frère m'a dit de ne pas le faire. Il a dit que je serais tenu pour responsable.

— Pour l'incendie ?

Il presse son menton sur ses genoux.

— Je l'ai cherchée, mais ensuite, j'ai vu l'homme de neige et j'ai eu peur.

— L'homme de neige ?

— Il est sorti de la forêt couvert de neige.

— Vous l'avez vu *après* avoir vu la femme ?

Augie hoche la tête.

— Cette femme, de quoi avait-elle l'air ?

— Elle était dans un sale état, vous savez, mais c'était bizarre. Ses chaussures.

— Qu'est-ce qu'elles avaient, ses chaussures ?

— Elle n'en portait pas.

7.

Des nuages bas et gris assombrissent le ciel et les flèches rêveuses fendent l'horizon tels des géants flous crevant le brouillard.

Le chauffeur de taxi circule adroitement dans les rues verglacées. Il ne dépasse pas les trente kilomètres heure et freine rarement, à moins de n'avoir pas le choix. Victoria Naparstek n'est pas avec moi. Dès que j'ai parlé de rendre visite à Drury, elle est devenue silencieuse et s'est trouvé une excuse.

— Il a une famille, dit-elle, comme si cela faisait une différence.

Le taxi s'arrête devant une maison de deux étages avec un toit à pignon. Un bonhomme de neige de guingois monte la garde devant le portail, coiffé d'un chapeau fleuri et d'une écharpe aux couleurs du club de foot de Tottenham.

Drury déblaie son allée à coups de pelle.

Une boule de neige explose à mes pieds. Une fillette m'observe derrière une forteresse improvisée constituée d'une poubelle et d'un toboggan.

— Raté ! dis-je.

La gamine arme son bras.

— C'était un tir d'avertissement.

Drury s'appuie sur le manche de sa pelle.

— Ne tire pas, Gracie.

— Tu devrais l'arrêter, papa, il a une tête de voleur.

— Voyons d'abord ce qu'il a à nous dire.

Avec sa casquette aux oreilles de laine, Gracie me fait penser à Snoopy. Des joues pâles éclaboussées de taches de rousseur et des lunettes perchées sur le bout de son nez. Assis sur les marches du perron, son jeune frère pousse un bulldozer miniature sur un monticule de neige.

— Que faites-vous là, professeur ?

— J'ai une question à vous poser.

— Ça aurait pu attendre.

— J'ai reparlé à Augie Shaw.

— Avec quelle autorisation ?

— Celle de son avocat et de son psychiatre.

Drury laisse la pelle de côté et ôte ses gants.

— Que voulez-vous savoir ?

— Pourquoi une femme sortirait-elle au beau milieu du blizzard sans chaussures ?

— Vous parlez de quelqu'un en particulier ?

— Vous avez trouvé une femme non identifiée dans le lac.

— Et ?

— Augie Shaw dit qu'il a vu une femme sur la route ce fameux soir. Il pense l'avoir percutée. C'est pour cette raison que sa voiture s'est encastrée dans une congère.

Drury ne paraît pas surpris. Je fais une nouvelle tentative.

— Vous avez trouvé le cadavre d'une femme dans un lac. J'ai vu la scène depuis le train. Est-ce loin de la ferme ?

Drury ne répond pas. Sa femme est apparue sur le perron, une main sur la hanche. Enceinte. Jolie. Les yeux fatigués.

— Tout va bien, Stephen ? demande-t-elle.

— Tout va bien. C'est le psychologue dont je te parlais.

Elle sourit.

— Tu devrais l'inviter à entrer se réchauffer.

— Le professeur ne peut pas rester.

Elle soulève le jeune garçon et le cale sur sa hanche avant de rentrer dans la maison.

Le rideau frémit à la fenêtre. Elle nous observe.

Drury se frotte la nuque.

— Allez droit au but, professeur.

— La femme du lac... portait-elle des chaussures ?

— Je ne sais pas.

— Était-elle blessée ?

— Je n'ai pas vu le rapport d'autopsie. Le corps était gelé. Dur comme de la pierre. Ils sont obligés d'attendre qu'il dégèle.

L'inspecteur enfonce sa pelle dans une congère.

— Je pense qu'elle était à la ferme des Heyman ce soir-là. Une robe gouttait dans la buanderie. Des chaussures séchaient près du feu. Quelqu'un a fait couler un bain...

— Vous me faites penser à un putain de disque rayé.

Gracie plaque la main sur sa bouche.

— Tu as dit un gros mot, papa. Tu sais ce que ça veut dire !

Drury plonge la main dans sa poche pour prendre une pièce de monnaie. Gracie tend sa main gantée vers son père et la referme sur une pièce argentée.

— Va la mettre dans la boîte. Tout de suite.

Elle glisse sur le tas de neige et rentre en courant dans la maison.

— Enlève tes chaussures avant d'entrer.

La porte claque derrière elle. J'entends la voix de Gracie – qui dit à sa mère que son père a juré.

— La boîte à gros mots gagne plus que moi.

Il se tourne vers moi et remue ses doigts engourdis par le froid.

— Vous pouvez réécrire l'histoire autant que vous voulez, professeur, cela ne changera rien. Augie Shaw a assassiné ces gens.

— Et les vêtements sur le lit à l'étage ? Et la fenêtre cassée dans la salle de bains ?

Drury se pince une narine et expire bruyamment.

— D'accord, imaginons que cette femme se trouvait dans la maison. Peut-être qu'elle s'est enfuie et que Shaw l'a pourchassée. Je me ferais une joie de lui mettre un troisième meurtre sur le dos.

Le regard du policier me traverse pour observer les lumières de Noël qui clignotent derrière le voilage des rideaux. Sa femme est partie.

— Mon père était policier. Une des leçons les plus importantes que j'ai retenue de lui, c'est qu'il faut attendre que la boue se retire pour voir clairement le fond de l'eau. (L'inspecteur jette un coup d'œil à sa montre.) Ravi d'avoir discuté avec vous, professeur. Bon retour chez vous !

8.

Le directeur de la morgue de l'hôpital John Radcliffe a le visage en forme de crayon rongé, dépourvu de personnalité. Se levant de son siège, il cherche ses lunettes de lecture, qui pendent à son cou.

— Je regrette, mais seuls les membres de la famille sont autorisés à voir le corps.

— Je ne veux pas voir le corps, je veux parler au médecin légiste.

— Le Dr Leece ? Vous avez rendez-vous ?

— Non.

— Êtes-vous l'un de ses amis ?

— Non.

Il cligne des yeux, hébété, comme si je venais de lui demander de faire don d'un rein. Peut-être n'est-il pas habitué aux visiteurs qui n'arrivent pas dans des sacs de plastique noir. Je tente de me montrer plus chaleureux, et j'essaie même de sourire. Avec M. Parkinson, je ne suis jamais très sûr du résultat.

De mauvaise grâce, il prend le téléphone et appuie sur un bouton. Une brève conversation s'ensuit. Le directeur s'interrompt.

— Le Dr Leece demande de quoi il s'agit.

— C'est une affaire de police. Dites-lui que j'ai discuté avec l'inspecteur Drury.

Ce n'est pas totalement faux, me dis-je en signant le registre des visiteurs avant de regarder la caméra.

Une minute plus tard, mon image est plastifiée et suspendue à mon cou.

— Prenez cette porte, dit-il. Tout droit, et à droite au bout du couloir. C'est la quatrième porte sur votre droite. Si vous arrivez dans la réserve, c'est que vous êtes allé trop loin.

Le grand couloir est vide, en dehors d'un chariot de ménage et d'un autre chargé de tubes et d'échantillons. Par une porte entrouverte, je vois une table en acier inoxydable au milieu d'une pièce, éclairée de gros projecteurs aux bras articulés. Des caméras et des microphones sont fixés au-dessus.

Un souvenir de mes études de médecine me revient brusquement. Je me suis évanoui pendant notre premier exercice pratique sur un cadavre. C'est alors que j'ai réalisé que je n'avais pas les qualités nécessaires pour faire carrière en médecine. J'avais une bonne mémoire, des mains solides, une patience infinie, mais pas les tripes. Il m'a fallu deux années pour réussir à le dire à mon père, grand médecin devant l'Éternel.

Le Dr Leece m'accueille à l'entrée de son bureau. Cinquante-cinq ans, grand, les cheveux gris, ses yeux changent de taille en fonction de l'angle de ses lunettes à double foyer. Comme ces images magiques en 3D qui se transforment lorsqu'on les incline.

Trois stylos dépassent de la poche de poitrine de sa blouse. Noir. Bleu. Rouge. J'imagine que l'ordre ne change jamais. Chaque matin, il met sa montre et glisse ses trois stylos dans sa poche. Un homme d'habitudes. Amoureux de l'ordre.

— Un psychologue ? dit-il, une lueur de surprise dans le regard. Je ne savais pas que l'inspecteur Drury s'intéressait aux sciences occultes.

— Il garde l'esprit ouvert, rétorqué-je en me remémorant ma dernière conversation avec l'inspecteur.

Le légiste rit, persuadé que je plaisante. Il tape un code de sécurité sur le pavé numérique et la porte s'ouvre avec un cliquetis. Des tableaux blancs et des placards vitrés recouvrent les murs.

— Vous avez un cadavre non identifié, déclaré-je, espérant mettre fin à l'interrogatoire du Dr Leece.

— Nous en avons quatre. Le plus vieux est ici depuis deux ans. Sans doute un étranger, mais Interpol n'a pas réussi à l'identifier.

— Et le plus récent ?

— Ah oui ! Les journaux l'appellent la fille de glace. Ça fait un peu penser à un personnage de conte de fées ou un roman russe. En quoi cela vous concerne-t-il ?

— Un couple a été assassiné il y a quatre jours dans une ferme à la périphérie de Bingham.

— Oui, c'est moi qui ai pratiqué leur autopsie.

— L'homme suspecté du double homicide affirme avoir vu une femme sur la route pendant le blizzard. Il a failli la renverser. Il dit qu'elle ne portait pas de chaussures.

— Quelle coïncidence, dit le légiste en repoussant ses lunettes sur son nez. Notre fille de glace était pieds nus. Vous avez un nom ?

— Non.

— Dommage. (Il réfléchit.) Son corps vient de dégeler. J'allais débuter son examen. Vous pouvez y assister si vous voulez. Quelques-uns de mes étudiants seront présents.

— Je ne suis pas vraiment…

— C'est un cas intéressant. C'est la première fois que j'autopsie un cadavre gelé.

— Que pouvez-vous me dire sur elle ?

— Caucasienne. Un mètre soixante-cinq. Pas plus de quarante kilos. Sous-alimentée. Sur place, je lui donnais dans les vingt-cinq ans, mais le processus de congélation a altéré son apparence. J'ai passé ses mains aux rayons X et j'ai établi des comparaisons grâce à l'atlas de Greulich et Pyle. D'après le développement osseux, elle n'avait que dix-sept ou dix-huit ans.

— Quelle est la marge d'erreur ?

— Une année tout au plus.

Il incline la tête. L'un de ses verres capture la lumière et semble me faire un clin d'œil.

— Que portait-elle ?

— Un pull de laine et un legging.

— Vous avez trouvé des chaussures ?

— Non, mais cela ne m'étonne guère. Les gens agissent bizarrement quand ils souffrent d'hypothermie. Certains croient avoir chaud parce qu'ils ressentent des brûlures et des picotements dans les pieds. En dépit du bon sens, ils se déshabillent. La fille a pu perdre ses chaussures ou s'en débarrasser dans l'eau.

Il prend un hélicoptère miniature sur son bureau et fait tourner la pale du rotor de l'index. D'autres modèles réduits sont rangés sur les étagères des vitrines murales.

— Je les fais voler, explique-t-il en voyant mon intérêt.

— Vos maquettes ?

— Non, les vrais ! répond-il en riant. J'ai un Robinson R44. Je devrais vous emmener un jour.

— Je ne reste que quelques jours à Oxford.

— Vous avez l'air nerveux. Je suis un très bon pilote. Je ne me suis écrasé qu'une seule fois. Problème mécanique. Mon vieux cœur battait à cent à l'heure, vous pouvez me croire. (Il consulte sa montre.) Mes étudiants sont sûrement arrivés. Venez.

La salle d'autopsie donne sur une petite pièce équipée d'une douzaine de sièges qui permet d'assister à l'examen à travers une baie vitrée. Assis au premier rang du petit amphithéâtre, les étudiants se penchent en avant pour mieux voir la scène.

Le Dr Leece tire sur ses gants chirurgicaux et leur fait un signe de la main, avant de vérifier son micro. Son assistant ouvre un rideau pour révéler un cadavre au teint blême, que la lumière crue des projecteurs rend encore plus blafard. La fille est nue, les bras le long du corps et les jambes serrées.

La blancheur laiteuse de sa peau fait penser à une statue de marbre striée d'éraflures, de plaies et d'hématomes. Ses bras et ses jambes sont auréolés de marques carmin et ses paupières telles des flaques pourpres. Le squelette de sa cage thoracique est bien visible et les os de ses hanches forment des saillies au lieu de la douce courbure attendue.

Le Dr Leece débute son examen par la lecture de ses notes :

— Le 19 décembre, à environ 13 heures, sur la requête de la police de Thames Valley, je me suis rendu près d'Abingdon, dans le comté d'Oxford, où un cadavre a été retrouvé. J'ai passé le cordon de sécurité à 14 h 45 et j'ai emprunté un chemin à travers champs. Le responsable des opérations, Marcus Larkin, m'a fait un bref rapport.

« La défunte était une jeune femme, partiellement vêtue, prise dans la glace d'un lac gelé, non loin d'une ligne de chemin de fer. D'importantes chutes de neige avaient dissimulé le corps, seule sa main droite dépassait de la surface.

« Les clichés ont été pris sous ma direction. Elle était étendue sur le flanc, la tête contre l'épaule et le haut du bras gauche. Le bras droit était replié sur sa poitrine. Les genoux remontés sur le torse, en position fœtale.

« Ses vêtements : un gros pull de laine et un legging de coton noir. Pas de sous-vêtements. Pieds nus.

« Il a fallu une machine pour extraire le corps de la glace et le transférer à l'hôpital John Radcliffe, Oxford, dans la soirée du 19 décembre. Le corps a été scellé dans un sac de plastique blanc après avoir été enroulé dans une bâche noire.

Le Dr Leece s'interrompt et regarde les étudiants.

— Ce type d'examen post-mortem présente différentes difficultés. Les parties d'un corps gelé ne fondent pas toutes à la même vitesse. D'abord les membres, puis la tête et enfin le torse. Les cellules ne retiennent l'eau que si elles ne sont pas gelées ni endommagées. Elles se rompent lorsqu'elles atteignent la température de la pièce. C'est pourquoi je dois agir vite.

Il commence la description du corps :

— La défunte est de constitution frêle, environ un mètre cinquante-cinq, d'apparence sous-alimentée, quarante-deux kilos seulement. Elle a de longs cheveux blonds ondulés, grossièrement coupés. Pas de poils pubiens. Ses oreilles sont percées. Ses ongles rongés.

Le médecin tire sur ses paupières.

— À moins 12°, son corps a entièrement changé de couleur et pris cette teinte blanchâtre, aux reflets bleutés. Ses cornées sont vitreuses et ses pupilles ont pris une nuance grisâtre. Deux marques de vaccination sur l'avant-bras et une vieille cicatrice courbe sur l'extérieur du coude. Des éraflures sur les cuisses et les hanches.

Sa voix me paraît plus lointaine. Levant la tête, je discerne le reflet de mon visage dans la vitre et tente de me concentrer sur autre chose que l'autopsie. Je me sens idiot, presque lâche. Mon pire souvenir de l'école de médecine est d'avoir découpé un cadavre, planté mon scalpel dans la chair intacte, à la consistance de beurre froid. Chirurgie 203 – Anatomie – comment disséquer un corps humain.

On ne nous donnait jamais les noms des défunts, seulement la cause de la mort, mais cela ne m'empêchait pas d'imaginer leurs existences, leurs familles, leurs voix, leurs rires, leurs carrières. C'était mon problème, m'a-t-on expliqué, j'avais beaucoup trop d'imagination.

Le Dr Leece poursuit son compte rendu :

— Les bras et les jambes sont symétriques. Pas de signe de blessures graves. Pas de marques d'injection. Peau légèrement brillante...

Ses mains gantées glissent vers les chevilles, les tournent.

— Les deux chevilles présentent des hématomes et des cicatrices anciennes. La peau a été abîmée et s'est réparée.

Il remonte et marque un temps d'arrêt.

— Le gros hématome sur la cuisse gauche résulte d'un choc. Violent. Environ trente centimètres de long. (Regardant par la vitre, il s'adresse à moi.) Cela pourrait être l'impact d'un véhicule. La hauteur correspond.

Il poursuit son analyse, quand j'entends une brusque inspiration. Le médecin recule d'un bond, bras levé, et heurte un chariot de métal. Les instruments chirurgicaux chutent sur le sol dans un vacarme métallique.

Détachant son regard du cadavre, il lève les yeux vers l'amphithéâtre, tel un acteur au milieu d'une scène qui a oublié son texte.

Puis il retrouve sa voix.

— Sortez de là ! Tous !

Les étudiants se regardent sans comprendre. Personne ne réagit.

Cette fois, il crie :

— J'ai dit sortez ! Le cours est terminé.

Il se tourne vers son assistant.

— Appelez-moi Drury !

Leece ferme les yeux une seconde, puis les rouvre, légèrement chancelant, comme s'il était piégé sur un manège fou et que le monde défilait sous ses yeux à une vitesse vertigineuse. La main sur le rebord froid de la table d'acier, il fixe le cadavre du regard. C'était censé être un examen de routine. Maintenant, la peur s'est emparée de lui.

Quand j'étais petite

nous jouions à un jeu de société appelé Dr Maboul. On se met dans la peau d'un chirurgien et l'on retire des objets du corps d'un patient à l'aide de pinces, comme un os rigolo, un cœur brisé ou un papillon dans l'estomac.

En ce moment même, j'ai la sensation que quelqu'un m'a arraché une partie de moi et a laissé un vide de la taille de Tash. J'ai l'impression de pouvoir sentir sa silhouette sous mes doigts.

Debout sur le banc, j'examine la fissure en bas de la fenêtre. Il fait jour. La neige a fait place à des flaques boueuses et des parcelles d'herbe détrempée. Les arbres ont l'air d'ogres aux longs bras effilés.

Il me faut un plan d'action. Et si George ne revenait pas ? Et s'il me laissait simplement là ? Et si Tash ne s'en était pas sortie ? Si elle n'avait pas retrouvé son chemin jusqu'ici ?

D'habitude, il venait nous voir régulièrement. Tous les deux ou trois jours. J'ai terminé ma dernière conserve : haricots au fromage. Beurk ! Quand Tash était là, on jouait à « Qu'est-ce qui serait le pire ? ». La plupart des gens ont le choix entre rouler un patin à leur grand-père et boire un seau de morve. Nous, on hésitait entre mourir de froid et de faim.

Je me rappelle la première fois que George est venu nous voir dans notre prison. On a entendu le déplacement d'un objet lourd au-dessus de nos têtes. Puis sa voix :

— Vous êtes décentes ?

Il a ri de sa petite blague.

La trappe s'est soulevée.

— Servez-vous.

Une corde a descendu jusqu'au sol.

Tash a noué l'extrémité de la corde à la bouteille de gaz et George l'a remontée, avant d'en faire descendre une pleine. Ensuite, est arrivé un panier de nourriture : des boîtes de thon, des haricots cuisinés, du riz et des pâtes.

George a appelé Tash. Lui a ordonné de grimper à l'échelle. Elle lui a répondu d'aller se faire foutre. On a observé le trou noir avec appréhension. On a attendu. Un embout est apparu. Un tuyau. Il a ouvert la valve et nous a aspergées. L'eau glacée nous a cisaillé les bras et les jambes. On s'est recroquevillées dans un coin, serrées l'une contre l'autre, pour tenter d'échapper au jet.

Il a trempé nos lits et nos vêtements, puis a éteint la lumière et nous a laissées dans le noir.

On a étendu les couvertures à l'échelle pour les faire dégoutter. Puis on a allumé le réchaud et on a fait sécher nos sous-vêtements et nos T-shirts au-dessus de la flamme à tour de rôle. J'ai bien cru mourir cette nuit-là.

Deux jours plus tard, George est revenu. A fait descendre la corde. Vidé le pot de chambre. Et a convoqué Tash. Cette fois, elle a obtempéré.

Comme l'échelle n'atteignait pas la trappe, elle s'est tenue en équilibre sur le dernier échelon et a tendu les bras au maximum. Il lui a saisi les poignets et l'a hissée. Puis la trappe s'est refermée sur moi.

Tash a été absente pendant ce qui m'a paru une éternité. Plus longtemps qu'un mois entier de dimanches pluvieux, dirait mon père. J'ai réfléchi à tout ce qui pouvait lui arriver, et ça m'a fichu une telle trouille que j'ai arrêté de penser.

Quand la trappe s'est ouverte, j'ai voulu crier tellement j'étais heureuse.

Il a fait redescendre Tash. Elle portait d'autres vêtements – une jolie robe, des sous-vêtements neufs. Ses cheveux avaient été shampouinés. Elle sentait le propre. Le frais.

— Que s'est-il passé ?

Elle n'a pas répondu.

— Tu vas bien ?

Elle a rampé sur sa couchette et s'est roulée vers le mur.

Le lendemain matin, elle ne s'est pas levée. Elle est restée toute la journée allongée dans sa jolie robe.

— S'il te plaît, dis-moi ce qui s'est passé.

— Rien.

— Il t'a fait quelque chose ?

— Je ne veux pas en parler.

Je lui ai caressé les cheveux. On est restées ainsi un long moment. Elle était tour à tour brûlante, puis glacée.

— On ne sortira jamais d'ici, hein ?

Elle a secoué la tête.

D'habitude, c'était elle qui me remontait le moral. C'était elle qui élaborait des plans d'évasion nécessitant des objets que nous n'avions pas – comme des pelles, des explosifs, des pistolets.

Une semaine plus tard, même scénario. George a ouvert la trappe. Crié son nom. Tash a grimpé à l'échelle.

De nouveau, j'ai eu peur qu'elle ne revienne pas. Je ne voulais pas me retrouver seule.

Cette fois, elle est revenue avec des petits cadeaux – du chocolat, du savon, des magazines. Une part de moi était jalouse. Ses cheveux étaient propres et brillants. Ses jambes rasées... ses aisselles aussi. Elle sentait comme une boutique Body Shop et n'avait pas faim. On était tout le temps affamées.

Cette nuit-là, sur ma couchette, j'ai observé les ombres mouvantes sur le mur en dessous de la fenêtre. Jalouse. Tash était sa préférée. Il lui donnait de jolies choses.

— Que s'est-il passé là-haut ?

— Laisse tomber.

— Tu sais où on est ?

— Non.

— Tu as vu quoi ?

— Rien.

Puis elle s'est roulée en boule sur son lit. Elle n'a pas fait de cauchemars, contrairement à moi. Parfois, elle dormait si paisiblement que j'avais peur qu'elle soit morte. Alors je me levais et approchais mon visage tout contre le sien, à l'écoute de sa respiration. Ou bien je soufflais doucement dans son oreille jusqu'à ce qu'elle renifle et change de position.

Alors seulement j'étais sûre.

9.

La cafétéria de l'hôpital est un espace sonore rempli de chaises grinçantes et de tables faciles à nettoyer. C'est le milieu de l'après-midi, pourtant il fait déjà nuit dehors. Les plats sont gardés au chaud sur des plaques chauffantes : lasagnes, légumes cuisinés et rôti de porc.

John Leece s'affaisse sur son siège, les yeux rivés sur la fenêtre, comme incapable de fixer son regard sur quoi que ce soit.

— Je n'ai jamais vraiment compris ce que les gens trouvaient dans l'alcool, mais parfois je regrette de ne pas être un buveur. Cela les réconforte apparemment. Mon père n'a jamais bu une goutte, mais ma mère n'était pas contre un petit verre de xérès ou une bière panachée de temps à autre.

— Qu'avez-vous vu là-dedans ?

— Je ne peux rien dire avant d'avoir parlé à la police.

— D'accord, nous ne parlerons pas de l'autopsie. Je vais vous poser des questions générales.

Il hoche la tête.

— Combien de temps une personne peut-elle survivre dans un blizzard comme celui de samedi ?

— Quelques heures tout au plus.

— Les bleus et les coupures...

— Elle errait dans le blizzard. Elle a très bien pu trébucher sur une branche ou tomber dans un fossé.

— Personne n'a signalé sa disparition.

— Peut-être qu'elle n'est pas de la région.

— Ils n'ont pas trouvé de véhicule.

Le médecin presse ses pouces dans ses orbites.

— Je ne sais pas. Je suis heureux de ne pas avoir à comprendre le comportement humain.

Augie Shaw a vu une femme pieds nus au milieu de la route. C'est forcément la même personne. Elle n'a pas enlevé ses chaussures près du lac. Elle n'en portait pas. Pourquoi courait-elle ? Que faisait-elle dehors en plein blizzard ? Qui fuyait-elle ?

— Avez-vous remarqué quelque chose d'inhabituel sur les lieux ?

— Nous avons trouvé un chien.

— Quoi ?

— Il était gelé avec elle. Peut-être qu'il l'a suivie ou qu'elle a tenté de le sauver. Une fois dans le lac, le froid l'a asphyxiée et elle n'a pas eu la force de s'extraire de l'eau.

— Était-ce un Jack Russell noir et blanc ?

Le légiste me regarde d'un drôle d'air.

— Comment le savez-vous ?

— Un chien a disparu de la ferme. Petit, noir et blanc, j'en ai déduit que c'était un Jack Russell.

— Le chien des Heyman ?

— Oui.

— Pourquoi était-il avec la fille ?

C'est la question que je me posais, quand je me suis rappelé le commentaire de Grievous à la ferme.

— Avez-vous les rapports dentaires des personnes portées disparues ?

— Bien sûr.

— Pourriez-vous vérifier un dossier pour moi ?

— Certainement. Lequel ?

— Celui d'une fille qui a disparu il y a plusieurs années. Natasha McBain.

Les yeux du Dr Leece s'arrondissent derrière ses verres de lunettes.

— L'une des filles de Bingham ! ?

— Sa famille vivait dans cette ferme, mais ils ont déménagé quand leur fille a disparu.

Le médecin est bouche bée. Ses lèvres articulent à moitié une question.

— Alors le chien… ?

— Et s'ils l'avaient laissé derrière eux ?

10.

Charlie m'attend dans notre chambre d'hôtel, affalée sur l'un des lits jumeaux comme si son existence était d'un ennui mortel. Je l'embrasse sur le front. Elle ne quitte pas la télévision des yeux. Silencieuse. Crispée.

La chambre est morne, studieuse, dans les tons bleus, avec un plafond haut orné de moulures au-dessus du lustre.

— Désolé, je suis en retard. J'ai été retenu.

— Toute la journée ?

— Je t'ai laissé un message.

— Qui est la femme avec qui tu parlais ?

— Quoi ?

— Après ta conférence… tu as discuté avec une femme.

— Oh ! Juste une vieille connaissance.

— Vous avez déjeuné ensemble ?

— Oui.

— Elle est très séduisante.

— Ah ? Je n'avais pas remarqué.

— Papa. Arrête.

— Quoi ?

— Arrête de jouer les idiots !

Sans même regarder son reflet dans le miroir, je sais qu'elle fait la moue.

— Elle s'appelle Victoria Naparstek. Elle est psychiatre et elle voulait discuter de l'un de ses patients avec moi.

— Augie Shaw.

— Comment sais-tu cela ?

— Je l'ai vu aux informations. Il a été interrogé à propos des meurtres à la ferme. C'est lui le coupable ?

— Je ne sais pas.

— On dirait un dingue.

— On ne les appelle pas des dingues.

— Ils ont dit qu'il avait brûlé une femme vive.

— Ce sont des allégations. Et tu ne devrais pas penser à des choses pareilles.

— À quoi veux-tu que je pense alors ?

— Au célibat.

Assise jambes croisées sur le lit, les mains sur ses genoux, elle parle de cette affaire de meurtre comme s'il s'agissait d'un secret d'adolescente.

Mon portable vibre. C'est Julianne.

— Bonjour.

— Bonjour.

— Comment s'est passée ta conférence ?

— Ils ne se sont pas endormis.

— C'est toujours bon signe. Je n'ai pas eu de nouvelles de Charlie de toute la journée. Elle va bien ?

— Elle est ici. Je te la passe.

Charlie prend le téléphone et gagne le fond de la pièce. Je n'entends que les paroles de ma fille.

— Hier… Ça va… j'ai fait du shopping… Non, je n'ai rien acheté… J'aimais pas les couleurs… Des bottes, mais ils n'avaient pas ma taille… Pas terrible… Il ronfle… Je sais… Ouais… Je vais… D'accord.

Ma fille ne mentionne pas l'enquête parce qu'elle sait que Julianne n'aime pas que je collabore avec la police. Toujours la même rengaine. Toujours les mêmes vieilles querelles. La guerre continue.

Charlie me tend le téléphone et va s'enfermer dans la salle de bains.

— Tu lui as parlé de Jacob ? me demande Julianne.

— Pas encore.

— Ne tarde pas trop.

— J'attends le bon moment.

Elle pousse un soupir empreint de lassitude, ou peut-être de doute.

Nos conversations téléphoniques se ressemblent toutes, elles tournent autour des mêmes problématiques : les filles, les écoles, les excursions et les amis communs. Julianne est gaie, brillante – plus heureuse aujourd'hui que lorsque nous étions ensemble.

Elle est traductrice pour le ministère de l'Intérieur. Je ne sais pas si elle sort avec quelqu'un. Un temps, elle a fréquenté un avocat nommé Marcus Bryant. J'ai dû le googeliser parce que Julianne ne lâchait rien et que Charlie refusait de jouer les espionnes. J'ai tapé son nom et j'ai commencé à lire les articles. Mais je me suis rapidement arrêté. Ses quatre années passées au tribunal international pour les crimes de guerre m'ont inquiété, ainsi que son action juridique bénévole auprès d'Amnesty International. Je l'imaginais faire don d'un rein pour sauver sa petite sœur et aller secourir des chatons dans des immeubles en flammes.

Charlie est toujours dans la salle de bains. Je l'entends chuchoter dans son portable.

Julianne poursuit :

— ... Emma voulait t'appeler mais elle dort maintenant. Elle joue le rôle d'un flocon de neige dans son spectacle de danse. Elle veut que tu viennes la voir. Je lui ai dit que ce n'était pas possible.

— C'est quand ?

— À la rentrée.

— Je vais essayer de venir.

— Ne fais pas de promesses que tu ne pourras pas tenir.

Après avoir raccroché, j'emmène Charlie dîner dehors. Nous marchons dans Magdalen Street et passons devant le Martyrs' Memorial. Un monument à la mémoire de trois évêques brûlés pour hérésie en 1555 : des protestants qui offensaient une reine catholique. Charlie connaît toute l'histoire.

— Ils leur ont mis des sachets de poudre autour du cou et quand ils ont explosé, leurs têtes ont été arrachées...

mais un des évêques était sur du bois mouillé, qui se consumait mal, alors il a prié pour que le feu s'embrase...

— Comment sais-tu tout ça ?

— J'ai suivi la visite guidée.

— Vraiment ?

— Pourquoi fais-tu cette tête ?

— Je suis impressionné.

— Je n'ai pas fait que du shopping, papa !

Nous dénichons un petit restaurant italien sur Broad Street, face au principal édifice gothique du Balliol College. Charlie me raconte sa journée. Elle ne veut pas aller étudier à Oxford, me dit-elle, parce que cette université ressemble à un musée.

— Tu devrais peut-être prendre une année sabbatique.

— Et faire quoi ?

— Voyager. Changer d'horizon.

— Autrement dit des vacances prolongées. Ce n'est pas autre chose.

Quand ma fille est-elle devenue aussi cynique ?

La serveuse se penche pour allumer la bougie de notre table. J'ai un aperçu de son soutien-gorge en dentelle. Le portable de Charlie vibre sur la table. Elle l'ignore. Aucun nom n'apparaît sur l'écran.

— Tu ne réponds pas ?

— Non.

— C'est peut-être Jacob.

Elle plisse les yeux.

— Je sais que tu continues à lui parler, Charlie.

— On est dans un pays libre, papa !

Elle ne veut clairement pas aborder le sujet. Au bout d'un moment, je fais une nouvelle tentative :

— Ta mère veut qu'on parle.

Charlie soupire.

— Pourquoi ne pas nous faire gagner du temps à tous les deux ? Je dirai à maman que tu m'as donné une horripilante leçon de morale. Tu peux lui assurer que tu m'as bien remis les idées en place. Et tout le monde sera content.

— Ce n'est pas le but de la manœuvre.

— Je ne vais pas arrêter de le voir, papa. Nous nous aimons.

— Il est trop vieux pour toi, Charlie.

— Il a vingt ans. Tu as cinq ans de plus que maman.

— C'est différent.

— En quoi ?

— Cinq années comptent double quand on a quinze ans.

— Des filles de mon âge se marient.

— Non, pas à notre époque.

— Si, dans certains pays.

— Tu parles de ces mariages arrangés où les filles épousent des hommes assez vieux pour être leur grand-père ?

Elle me jette un regard de défi et nous optons tous deux pour le silence. Une femme rit trop fort à une table voisine et deux hommes se disputent à propos de football.

— On pourrait rentrer à Londres demain, suggéré-je.

— Tu n'as plus rien à faire ici ?

— J'ai fait ce qu'ils m'ont demandé. On peut prendre un train tôt demain et déjeuner à Covent Garden… aller voir les illuminations de Noël sur Regent Street.

Elle hoche la tête et boit une gorgée de son soda.

— Je pourrais aussi rentrer seule et rester à l'appart. Tu n'as qu'à me donner les clés.

— Tu serais seule.

— Je sais cuisiner.

— Je crois que ça ne plairait pas beaucoup à ta mère.

Charlie a une idée en tête. Elle teste mes limites. Elle mûrit et s'éloigne peu à peu de moi. Sur le chemin de l'hôtel, je remarque une bande d'adolescents dans la rue. Des filles aux jambes maigres dans des jeans serrés et des garçons aux cheveux ras avec des sweat-shirts à capuche.

Une des filles murmure à l'oreille d'un garçon, tout en se frottant contre lui jusqu'à le faire rougir. Il lui donne une cigarette pour ses amies et elle.

Charlie les remarque sans même lever les yeux. Elle presse le pas et me distance de quelques mètres. Après avoir tourné au coin de la rue, elle ralentit l'allure.

— Des amis à toi ?

— Laisse tomber, papa.

Cette nuit-là, je rêve d'une fille qui court aussi vite qu'elle peut, écartant les branches sur son passage et enjambant les racines, les pieds nus, gelés. Son visage et ses mains sont couverts d'égratignures, son sang se mêle à la sueur de sa peau.

La neige a bouleversé le paysage, recouvert les sentiers, les rochers, les souches d'arbre. Elle regrette de ne pas courir sur le bitume, dans des rues familières. Incapable de trouver ses repères, elle progresse à l'aveuglette, tandis que le blizzard efface ses traces. Mais l'obscurité ne peut la cacher. Quelque chose la suit, inéluctablement.

Elle trébuche, escalade des clôtures, franchit des haies, suit des sentiers, traverse des bois. Enfoncée dans la neige jusqu'aux genoux, elle est incapable d'accélérer l'allure, elle ne sent plus ses pieds.

Soudain, une lumière vive l'aveugle et elle est prise dans le faisceau comme une mouche sur un papier tue-mouches. La voiture dérape dans sa direction. Elle se raidit pour se préparer à l'impact et tombe à la renverse dans la neige. La poudre la recouvre comme un duvet. Ses poumons aspirent les flocons glacés.

Elle est vivante. Le vent hurle. Les arbres sont perdus dans la blancheur immobile. Une voix résonne dans la nuit. Se relevant péniblement, elle se remet à courir, escalade une congère, échappe à la chose qui la pourchasse.

Du coin de l'œil, elle voit un mouvement, une silhouette noire. Un animal. Bondissant dans la neige, il s'arrête devant elle et aboie. Elle rassure le chien. Chuuuut. Tu vas me faire prendre. Ils repartent ensemble, unissent leurs destins.

Dans le noir, elle ne voit pas la surface friable du lac. La glace se brise sous son poids. Elle tombe. Le choc thermique lui coupe le souffle. L'eau pénètre dans ses poumons. Glacée.

Dans mon rêve, une silhouette se tient au bord du lac. L'homme s'accroupit. L'attend. Il lui tend une branche, veut la sauver, mais elle ne la prend pas. Elle ne se rendra pas. Elle ne se sauvera pas. Le froid s'infiltre dans ses os. Ses membres sont paralysés par le froid. Elle ne peut plus maintenir sa tête hors de l'eau.

Durant les dernières secondes de sa vie, une terrible certitude la saisit. Il n'y aura pas d'après. Tout se termine ici.

Après ce premier épisode

Tash a grimpé à l'échelle chaque fois que George le lui a demandé. Il venait tous les trois ou quatre jours pour nous apporter à manger et à boire. Une fois ou deux, il s'est absenté pendant une semaine, et la période la plus longue a été de dix jours.

Nous manquions de nourriture et d'eau, mais le pire était la puanteur du pot de chambre, qui donnait à notre prison des allures de latrines dans un bidonville de Mumbai. Non que je sois déjà allée à Mumbai, mais j'ai vu le film Slumdog Millionnaire, *où un gamin saute dans une fosse remplie de merde. Vraiment ignoble, mais c'était un bon film.*

Chaque fois que George venait, il déplaçait un objet lourd sur le plancher au-dessus de nos têtes. La trappe s'ouvrait et il ordonnait à Tash de monter. Quand elle revenait, elle sentait toujours le parfum et le talc. Elle me rapportait des cadeaux. Du dentifrice. Une brosse à cheveux. Des pinces à épiler. Ses vêtements étaient propres. Elle n'avait pas faim.

— Tu as mangé quoi ?

— Rien de spécial.

— C'était bien ?

— Non.

Je devenais de plus en plus jalouse. Moi aussi, je voulais monter… être gâtée… manger des bons petits plats et me laver correctement les cheveux.

Parfois, on ne parlait pas pendant des heures, tellement j'étais en colère. Je la traitais de sale allumeuse. Elle de petite vierge effarouchée, ce qui me semblait bien plus blessant.

Elle partageait ses nouveaux habits avec moi, mais cela ne me suffisait pas. Pourquoi refusait-elle de me raconter ce qui se passait là-haut ?

— Il t'a donné des bons trucs à manger, hein ? Il t'a laissée te laver. Tu sens comme dans un putain de Body Shop !

— Ce n'est pas ce que tu crois.

— Pourquoi ? Qu'est-ce qui se passe là-haut ?

Elle a secoué la tête.

— Dis-le-moi !

Je me fichais complètement de ses cadeaux. Elle avait un secret. Me cachait la vérité.

Une fois, j'ai boudé toute une journée avant de renouer le dialogue. Tash m'a alors décrit la pièce au-dessus de nous. Une sorte d'usine désaffectée remplie de matériel cassé. À l'extérieur, il y avait une cour avec une remise en briques et des bidons métalliques contre une haute clôture. Elle n'a pas vu d'autres habitations ni entendu de bruits de circulation.

— George m'a promis de nous donner une radio et d'autres magazines. Et on aura plus de nourriture, des draps propres, peut-être même un four micro-ondes.

Notre geôlier ne tenait jamais vraiment ses promesses. Nous n'en obtenions qu'une toute petite partie. Les vêtements que nous réclamions étaient pour des petites filles – des T-shirts et des shorts minuscules. Au lieu de tampons, il nous avait donné des serviettes hygiéniques.

Peu à peu, nous avons accumulé un tas d'objets. Des oreillers. Un réveil. Du savon. De nouvelles brosses à dent. Des livres. Mais il pouvait tout reprendre quand il le voulait. Tash n'aimait pas réclamer, parce qu'elle ne savait jamais comment il allait réagir. George pouvait aussi bien se montrer poli et serviable que taper du poing sur la table et lui ordonner de la fermer.

— Vous ne voyez donc pas la chance que vous avez ? ! J'aurais pu vous tuer ! J'aurais pu vous enterrer vivantes !

D'autres fois, George la cajolait, l'amadouait, lui brossait les cheveux et lissait ses vêtements. Tash le rendait heureux. Elle venait chaque fois qu'il l'appelait et faisait tout ce qu'il lui demandait. Mais j'aurais dû me douter de ce qui se passait. J'aurais dû remarquer que Tash changeait peu à peu.

Ce qu'elle mangeait là-haut compensait ce qu'elle avalait en bas – à savoir rien. Elle a commencé par se ronger les ongles au sang. Elle a perdu du poids. Puis elle a cessé de se brosser les cheveux et de se laver les dents.

Quand elle découpait des magazines, c'était pour créer des monstres étranges, des hybrides aux corps humains et aux têtes d'animaux. Ensuite elle leur arrachait les yeux pour qu'ils soient vides.

Chaque fois qu'elle redescendait l'échelle, elle semblait se déliter un peu plus, comme si George lui avait pris une part de son âme, ou qu'elle abandonnait un peu d'elle-même là-haut.

Une nuit, elle a trempé son lit. Je l'ai trouvée toute tremblante dans ses vêtements mouillés. Après l'avoir déshabillée, j'ai fait chauffer de l'eau dans une casserole et je l'ai lavée. Elle n'a pas prononcé un mot. N'a pas laissé échapper un sanglot. Pas même un gémissement.

— Je crois qu'on va avoir une magnifique journée, lui ai-je dit. J'entends les oiseaux.

C'est à peu près à cette époque que Tash a mis au point son plan d'action.

— Nous allons nous échapper, m'a-t-elle dit à voix basse, au cas où George nous épierait. (Elle m'a attirée sous l'échelle.) Je vais le faire avec ça, m'a-t-elle dit en passant la main dans son dos pour prendre l'objet qu'elle avait glissé dans la ceinture de son jean.

Elle l'a déballé avec précaution.

— Je l'ai trouvé là-haut, quand il regardait ailleurs.

C'était un vieux tournevis au manche cassé. Tash avait enveloppé l'extrémité endommagée dans un chiffon pour ne pas se couper la main. Elle a mimé le geste de le poignarder avec.

— Comment comptes-tu faire ?

— Je vais me glisser derrière lui et le frapper dans le cou.

— Et s'il ne te tourne pas le dos ?

— Je l'attirerai contre moi et lui planterai dans le ventre... ou dans l'œil.

— Quand ?

— La prochaine fois.

Elle s'est assise sous l'échelle et s'est exercée à ce mouvement pendant des heures, plantant la lame de métal dans le bois, gravant ses initiales. À d'autres moments, elle restait allongée sur sa couchette, aux aguets.

— Le moment sera bientôt venu..., répétait-elle sans relâche. Le moment sera bientôt venu...

Nous avons attendu longtemps, allongées sur nos matelas, perdues dans nos propres pensées.

— Piper, s'il m'arrive quelque chose...

— Il ne va rien t'arriver.

— Si jamais...

— Non.

— Ne le laisse pas te toucher, Piper.

— D'accord.

— Tu as bien compris ?

— Oui.

C'est là que nous avons entendu le meuble bouger. George était de retour. La trappe s'est ouverte et nous avons eu droit à la petite manœuvre habituelle, avec de l'eau et de la nourriture. Il a fait descendre un seau et nous avons vidé le pot de chambre.

Ensuite, il allait appeler Tash.

Je ne voyais pas le visage de George dans l'obscurité au-dessus. Il n'était qu'une voix, comme Morgan Freeman qui joue Dieu dans certains films.

— Je veux Piper cette fois.

Tash m'a regardée. Je dansais d'un pied sur l'autre, frigorifiée de la tête aux pieds.

— Prenez-moi, dit Tash.

— C'est au tour de Piper.

— Non. (Tash réfléchissait à toute allure.) Elle a ses règles.

George n'a rien dit pendant un moment. Tash a grimpé à l'échelle de bois râpeuse et a levé les bras. Son cardigan s'est soulevé au-dessus de la taille de son jean et j'ai vu le tournevis glissé dans le bas de son dos.

Je voulais lui dire de ne pas le faire. Ne prends pas le risque !

Je me suis rassise sur ma couchette et me suis recroquevillée contre le mur. Dans chaque ombre se cache un corps flétri.

J'ai prié. Je ne suis pas très douée pour prier. Nous ne sommes pas une famille très religieuse. Mon père dit que neuf religions sur dix échouent dès la première année.

Tout en priant, je prête l'oreille aux bruits là-haut. J'imagine le pire. Un trou creusé dans la terre. Un corps enterré. Des cris horribles. Toujours la même menace : nous enterrer si profondément que personne ne nous trouvera jamais.

Je ne sais pas combien de temps j'ai attendu. Assoupie. Éveillée. Fébrile. Je criais au plafond :

— Rends-la-moi, salaud ! Ne lui fais pas de mal !

Je me suis mise debout sur le banc et j'ai étudié la fissure de la fenêtre. Une lune brillait quelque part, mais je ne voyais que les arbres et j'entendais le vent hurler dans les branches.

Je me suis réveillée dans le noir, secouée de violents frissons. Seule. J'ai tendu la main vers son lit. Palpé les couvertures froides. À mon réveil suivant, il faisait assez jour pour voir. J'ai repoussé les couvertures, j'ai grimpé vivement à l'échelle et j'ai essayé d'atteindre la trappe. En vain.

Je suis remontée sur le banc pour regarder à travers la fente. Je ne voyais rien d'autre qu'une clôture de fil barbelé et le flanc d'un bâtiment avec une fenêtre cassée. Des poubelles. Des mauvaises herbes. Le silence. L'immobilité.

Toute la journée du lendemain, j'ai attendu. Le temps ne signifiait rien. J'avais faim et froid, mais je ne voulais pas manger sans Tash. Je ne voulais pas être seule. J'avais besoin de Tash.

Puis j'ai entendu le verrou s'ouvrir. Le craquement de la trappe. Il l'a fait descendre sur l'échelle. Les jambes de Tash ne semblaient pas assez solides pour la soutenir. Je me suis mise sous l'échelle pour la rattraper.

Elle est descendue lentement, pâle et chancelante. Sa robe était tachée de sang sur le devant. Du sang séché et noirci. Elle a trébuché. Je l'ai aidée à marcher jusqu'à sa couchette, où elle s'est roulée en boule et a fermé les yeux. Le sang coulait toujours.

Je lui ai préparé une tasse de thé et j'ai fait réchauffer des haricots. Elle n'a rien mangé. Rien bu. Elle avait déjà cessé de vivre. Tout espoir était perdu.

11.

Un bruit me réveille : un craquement du plancher, le murmure d'une voix derrière la porte. Peut-être est-ce le fruit de mon imagination. L'esprit embrumé, je repousse la couette et me dirige vers la porte sur la pointe des pieds, les articulations des genoux rouillées.

Tirant le verrou, je jette un coup d'œil au couloir de l'hôtel. Vide. L'obscurité de l'escalier me fait penser à un trou noir. J'avance d'un pas et sens quelque chose de mouillé sous mes pieds. De la neige fondue, rapportée du dehors. Quelqu'un se tenait devant cette porte il y a un instant.

Refermant la porte, je repousse le verrou et ouvre les rideaux. Il fait encore nuit. Charlie est endormie. Elle ne fait presque pas de bruit. Quand elle était bébé, je m'approchais discrètement de son berceau, effrayé à l'idée qu'elle ne respire plus.

Impossible de trouver le sommeil maintenant. Allongé sur mon lit, je passe en revue les événements de la veille. Je ne peux m'ôter de la tête l'image de la fille gelée. Plus j'essaie de la repousser, plus elle s'incruste dans mon esprit. Telle est la malédiction des pensées indésirables. Impossible de les éradiquer. De les oublier.

Je réveille Charlie peu après 7 heures et nous prenons un rapide petit déjeuner avant de nous rendre à la gare. Nous avons emporté quelques affaires pour le voyage – ainsi qu'un café, un chocolat chaud et le *Daily Telegraph*. Le train part dans cinq minutes.

Des roues crissent sur le parking de la gare et une voiture de police s'arrête brutalement. L'inspecteur Drury sort du véhicule, grimpe les marches quatre à quatre et enjambe la barrière avec l'agilité d'un gymnaste. Grievous le suit avec peine et franchit l'obstacle à son tour, avec une grimace de douleur.

Drury déboule sur le quai. À bout de souffle. Furieux. Il manque renverser Charlie avant de planter son index dans ma poitrine.

— Nom de Dieu, comment l'avez-vous su ?

Je ne me dérobe pas, mais je m'inquiète pour Charlie.

— Est-ce que ça va ? dis-je à ma fille.

Elle hoche la tête. Je regarde Drury.

— S'il vous plaît, excusez-vous auprès de ma fille.

Le policier ne se laisse pas distraire.

— Dites-moi comment vous l'avez su ! Leece a comparé les dossiers dentaires. C'est bien Natasha McBain.

— Je n'en étais pas sûr.

— Shaw l'a reconnue ?

— Non.

— Alors comment ?

— Le chien.

— Vous vous foutez de moi ! Vous avez identifié la fille grâce au cabot ?

— C'est plus compliqué que ça.

Je suis sur la défensive.

— Où était-elle ? Trois ans sans la moindre nouvelle et tout à coup, elle réapparaît au beau milieu du blizzard ?

— Je ne sais pas.

Un train se dessine dans le virage, les voitures se redressent sur les rails frémissants. La voix du haut-parleur interrompt son discours. Drury desserre sa cravate en attendant la fin de l'annonce.

— Vous auriez dû me le dire. Je n'aime pas qu'on se paie ma tête !

— J'aurais pu me tromper.

— Le chef de la police veut vous voir.
— Pourquoi ?
— Il a ses raisons.
— Inspecteur, nous sommes censés prendre ce train.
— Vous en prendrez un autre.

Le chef Thomas Fryer est un homme corpulent engoncé dans un uniforme trop petit pour lui. Le visage rouge et le regard acéré, il a son bureau au dernier étage du quartier général de la police de Thames Valley. La vue époustouflante sur le ciel bleu londonien est l'affirmation claire qu'il s'est hissé au sommet de sa profession.

— L'inspecteur Drury voulait vous arrêter.
— Pour quel motif ?
— Vous l'avez fait passer pour un imbécile.
— Ce n'était pas mon intention.

À travers les stores, je vois les bureaux voisins. Assise sur une chaise en plastique, Charlie patiente en écrivant des SMS sur son iPhone. Dans la même pièce, Drury fait les cent pas, furieux d'être tenu à l'écart.

Fryer chausse ses lunettes.

— C'est un bon policier. Impétueux. Expansif. Mais il obtient des résultats.

Le directeur prend un siège. Les boutons argentés de son uniforme tintent contre le rebord métallique de son bureau.

— Êtes-vous joueur, professeur ?
— Non.
— Mais vous comprenez le principe des cotes ?
— Oui.
— Un vrai joueur peut prendre un pari risqué juste pour garder un intérêt dans la course, mais il ne pariera pas sa maison sur un outsider sans informations fiables, vous me suivez ?

La réponse est non, mais je ne l'interromps pas.

— Un joueur ne risque pas tout sans un tuyau d'une personne proche du cheval, le jockey ou l'entraîneur.
— Quel est le rapport avec moi ?
— Vous êtes un pari risqué, mais on m'a dit du bien de vous.

— Du bien ?

— Le commissaire de police judiciaire, Veronica Cray, vous tient en très haute estime. Et je crois savoir qu'elle n'est pas tendre avec les hommes en général.

Le chef se lève et se poste à la fenêtre, admirant la vue.

— C'est un sacré bazar, cette histoire...

Je ne suis pas censé répondre.

— On marche sur des œufs. Dans des circonstances normales, une adolescente morte dans le blizzard ne soulèverait pas autant de problèmes, mais ce cas est très différent. C'est l'une des filles de Bingham.

— De quels problèmes voulez-vous parler ?

— Je vais y venir. D'abord, j'ai besoin de vous. Je veux que vous restiez quelques jours de plus. Pour nous aider à comprendre ce qui est arrivé à Natasha McBain.

— Je travaille dans une clinique de Londres.

— Nous pouvons rémunérer vos services.

— Ce n'est pas une question d'argent.

Fryer pose les poings sur son bureau et se penche en avant.

— La presse va s'en donner à cœur joie. C'est pour ça que nous n'avons pas encore rendu la nouvelle publique. J'ai ordonné un black-out complet des médias. Je ne sais pas combien de temps il va tenir...

— Et la famille de la fille ?

— Nous allons demander leur coopération.

Le silence s'étire. Fryer finit par le rompre.

— J'ai des questions à vous poser, professeur. Pensez-vous que Natasha McBain se soit enfuie de chez elle et ait choisi la mauvaise nuit pour revenir ?

— Non.

— C'est bien ce qui me semblait. Où était-elle passée ?

— Je n'en ai aucune idée.

Fryer hoche la tête et jette un coup d'œil au dossier sur son bureau.

— J'aimerais partager certains détails avec vous, mais d'abord, je veux votre parole que vous garderez ces informations confidentielles et que vous nous aiderez.

— Je ne peux pas, je suis désolé.

Fryer ne semble pas avoir entendu ma réponse.

— Je veux que vous revoyiez toute l'enquête. Traquez la moindre erreur. Participez à la nouvelle investigation…

— Je peux vous recommander un bon profileur.

— C'est vous que je veux. Vous repérez des éléments qui échappent aux autres. En moins d'une journée, vous êtes allé plus loin que deux douzaines de policiers en une semaine.

— Je suis à la retraite.

— Les hommes comme vous ne sont jamais à la retraite. Vous répondez toujours présent.

Il se redresse et presse la pointe émoussée de son stylo à bille sur son menton parfaitement rasé.

— Nous avons un ami commun, vous et moi : Vincent Ruiz. J'ai joué au rugby contre Ruiz. C'était il y a un bail, bien sûr. On était tous les deux piliers dans la mêlée. Un jour, il m'a collé un coup de poing dans la mâchoire et j'ai vu des étoiles pendant une semaine. Je le méritais. Je l'avais frappé en premier. Si vous avez besoin d'aide pour revoir les dossiers, appelez Ruiz. On peut l'engager comme consultant, tout comme vous : mille livres par jour. Je suis sûr qu'il appréciera le coup de pouce…

Le directeur a mené sa petite enquête. Il sait que Ruiz a des difficultés financières depuis qu'il est retraité de la police. Il s'occupe de sa mère âgée à plein temps et ses économies fondent comme neige au soleil.

Fryer marque une pause. Il n'a pas tout dit. Reprenant son siège, il ouvre la chemise.

— Certains détails de cette affaire m'intriguent, professeur. Je fais ce métier depuis trente ans et je pensais que plus rien ne pouvait m'étonner.

Il me tend un cliché de Natasha McBain, nue, sur une table d'examen métallique, la poitrine recousue de points grossiers.

— Les morts subissent des traitements terribles. On les ouvre, on les éviscère, on les recoud… Mais cette pauvre fille a souffert plus d'atrocités de son vivant.

Il ajoute une deuxième photographie à la première.

— À la rigueur, je peux accepter qu'un pervers sadique viole une adolescente. Peut-être qu'il est asocial, impuissant, ou juste trop laid pour se trouver une fille. Et je peux presque comprendre pourquoi il veut la séquestrer et en faire son objet sexuel, excité par sa peur. Mais ça... ça me dépasse.

La troisième photographie est un agrandissement du vagin de Natasha, qui en montre tous les détails anatomiques. Je reconnais alors ce que je vois... ou plutôt ce que je ne vois pas. Son clitoris a disparu.

Voilà ce qui a choqué le Dr Leece pendant l'autopsie.

— Les morts aussi ont des droits, dit Fryer. Je me fiche des regrets que vous avez concernant votre passé. Ce n'est pas mon affaire. Parfois, je me dis que j'aurais mieux fait de travailler moins et d'ouvrir un foyer pour chats errants, mais ensuite je réalise que ce n'est pas l'homme que je suis. Donc, je me fous totalement que vous soyez fatigué ou retraité. C'est du bidon.

Le directeur pointe du doigt les clichés.

— Vous allez nous aider, professeur, car l'enjeu est bien plus important qu'un orgueil blessé et la colère d'un inspecteur. Il y avait deux filles de Bingham. Le boulot n'est pas terminé.

12.

Drury n'a pas dit un mot depuis que nous sommes sortis du bureau du chef. Les poings serrés et le regard brillant de rage, il marche à grands pas vers l'ascenseur et frappe rageusement sur le bouton d'appel.

Ses arguments résonnent encore à mes oreilles. Il les a exposés d'une voix si tonitruante que les portes du couloir se sont ouvertes sur ses collaborateurs surpris. Il a réclamé des moyens plus importants. Plus de policiers. Plus de ressources. Ce qu'il ne veut pas, c'était un « putain de psy » pour lui faire des suggestions idiotes ou pointer des évidences.

Charlie a fait semblant de ne rien entendre. iPod à la main, elle a mis ses écouteurs et fredonné pour elle-même en balançant ses jambes. À présent, nous courons à moitié dans le couloir derrière Drury, qui retient les portes de l'ascenseur tel Moïse fendant la mer Rouge.

La voiture de police nous dépose à notre hôtel où je prends une nouvelle chambre. Silencieuse, Charlie se ronge un ongle avec une maussaderie manifeste.

— Je ne serai pas long.

— Et Londres alors ?

— Peut-être demain.

— Je peux y aller seule.

— Ta mère ne serait pas d'accord.

Drury m'attend dans la voiture, moteur en marche.

Les portes de l'ascenseur se referment. Je fixe mon reflet dans l'acier poli en me demandant comment j'en suis arrivé là – au cœur d'une nouvelle enquête. Mon talent, à savoir ma capacité à comprendre le comportement et les motivations des êtres humains, est devenu une malédiction.

Les gens regorgent d'informations qui transpirent par leurs pores, coulent de leurs bouches, se lisent dans leurs gestuelles, leurs tics, leurs tressaillements. Qu'ils soient timides, matérialistes, vaniteux, bourrés de préjugés, ils se trahissent de milliers de manières différentes.

Et presque inconsciemment, je capte les signaux, j'interprète les langages corporels, je collecte les indices. Autrefois, je voulais savoir pourquoi. Pourquoi un couple assassinerait-il une jeune femme avant de l'enterrer dans son sous-sol ? Pourquoi un adolescent mitraillerait-il la cour d'une école ? Pourquoi une adolescente donnerait-elle naissance à un bébé dans des toilettes et le jetterait-elle dans une poubelle ? Plus maintenant. Je ne veux plus sonder la tête des gens. Comme si j'en savais déjà trop. Comme si j'avais vécu trop longtemps et été témoin de trop d'atrocités. Je suis las de parcourir le monde.

Les humains sont des êtres complexes, cruels, courageux, blessés, enclins à des excès de brutalité comme de gentillesse. J'en connais les causes. J'en connais les effets. Tout cela n'a rien de nouveau pour moi. Je ne suis pas devenu indifférent. Mais j'ai fait ma part. Quelqu'un d'autre devrait porter ce fardeau.

Le sergent Casey m'ouvre la portière arrière. Drury est au volant. Au lieu de nous diriger vers le poste de police, nous prenons la direction d'Abingdon. Les roues crissent sur la chaussée constellée de sable et passent dans des flaques. La circulation est fluide.

Trente minutes plus tard, nous nous garons devant un pavillon de brique rouge à la façade crépie. Drury observe la bâtisse à travers le pare-brise et finit par prendre la parole :

— Quelqu'un lui a enlevé le clitoris. C'est un truc religieux, non ? Certaines communautés musulmanes le font aux petites filles. Ils les recousent...

— Ce n'est pas religieux.

— Quel genre de malade... ?

— C'était une punition. Une vengeance.

— Quelqu'un détestait cette fille ?

— Ou ce qu'elle représentait.

— Elle avait dix-huit ans... elle représentait quoi au juste ?

— La féminité, la jeunesse, la beauté, le sexe...

— C'est un crime sexuel ?

— Oui.

Il souffle bruyamment en gonflant les joues et secoue la tête.

— Tout ça ne me plaît pas beaucoup, professeur, mais je n'ai pas le choix. Alors la prochaine fois que vous avez une théorie ou que vous découvrez quelque chose, je suis le premier averti, compris ?

— Compris.

— Je veux un profil psychologique complet. Je veux savoir où Natasha était et pourquoi elle est revenue. S'est-elle échappée ou a-t-elle été enlevée ? Où était-elle séquestrée ? Pourquoi a-t-elle été mutilée ?

— Je suis psychologue, pas devin.

— Et vous n'êtes pas enquêteur de police, ne l'oubliez pas.

L'inspecteur descend de voiture et me fait signe de le suivre. Il sonne à la porte. Nous attendons. Le bruit d'un téléviseur nous parvient. Puis des pas. La porte s'ouvre sur un jeune homme qui nous regarde en clignant des yeux. Ses avant-bras et son cou sont tatoués. Il porte un T-shirt qui dit POKER – TU SAIS QU'ELLE AIME ÇA, et il tient à la main un objet qu'il cache derrière l'embrasure de la porte.

Drury montre son badge.

— Salut, Hayden. Ta mère est là ?

— Elle se prépare pour aller au boulot.

— On ne sera pas long.

Ils se dévisagent un moment, puis Hayden se tourne vers l'escalier et crie :

— Maman ! Des flics !

On entend un bruit de chute, une exclamation, puis une réponse hésitante :

— Je descends dans une minute !

Hayden glisse ce qu'il a à la main dans la taille de son jean et remet son T-shirt par-dessus. Un éclat de rire s'échappe du téléviseur. Le jeune homme nous invite à entrer.

Une fille mince, au teint très pâle, est perchée sur le bras du canapé, l'air hagard dans le demi-jour. La petite amie de Hayden. Elle paraît avoir vingt-sept ans, mais elle peut très bien en avoir dix-sept. Hayden lui dit de rentrer chez elle. Elle souffle sur sa frange et l'ignore.

— J'ai dit : mets les voiles !

Cette fois, elle attrape son manteau et ricane avant de claquer la porte derrière elle.

Hayden prend sa place sur le bras du canapé et s'empare d'un magazine télé, qu'il feuillette sans le lire.

Le salon est un véritable fatras, ce qui donne une impression de claustrophobie, rehaussée par une odeur de vieilles chaussures et de cigarette. Des cartes de Noël décorent le manteau de la cheminée, près d'un sapin de Noël tristounet. Les fausses branches vertes ploient sous un salmigondis de guirlandes et de décorations clinquantes. L'ange couronné, bien trop lourd, penche sur la plus haute branche telle une catapulte.

Des pas discrets dans l'escalier signalent l'arrivée d'Alice McBain. Elle porte un pantalon noir, un corsage au liséré vert et un cardigan. Une étiquette au logo d'un supermarché portant son nom est épinglée à sa poche de poitrine. Âgée de près de cinquante ans, peut-être un peu moins, cette petite femme aux cheveux courts a l'air perdu et échevelé d'une réfugiée ou d'une femme malmenée par la vie qui ne comprend pas ce qui lui arrive.

— Nous sommes ici pour vous parler de Natasha, dit Drury.

Mme McBain porte la main à sa bouche. L'incertitude dans son regard. Ce n'est ni la peur ni l'espoir, plutôt un sentiment qui oscille entre ces deux extrêmes. Les enfants disparus créent un silence autour d'eux, un vide que remplit le moindre espoir ou désespoir.

Drury prend place face à Alice, la mère de Natasha, leurs genoux se touchant presque. Elle essaie de parler, mais ne parvient à articuler un seul mot. C'est le moment où tout le chagrin et toutes les peurs atteignent leur point culminant.

— Tard dans la soirée d'hier, j'ai reçu un appel du légiste en chef de la morgue de l'hôpital John Radcliffe. Les dossiers dentaires ont confirmé que le corps retrouvé dans les lacs Radley il y a quatre jours est celui de votre fille.

Alice McBain nous regarde tour à tour.

— Mais à la radio, ils ont dit que c'était une femme.

— C'est bien Natasha. Je suis vraiment désolé.

Alice secoue la tête. Son regard n'exprime aucune émotion, se perd dans le vague. Elle comprend l'information, mais ne la ressent pas encore.

— Natasha est morte, maman, dit Hayden.

Un gémissement gronde dans sa poitrine. Elle pose un poing, puis l'autre, sur sa bouche, et les presse contre ses lèvres. Elle me regarde pour avoir la confirmation de ce qu'elle redoute plus que tout au monde.

Presque aussitôt, son chagrin semble s'évaporer. Elle laisse retomber ses mains et les pose sur ses genoux. Elle n'est pas en colère contre Drury. Ne crie pas d'insultes, ne lance pas d'accusations, ne cherche pas de coupables. Humble et accommodante, elle baisse le regard sur le tapis élimé.

— Elle a été violée ? demande Hayden.

— Je ne peux pas discuter de la nature de ses blessures, répond Drury.

— Ça fait trois ans… Où était-elle ?

— On ne le sait pas.

Drury se tourne vers Alice.

— J'ai quelques questions à vous poser, madame McBain. Je sais combien c'est pénible. Avez-vous eu des nouvelles de Natasha ?

Elle secoue la tête.

— Pas d'appels téléphoniques ? De lettres ? De mails ?

— Non.

— Quelqu'un a-t-il appelé et raccroché ?

— Non.

— Je dois parler à votre mari, madame McBain.

— Il n'est plus mon mari.

— Il faut quand même que je lui parle.

Hayden intervient :

— Je vais vous donner son adresse.

Alice renifle et triture la manche de son cardigan.

— Comment est morte mon bébé ?

— Elle s'est noyée dans le lac. Elle a été prise dans le blizzard.

— Que faisait-elle en plein blizzard ?

— Nous pensons qu'elle essayait de rentrer à la maison. Les lacs Radley ne sont pas loin de votre ancienne ferme.

Une infime vibration s'échappe d'Alice, comme si quelque chose tournait silencieusement à l'intérieur d'elle à une vitesse vertigineuse.

— Elle rentrait à la maison ?

— Ce n'est qu'une théorie. (Drury me fait un signe de tête et revient à Alice.) Natasha connaissait-elle un homme du nom d'Augie Shaw ?

Hayden se raidit.

— C'est le salaud qui l'a enlevée ?

— Répondez juste à ma question s'il vous plaît.

Hayden bondit sur ses pieds et se balance d'avant en arrière comme un chien retenu par une laisse.

— Qu'est-ce qu'il lui a fait ?

— Je sais que tu es en colère, fiston. C'est compréhensible, mais il faut que tu nous laisses faire notre travail.

Hayden ne l'écoute pas.

— Je l'ai vu aux informations. Il a tué ces gens dans notre ancienne maison. C'est lui qui a enlevé notre Tash ? Qu'est-ce qu'il lui a fait ?

Drury observe Alice avec l'espoir qu'elle intervienne, mais elle semble lutter pour accepter la réalité, pour maîtriser ses émotions.

L'inspecteur fait une nouvelle tentative.

— Natasha connaissait-elle William et Patricia Heyman ?

Alice secoue la tête.

— Et leur fille, Flora ?

— Je ne sais pas.

Hayden ramasse un coussin par terre et le presse contre sa poitrine en faisant les cent pas. Alice fixe la télévision muette du regard, comme si elle lisait sur les lèvres.

Elle murmure :

— On lit des histoires, vous savez, sur ces gens qui ne perdent jamais espoir. Qui ne cessent jamais de croire au retour de leurs enfants... (Elle prend une grande inspiration.) J'ai cessé de croire. J'ai abandonné Tash. J'aurais dû avoir plus la foi.

— Vous n'auriez rien pu faire, dit Drury.

— Savez-vous combien de fois je me suis assise devant le téléphone, à attendre qu'il sonne ? Je l'ai fait pendant des semaines, des mois, presque une année. Jusqu'à ce que je finisse par me convaincre qu'elle était morte. J'ai cessé de prier. J'ai cessé de croire qu'elle était vivante. Dans les recoins les plus noirs de ma conscience, j'ai abandonné ma petite fille... et tout ce temps elle était en vie. Elle essayait de rentrer à la maison.

Un sanglot s'étrangle dans sa gorge.

— Je veux la voir.

— Je ne pense pas que...

— Je veux voir ma Natasha.

— Vous devez comprendre – elle est partie longtemps –, elle ne ressemble plus à l'adolescente dont vous gardez le souvenir.

— Je m'en fiche. C'est ma fille.

Drury me regarde. Il veut que je dissuade Alice, mais j'ai vu d'innombrables formes de chagrin et cette mère sait ce qu'elle veut. Elle ne doute pas des paroles de Drury et ne s'accroche pas à l'espoir irrationnel de revoir Tash vivante. Elle veut lui dire qu'elle est désolée. Elle veut lui dire au revoir.

L'inspecteur s'adoucit.

— Je vais vous assigner un agent de liaison des familles. Il vous tiendra informée des développements de l'affaire. Pour le moment, nous n'allons rien dire à la presse. Nous préférons, pour le bon déroulement de l'enquête, que personne n'apprenne que la jeune fille du lac était Natasha. Nous devons réinterroger des témoins et vérifier des alibis. Je suis certain que vous comprenez.

— Pendant combien de temps ? demande Hayden, qui semble considérer cela comme une contrainte.

Drury se lève, désireux de prendre congé.

— Seulement quelques jours.

— Avant de partir, dis-je, j'ai quelques questions à poser à Mme McBain.

Alice cligne des yeux, comme prise par surprise.

— Je voudrais en savoir plus sur Natasha.

— Que voulez-vous savoir ?

— Comment était-elle ? J'ai vu des photographies et j'ai lu des rapports, mais je voudrais l'entendre de votre bouche, avec vos propres mots.

Hayden me regarde avec incrédulité.

— Quelle différence ça fait ? Elle est morte !

Ignorant sa remarque, je reste concentré sur Alice.

— Je suis psychologue. J'essaie de comprendre ce qui s'est passé. En apprenant à connaître Natasha, je peux découvrir des choses sur l'homme qui l'a enlevée.

— Vous pensez que c'était sa faute ?

— Non.

Hayden veut protester, mais Alice pose la main sur son bras. Il ravale sa colère, l'enfouit au fond de son estomac. Alice se met alors à parler doucement, à décrire Natasha. Au lieu de détails physiques, elle parle de moments, de liens, d'amour. Tash avait un chien. Elle l'a eu tout bébé pour son douzième anniversaire. Un Jack Russell qu'elle a appelé Basher. Ils étaient tout le temps ensemble.

— Tash l'a même emmené en douce au lycée une fois, raconte Alice en souriant. Elle pouvait être une terreur, mais c'était une bonne élève, notre Tash. Intelligente. Vite lassée. Elle avait été expulsée, mais l'école l'aurait reprise. Mme Jacobson me l'a dit.

— Quelles étaient ses relations avec son père ?

— Ils avaient des différends.

— Des différends ?

Alice hésite.

— Vous essayez de mettre des limites, vous savez, mais les enfants veulent toujours les franchir. Tash voulait grandir trop vite. Elle n'attendait que ça.

— Avait-elle des petits amis ?

— Elle était populaire.

— Prenait-elle de la drogue ?

Les yeux d'Alice s'étrécissent et Hayden répond à sa place :

— Je ne vois pas le putain de rapport ! Vous ne pouvez pas venir ici et raconter des conneries pareilles ! Elle est morte ! Quel genre de connard…

— Surveille ton langage, coupe sa mère. Il est inutile de jurer. Ce monsieur fait seulement son travail.

Hayden se renfrogne, bouillant de rage.

Une voiture s'arrête devant la maison. J'entends le *thumb thumb* des basses de la sono qui fait vibrer l'air. Peu après, deux coups de sonnette. Des voix masculines. Des rires. Le clapet de la boîte aux lettres s'ouvre.

— Hé ! Hayden, on sait que t'es là !

— Pas maintenant, les gars, je suis occupé.

— On veut parler business.

Hayden manque trébucher sur la table basse en se précipitant vers la porte. Il jure et leur crie de s'en aller. Mentionne la police, avec quelques adjectifs inutiles.

Alice se lève lentement et observe Drury.

— Je dois aller travailler maintenant, dit-elle d'un air absent.

Elle lui tend la main.

— Je tiens à vous remercier. Beaucoup de gens m'ont fait des promesses quand Tash a disparu. Peu les ont tenues. Je vous suis reconnaissante d'avoir ramené ma fille à la maison.

Dans l'entrée, Drury enfile son manteau, puis vacille légèrement, une main contre le mur. Son regard brille. Rejetant la tête en arrière, il contemple le plafond.

— Cette femme vient de me remercier d'avoir trouvé sa fille morte.

— Je sais.

— Je déteste ce boulot.

Quand nous quittons la maison, la voiture qui crache la musique est toujours garée dehors. Une Vauxhall Cavalier aux vitres teintées. Deux jeunes Blancs sont adossés aux portières ouvertes, les mains dans les poches, une capuche enfoncée sur la tête.

Drury marche sur l'herbe boueuse. Il connaît les noms de ces vauriens. Les gamins rient trop fort sans raison et sourient bêtement. L'équilibre des pouvoirs est évident. Le plus costaud, au crâne rasé, a environ vingt-cinq ans. Son comparse maigre et blond a cinq ans de moins et est agité d'un tic nerveux : il jette sans arrêt des coups d'œil de biais, comme s'il cherchait à se rassurer.

Drury se retourne et se glisse derrière le volant.

— Qui sont ces jeunes ?

— La faune locale. Le plus grand est Toby Kroger. Un petit caïd de Blackbird Leys, qui vend de la drogue et joue les macs. On l'a piégé il y a deux ans pour procédés immoraux en vue de gagner de l'argent, mais les deux filles qu'il a mises sur le trottoir ont refusé de témoigner contre lui. Le plus jeune est Craig Gould. Un musicien au talent bien trop grand pour lui. Il joue du saxophone. On l'a arrêté il y a un an en possession d'un flacon de Rohypnol. Il aime rendre ses petites amies comateuses.

Drury démarre.

— Je pourrais mettre des gars de ce genre tous les jours sous les verrous, mais cela ne changerait rien. Ce sont des flotteurs.

— Des flotteurs ?

— Des merdes qui ne partent pas avec la chasse d'eau.

13.

Le poste de police d'Abingdon ne dort jamais. Les équipes se relaient. Des visages frais remplacent les personnels fatigués. Les portes s'ouvrent et se ferment derrière nous. Drury ignore ou balaie les salutations. Dans la salle des opérations, il jette son manteau sur une chaise et convoque tous les enquêteurs pour une réunion urgente. Dans quinze minutes.

Il me demande de l'attendre dans son bureau. De ne toucher à rien. Sur le tableau blanc sont affichées les photographies de la ferme et des victimes. L'image de Natasha McBain se trouve dans un coin, comme si elle n'était pas encore au cœur de l'investigation.

Je m'assois et étudie les lieux. Le placard est ouvert, révélant sur l'intérieur de la porte des coupures de presse, une récompense pour acte de bravoure et des photographies de la cérémonie de remise des médailles. Drury est incliné devant la reine. La porte du bureau s'ouvre avant que je puisse lire la légende. L'inspecteur tient deux mugs de thé, et m'en tend un en signe de paix.

Il s'assoit derrière son bureau.

— Bien, supposons que vous ayez raison et que Natasha était à la ferme ce fameux soir. Elle est arrivée en plein blizzard. Trempée. Frigorifiée. Les Heyman lui ont fait couler un bain. Trouvé des vêtements propres. Et ils ont fait sécher ses chaussures devant la cheminée. William Heyman a tenté d'appeler la police, mais le standard était débordé. Et ensuite, Augie Shaw s'est pointé ?

— Quelqu'un est venu.

Une cloche sonne quelque part. Drury se gratte la nuque.

— La moitié de mon équipe a travaillé sur cette affaire au moment des faits.

— Où est le problème ?

— Ils ont pris des décisions à partir des preuves en leur possession. Les filles ont été considérées comme des fugueuses. Comme elles n'ont pas réapparu au bout de trois mois, le chef de la police a affecté une équipe restreinte à leur recherche, mais la piste était froide. Cette histoire va soulever des questions. Des responsables vont être montrés du doigt. Cela pourrait coûter leur carrière à certains d'entre eux.

— Est-ce votre priorité ?

L'inspecteur se raidit, ouvre la bouche, et la referme aussitôt, les lèvres pincées.

— Je ne suis pas là pour juger qui que ce soit, dis-je. Je repasse en revue les faits, pas l'enquête en soi.

Drury grommelle, peu convaincu.

Le paysage a bien changé depuis la disparition de ces filles. La science a fait des progrès. Les gens ont oublié les motivations qui les ont poussés à mentir. Les amants donnent des alibis, les ex-amants les reprennent. Je pourrais avancer ces arguments, mais Drury ne m'écouterait sans doute pas. Il protège son équipe et la réputation de ses collègues.

— Je vais probablement le regretter, professeur, mais je vais vous donner carte blanche. Ne vous lancez pas dans une chasse aux sorcières. De quoi avez-vous besoin ?

— Je veux retourner à la ferme.

— D'accord.

— J'ai besoin des dossiers de la première enquête. Les dépositions. La chronologie des événements. Les relevés téléphoniques.

— Vous parlez de plus de trois mille dépositions.

— Je me ferai aider.

Drury soupire.

— Dites à Grievous de vous donner un coup de main.

— Je veux aussi réinterroger quelques témoins. Parler aux familles, filtrer certains préjugés.

— Vous croyez qu'ils ont menti ?

— Les gens expurgent le négatif quand ils perdent quelqu'un qu'ils aiment. Vous avez entendu Alice McBain parler de sa fille. J'ai besoin de tout savoir sur Natasha et Piper. Quel genre de filles était-ce ? Étaient-elles téméraires ou naïves ? Rebelles ou dociles ? Introverties ou extraverties ? Avaient-elles un petit ami ? Un ex ? Étaient-elles sexuellement attirantes ?

— Vous suggérez que ces filles ont en quelque sorte été complices ?

— Je dis que certaines filles – même jeunes – captent l'attention. Certaines sont provocantes, sexuellement parlant, volontairement ou non. D'autres sont plus effacées. Je dois connaître Natasha et Piper comme si elles étaient assises en face de moi. Ainsi, je pourrai comprendre pourquoi elles ont été choisies...

— Vous pensez qu'elles ont été choisies ?

— Oui.

Drury inspire profondément et me fixe du regard.

— J'ai déjà rencontré des gens comme vous, professeur. Vous étudiez la scène de crime et les photographies en pensant pouvoir communier avec le tueur. Comprendre le pourquoi et le comment. Moi ? Je me fiche de connaître ce salaud. Je veux juste mettre la main dessus.

Deux douzaines de policiers sont rassemblés en cercle, assis sur des bureaux ou des chaises. Ils ont la même complicité que les soldats ou les secouristes – des amitiés forgées dans la fureur de la bataille ou par des années à pratiquer ensemble un métier difficile et dangereux.

Drury réclame leur attention.

— Écoutez tous ! Certains d'entre vous ont peut-être entendu des rumeurs à propos de la fille retrouvée dans le lac après le blizzard. Nous l'avons maintenant identifiée avec certitude. Son nom est Natasha McBain.

L'atmosphère change brutalement, comme si quelqu'un avait ouvert une porte lointaine et laissé un vent froid s'insinuer dans les couloirs.

— Attention, reprend Drury, la rumeur s'arrête là ! Personne – je dis bien personne – ne parle à la presse. Je déclare un blackout total des médias sur cette affaire. Quelle que soit la question, la réponse est « sans commentaire ». Même si votre femme vous interroge, vous ne dites rien. Compris ?

Personne n'ose prononcer un mot.

— Je veux savoir où était Natasha McBain ces trois dernières années. Reprenez vos dossiers. Noms. Dates. Lieux. Je veux une liste complète des suspects de l'enquête préliminaire. Où sont-ils aujourd'hui ? Qu'ont-ils fait durant tout ce temps ?

« Nous allons fouiller une seconde fois tous les lieux incriminés – la ferme et les lacs. Je veux que des policiers en uniforme et des civils volontaires soient dans les bus dans moins d'une heure. La brigade canine va tenter de remonter la piste grâce à l'odeur des vêtements de Natasha. Surtout, que personne ne mentionne son nom. En ce qui nous concerne, il s'agit toujours d'une femme blanche non identifiée.

Une voix s'élève du fond :

— Que devient Augie Shaw ?

— Augie Shaw ne va nulle part. Nous devons découvrir s'il connaissait Natasha McBain ou Piper Hadley.

— Et les Heyman ?

— Victimes dans un crime, suspects dans un autre, ce ne sera pas la première fois. (L'inspecteur regarde Casey.) On en est où avec les empreintes à la ferme ?

— On a trouvé soixante échantillons convenables dans la maison et on en a éliminé quatorze.

— Augie Shaw ?

— Une empreinte de main dans la cuisine.

— Et à l'étage ?

— Une empreinte partielle sur la porte de la chambre.

— Découvrez qui d'autre est entré dans la maison ce dernier mois. Des représentants. Des amis. De la famille. Des traces de sperme ?

— Il faut encore deux jours pour les résultats ADN. La fille dit que ses parents faisaient chambre à part et n'avaient plus de rapports sexuels.

— Les gosses ne savent pas tout. Peut-être qu'ils couchaient ensemble derrière son dos.

Un autre policier prend la parole.

— Il y a des traces de sang dilué sur la fenêtre cassée de la salle de bains et dans le lavabo. Nous attendons les résultats.

Drury s'adresse à un troisième agent :

— Comment sont les finances de la famille ?

— Un crédit. Gérable.

— Bien. (Drury claque un dossier sur sa cuisse.) Sur ordre du chef de la police, nous saluons le retour du Pr O'Loughlin. Nous lui fournirons toute l'aide possible, mais ne vous laissez pas distraire par ses théories. Nous allons résoudre cette affaire grâce à une enquête de police minutieuse et efficace, en frappant aux portes et en interrogeant des témoins.

Son discours terminé, Drury ne m'adresse même pas un regard.

— Maintenant, répartissons les ressources. Le sergent Casey continuera à mener l'investigation sur le double meurtre à la ferme. Je m'occupe de l'affaire Natasha McBain, tout en supervisant les deux affaires.

Il cite des noms, assigne une tâche à chaque agent.

— Allez les gars ! dit-il avant de quitter rapidement la pièce, ne laissant tomber son masque qu'une fois dans le couloir.

Je lis alors dans son regard une lueur d'incertitude, vitreuse comme de la Vaseline sur une lentille de contact.

Parfois, je me demande pourquoi les policiers font ce métier. Quel plaisir y trouvent-ils ? La satisfaction d'une affaire résolue est aussitôt balayée par le nouveau dossier qui les attend. Aucune trêve n'est possible, aucune victoire n'est jamais totale.

Au final, la nature perpétuelle de la guerre les use – le cercle immuable des causes et conséquences, crimes et punitions, culpabilité et innocence, victimes et accusateurs. On rêve de ne plus rien ressentir, en vain.

Je suis née le jour de la fête des mères.

Maman disait toujours que j'étais le plus beau cadeau qu'on puisse imaginer pour une fête des mères. Elle disait ce genre de choses en public, jamais quand j'étais seule avec elle.

On ne parlait pas. On était en compétition, tout le temps à de disputer. On s'aimait et on se détestait en même temps.

Ma mère n'avait pas son pareil pour faire un commentaire acerbe sur mes cheveux, mon poids ou la taille de mon soutien-gorge, sapant ma confiance en moi. Elle n'était jamais plus heureuse que lorsqu'elle retournait le couteau dans la plaie.

Papa me disait de ne pas m'emporter, mais j'étais née en colère. Je suis née par le siège. Dos au monde. Les baleines roulent sur le dos, comme les bébés.

Maman est plus grande que papa et extrêmement mince. Elle a de fabuleux yeux verts et des cils si longs qu'on les croirait faux.

Les gens disent qu'elle est magnifique et que papa ne « boxe pas dans la même catégorie », mais moi je crois qu'il aurait pu trouver bien mieux. Il aurait pu épouser une femme qui s'intéressait moins à l'argent et aux apparences.

Mon père est l'homme le plus gentil du monde. Quand je le déçois, il a cette façon de pousser un long soupir, comme un château gonflable qui se dégonfle à la fin de la fête. Il mourrait de chagrin plutôt que de lever le petit doigt sur moi.

Maman se plaignait toujours que papa me gâtait trop et papa se rangeait à son avis en me faisant un clin d'œil.

Mon dernier anniversaire a été annulé parce que maman a décidé que je ne méritais ni fête ni cadeaux, étant donné mon ingratitude et mon langage épouvantable. En particulier ma propension à employer le mot « putain » à tout bout de champ. Putain c'est pas vrai ! Putain j'y crois pas ! C'est une putain de blague ou quoi ?

Voilà en partie pourquoi je voulais m'en aller, mais ce n'étaient que des paroles en l'air. Je n'ai jamais été sérieuse à ce sujet. Les ados disent tout le temps des trucs qu'ils ne pensent pas.

C'est le matin. Je monte sur le banc pour voir si le soleil brille ou s'il a neigé toute la nuit. Pas de neige. Pas de soleil. Aujourd'hui, il pleut. Il fait plus froid qu'hier. Debout sur le banc, je sens presque le poids de Tash lorsqu'elle a posé ses genoux, puis ses pieds sur mes épaules, avant de se glisser dans l'espace étroit de la fenêtre. J'avais peur qu'elle reste coincée et que je n'arrive pas à la tirer à l'intérieur. Elle aurait été comme Winnie l'ourson dans l'histoire où il se gave de miel et se retrouve piégé dans le terrier du lapin.

Je mouille mon doigt et le place devant la fente. Je sens un souffle sur ma peau. Puis je dessine un cœur dans la buée sur la face intérieure de la vitre. Pourquoi les gens dessinent-ils toujours des cœurs ?

Tash est partie depuis quatre jours. Cela ne devrait pas me sembler très long après trois ans, mais certaines journées sont interminables. Certaines journées sont plus longues que toute une année.

Une seule de nous deux pouvait s'échapper à cause de la hauteur de la lucarne. L'une devait porter l'autre. Tash était plus menue. Elle avait perdu tellement de poids.

Depuis que George lui a fait du mal, Tash n'est plus la même. Je ne sais pas si elle a essayé de le poignarder avec le tournevis. Elle n'a rien voulu me dire. Au lieu de se confier, elle se grattait les poignets, se rongeait les ongles, dormait tout le temps... J'ai tenté de lui parler... de la faire manger, mais elle n'avait même plus l'énergie de se disputer avec moi.

— Tu me fais peur, disais-je en la cajolant dans mes bras. Reviens, s'il te plaît.

— Nous allons mourir, murmurait-elle.

Elle avait raison. C'était un message de Dieu. Un message plutôt décevant, mais je ne lui en voulais pas. Tout s'arrêtait là – avec la mort. Enfin, pas absolument tout, mais presque.

Tash n'a plus peur. Savoir qu'on va mourir facilite sans doute les choses. Parfois, aucun fardeau ne semble impossible à porter, aussi lourd et noir soit-il.

L'idée m'est venue alors que j'étais debout sur le banc, comme en ce moment, à observer l'interstice de la fenêtre. J'ai remarqué que la condensation à l'intérieur de la vitre avait coulé et gelé le long du bord de la fenêtre. La glace avait élargi la fissure et légèrement soulevé l'armature métallique. Je distinguais un infime rai de lumière qui n'existait pas avant. Mon vieux professeur de sciences m'a appris que l'eau se dilate en gelant. Voilà pourquoi elle peut fendre des blocs de granit.

Si l'eau peut briser un rocher, pourquoi pas une fenêtre ou un mur ? Alors j'ai déchiré un vieux T-shirt et j'ai mouillé un morceau de tissu dans un bol d'eau, que j'ai inséré dans la fissure à l'aide d'une lime à ongles. Un peu d'eau a coulé le long du mur.

Il a fait froid cette nuit-là. Le tissu a gelé. Le lendemain, je l'ai enlevé et l'ai replongé dans l'eau. Nuit après nuit, il gelait et dégelait. Pendant un temps, j'ai cru que mon stratagème ne fonctionnait pas. La brèche était toujours la même. Puis un jour, j'ai poussé la vitre et l'ensemble a bougé.

Certaines nuits n'étaient pas assez fraîches pour que le tissu gèle, mais ensuite, on a eu une longue période de froid. Tash et moi on frissonnait et on se blottissait l'une contre l'autre pour essayer de nous réchauffer. Et tous les matins, la fissure s'élargissait un petit peu plus.

Un jour, j'ai glissé mes doigts dans l'interstice et à ma grande surprise, la fenêtre a bougé. J'ai refait une tentative et elle a cédé. Je l'ai attrapée avant qu'elle ne s'écrase par terre, manquant de tomber à la renverse. Le bord tranchant du cadre m'a coupée au front, mais l'entaille n'était pas profonde.

À la place de la lucarne, il y avait maintenant un trou. Comme Tash ne parvenait pas à passer au travers, elle a enlevé presque tous ses vêtements. D'abord, elle s'est agenouillée sur mes épaules, puis elle s'est levée. Une fois sa tête et ses bras passés par l'ouverture, je l'ai poussée tandis qu'elle s'agrippait au sol et se démenait pour s'extirper de là.

Pas moyen de la faire bouger. Je ne pouvais ni la tirer ni la pousser. À ce moment-là, j'ai eu peur. Elle risquait de mourir gelée, le corps à moitié dans la neige. J'ai réussi à lui enlever son legging, puis je lui ai versé de l'huile végétale sur les hanches et les cuisses.

— Je n'y arriverai pas, répétait-elle.

— Bien sûr que si !

— Je ne peux pas.

— Tortille-toi !

— Je suis coincée !

— Essaie encore.

— J'essaie…

Elle jurait et pleurait. J'ai dû lui crier dessus et lui frapper les cuisses. Je l'ai giflée si fort qu'elle s'est brusquement dégagée du trou et que ses jambes et ses pieds ont disparu à la vitesse de l'éclair. Des flocons tombaient dans notre prison. Sa tête a réapparu. J'ai rassemblé ses vêtements et les ai poussés par l'ouverture.

— Je vais revenir, a-t-elle dit très sérieusement. Ne bouge pas d'ici.

14.

Grievous doit faire équipe avec moi. Il a tiré la paille la plus courte – pénitence du rondouillard ou corvée du petit nouveau – et a accepté sa défaite avec grâce et bonne humeur. En réalité, il n'est pas gros, juste costaud, musclé. Il combat la graisse superflue.

Je le suis au rez-de-chaussée, puis au parking. Sa veste grise, légèrement trop petite pour lui, lui serre les épaules. Il déverrouille les portières de la voiture.

— Mieux vaut monter devant, monsieur. Un ivrogne a dégobillé sur la banquette arrière. Impossible de se débarrasser de la puanteur.

Comme Grievous s'installe au volant, je remarque une cicatrice blanchâtre derrière son oreille gauche, à la base des cheveux. Chirurgie, rééducation, longue histoire.

Les vans et les cars garés au fond du parking sont prêts pour les recherches. Des civils volontaires en tenue blanche se sont rassemblés autour d'un brasero pour se réchauffer. L'un d'eux fait un signe à Grievous et ôte son gant pour lui serrer la main. Les deux hommes échangent quelques plaisanteries, font un commentaire sur le froid. Ils évoquent le blizzard et les opérations en cours, puis se souhaitent un joyeux Noël.

— Désolé, dit Grievous en démarrant le moteur. Je connais un tas de ResOx.

— De ResOx ?

— Recherche et sauvetage d'Oxfordshire. J'ai entraîné la plupart d'entre eux. Des dentistes, des mécaniciens, des vendeurs d'assurance... de braves types.

Entrouvrant la vitre, il met le chauffage en route et quitte le parking. Sur Colwell Drive, au rond-point, il prend la direction du centre d'Abingdon, où il emprunte une voie à sens unique pour quitter la ville sans passer par High Street. Bientôt, les cottages et les jardins font place aux usines et aux terrains de sport.

Grievous a la langue bien pendue. Il m'indique les principaux centres d'intérêt, les restaurants, l'école primaire où il est allé.

— Je voulais vous dire que c'est un honneur de travailler avec vous, monsieur. Je veux dire, c'est un privilège, d'être avec un homme aussi connu.

— Qu'est-ce qui vous fait croire que je suis connu ?

— J'ai fait quelques recherches, monsieur. J'espère que vous ne m'en voudrez pas. C'est grâce à vous qu'on a retrouvé Mickey Carlisle, et arrêté le tueur de Ray Hegarty. Et aussi ce type qui a kidnappé votre femme et votre fille. Je ne me rappelle pas son nom.

— Gideon Tyler.

— Voilà. Vous avez combattu le diable et vous avez gagné.

— Je n'ai pas gagné. Faites-moi confiance là-dessus.

— Vous avez sauvé votre femme et votre fille.

Mais pas mon mariage, suis-je tenté de répliquer, mais je garde le silence. Pourquoi ruiner une belle histoire ? Grievous n'a pas besoin de savoir que ma femme ne m'a jamais pardonné ; qu'elle m'a reproché d'avoir « empoisonné » notre famille avec mon travail et fait de notre fille la cible d'un psychopathe sadique.

Grievous parle toujours.

— Je ne sais pas ce que j'aurais fait si j'avais été confronté à un type pareil, assure-t-il en réfléchissant à cette idée. Je veux dire, si quelqu'un avait enlevé ma femme et mon enfant, je crois que je l'aurais tué, vous savez. Je ne suis pas marié – pas encore –, mais ça me semble une réaction naturelle. Ça vient de là, ajoute-t-il en cognant sa poitrine. Ils dépassent les bornes, ces types-là. Ils ne peuvent espérer ni compassion ni compréhension. Ouais, j'appuierais sur la détente.

Je ne réponds pas.

Il me jette un regard de biais.

— Je suppose que je ne devrais pas raconter des trucs pareils – vu que je suis flic – mais on est des êtres humains, non ? Tous ces débats à propos de la peine de mort, pour ou contre, mais quand c'est votre famille, c'est différent, n'est-ce pas ?

— Pourrait-on changer de sujet ?

— Ouais. Bien sûr. Je n'aurais pas dû en parler. Je suis seulement content de travailler avec vous. C'est un privilège, vous savez.

Des travaux sur la route nous obligent à faire halte. Sur ma droite, deux équipes universitaires jouent au rugby, deux mêlées se disputent un ballon dans la boue.

— Parlez-moi des filles de Bingham.

Grievous hoche la tête et rassemble ses souvenirs.

— Elles ont disparu le dernier dimanche d'août. Le festival d'été de Bingham avait eu lieu la veille et les forains étaient en train de tout remballer.

— Des suspects ?

— Des employés de la foire ont été interrogés. Ce genre de boulot attire toutes sortes de pervers et de paumés. Les policiers ont aussi passé au crible un groupe de jeunes qui campait dans le champ d'un fermier à la périphérie de la ville. Ils ont fouillé le camp trois jours après la disparition des filles, mais n'ont rien trouvé. Une semaine plus tard, deux caravanes ont pris feu et une petite fille a été brûlée.

— Pourquoi les filles sont-elles parties, aux dires des habitants ?

— D'après l'une de leurs amies, elles préparaient leur fuite depuis longtemps. Emily Martinez était censée partir avec elles.

— Que s'est-il passé ?

— Les filles ne sont pas venues au rendez-vous. La police a vérifié tous les bus et les trains qui sont partis le dimanche matin. Ils ont interrogé les chauffeurs et les passagers, mais personne n'a vu Piper ni Natasha.

— Quelle est votre théorie ?

— Elles sont montées dans la mauvaise voiture. Natasha avait l'habitude de faire du stop. Elle n'était pas franchement du genre timide.

— Ce qui veut dire ?

Il hésite, tire sur le col de sa chemise.

— Des rumeurs ont circulé, vous savez. L'alcool. La drogue. Les jeux sexuels avec du rouge à lèvres. Vous en avez entendu parler ?

— Hélas, oui.

— D'après certaines personnes, Natasha se faisait payer en échange d'une fellation.

— Et Piper ?

— C'était une gamine sans histoires. Une bonne athlète.

— Vous connaissez les familles ?

— Pas vraiment, seulement les rumeurs. (Il bifurque à gauche.) Hayden McBain est un petit revendeur de drogue. Il vend de la dope et des amphétamines – il gagne plus en une semaine que moi en un mois. Chaque fois qu'on l'arrête, il pleurniche devant le juge à propos de sa sœur disparue. Bla bla bla. Et il s'en tire à bon compte.

— Vous ne le croyez pas.

— Il dealait déjà avant sa disparition.

Un grésillement dans sa radio interrompt notre conversation. Il l'éteint. Pour un homme de cette stature, il a le visage poupin et le regard doux. Il incline la tête chaque fois que je pose une question.

— Et la famille de Piper ?

— Ils n'ont jamais cessé de la chercher... Ils donnent des interviews, parlent à la radio, mettent des affiches un peu partout, écrivent à des politiciens. Chaque année, ils organisent une veillée aux chandelles. Ils sont comme les McCann – vous savez, les parents de Madeleine –, ils ne renonceront jamais. Ils ont créé un site Internet où ils publient des newsletters. Vous verrez. C'est impressionnant.

Un moment plus tard, nous dépassons le panneau BIENVENUE À BINGHAM, puis pénétrons dans une charmante petite ville sur les rives de la Tamise. Les maisons peintes brillent dans la lumière et des volutes de fumée s'échappent des cheminées. Avec son mélange d'architecture ancienne et moderne, la bourgade possède trois pubs, une pharmacie, un café, une boutique de vêtements, une boucherie, une boulangerie et deux salons de coiffure.

Grievous s'arrête devant un passage pour piétons. De chaque côté de la rue, les panneaux sont décorés de rubans jaunes et placardés d'affiches plastifiées. DISPARUE est imprimé en gras en haut de la page, au-dessus d'une photographie. Ensuite, une question : *Avez-vous vu Piper ?*

— Les nettoyeurs de rue les enlèvent, mais elles sont recollées presque aussitôt. Attendez...

Il descend de la voiture pour aller chercher l'affiche, qu'il me tend. Le plastique est éclaboussé de gouttes de pluie.

> Piper Hadley
> Dix-huit ans
> Disparue depuis le 31 août 2008
> Vue la dernière fois en jean bleu et T-shirt rayé rouge et noir.
> Appelez Échec au Crime au 0800 555 111
> Récompense offerte : 400 000 livres

J'étudie la photo de l'adolescente aux yeux bruns, le sourire de guingois et la tignasse de cheveux noirs. Elle semble défier l'appareil au moment même où l'objectif capture son image.

Grievous traverse l'agglomération, puis emprunte une route étroite bordée de haies et de flaques de neige fondue. Quelques buissons d'aubépine et d'ajoncs émergent des fossés, à l'endroit où les clôtures se sont effondrées, rongées par le temps.

La route opère un virage serré. Devant nous, un portail fermé d'un verrou nous barre l'accès. Le panneau annonce une entreprise de transport de graviers. Des monticules de roches et de galets broyés sont visibles derrière les barreaux verticaux du portail.

Empruntant un chemin de traverse troué de nids-de-poule, nous dépassons des monticules de neige préservés par des zones d'ombre. Devant nous, des arbres chétifs et une grande étendue d'eau grise, plus claire sur les bords. Ce n'est pas de l'eau, mais de la glace. Le lac gelé commence à se briser par endroits, formant des trous noirs comme l'onyx, où s'aventurent quelques oiseaux aquatiques téméraires.

— C'étaient des gravières autrefois, explique Grievous. Avec le temps, elles ont été inondées et ont formé des lacs. Il y en avait bien plus, mais dans les années 1980, la compagnie d'électricité les a peu à peu comblées avec les cendres rejetées par la centrale électrique Didcot. Les locaux se sont plaints et ont organisé une campagne pour sauver les autres lacs.

— La centrale électrique est-elle loin d'ici ?

— À six kilomètres au sud.

Je me rappelle avoir vu six immenses cheminées de béton depuis le train.

— Et la ferme des Heyman ?

— À environ un kilomètre et demi à vol d'oiseau.

Il stoppe le véhicule.

— Avez-vous trouvé des chaussures ?

— Non.

Il hausse les épaules et enfile une veste imperméable. Je porte le bonnet de laine que Charlie m'a acheté pour mon dernier anniversaire.

Une bise glaciale balaie la surface des lacs. Le policier stagiaire ouvre la route et je le suis. Le chemin herbeux et boueux serpente très près de l'eau.

— C'est ici qu'ils l'ont trouvée.

La tente blanche n'est plus là, mais la scène de crime est toujours délimitée par un cordon jaune. Sur une clôture proche, quelqu'un a épinglé un bouquet de fleurs, aux pétales givrés.

Le lac scintille tel un champ de verre pilé. Une voie ferrée longe la rive est.

Je me penche pour ramasser une motte d'herbe plate. Les yeux clos, j'écoute le silence hivernal, presque absolu. Des images se forment dans mon esprit, une nouvelle version de mon rêve – une jeune fille court le plus vite possible à travers le sous-bois, pieds nus, le blizzard effaçant ses empreintes.

Elle traverse la voie ferrée et dévale la pente, quand elle sent la glace céder sous son poids. Elle s'est sûrement battue pour regagner la berge, mais le froid a épuisé ses dernières forces, et elle n'a pas réussi à s'extirper des eaux glaciales. Quelqu'un l'a pourchassée jusque-là. Et l'a regardée mourir.

Elle est restée deux jours sous la glace, jusqu'à ce que le soleil apparaisse et crée un halo de lumière brisé autour du corps. Un couple qui promenait son chien a donné l'alerte.

— De quel côté se trouve la ferme ? demandé-je.

Grievous me montre la direction.

— On peut y aller à pied ?

— Je vais vous y conduire.

— Indiquez-moi le chemin, je vous retrouve sur place.

La ferme paraît bien différente avec ce ciel d'un bleu éclatant et ces champs détrempés tout autour, striés de neige, qui font penser à une viande nervurée. Les volontaires tapent des pieds pour se tenir chaud et les chiens policiers tirent sur leur laisse en reniflant l'air. Certains de ces hommes ont déjà fouillé ces champs, mais Drury veut qu'ils recommencent – qu'ils examinent chaque centimètre carré entre la ferme et les lacs Radley.

Grievous m'attend. Il ouvre la porte sommairement réparée et je pénètre dans la maison, où je me remémore l'agencement des pièces.

Devant la buanderie, je revois la robe florale qui trempait dans la baignoire. Un vêtement d'été, pas d'hiver. Emballé. Étiqueté. Examiné.

— Que cherchez-vous ? demande Grievous.

— J'essaie de ne rien chercher en particulier.

— Hein ?

— L'idée est de garder l'esprit ouvert. Quand vous cherchez quelque chose de précis, vous risquez de passer à côté d'un détail important. Il faut se méfier de ses propres envies.

— Mais comment saurez-vous que vous l'avez trouvé ?

— Je le saurai, c'est tout.

— Je vois, dit-il alors que manifestement, il me prend pour un fou.

— Vous avez apporté les photos ?

Il ouvre une sacoche et en retire un dossier contenant les clichés de la scène de crime. Les premières montrent la ferme sous tous les angles. Sur une centaine de mètres dans toutes les directions, la neige est parfaitement immaculée. Pas de traces de pas. Pas d'empreintes de pneus. Pas le moindre signe de vie. Puis les clichés se rapprochent des camions de pompiers et de la porte d'entrée fracturée. Les images de l'intérieur ne révèlent aucun signe de perturbation en dehors des marques sur le sol.

Je prends un cliché dans la chemise et le pose sur une chaise du salon. Je choisis une seconde image, cette fois de William Heyman, que je place sur la table de la cuisine. Il est étendu sur le ventre, la tête tournée sur le côté, dans une flaque de sang.

Fermant les yeux, je tente de visualiser cette soirée. Le blizzard fait rage, le vent siffle dans les poutres et les fenêtres. Les lignes sont coupées. Les Heyman ont mis des bougies dans les escaliers et la cuisine. Ils se sont installés devant la cheminée.

Une jeune fille a frappé à la porte d'entrée. Trempée. Frigorifiée. Couverte d'égratignures. Elle portait des chaussures, une robe fleurie et peut-être d'autres vêtements.

William et Patricia Heyman n'habitaient pas dans la région quand les filles de Bingham ont disparu. Ils ont emménagé dans la ferme un an plus tard. La fille à la porte était une étrangère. Ils l'ont invitée à entrer, lui ont fait couler un bain, lui ont trouvé des vêtements secs et ont fait sécher ses chaussures devant la cheminée.

Elle leur a raconté toute l'histoire et William Heyman a appelé le 999, mais comme le standard était débordé, il a été mis en attente. Quelqu'un d'autre rôdait dehors, dans le blizzard, sur les traces de Natasha.

L'attaque a été soudaine... brutale. M. Heyman s'est retourné pour tenter de fuir. Il a été frappé à la tête avant d'atteindre la cuisine. Il a rampé quelques mètres avant de mourir, noyé dans son sang.

L'arme ? Un objet lourd et tranchant. Peut-être une hache. J'ai remarqué un tas de bois avec un billot près de la ferme.

Natasha prenait un bain à l'étage. Elle a dû entendre du bruit. Elle s'est rhabillée à la hâte, a cassé la vitre de la salle de bains et s'est coulée dehors, se coupant sur un bris de verre.

Patricia Heyman s'est enfuie à l'étage, mais le tueur l'a suivie. Elle a voulu se barricader dans la chambre mais la serrure a cédé.

En étudiant les photographies, je remarque peu de traces de flammes dans le couloir. Mais dans la chambre parentale, le foyer du brasier est évident. L'espace du lit est entièrement brûlé et recouvert d'une suie noire et huileuse, créant une inquiétante zone d'ombre.

Le seul objet qui n'est pas couvert de suie est la couverture sur le corps. Elle a été placée sur Mme Heyman après l'incendie. Augie Shaw voulait la recouvrir, protéger son intimité. Il est schizophrène. Interpréter ses actes est délicat. Pourtant, cela n'a aucun sens. Pourquoi l'aurait-il tuée, brûlée, puis recouverte pour préserver tendrement son corps ?

Quiconque a tué les Heyman a agi rapidement et posément. Il s'est servi de Javel pour effacer toutes traces de sa présence. Il n'était pas préparé. Il a improvisé. Il n'avait rien planifié, pourtant il n'a pas paniqué. Il est resté après les meurtres ou est revenu pour faire place nette.

Pendant ce temps, Natasha s'est enfuie de la ferme, pieds nus et en sang, dans un paysage silencieux. Elle savait qu'il n'était pas loin derrière elle… sur ses traces.

Certaines filles se coupent,

s'entaillent les poignets ou bafouillent. D'autres sont boulimiques ou anorexiques. Moi, je cours et j'écris. Je note tout. Des messages. Des listes de courses. Des citations. Des noms. Depuis que je sais écrire, je noircis des cahiers, des calepins, des carnets et des journaux intimes.

J'adore les mots. Parfois, ils surgissent dans mon esprit sans crier gare, ou je les vois au coin de mon œil, tels des ombres, des éclats lumineux ou des cils rebelles. J'ai mes préférés. Incandescent est un mot magnifique. Tout comme sérendipité. Épique. Ambitus. (Uniquement parce qu'il contient le mot « bite », d'après Tash.) Audacieux. Trublion. Oxymore. Hurluberlu.

J'ai trois cahiers, que je garde bien précieusement sous mon matelas. J'écris dans le coin sous l'échelle, juste au cas où la caméra me surveillerait.

Mes lettres, mes phrases m'appartiennent. Elles ne flottent plus dans l'air comme des bulles de savon ou des volutes de fumée. Elles deviennent réelles. Enracinées. Les conversations, les mots s'envolent. On cesse d'écouter. On oublie.

Voilà ce que j'ai noté ce matin :

J'ai rêvé la nuit dernière que je n'avais qu'un sourcil.
Crampes d'estomac. Mes règles approchent.

Spaghettis et boulettes de viande… encore.
La bouteille de gaz est presque vide.
Devrais laver mes chaussettes, mais je porte toutes les paires.

Avant mon enlèvement, mes listes étaient très différentes. Je notais les raisons de ma détresse.

Parce que papa et maman se disputent tout le temps.
Parce que je suis moche.
Parce que je ne suis pas un vampire.
Parce que ma chambre est en bordel.

Mon écriture est de plus en plus fine et serrée, comme si je rapetissais. La vraie raison, c'est que je n'ai presque plus de pages, alors j'essaie d'économiser les marges et les espaces blancs, que je remplis de mots pour passer le temps. Après celle-ci, il ne m'en restera qu'une. Chaque mot compte.

Remplir les heures. Gaspiller les jours. Tash a découpé nos magazines et créé un collage sur le mur avec des lettres et des photographies qui forment un univers étrange, où les humains ont des têtes de chien et sont habillés en bikini. C'est génial car si on l'observe depuis l'autre bout de la pièce, ces images et ces lettres forment un tableau plus grand – le portrait d'une fille. Tash disait que c'était moi, mais je ne suis pas si jolie et personne n'a jamais représenté mon visage.

Vous pensez sûrement que j'ai une piètre estime de moi. Ma mère m'a appris à revoir mes ambitions à la baisse. Elle est allée aux bals des débutantes et a posé comme mannequin dans des salons automobiles, mais à l'entendre, elle a été la muse d'Yves Saint Laurent et Versace.

Elle prétend aussi que sa famille était riche et appartenait à la haute société, alors qu'elle est originaire de Brighton, où Gran et Grampa géraient un bed & breakfast en bord de mer. Elle est allée à l'école publique.

Je ne sais pas ce que mon père a vu chez ma mère – en dehors de son apparence, bien sûr –, mais la beauté est éphémère et réside dans l'œil de celui qui la regarde. Je connais la chanson. Sur leurs photos de mariage, maman ressemble à Natalie Portman et papa au père de Natalie Portman, qui la conduit à l'hôtel.

Je n'ai pas sa patience ni son sens du devoir lorsqu'il s'agit d'aimer maman. « Rien ne vaut une existence paisible », disait-il. Je peux vous citer un autre cliché : « Évitez de faire des vagues. »

Maman allait régulièrement en cure pour se ressourcer. Cela ne dérangeait pas papa, qui profitait d'une semaine de tranquillité. Quand elle revenait à la maison, elle organisait des réceptions fastueuses, remplissait la maison de parasites et de pique-assiettes qui mangeaient notre nourriture et buvaient notre alcool pendant qu'elle jouait les comtesses dans son manoir.

Je rêvais souvent de partir de chez moi. D'aller dans un endroit où je pourrais me perdre. Bingham n'est pas assez grand pour se perdre. Cette ville est d'un ennui mortel. C'est comme aller chez un parent où vous savez déjà ce que vous allez manger, boire, quelles chansons vous allez écouter, jusqu'à la couleur ignoble des verres apéritifs. Sans oublier l'adulte qui vous pince la joue en vous disant que vous avez grandi.

Je ne sais pas pourquoi j'écris des trucs pareils. Personne ne lira jamais ces cahiers. Si quelqu'un les trouve malgré tout, j'espère qu'il sera jeune et triste. Ce sont les seuls lecteurs qui peuvent me comprendre : des jeunes gens tristes et solitaires.

15.

Les portes de l'église sont fermées, mais je déniche une petite entrée latérale dans le transept sud. L'épouse du Dr Leece m'a dit où je pourrais trouver son mari. À l'intérieur, j'attends que mes yeux s'habituent à la pénombre pour fouiller les bancs au dossier haut, en quête d'un mouvement ou d'une silhouette.

Dans les hauteurs de l'édifice, un orgue joue un morceau qui fait vibrer l'air et secoue la poussière des poutres. Suivant le son, je grimpe l'escalier jusqu'à la tribune du chœur. John Leece est assis devant le clavier, face à un mur des tuyaux métalliques. Grâce à l'action combinée de ses mains et de ses pieds, il produit des accords profonds, sonores, qui résonnent dans toute l'église.

Lorsque les dernières notes s'évanouissent, il referme sa partition. Je m'éclaircis la gorge et il se retourne, clignant des yeux derrière les verres épais de ses lunettes.

— Désolé, je ne vous ai pas entendu arriver.

— Je profitais de la musique.

— Je joue ici tous les dimanches, dit-il en rassemblant ses affaires.

— Ce morceau ne m'a pas semblé très religieux.

Il me regarde d'un air coupable.

— Je suis sûr que Dieu n'est pas contre un peu de rock de temps à autre. Comment m'avez-vous trouvé ?

— Grâce à votre femme.

Le légiste baisse les yeux sur ses mains, puis les ferme quelques secondes.

— Vous êtes venu me poser des questions sur l'autopsie ?

— Oui.

— Êtes-vous chrétien, professeur ?

— Je ne suis rien en particulier.

— J'ai été enfant de chœur. J'ai même pensé devenir prêtre, mais j'ai finalement choisi la médecine.

Il fixe toujours ses mains du regard, puis les retourne comme s'il les étudiait pour la première fois.

— J'ai pratiqué plus de quatre cents examens post-mortem, mais aucun comme celui d'hier. Chaque corps constitue un nouveau défi. C'est comme lire une carte routière constituée d'ossements brisés, de cicatrices et de maladies, mais on a tout de même quelques repères. Des vérités auxquelles on s'accroche.

Je prends une chaise dans un coin et la rapproche. D'une voix pratiquement monocorde, il me relate les détails de l'autopsie, me décrit les mensurations, les analyses, les recherches de drogues et le contenu de l'estomac.

— Elle était extrêmement sous-alimentée, physiquement très affaiblie, anémiée en vitamine D et en fer, et couverte de lésions cutanées et de plaies.

— Votre théorie ?

— Elle a été emprisonnée dans un lieu dépourvu de lumière naturelle.

— Combien de temps ?

— Des mois plutôt que des semaines.

— Des années ?

— Probablement. Ses deux hanches présentent des contusions symétriques, ce qui suggère qu'elle s'est insérée dans un espace étroit.

— La fenêtre de la salle de bains de la ferme ?

— Non, un autre endroit. Elle s'est coupé le bras sur la vitre brisée de la salle de bains. Les blessures des hanches sont antérieures.

— De combien de temps ?

— Quelques heures.

Il roule ses manches et boutonne ses manchettes.

— Avez-vous entendu parler du principe d'échange de Locard ?

— Non.

— C'est une théorie développée par Edmond Locard au XIXe siècle. D'après lui, chaque fois que l'on entre en contact avec un objet ou une autre personne, se produit un transfert de particules. J'ai trouvé plusieurs fibres dans les cheveux et sous les ongles de Natasha McBain – un matériau synthétique de couleur sombre, totalement différent de ses vêtements.

— Avez-vous découvert des traces similaires sur les vêtements d'Augie Shaw ?

Le Dr Leece secoue la tête.

— Sa robe était très sale. La poussière est un agglomérat de matériaux – plantes, matières animales, particules de verre microscopiques, peinture, ciment et huile de machine.

— Un site industriel ?

— Il y avait aussi des traces de créosote et de composés organochlorés. Le créosote est utilisé pour traiter les traverses de chemin de fer et les composés organochlorés pour fabriquer des produits comme les pesticides, le plastique, le caoutchouc synthétique… J'ai envoyé des échantillons à un laboratoire suisse spécialisé dans les polluants. Cela nous donnera une idée du procédé industriel.

— Et le contenu de son estomac ?

— Elle n'avait rien mangé depuis douze heures. Des traces de matières végétales et de viande, mais j'en saurai plus demain.

Il se tait un moment, le regard fixé sur les vitraux représentant les apôtres pendant la cène.

— Elle a été excisée, murmure-t-il.

— Je sais.

— L'ablation est maladroite, mais requérait un minimum de connaissances médicales. Elle aurait pu mourir d'une infection. (Le légiste baisse le front.) Pourquoi ?

Je ne réponds pas.

— Combien de temps a-t-elle pu courir dans le blizzard en robe et pieds nus ?

— Pas plus d'une heure ou deux.

Je fais mentalement le calcul : entre six et onze kilomètres, en fonction du terrain.

— Natasha portait un bracelet de cheville. Une chaîne en argent sans grande valeur. J'ai cherché dans mes anciens dossiers la liste des vêtements que les filles pouvaient avoir sur elles. Des bijoux sont mentionnés.

— Natasha possédait un bracelet de cheville ?

— Non... Mais Piper Hadley oui.

Un profond silence tombe sur l'église, comme si quelqu'un avait baissé le volume du son, étouffant nos voix. Piper Hadley a rarement été évoquée dans l'investigation, pourtant elle est un fossé béant au cœur de chaque scénario. Une victime muette.

Dehors, j'inhale l'air froid, et je sens une odeur de charbon de bois et de noisettes grillées. J'achète un sachet au vendeur de rue. La peau noire retirée, elles ont un goût de Noël. Les gens marchent à pas vifs dans les rues pavées humides, les bras chargés de cadeaux et de provisions pour Noël. Ils ne savent pas encore que le monde a changé depuis hier.

Les toits se découpent sur les nuages couleur de plomb qui obscurcissent la ligne d'horizon. Tout est silencieux.

Un jour, j'ai songé à étudier la météorologie pour comprendre le fonctionnement du temps, les flux, les courants, les vents, les nuages. Je croyais que le monde serait plus facile à comprendre que les esprits.

Passant d'un pied sur l'autre, j'attends que M. Parkinson s'empare de moi. Ensemble, nous retournons à l'hôtel et repassons la situation en revue. Une fille s'est échappée. L'autre est toujours là, quelque part.

Le temps nous est compté, et je suis un homme las.

16.

Un mot de Charlie est écrit sur le calepin de l'hôtel.

Suis à une fête. Ne rentrerai pas tard. C.

Une fête ? Pas de lieu, d'horaire, de noms. Que veut dire « pas tard » ? Il est seulement 18 heures. Elle a le droit d'avoir une vie sociale. Elle est sensible et mature pour son âge, mais paraître dix-sept ans ne change pas le fait qu'elle n'en a que quinze. Deux ans, cela fait une grande différence. Quinze ans, c'est plus Britney que Barbie. Quinze ans, ça me fiche les jetons.

J'essaie de l'appeler sur son portable. Elle ne répond pas. Peut-être m'ignore-t-elle parce que je n'ai pas voulu la laisser aller seule à Londres.

Quatre cartons scellés ont été livrés en mon absence – les dépositions de la première enquête, ainsi que la chronologie des événements et les relevés téléphoniques. Drury a laissé une note : « Bonne soirée ! »

Je prends la première transcription.

Elle est datée de lundi 1er septembre 2008. D'après sa déposition, Sarah Hadley, la mère de Piper, s'est réveillée juste après 7 heures le dimanche matin et s'est dit que Piper était déjà partie pour sa leçon d'équitation parce qu'elle n'était pas dans sa chambre.

À 9 heures, elle a appelé l'école d'équitation et l'une des instructrices, Mme Clayton, l'a informée que Piper n'était pas venue. Son portable avait été confisqué pour une mauvaise conduite, si bien que Mme Hadley n'avait aucun moyen de la joindre.

« Au début, j'étais en colère, a-t-elle dit à la police. Il était clair que Piper s'était faufilée hors de sa chambre et avait passé toute la nuit avec la fille McBain, qui n'est rien d'autre qu'une source d'ennuis. On avait interdit à Piper d'aller à la foire, mais elle nous a désobéi. »

« Piper est aveugle quand il est question de Natasha McBain. Je n'aime pas pointer les gens du doigt, mais cette fille a une mauvaise influence. On a essayé d'en parler à Piper, mais que peut-on dire à une adolescente ? Elles n'écoutent rien. »

Je continue à lire les dépositions en jetant de temps à autre un coup d'œil à l'horloge entre les lits. À minuit, Charlie n'est toujours pas rentrée. Si j'appelle Julianne, elle va paniquer. Et bien sûr m'en vouloir. Je compose de nouveau le numéro de Charlie et je laisse un autre message en m'efforçant de ne pas avoir l'air affolé.

Où a lieu cette fête ? Charlie ne connaît personne à Oxford. Elle a pu rencontrer des jeunes aujourd'hui, ce qui n'est guère rassurant. Soudain, je comprends tout. Quel idiot ! Elle n'est pas à Oxford, elle est à Londres !

J'appelle Julianne en rassemblant mon courage. Elle est instantanément éveillée.

— Un problème ?

— As-tu le numéro de Jacob ?

— Pourquoi ?

— Je crois que Charlie est avec lui.

— Quand l'as-tu vue pour la dernière fois ?

— Ce matin.

— Bon sang, Joe !

Julianne a un millier de reproches à me faire, je le sais, mais heureusement elle se contient. Je l'imagine dans son pyjama de flanelle rouge vermillon aller dans la chambre de Charlie, fouiller son bureau, feuilleter son carnet d'adresses.

— Pourquoi crois-tu qu'elle est avec Jacob ?

— Elle a dit qu'elle allait à une fête et qu'elle ne rentrerait pas tard.

— Quelle fête ?

— C'est bien le problème... je crois qu'elle est allée à Londres.

— Où étais-tu ?

— J'ai été très pris aujourd'hui.

Mon excuse est minable.

— Je ne trouve pas le numéro. Ses amies doivent le connaître.

— Non. Attends. Regarde le relevé téléphonique. Les appels de Charlie doivent être listés.

Julianne redescend dans la cuisine, où nous conservons les factures téléphoniques dans un tiroir, avec les chéquiers et nos passeports. Même sa respiration me semble accusatrice. J'étais censé régler le problème du petit ami inapproprié. Julianne examine la liste des numéros. Elle me dit que l'un d'eux revient plus que les autres. Sans doute celui de Jacob.

— Tu veux que je l'appelle ?

— Non, je m'en occupe, dis-je en le notant.

— Rappelle-moi dès que tu as du nouveau.

— Bien sûr.

Elle ne réussira pas à se rendormir. Elle va rester éveillée, à s'inquiéter.

J'essaie le numéro. Ma première tentative atterrit sur la boîte vocale de Jacob. Je recommence. Cette fois, il répond, et crie pour couvrir la musique assourdissante. Cela ressemble plus à une boîte de nuit qu'à une soirée.

— Ouais ?

— Je dois parler à Charlie.

— Quoi ?

— C'est le père de Charlie. Où est-elle ?

Le jeune homme hésite.

— Charlie qui ?

— Je sais qu'elle est là, Jacob. Passez-la-moi !

Nouvelle pause. J'imagine son visage anguleux, son pantalon tombant et sa veste de motard en cuir. Le sang afflue à mes tempes et mes doigts tremblent sur le téléphone.

— Je ne sais pas de quoi vous parlez.

Il est ivre. Ou il plane.

— Écoutez, Jacob, jusqu'ici je n'avais aucune raison de vous haïr ou de vous vouloir du mal. Charlie a quinze ans. Vous êtes un adulte. Il y a des lois dans ce pays.

— Je n'ai rien fait de mal.

— Charlie a-t-elle l'âge légal pour être dans cette soirée ? A-t-elle bu de l'alcool ? Elle est mineure. Il y a des lois contre la corruption des filles mineures.

— Allez vous faire foutre !

— Charlie ne vous a pas parlé de moi ? Vous savez que je travaille avec la police ? Ils sont en train de localiser ce portable. Ils peuvent repérer votre position dans un rayon de cinquante mètres. Je vous donne une chance de vous en tirer, Jacob. Passez-moi Charlie.

Il réfléchit, puis me dit d'attendre. J'entends des synthétiseurs et des basses. Est-ce de la musique *dance* ou techno ? Je n'ai jamais compris la différence.

Charlie prend le téléphone.

— Bonjour.

— Tout va bien ?

— Oui.

Je ravale la boule dans ma gorge.

— Où es-tu ?

— À Londres.

— Où à Londres ?

— Camden.

Elle commence à s'expliquer, des larmes dans la voix.

— J'aurais dû être rentrée à cette heure. Je pensais attraper un train pas trop tard et tu ne l'aurais jamais su. Jacob a voulu aller à cette fête et maintenant il est ivre… mon portable est mort… et il n'y a plus de trains.

Je me représente ma fille, les pieds tournés en dedans, en train d'écarter nerveusement sa frange de ses yeux. L'émotion est si forte que je peine à répondre :

— Ça va aller, Charlie.

— Tu es en colère.

— Non.
— S'il te plaît, ne sois pas en colère.
— Nous en reparlerons plus tard.
— Ça veut dire que tu es vraiment en colère !
— Combien d'argent as-tu sur toi ?
— Onze livres.
— Quelle est l'adresse de la soirée ?
— Tu vas appeler la police ?
— Non, quelqu'un d'autre.

Vincent Ruiz répond à la deuxième sonnerie. L'insomnie a remplacé sa troisième femme, ou peut-être a-t-il cessé de dormir quand il a rendu son badge de policier.

Ruiz est un vieil ami, même si au premier abord, nous avions éprouvé une franche antipathie l'un pour l'autre. C'était huit ans plus tôt. Cela fait partie des mystères de l'existence : le destin place des gens sur notre route. Ruiz en fait partie. Notre froideur initiale s'est peu à peu transformée en respect, puis en admiration, et finalement en sincère affection. Le sens du sacrifice est venu en dernier. Ruiz donnerait n'importe quoi pour moi, peut-être même sa propre vie, mais il entraînerait une douzaine de personnes dans sa chute car il ne se rendrait jamais sans combattre.

— Ça a intérêt à être important ! aboie-t-il.

— C'est Joe. J'ai besoin de votre aide. Charlie a des ennuis.

Je l'entends se mettre en position assise et pousser un juron. Il est tout à fait réveillé à présent.

— Quoi ?

— Je suis coincé à Oxford.

Il prend un stylo pour noter l'adresse que je lui donne.

— Que voulez-vous que je fasse ?

— Allez la chercher et mettez-la au lit. Merci de votre aide. Je prendrai le premier train.

— Comptez sur moi.

Voilà ce que j'aime à propos de Ruiz. Il n'a pas besoin de rationaliser ni de réfléchir au pour et au contre d'une situation donnée. Il écoute son instinct, et se trompe rarement. Bien des gens ont besoin de se valoriser, souvent aux dépens des autres, ou tiennent le compte des faveurs dues. Pas Ruiz. Quand Julianne et moi nous sommes séparés, il n'a pas pris parti ni porté de jugement. Il est resté ami avec nous deux.

Avant de raccrocher, il ajoute :

— Hé ! Professeur, vous savez qu'ils viennent de sortir une nouvelle « Barbie divorcée » ? Elle a piqué toutes les affaires de Ken.

— Occupez-vous de ma fille.

— Pas de problème.

Julianne décroche presque aussitôt.

— Charlie va bien. Ruiz est allé la chercher.

— Où était-elle ?

— Avec Jacob.

— Où ?

— Il l'a emmenée dans une soirée et s'est bourré la gueule au lieu de la ramener à la maison. Elle est un peu sonnée.

— Elle a plutôt intérêt.

— Je suis désolé… J'aurais dû la surveiller.

Julianne ne dit rien. Je sais qu'elle est en colère. J'avais une mission – m'occuper de Charlie – et je viens de lui prouver que je suis un incapable. Inutile. Impuissant.

J'aurais préféré qu'elle me crie dessus. Au lieu de quoi, elle me souhaite bonne nuit.

Je reste éveillé jusqu'à l'appel de Ruiz : Charlie est endormie dans sa chambre d'ami. Il est 3 heures passées. Le sommeil ne viendra plus. Alors j'empaquette les affaires de Charlie et je regarde les horaires de train. Je prendrai le premier pour Londres et ensuite je raccompagnerai Charlie à la maison. On inventera une histoire satisfaisante pour Julianne dans la voiture.

Tout cela me manque. Cela peut paraître bizarre, après ce qui s'est passé ce soir, mais les drames quotidiens du mariage, les tenants et les aboutissants de la vie domestique me manquent. Nous sommes séparés depuis trois ans, mais à la moindre anicroche, c'est moi que Julianne appelle. En cas d'urgence, je suis son premier recours, le numéro qu'elle compose sans réfléchir.

Il y a un revers à la médaille, bien sûr. Elle me demande de régler les problèmes, pas de partager les bons moments.

Je ne l'entends pas venir.

Je ne l'entends pas déplacer le meuble ni ouvrir la trappe. C'est étrange parce que d'habitude, j'ai le sommeil léger.

Quand je me réveille, je me dis que c'est la police. Tash est revenue avec les secours ! Ils m'ont trouvée ! Mais ensuite, j'entends sa voix. Mon cœur s'arrête et le froid s'infiltre jusqu'au bout de mes doigts.

Il est en bas de l'échelle. Au-dessus de moi. Il m'agrippe par les cheveux et me tire violemment hors du lit. Puis il me projette contre le mur et me tape la tête contre les briques. Il articule un mot à chaque coup de boutoir :

— TU... TE... CROIS... MA... LIGNE... PE... TITE... CONNE !

Je m'écroule par terre et j'essaie de m'échapper en rampant, mais il me saisit la jambe et me traîne sur le sol bétonné. La peau de mes genoux et de mes coudes se déchire.

Son bras s'enroule autour de mon cou. Il me plaque contre son torse et m'empoigne les cheveux.

— Je suis désolée, je suis désolée !

— Pourquoi es-tu désolée ?

— S'il vous plaît, ne me faites pas de mal !

— Dis-moi... pourquoi tu es désolée ?

— Je ne sais pas.

La lame du couteau mord la chair sous mon œil gauche.

— Tu te rappelles ce que je lui ai fait ? Tu veux qu'il t'arrive la même chose ?

Je secoue la tête.

— Quand vas-tu enfin apprendre ?

— Je vais le faire.

— J'essaie de te sauver, dit-il, d'une voix presque plaintive, m'étranglant toujours de son bras. J'essaie de te sauver de toi-même.

Je veux hocher la tête, mais je ne peux pas bouger.

— Tu pues ! crie-t-il en me repoussant. Tu ne te laves jamais ?

— Je suis désolée.

— Tu dis toujours la même chose. Tu me prends pour un idiot ?

— Non.

— Tu penses que c'est malin de l'avoir aidée à s'échapper ? Elle ne reviendra pas. Elle est morte. Tu l'as tuée. C'est ta faute.

Je ne le crois pas. Il ment.

Je gis par terre. Il me bourre de coups de pied avant que je puisse me rouler en boule. Je le fais malgré tout, pour me protéger et couvrir ma tête.

Je l'entends bouger, mais je garde les yeux baissés. De l'eau résonne contre le rebord métallique du seau. Il se plante au-dessus de moi et verse lentement l'eau sur ma tête, mes bras, mes jambes. Le froid me coupe le souffle. Il remplit de nouveau le baquet. Je ne bouge pas d'un pouce.

— Sur le dos ! Écarte les jambes !

Je me retourne. Il fait couler de l'eau sur mon aine et me jette une brosse à poils durs.

— Lave-toi.

Je ne comprends pas.

Il me donne un coup de pied.

— J'ai dit : lave-toi !

Je me frotte les bras avec la brosse.

— Non ! Pas là ! Là !

Il pointe du doigt mon entrejambe. Je place la brosse entre mes cuisses.

— Frotte !

J'hésite.

— Tu préfères que je m'en occupe ? C'est ça. Plus fort ! Plus fort !

Ma vue est brouillée par mes larmes. Je l'entends à peine.

Quand il est satisfait, il me reprend la brosse. Puis il récupère les restes de ma nourriture dans un sac en plastique, avec ma dernière boîte de haricots. Il emporte le tout en haut et éteint la lumière.

— Quand tu me demanderas vraiment pardon. Peut-être qu'alors je rallumerai la lumière.

La trappe se referme. Les ténèbres s'animent, respirent, chuchotent, soupirent...

Je rampe à genoux jusqu'à l'évier. Une bile âcre jaillit de mes entrailles. Mes vêtements sont trempés. Comme les couchettes. Les draps et les couvertures. Il me reste un peu de gaz.

Je me prépare une tasse de thé en m'orientant à tâtons. Puis je m'assois, la tête penchée sur le bassin, persuadée que je vais être de nouveau malade. Je n'ai plus peur du noir. Je me suis habituée aux ténèbres. Avant, elles incarnaient la mort, maintenant elles sont comme l'intérieur du ventre d'une mère.

Il m'a dit que personne ne voulait de moi. Il m'a dit qu'ils avaient cessé de me chercher parce qu'ils se fichaient de moi. Il m'a dit que Tash était morte. Je ne vais pas croire ses mensonges.

Je secoue l'échelle. Je crie à la trappe :

— J'ai besoin d'une couverture sèche !

Pas de réponse.

— J'ai besoin d'une couverture sèche !

Toujours rien.

— Je suis désolée.

17.

Il est encore tôt lorsque j'arrive chez Ruiz à Fulham. Dans la brume qui flotte sur la Tamise, les arbres nus semblent flous sur la rive lointaine. Des rameurs émergent du brouillard, avec des mouvements chorégraphiés qui font penser à un ballet sur l'eau.

Ruiz ouvre la porte de sa maison en robe de chambre courte, jambes nues et bottes fourrées Ugg aux pieds.

J'observe ses chaussures.

— Vous portez de la peau de mouton mort.

— Comme vous êtes observateur. Pas étonnant que vous soyez psychologue. C'est un cadeau de Miranda. Elles sont tellement laides que j'ai fini par les aimer. (Il remue les doigts de pied.) Je pensais les baptiser Côtelette et Shaun.

Il m'étreint. Peu d'hommes Britanniques se donnent l'accolade, mais avec Ruiz, ce geste est aussi naturel qu'une poignée de main. Je le suis dans la cuisine.

— Vous ne voulez pas enfiler un pantalon ?

— Non.

— Charlie ?

— Pas encore réveillée.

— Elle a dit quelque chose ?

— Elle a vomi ses tripes à environ 3 heures du matin. Je lui ai donné de l'aspirine avant de la remettre au lit.

Ruiz remplit une théière et la recouvre d'un couvre-théière en tricot. Puis il s'assoit en face de moi et nous sert chacun une tasse. Lait. Sucre. Même en robe de chambre, Ruiz paraît intimidant, pourtant il dégage un mélange de sérénité et de douceur que j'ai toujours apprécié chez lui. Une dignité tranquille. Il ne prodigue pas de conseils sans y être invité. Ses deux enfants sont adultes. L'un d'eux est marié. Les conseils sont souvent rassurants, mais rarement utiles.

— Alors comment allez-vous, professeur ?

— Bien.

— Vous voyez quelqu'un ?

— Non.

— Comment va Julianne ?

— Elle est devenue raisonnable et polie. Je la préfère en colère.

— Tout le monde n'est pas comme vous.

— Vous pensez que je suis en colère ?

— Je pense que vous êtes furieux. Car si vous n'êtes pas furieux le matin au réveil, vous vous demandez si vous êtes encore vivant.

Décidé à ne pas tomber dans le panneau, je change de sujet. Pas question de parler de Julianne. Je préfère lui expliquer l'affaire d'Oxford et des filles de Bingham.

Ruiz se souvient très bien du drame. C'est l'une de ses grandes qualités – sa mémoire phénoménale. Pour lui, rien n'est pire qu'oublier. Avec le temps, les événements ne deviennent pas flous ou vagues dans son esprit. Certaines personnes raisonnent de manière photographique ou chronologique, alors que Ruiz relie les faits comme une araignée tisse sa toile, un fil après l'autre. C'est ce qui lui permet de revenir en arrière et se rappeler les détails d'affaires vieilles de cinq, dix, quinze ans.

— Le corps de Natasha McBain a été retrouvé il y a quatre jours dans un lac gelé.

— Il était là depuis combien de temps ?

— Trente-six heures.

Ruiz siffle entre ses dents.

— Alors elle était en vie tout ce temps ! Une idée de l'endroit où elle était ?

— Non.

— Comment vous êtes-vous retrouvé impliqué là-dedans ?

— La police m'a demandé de revoir toute l'enquête préliminaire.

— Et vous avez dit non.

— Exact.

— Mais vous allez le faire quand même ?

— Oui.

— Pourquoi vous ?

— Je ne suis pas du coin.

— Ce qui devrait normalement jouer contre vous.

— Le chef de la police s'inquiète des retombées d'une nouvelle enquête. Il ne veut pas que la police soit accusée d'avoir étouffé l'affaire. Ce n'est pas une chasse aux sorcières.

— Pas encore, dit Ruiz en avalant la moitié de son mug avant de se resservir. Si ma mémoire est bonne, ils ont soupçonné le gardien de l'école, et aussi le père de Natasha. Isaac McBain a purgé une peine de cinq ans de prison pour vol à main armée. Il s'est acoquiné avec une bande de petits voyous, les frères Connolly. La situation a mal tourné, alors McBain a passé un accord et a livré les frères Connolly en échange d'une remise de peine. Après la disparition des filles, la police a pensé que les frères auraient pu orchestrer l'enlèvement pour se venger.

— Que s'est-il passé ?

— Ils ont été interrogés, mais ont tout nié en bloc. Ensuite, la théorie de l'enlèvement a fait long feu.

— Pourquoi ?

— Il y avait une troisième fille. Emilie Martinez.

— La meilleure amie.

— Elle a dit à la police que Natasha et Piper avaient planifié leur fuite. J'imagine que tout le monde s'attendait à ce qu'elles refassent surface dès qu'elles seraient à sec. Mais cela n'est jamais arrivé.

— Et l'enquête ?

— La famille Hadley n'a jamais relâché la pression. Vous avez dû voir la mère à la télévision. Dès qu'elle voit une caméra, elle fait son petit laïus. Une femme séduisante, dans le style athlétique chic.

— Pas votre genre ?

— J'aime les femmes qu'on peut sentir entre ses bras.

— Avec des poignées d'amour ?

— Non, avec des formes.

Ruiz agrippe le bord de la table et se lève pour mettre deux tranches de pain dans le grille-pain.

— Le chef de la police vous connaît. Thomas Fryer.

— Ah, oui, Fryer. Je lui ai collé un coup de poing sur le terrain de rugby un jour. Il a le mérite de s'être relevé.

— Il m'a dit que si j'avais besoin d'aide, il pouvait vous engager comme consultant. Mille livres par jour.

— Il croit pouvoir m'acheter.

— J'apprécierais votre aide.

— La piste est froide depuis trois ans, professeur.

— Prenez-le comme un défi.

Il entrouvre les lèvres. Une grimace. Ou un sourire. Je n'arrive pas à faire la différence. La retraite n'est pas si simple pour Ruiz. On dirait un vieux cheval de course que l'on a mis au vert : quand les autres galopent, il veut les suivre.

Derrière lui, je vois Charlie contre l'embrasure de la porte, le visage pâle comme un fantôme, les paupières lourdes. Elle porte une vieille chemise de Ruiz.

— Si tu veux vomir, Princesse, pas par terre s'il te plaît.

Elle fait la moue et s'effondre sur une chaise, la tête entre ses mains.

— Comment te sens-tu ? dis-je.

— C'est l'horreur.

Ruiz ouvre un placard pour prendre un pot de confiture. Son peignoir de bain est trop court et Charlie a un aperçu de ses fesses.

— Maintenant, je vais vraiment avoir la nausée…

— Ne fais pas ta mijaurée, dit Ruiz en tirant sur le bas de son peignoir.

Charlie soupire et me regarde avec lassitude.

— Vas-y, papa, fais-moi la morale. Dis-moi : « Je te l'avais dit », « À quoi tu pensais, Charlie ? », « On t'a élevée mieux que ça, Charlie », et « Tu es privée de sorties jusqu'à tes dix-huit ans ».

— Vingt-huit, renchérit Ruiz, que la situation amuse.

Charlie lui jette un regard noir.

— Ne me fais pas le coup du mutisme. C'est la spécialité de maman. Elle me regarde avec de grands yeux tristes comme si je venais de noyer une portée de chatons.

— Que veux-tu que je te dise ?

— Rien. J'ai déconné, d'accord ? J'ai menti. J'ai enfreint les règles. Je n'ai rien écouté...

— Et ?

— Je ne boirai plus jamais.

Ruiz lui sert un verre de jus d'orange. Charlie en avale une gorgée et hoquette.

— Mais ce n'est pas totalement ma faute. Si tu n'étais pas aussi sévère, à ne jamais me laisser de liberté...

— Tu as quinze ans.

— Presque seize.

— Tu es trop jeune pour aller à Londres toute seule.

— Tu me gardes enfermée comme une princesse dans sa tour !

— Quand t'ai-je enfermée ?

— Je parle métaphoriquement.

Ruiz rit.

— Métaphoriquement, tu n'as pas grand-chose d'une princesse. Quoiqu'une légère ressemblance avec la princesse Fiona – sûrement le teint vert !

— Va te faire foutre.

— Le langage d'une vraie princesse.

Je lui demande de surveiller ses paroles. Charlie boude un moment, puis se lève et passe les bras autour de la taille de Ruiz.

— Merci.

— De quoi ?

— D'être venu me chercher. (Elle se tourne vers moi.) Je suis désolée de ce qui s'est passé.

— Je sais.

— Combien de temps d'après toi pour que je comprenne la leçon ?

— Bah, une petite décennie.

Le lendemain, au milieu de la matinée, je la ramène à Wellow en voiture. Elle dort durant presque tout le trajet, la tête en arrière. De temps à autre, je la regarde de biais, j'étudie son profil. Elle a une minuscule bosse sur l'arête du nez et les joues piquetées de taches de rousseur.

À observer ses sourcils légèrement froncés et ses lèvres entrouvertes, je me demande si son comportement est dû à son traumatisme – l'enlèvement et la séquestration. Gideon Tyler lui a volé une partie de son enfance quand il a renversé son vélo et l'a jetée dans sa voiture. À quel point l'a-t-il perturbée ?

L'âme est plus difficile à panser que la chair. Malgré mon expérience, je ne peux réparer les esprits, seulement les aider à vivre avec leurs blessures.

À la sortie de Bath, nous faisons halte pour déjeuner. Le restaurant a une cheminée ouverte, de faux chevrons et des murs jaunes ornés de bibelots en bronze et de tableaux de chasse. Le gérant est un gros bonhomme aux gestes lents, les sourcils toujours froncés, comme s'il essayait de se rappeler une chose importante.

Nos plats arrivent – cottage pie et assiette de charcuterie et fromages. Charlie sirote son soda.

— Est-ce que tu vas te remarier ? demande-t-elle à brûle pourpoint.

— Je suis déjà marié.

— Elle ne va pas te reprendre, papa.

— Je n'ai pas de petite amie.

— Mais tu pourrais… si tu voulais. Cette femme t'aime bien.

— Quelle femme ?

— Celle avec qui tu as déjeuné. Elle flirtait avec toi.

— Pas du tout.

— Bien sûr que si. Les femmes savent ces trucs-là.

— Tu parles de toi ?

— Oui, papa, je suis une femme et je le sais. (Elle croque une chips.) Si tu te remaries, je ne veux pas être demoiselle d'honneur.

— Pourquoi ?

— Pas question que je porte l'une de ces robes orange qui te donnent une allure de meringue.

— Compris.

Le cottage se trouve tout au bout d'un étroit sentier qui passe par un pont enjambant la rivière Wellow. Ce n'est pas vraiment un pont et c'est plus un ruisseau qu'une rivière. Julianne nous attend devant la porte. Ses cheveux sont relevés en chignon et elle porte un vieux jean et un pull, pourtant elle pourrait très bien jouer dans une publicité pour une boisson vitaminée ou un shampoing.

Charlie se laisse étreindre par sa mère et se retourne pour me faire un clin d'œil, malgré la mèche de cheveux qui lui masque les yeux. Une complicité brille dans son regard - nous avons notre petit secret.

S'écartant de sa mère, elle disparaît dans la maison et grimpe l'escalier pour gagner sa chambre. Julianne la regarde s'en aller. Soulagée et inquiète à la fois.

Alors que je m'attends à des remontrances, une porte claquée au nez, Julianne ouvre les bras et me serre contre elle.

— Elle a déconné.

— Oui.

— Qu'est-ce qu'on va faire, Joe ?

— Rien. Elle a commis une erreur. Nous sommes tous passés par là. L'important, c'est de ne jamais baisser les bras. Elle doit se lever tous les matins avec l'envie de vivre une merveilleuse journée.

— À t'entendre, c'est si simple.

— Ce n'est pas simple.

Julianne me propose une tasse de thé. Normalement, je sauterais sur l'occasion de passer vingt minutes en sa compagnie, dans un lieu qui m'est si familier.

— Je dois repartir.

— À Londres ?

— Oxford.

Je ne peux pas lui parler de Natasha McBain. Elle le saura bien assez tôt. Ensuite elle assemblera les pièces du puzzle et comprendra que j'aide de nouveau la police, ce qui me vaudra ce regard où mon étoile personnelle brillera encore un peu moins qu'avant.

Elle m'embrasse sur la joue gauche et effleure mes lèvres pour passer à la droite.

— Merci de l'avoir ramenée à la maison.

Charlie ouvre la fenêtre de l'étage et se penche à moitié par l'ouverture.

— On parle de ce type à la télé !

— Quel type ?

— Celui dont tu parlais à Oxford – Augie Shaw.

— Eh bien ?

— Il a essayé de se pendre.

Je joue à compter les secondes.

Je commence par cent et je compte à rebours en me disant que Tash sera revenue avant zéro. Quand j'ai terminé, je recommence. Je ralentis toujours à l'approche de la fin, dans les dix dernières secondes, et je tends l'oreille entre chaque chiffre au cas où j'entende une voix ou des bruits de pas.

C'est seulement le vent.

Elle ne reviendra pas.

Tôt le matin, il fait aussi noir à l'intérieur qu'à l'extérieur. Assez sombre pour que l'arbre ait l'air d'une vague monstrueuse qui progresse vers moi.

Lorsque le soleil se lève, pâle et froid, je monte sur le banc et vois le ciel s'éclaircir peu à peu. Un train passe. Sans lui, je pourrais aussi bien être sur une autre planète. Je pourrais être morte. La dernière survivante sur Terre.

Je n'ai plus de papier pour écrire. J'ai utilisé la dernière page. Quand George m'a aspergée avec le tuyau, le cahier était sous mon oreiller. Les pages étaient mouillées et maintenant, elles ondulent et rebiquent en séchant. Je n'ai plus qu'un bout de crayon, donc j'imagine que le papier n'a plus d'importance. À partir de maintenant, je vais écrire dans ma tête. Dresser des listes. Rassembler mes pensées. Classer et oublier.

Les gens disent que ma génération manque d'imagination et a du mal à se concentrer. Nous sommes grands, paresseux et écoutons de la mauvaise musique. Ces critiques viennent des Baby-boomers qui adorent raconter des anecdotes sur les années 1960 – sexe, drogue et rock'n roll – mais qui ont troqué leurs banderoles de manifestants contre des titres de propriété et des fonds de pension. Mes parents en sont l'exemple type : des esprits étriqués aux existences étriquées.

Quand j'ai été sélectionnée pour le championnat anglais d'athlétisme en salle et que je suis allée courir à Birmingham, ma mère n'est pas venue me voir. Elle disait que courir n'était pas très féminin et que j'avais sûrement un gène mutant qui ne venait pas de son côté de la famille. J'avais été adoptée, disait-elle en plaisantant, et Sebastian Coe, le célèbre athlète et politicien britannique, devait être mon vrai père.

Elle cherchait toujours à rabaisser papa.

— Je ne t'ai pas épousé pour ton physique, disait-elle, mais où est cette brillante intelligence que tu étais censé apporter à la famille ?

Quand je suis arrivée deuxième au championnat national, mes parents m'ont offert une bicyclette Raleigh flambant neuve. À l'époque, j'en avais assez de courir, mais j'adorais mon nouveau vélo. J'allais partout avec, je parcourais des kilomètres sans m'arrêter.

Ma grand-mère est morte ce mois-là. Lorsque j'ai appris la nouvelle, j'ai pédalé jusqu'à la gare d'Abingdon et j'ai attendu qu'un train express passe en rugissant pour pouvoir crier que le monde est injuste de m'avoir pris ma granny. C'est ce que je veux faire maintenant. Je veux hurler à pleins poumons, mais cette fois, je veux que le monde entier m'entende.

18.

Les homéopathes disent que l'eau a une mémoire. Pourquoi pas les murs ? Ils peuvent être frottés, décorés de graffitis, peints, plastifiés, pourtant sous toutes ces couches, les souvenirs demeurent.

Le gardien qui me précède a les cheveux blond pâle, avec une raie sur le côté, comme un écolier. De temps à autre, il jette un coup d'œil par-dessus son épaule pour s'assurer que je le suis.

— C'est mon collègue qui l'a trouvé, dit-il en s'arrêtant devant une cellule. Quand il a ouvert l'espagnolette, il l'a vu pendu et a donné l'alerte.

La porte de la cellule s'ouvre. Je suis censé observer les lieux. Le gardien continue son récit :

— Mon collègue a soutenu le prisonnier par la taille jusqu'à ce que quelqu'un coupe la ceinture.

L'homme pointe le mur du fond.

— La ceinture était passée autour du tuyau de chauffage. Il a dû monter sur le banc.

Une pièce aux murs aveugles et nus, et au sol bétonné.

— Ils l'ont emmené à Radcliffe, inconscient mais vivant. Il peut avoir des dommages cérébraux. À cause de la privation d'oxygène. J'ai entendu un médecin en parler.

Le gardien regarde le mur sans vraiment le voir.

— Il va y avoir une enquête approfondie. Pas de ceinture. Pas de lacets. C'est la règle. Quelqu'un a merdé.

J'ai besoin d'air. De sortir de là. Ce n'est qu'une fois dans le parking que je réalise que j'ai retenu mon souffle. Ruiz m'attend. Il porte un gros manteau de laine qui a l'air d'avoir survécu aux deux guerres. Et mâche un bonbon qui lui colle aux dents.

— Vous avez facilement trouvé l'endroit ?

— Je suis un vrai renard.

Il a changé de voiture. Autrefois, il conduisait une Mercedes premier modèle – sa joie et sa fierté – mais elle n'a pas survécu à une collision avec un mur d'hôtel. Maintenant, il a un Range Rover en forme de boîte vert bouteille.

— On dirait un tank.

— Exactement.

Nous roulons ensemble jusqu'à l'hôpital. Sinatra passe sur la stéréo à pleins tubes – « That Old Black Magic ». Les goûts musicaux de Ruiz n'ont pas dépassé les années 1950. Une fois, je l'ai interrogé sur les années 1960 et il m'a répondu qu'il était trop occupé à coffrer les hippies pour fumer le calumet de la paix.

— Alors vous avez manqué l'amour libre !

— Oh ! L'amour n'est jamais libre, professeur. Jamais.

Des voitures de police sont stationnées près de l'entrée principale et un agent en uniforme monte la garde devant l'unité de soin intensif. Grand. Séduisant. Les infirmières passent devant lui en souriant.

Augie Shaw est étendu, torse nu, sur son lit d'hôpital, menotté à la barrière de son lit. Des vaisseaux ont éclaté dans le blanc de ses yeux. Une femme est assise près de lui, la tête sur le matelas, les yeux clos. Dans cette chambre, sa mère semble encore plus diminuée qu'avant.

L'inspecteur Drury discute avec les médecins. Nous patientons.

— Je déteste les hôpitaux, dit Ruiz, qui s'attend à ce que je lui demande pourquoi.

Je ne veux pas le décevoir.

— Pourquoi ?

— Ce sont les gens en bonne santé qui meurent ici.

— Je ne vous suis plus.

— Ce sont les malades qui guérissent dans les hôpitaux. Les gens en bonne santé meurent. Réfléchissez ! C'est ce qu'on lit dans les journaux : une personne entre à l'hôpital pour une opération de routine et meurt sur la table à cause d'une erreur stupide, d'une infirmière débordée ou d'un interne épuisé. On n'entend jamais parler de la mort de gens très malades.

— C'est justement parce qu'ils sont très malades !

— Exactement.

Je préfère ne pas souligner les failles de la logique de Ruiz.

— Je devrais être ministre de la Santé. Je pourrais résoudre le problème des listes d'attentes tout de suite.

— Comment ça ?

— J'arrêterais les patients à la porte des urgences et je leur demanderais comment ils se sont blessés. Empoisonnement alimentaire, morsure de chien ou bras cassé, pas plus de quinze minutes d'attente. Mais ceux qui se sont tailladé les poignets ou collé un embout d'aspirateur dans le cul, six heures minimum !

— Vous êtes sûr de ne pas lire le *Daily Mail* ?

— Je suis sévère mais juste. Trop d'imbéciles gaspillent le budget de la santé.

Drury a terminé sa conversation. Il écarte les bras avec des airs de parrain de la mafia.

— Où étiez-vous passé ? me demande-t-il.

— J'ai dû ramener ma fille à la maison.

— Dites-le à Grievous la prochaine fois. Il tourne en rond comme un chiot en cage.

Je lui présente Ruiz. Les deux hommes échangent une poignée de main en se jaugeant du regard. Drury semble moins agressif aujourd'hui. Peut-être n'a-t-il pas encore eu affaire à son quota d'imbéciles habituel.

— Sans Piper Hadley, j'aurais préféré que ce gamin meure, dit Drury en parlant d'Augie Shaw. Une tentative de suicide, c'est l'acte d'un homme coupable.

— Ou désespéré, répliqué-je.

L'inspecteur insère des pièces de monnaie dans un distributeur de boissons et fait son choix. Une bouteille d'eau tombe dans le panier. Il boit bruyamment, puis s'essuie la bouche du dos de la main.

— Vous pensez toujours qu'Augie Shaw n'aurait pas pu kidnapper Natasha McBain et Piper Hadley ?

— Il n'en a ni l'intelligence ni l'expérience.

— Vous avez peut-être raison, professeur, mais pendant que vous jouiez les bons pères de famille, nous avons étudié la liste des agresseurs sexuels habitant dans la région et fouillé le passé de notre suicidaire. Un nom très intéressant est ressorti de l'enquête : son père, Wesley Shaw, a été accusé de huit viols d'enfant, mais s'en est sorti en passant un marché. Il n'a eu à répondre que d'une tentative d'agression sexuelle sur mineur. Et vous savez ce qu'il faisait le soir de la disparition des filles Bingham ? Il travaillait sur les manèges de la foire.

— Où est-il maintenant ?

— Il est mort il y a dix-huit mois. Il a grillé un feu rouge et s'est fait aplatir par un bus sur Stoughton Street.

Drury jette la bouteille de plastique vide dans une poubelle métallique.

— Wesley George Shaw. Notre homme a aussi quelques noms d'emprunt : WG Buford, David William Burford, George Westman. Né en 1960, fils d'un mécanicien aérien affecté à la base de la RAF d'Abingdon, qui réparait les avions de combat. Première arrestation à l'âge de vingt-quatre ans pour tentative de viol. Les poursuites ont été abandonnées. Deuxième arrestation : sollicitation des services d'une prostituée mineure. Vous voyez où je veux en venir, professeur ? Le nom de Wesley Shaw est ressorti au cours de la première enquête, mais sa chère petite femme lui a fourni un alibi. Elle a menti pour le protéger.

— C'est ce qu'elle vous a dit ?

— Elle vient de le confirmer.

— Mais Wesley Shaw est mort.

— Il était vivant quand les filles ont disparu. Il aurait pu les kidnapper. Monter tout un scénario. Augie a simplement hérité des filles. Tel père tel fils.

Au bout du couloir, une porte s'ouvre et Victoria Naparstek apparaît. Grande, pâle, déterminée, elle affiche une expression courroucée. Elle nous rejoint et se poste à quelques centimètres de Drury.

— Je vous avais prévenu !

L'inspecteur lève les mains, mais Victoria les repousse.

— Je vous avais dit ce qui allait se passer.

— Allons en parler ailleurs. Prenez une grande inspiration. Calmez-vous.

— Ne me dites pas de me calmer !

Il est plus attentionné avec elle que je ne l'aurais imaginé.

— Quelqu'un a fait une bourde, je suis désolé.

— L'avez-vous dit à sa mère ? Non. Vous risqueriez des poursuites judiciaires. Une demande de compensation. Alors vous allez vous serrer les coudes. Assurer vos arrières. Accorder vos violons.

— Ce n'est ni l'endroit ni le moment...

Il parle à voix basse et veut l'entraîner à l'écart en lui prenant le bras, comme s'ils étaient de vieux amis. Elle frissonne à son contact. Ce qui le déstabilise.

— Ne me prenez pas de haut ! Je vous l'interdis !

Sur ces mots, elle tourne les talons et s'éloigne à grands pas dans le couloir. L'agent de police de service la suit des yeux, fasciné par ses fesses.

— Qu'est-ce que vous regardez ? aboie Drury.

19.

L'école Sainte-Catherine, entourée d'arbres et de vastes étendues champêtres, se situe dans la banlieue nord d'Abingdon, à un kilomètre et demi de l'ancienne base de la Royal Air Force, démantelée dans les années 1990.

Une élève patiente dans le bureau administratif, l'air morose. Les jambes repliées sous le siège de vinyle, elle attend sa sentence. Vêtue d'une jupe grise, d'un chemisier blanc et d'un pull bordeaux à col en V, elle lève les yeux quand nous poussons la porte et qu'un vent froid s'engouffre dans la pièce. La porte se referme et la fille baisse de nouveau les yeux.

Une secrétaire administrative est assise derrière une porte vitrée. Grievous brandit son badge et demande à parler à la directrice. La secrétaire se trompe deux fois de numéro. Deux mains gauches. Peut-être pense-t-elle à ses contraventions impayées.

La directrice, Mme Jacobson, est une femme de grande taille, aux cheveux teints et coiffés en arrière. Elle porte une robe beige.

— Entrez, entrez, nous dit-elle comme à des écoliers en faisant claquer ses talons sur le parquet. C'est à propos de Piper et Natasha, n'est-ce pas ? Vous avez du nouveau ?

— En effet, répond Grievous, mais les détails de l'affaire sont confidentiels, pour des raisons opérationnelles.

— Bien sûr, je comprends. Asseyez-vous. Un café ? Thé ? Prenez un biscuit. Quelle histoire terrible ! Nos filles ont mis un temps fou à s'en remettre. Certaines ont eu besoin de soutien psychologique, mais heureusement les filles de Sainte-Catherine forment un groupe solide.

Un autre siège est apporté pour Ruiz, qui n'a pas prononcé un mot depuis notre arrivée. Grievous prend un biscuit au chocolat, qui s'émiette lorsqu'il mord dedans.

Il laisse échapper un grognement et tente de récupérer les miettes éparpillées. Mme Jacobson se lève pour aller chercher une assiette et une serviette en papier, qu'elle tend au policier avec un regard réprobateur. Puis elle reprend place à son bureau.

— Notre chère Piper, je ne peux pas croire qu'elle ait fugué. Son père est un homme si généreux. Et sa mère est si belle, si charmante.

— Pas comme les McBain ? intervient Ruiz.

La directrice tressaille.

— Je vous demande pardon ?

— Le père de Natasha a passé cinq ans en prison pour vol à main armée. Vous étiez sûrement au courant ?

— Nous ne faisons aucune discrimination à Sainte-Catherine.

— Nous non plus, dit Ruiz.

Ils échangent un regard qui n'a rien de chaleureux.

— Nous espérions pouvoir parler aux professeurs de Piper et Natasha, dis-je. Et jeter un œil à leurs dossiers scolaires.

— J'ai bien peur que les dossiers soient confidentiels, mais la plupart de leurs professeurs sont toujours en poste. Nous n'avons guère de mouvements de personnel.

— Pas même le concierge ? demande Ruiz.

La directrice hésite.

— Si vous faites référence à M. Stokes, il ne travaille plus à Sainte-Catherine.

— Il a été viré.

— Oui.

— Pourquoi ?

— Je ne vois pas en quoi cela concerne votre enquête.

— Il a fait des photographies inappropriées des filles.

— Un malheureux incident. Nous avons pris les mesures qui s'imposaient.

— Où se trouve M. Stokes aujourd'hui ?

Elle observe Ruiz d'un air glacial.

— Nous ne sommes pas restés en contact.

Ils se jaugent un moment en silence, puis Mme Jacobson consulte la fine montre en or de son poignet.

— C'est l'heure du déjeuner. Vous trouverez presque tous les professeurs dans la salle commune.

L'élève qui patientait a pour instruction de nous escorter. Monica a une démarche traînante et les épaules tombantes. Nous grimpons l'escalier et empruntons un couloir qui donne sur des salles de classes et des laboratoires.

Je calque mon pas sur celui de Ruiz. Il boite davantage aujourd'hui. Souvenir d'une vieille blessure par balle. Il est bien trop fier, trop orgueilleux pour se servir d'une canne.

— Pourquoi avez-vous été aussi dur avec elle ?

— Elle me rappelle ma prof de physique.

— Rien d'autre ?

— On voit bien que vous ne connaissez pas ma prof de physique.

Monica frappe à la porte de la salle commune et demande Mlle McCrudden. Le professeur d'anglais est une femme d'une trentaine d'années, vêtue d'un pantalon noir et d'un chemisier taché de café. Ses doigts sont maculés de stylo bleu.

La plupart des tables sont occupées par des enseignants occupés à manger leur sandwich ou leur soupe réchauffée. Nous nous installons dans un coin.

Mlle McCrudden nous observe nerveusement.

— Ce n'est pas un interrogatoire officiel. Personne ne prend de notes. Je suis psychologue et je collabore avec la police. J'essaie d'apprendre un maximum d'éléments sur Piper et Natasha.

Elle émet un son étranglé au fond de sa gorge.

— De si charmantes filles.

— Que voulez-vous dire ?

— Comment cela ?

— Vous les avez spontanément qualifiées de charmantes alors que je ne vous ai posé aucune question.

— Mais... elles étaient charmantes.

— Dans quel sens ?

— Eh bien, dans le sens serviables.

— Avaient-elles beaucoup d'amis ?

Elle hésite.

— Quelques-uns.

— Pas tant que ça alors ?

— Vous cherchez à me désapprouver ?

— Je cherche seulement la vérité.

L'enseignante me regarde d'un air accusateur.

— Vous me traitez de menteuse ?

— Oui. Voyez-vous, mademoiselle McCrudden...

— Appelez-moi Kirsty.

— Kirsty. Pour beaucoup, Natasha McBain était une tête brûlée. Toujours à s'attirer des ennuis.

— Elle était pleine de vie.

— Voilà que vous recommencez : vous lui cherchez des excuses. Vous arrondissez les angles, déformez la vérité.

Elle me regarde avec froideur et continue :

— Natasha pouvait se montrer compliquée. Difficile à contrôler.

— Comment cela ?

— Elle ne respectait pas l'autorité. Je pense que Sainte-Catherine n'était pas une école pour elle.

J'attends la suite. Elle soupire.

— Je ne devrais rien dire – moi-même, j'étais infernale à l'école. Pas aussi difficile que Natasha, attention, mais mes parents étaient sans cesse convoqués chez le directeur pour s'expliquer ou s'excuser.

« Certaines filles étouffent dans ce genre d'endroits. La discipline, la routine. On parle beaucoup d'encadrement, de ne laisser de côté personne, mais soyons honnêtes, nous préférons les élèves qui nous renvoient une image flatteuse, des élèves faciles à gérer, qui réussissent leurs examens...

— Natasha n'entrait pas dans cette catégorie.

— Oh ! C'était une élève brillante. Intuitive, le genre de fille capable de remporter des prix et d'obtenir une bourse sans effort. (Elle baisse la voix.) Mais elle était aussi nerveuse, agitée, souvent grossière. Quand elle ne terrorisait pas les profs, elle flirtait avec eux – hommes et femmes.

— Elle a flirté avec vous ?

Kirsty sourit d'un air entendu.

— Natasha adorait être provocante, mais il y a une différence entre la maturité physique et la maturité émotionnelle. Elle a fait beaucoup de mauvais choix.

— Et Piper ?

— C'est le jour et la nuit. Une conteuse née. Avec un don pour l'écriture et une grande imagination. Rêveuse aussi. Souvent, je la surprenais en train de regarder au plafond, ou d'étudier le sol, comme si une rivière coulait à ses pieds et qu'elle ne pouvait la traverser. Elle avait une manière très particulière de toucher les objets. Du bout des doigts, comme si elle jouait à un jeu secret.

— Et sur le plan scolaire ?

— Elle avait des difficultés.

— C'était le genre de filles capables de fuguer d'après vous ?

Kirsty ne répond pas tout de suite. Elle se tourne vers la fenêtre et observe les élèves dans la cour.

— Natasha était l'une des rares créatures à ne pas se préoccuper du regard des autres. Vous pouviez lui faire un compliment ou la critiquer, son comportement restait le même. Piper était plus attentive à son entourage. Je pense qu'elle vénérait son amie.

— Qu'en pensait Natasha ?

— Elle adorait être traitée en idole. Piper était sa fidèle admiratrice.

— Pourquoi n'avaient-elles pas beaucoup d'amies ?

— Elles avaient des problèmes.

— Quels problèmes ?

L'enseignante réprime un frisson.

— Je crois que tout a changé après l'accident.

— Quel accident ?

— Deux gamins du coin se sont battus. L'un d'eux a renversé l'autre en voiture. Le malheureux a eu les deux jambes amputées. Le chauffeur a été arrêté et accusé de tentative de meurtre.

— Quel est le rapport avec Natasha ?

— Le chauffard, c'était son petit ami. Ils se battaient pour elle.

— Quand cela s'est-il passé ?

— Environ quatre mois avant la disparition des filles. Vous devriez vraiment parler à Emily Martinez.

— Elle est là aujourd'hui ?

— Je ne sais pas. Elle rate beaucoup de cours.

Ruiz tire un vieux calepin de sa poche et prend quelques notes. Il n'en a pas besoin, mais les vieilles habitudes ont la peau dure.

Kirsty se tourne vers Grievous.

— Vous avez du nouveau ?

Il ne répond pas, mais son silence est éloquent. La peur s'installe dans le regard de la jeune femme.

— Elles sont mortes ?

— Je ne peux faire aucun commentaire.

Elle me jette un regard apeuré.

— Oh, mon Dieu, vous m'avez fait dire des choses terribles !

— Vous m'avez seulement dit la vérité.

Une sonnerie retentit. Des silhouettes emplissent les couloirs, avec des éclats de rire, des voix musicales et des phrases aux terminaisons aiguës. La professeure d'anglais doit partir. Elle se lève et époussette son pantalon. Elle se touche le coin de l'œil, puis les cheveux.

— Nous avons tous des raisons de fuir, dit-elle avant de s'en aller. La plupart d'entre nous trouvent simplement la force de rester.

20.

Ruiz coupe le moteur et nous restons là, assis en silence, à observer la rue déserte. Un panneau de Network Rail indique l'entrée de la gare de Radley avec en dessous, une publicité pour un cirque itinérant.

Après la station de bus se trouve le Bowyer Arms, un pub aux murs blanchis à la chaux. Ruiz fouille ses poches et en retire une boîte de bonbons colorés. Il en prend un et le suce pensivement.

— Expliquez-moi pourquoi on est là ?

— C'est ici qu'elles étaient censées se retrouver. D'après la déposition d'Emily, elles avaient rendez-vous ici à 10 heures le dimanche matin, mais Piper et Natasha ne sont pas venues.

Je sors une copie du rapport original. Alice McBain a déclaré à la police que la dernière fois qu'elle avait vu les filles, c'était un peu avant 8 heures, le dimanche 31 août. Piper a dormi chez Natasha après le festival. Alice a frappé à la porte de sa fille et leur a demandé de se lever. Natasha devait prendre son service dans un café d'Abingdon à 10 heures ce matin-là, mais elle ne s'est pas présentée.

— Pourquoi voulaient-elles fuguer ?

— La dernière semaine de l'année scolaire, Natasha a été expulsée du lycée pour avoir joué un mauvais tour à un couple de professeurs. Les détails n'ont pas été révélés et l'exclusion a été annulée quand les filles ont été portées disparues.

— D'après Emily, elles avaient prévu de fuir à Londres. Elles ont fait leurs sacs et ont économisé de l'argent, mais au fil de l'été, le projet a perdu de son intérêt. Il a été de nouveau évoqué le soir du festival de Bingham. Les filles sont allées à la foire. Piper était consignée à la maison, mais elle a fait le mur dès que ses parents se sont couchés. Des douzaines de personnes ont vu les filles pendant la soirée. Les manèges fermaient à 23 heures. Emily est rentrée chez elle une heure avant à cause d'un coup de téléphone. Sa mère a eu une sorte de crise et a été emmenée à l'hôpital.

— Quel genre de crise ?

— Difficile à dire. Piper et Natasha ont été vues à l'entrée du village juste avant 22 heures.

— Qui les a vues ?

— Une patrouille de police.

Le bonbon de Ruiz lui colle aux dents. Je poursuis :

— Un peu après minuit, Piper Hadley a toqué à la fenêtre d'Emily. Elle était bouleversée, mais n'a pas voulu dire pourquoi. Elle lui a dit qu'elles partaient, qu'elles quittaient la ville. Si Emily voulait venir, elle devait les retrouver ici à 10 heures.

— Emily a vu Natasha ?

— Non. Elle est allée à la gare de Radley à 9 h 50, mais les filles ne sont pas venues. Elle a attendu deux heures, puis est rentrée chez elle.

— Elle n'a pas donné l'alerte ?

— Non. Les recherches n'ont débuté que dimanche après-midi. La police a interrogé les passagers des trains et le service du bus City35, mais personne ne se rappelle les avoir vues.

— Leurs portables ?

— Le téléphone de Natasha a été éteint juste après 23 heures, le samedi soir. Piper n'en avait pas avec elle.

— Est-ce que la ferme est loin d'ici ?

— Environ un kilomètre.

Ruiz observe le pub.

— Peut-être que Drury a raison à propos d'Augie Shaw.

— Augie n'a pas l'intelligence d'organiser un double enlèvement.

— Et son père ?

— Wesley est décédé depuis un an et demi. Même s'il avait kidnappé les filles, je ne crois pas qu'Augie aurait été capable de continuer sans lui. Il faut de la nourriture, de l'eau, du chauffage, de la surveillance...

— Pourquoi le ravisseur les a-t-il gardées ?

— Pour de multiples raisons. Sexuelles, mais aussi par esprit de revanche et désir de possession. Détenir une chose spéciale, sur laquelle on exerce un contrôle absolu.

Au bout de la rue apparaît un bus qui s'arrête pour déverser un groupe d'élèves d'âges divers. Deux adolescentes, une grande blonde aux allures de mannequin et une petite brune grassouillette, empruntent le trottoir.

Ruiz descend de la voiture.

— Comment allez-vous, mesdemoiselles ?

Toutes deux sourient et disent bonjour, en gardant toutefois leurs distances.

— Puis-je vous poser une question ?

— Bien sûr, répond la grande blonde.

Elle a un sac d'école bleu décoré de stickers fluo.

— Le bus qui vient ici... Est-ce qu'il roule le dimanche matin ?

— Toutes les heures.

Ruiz prend son calepin et note quelques mots.

— Je mène juste une petite enquête. Deux filles ont disparu ici il y a quelques années. Vous vous rappelez les filles de Bingham ?

— Tout le monde les connaît, répond la brune en s'avançant pour regarder à l'intérieur de la voiture. Vous êtes des vrais policiers ?

— On collabore avec la police.

— Piper Hadley était une super bonne coureuse, dit la blonde.

— Vous fréquentiez le même lycée ?

— Non.

— Comment était Natasha McBain ?

— Elle était… vous savez…

— Non.

L'adolescente roule des yeux.

— Elle avait la réputation d'être une allumeuse.

— Qui se donnait de grands airs, ajoute la petite brune.

Ruiz me regarde, fatigué de parler aux filles.

— Mon père pense qu'elles sont du genre mortes, dit la grande.

— Être *du genre* mort est-ce la même chose qu'être mort ? demande Ruiz.

Les deux filles le regardent sans comprendre.

Sur la route, une Vauxhall Cavalier familière, avec ses gros pneus et ses vitres teintées, s'arrête à notre hauteur. Toby Kroger et Craig Gould en émergent. Gould porte un baggy à la mode, une veste en cuir et un T-shirt trois tailles trop grand, tel un gangster de Los Angeles loin de chez lui. Kroger porte le même sweat à capuche et le même jean élimé que deux jours plus tôt.

— Salut les filles, dit-il en se grattant l'entrejambe. Ces vieux pervers vous harcèlent ou quoi ?

Les filles gloussent. La petite brune se trémousse, poitrine en avant.

Ouvrant la portière, je rejoins Ruiz sur le trottoir.

— Vous connaissez ces clowns ?

— La faune locale.

Kroger tire sur sa capuche, révélant la visière de sa casquette de base-ball.

— J'aime ta capuche, dit Ruiz. Justin Bieber a exactement la même.

Les adolescentes pouffent de rire.

Kroger réfléchit à une repartie, et retrousse les lèvres pour montrer les éclats d'or de ses dents.

— Deux filles ont été kidnappées dans le coin, alors quand on voit deux croulants qui embêtent nos filles, on se sent concernés. (Il fait un clin d'œil à Gould, puis à la brunette.) On est des anges gardiens.

— Oh, comme c'est mignon, dit Ruiz. Ce sont des anges. Je ne vois pas d'ailes. Vous savez ce qu'on raconte sur les anges aux petites ailes ?

Kroger cligne des paupières et le coup part sans prévenir. Son poing frôle le visage de Ruiz. Il vient de manquer sa chance. Avant de pouvoir se ressaisir, il écope d'un coup de poing dans l'estomac qui lui coupe la respiration.

Rapide comme l'éclair, Ruiz tord le bras de Kroger derrière son dos. Un bouton de chemise du gamin se détache et roule dans la gouttière où il tournoie comme la capsule d'une canette.

Je ne vois pas partir le poing de Gould. Il me frappe en plein visage, et je m'écroule sur la voiture. Ma mâchoire est en feu.

Ruiz me remet sur pieds. Il tient toujours le bras de Kroger. Gould se recroqueville par terre et se protège la tête.

— Des centaines de milliers de spermatozoïdes et des gars comme vous gagnent le gros lot ? Il y a de quoi s'interroger sur les théories de Darwin, hein ? La loi du plus fort. La sélection naturelle. (Puis il s'adresse aux filles :) Vous devriez peut-être filer. Faites attention à vous.

Elles s'éloignent rapidement, leurs jupes courtes dansant sur leurs cuisses.

— Vous nous avez agressés ! pleurniche Kroger.

— C'est toi qui as frappé le premier.

Gould est toujours en train de gémir par terre, ses dents telle une rangée de cailloux sales.

Ruiz reprend la parole :

— On peut jouer la partie de deux manières, les gars. Soit on appelle les flics, on porte plainte et on se revoit au tribunal... soit vous déguerpissez de ma vue.

Kroger et Gould s'observent. Ruiz émet un grognement.

— Tout de suite !

Il s'éloigne et ouvre la portière.

— Ne cherchez pas trop à réfléchir, les gars, ça vous ferait mal au crâne.

Si un miroir brisé signifie

sept ans de malheur, quel est le prix à payer pour briser le corps de quelqu'un ? Sur l'échelle des péchés, comment cela se mesure-t-il ? Combien de Notre Père *et de* Je vous salue Marie ?

Callum Loach a été estropié et Aiden Foster jeté en prison. C'est à partir de là que l'existence de Tash est devenue un enfer. On dit que la vie peut basculer en une fraction de seconde – une rencontre hasardeuse, une simple erreur, un coup de chance. C'est la vérité. Je ne crois pas au destin ni à la fatalité, mais cette satanée malchance... c'est une autre histoire.

Tash sortait plus ou moins avec Aiden Foster depuis trois mois quand le drame est arrivé. Je dis « plus ou moins » parce qu'on n'officialise pas ce genre de choses. Ce n'est pas comme dans ces films américains où les ados se vouent un amour éternel et s'offrent des bagues de pacotille.

Aiden avait quatre ans de plus qu'elle, c'était un copain de Hayden. Ils auraient été dans la même classe si Aiden n'avait quitté l'école après son certificat d'études secondaires pour devenir apprenti dans le garage de son père. Il avait toujours les ongles sales, ce qui me dégoûtait, alors que Tash s'en fichait.

Tash aimait le rendre jaloux. C'était facile. Aiden était envieux de ses vêtements parce qu'ils étaient en contact avec sa peau. C'est ce qu'il disait. Il gardait même une de ses culottes sales dans sa poche, ce qui est juste ignoble.

La plupart du temps, c'était un parfait glandeur. Il se coiffait les cheveux en arrière avec du gel, comme pour affronter une tempête ou faire de la chute libre. Et il se prenait pour un Dieu parce qu'il jouait de la guitare avec un groupe dans des soirées, le plus souvent organisées par des amis. Des fêtes d'anniversaire. Pour fêter les dix-huit ou les vingt et un ans.

C'est pour cette raison qu'on est allées à Abingdon. C'était une soirée d'anniversaire. J'ai menti à papa et maman, je leur ai dit que je passais la nuit chez Tash. Aiden nous a emmenées en voiture. Il a passé tout le trajet une main sur le volant, l'autre sur la cuisse de Tash.

La fête avait lieu dans une maison ancienne près du centre d'Abingdon, avec des arches aux portes et aux fenêtres. Le lieu était rempli d'étudiants. Les garçons aux cheveux en brosse et vestes de cuir, les filles en robe minuscule enveloppée d'une odeur de parfum mêlée de cigarette.

Tash était de bonne humeur. Elle était la plus jeune de la soirée (et la plus jolie), mais personne n'allait la jeter dehors. Hayden lui avait donné de la marchandise à vendre et elle l'avait testée avant de venir. Ses yeux brillaient telles des billes de marbre noires. Elle gloussait et chancelait.

Un type prénommé Simon a engagé la conversation avec moi en me racontant une blague salace. Je l'ai arrêté tout de suite en lui disant que je la connaissais déjà.

— Quelle est la chute alors ?

— Je ne m'en souviens pas. Mais je l'ai déjà entendue.

— C'était quand la dernière fois que tu as rigolé ?

— Hier. À 11 h 34. Et je rirai demain, si j'y pense.

Il a fini par me laisser tranquille, marmonnant quelque chose dans sa barbe.

Les fêtards fumaient, buvaient et prenaient des pilules. J'ai reconnu quelques élèves du lycée, mais des classes supérieures.

Tash dansait avec Aiden, se frottait contre lui et roucoulait à son oreille. Les amis d'Aiden la couvaient du regard, en particulier Toby Kroger et Craig Gould. Craig regardait toujours Tash d'une drôle de manière, comme un type affamé devant un Big Mac et des frites.

Aiden et Tash se sont éclipsés à l'étage. Tash est revenue quinze minutes plus tard, ses chaussures à la main. Elle a enroulé ses bras autour de mon cou et m'a embrassée en carrant sa langue dans ma bouche, avant de se reculer en gloussant sous les applaudissements.

Les garçons l'encourageaient. La musique était trop forte.

Dehors, se trouvait un patio avec une balançoire. Je suis allée prendre l'air en buvant un Bacardi Breezer. Trois filles et deux garçons fumaient un joint. Ils me l'ont proposé. Nous avons fait les présentations. J'ai toussé en voulant inspirer la fumée dans mes poumons, puis j'ai refait une tentative parce que je voulais leur plaire.

C'est alors que j'ai vu Tash dans le jardin. Elle vomissait. Callum Loach lui soulevait les cheveux et l'aidait à se pencher pour qu'elle ne salisse pas sa robe. Grand et carré, Callum faisait partie de l'équipe de football. Tash lui avait tourné autour tout l'été. Je la revois parader devant lui en bikini au centre de loisirs. Plus tard, en appliquant de l'huile solaire sur ses épaules, elle avait écarté le triangle de son haut pour lui montrer un sein. Callum avait été gêné et Tash avait éclaté de rire.

Maintenant, il était aux petits soins pour elle. Il est allé lui chercher une bouteille d'eau, lui a nettoyé le visage et a desserré la ceinture qui lui cisaillait la taille.

Puis Aiden a déboulé, les yeux hors de la tête en les voyant tous les deux. Il a dit à Callum de retirer ses « mains de pédé » de Tash.

Même si Tash était complètement ivre, elle a dit à Aiden de foutre le camp, mais bien sûr il ne l'a pas écoutée.

— C'est un bon coup le pédé ? a-t-il hurlé.

— Meilleur que toi ! Peut-être que tu devrais lui demander quelques tuyaux.

— Quoi ? À cette petite bite ?

— Au moins, la sienne, je l'ai trouvée.

Toby Kroger et Craig Gould sont partis d'un fou rire. Aiden a voulu gifler Tash, mais Callum l'a repoussé. Aiden a cherché à lui flanquer un coup de poing, qui est passé à un kilomètre de sa cible. Tout le monde a rigolé. Aiden a ravalé sa haine.

Callum a proposé de nous reconduire chez nous. Il avait la voiture de sa mère. Tash a ouvert la vitre et a posé la tête sur le rebord pour être revigorée par l'air frais. Sur la banquette arrière, je me sentais dans les vapes, mais heureuse d'être partie de la soirée.

Arrivée à la ferme, Tash a eu la nausée et a voulu que Callum nous emmène faire encore un tour. Elle a posé sa tête sur son épaule.

— Je voudrais t'embrasser, mais mon haleine sent le vomi.

— C'est pas grave.

— Je pourrais te faire autre chose.

— Tu n'as pas à faire ça.

C'est là que Tash a pensé à son sac à main. Il était resté à la fête. Avec son portable et la marchandise de Hayden, donc elle devait absolument le récupérer. On est retournés à Abingdon et Callum est allé chercher le sac dans la maison. Quand il est revenu, il a regardé autour de lui. Craig Gould et Toby Kroger lui criaient quelque chose. La voiture d'Aiden n'était plus là. Callum a ouvert la portière côté conducteur et j'ai vu la Subaru d'Aiden foncer sur nous. J'ai crié, mais il était trop tard.

Aiden n'a pas freiné. Pas de crissement de roues. Puis un bruit insoutenable d'os et de métal broyés. Sous la violence de l'impact, Callum a valdingué sur le capot de la voiture d'Aiden tout en tournoyant sur lui-même. On aurait dit un acrobate en train d'exécuter un salto arrière presque gracieux, jusqu'à ce qu'il s'écrase par terre comme une poupée disloquée.

La voiture d'Aiden a continué sa route en faisant gicler des gravillons partout.

Callum gisait sur le goudron, les bras en croix, le crâne en sang, une coulure rouge au coin de la bouche.

Tash a hurlé. Elle hurlait sans discontinuer, sans pour autant produire de son. On aurait dit cette peinture du cri au visage fondu. Munch. On l'a étudiée en art. Voilà à quoi elle ressemblait.

J'ai agrippé Tash et l'ai entraînée vers la route. Je l'ai assise dans l'herbe et j'ai couru jusqu'aux maisons voisines, tambourinant aux portes et criant aux gens d'appeler une ambulance.

Emily était là. Je l'avais presque oubliée. Elle n'arrêtait pas de dire que sa mère allait la tuer et que son père se servirait de cette nouvelle excuse pour demander sa garde.

Les portes s'ouvraient et les gens se déversaient dans la rue. Je ne me rappelle plus leurs visages. Je voulais courir. M'enfuir. Ça doit paraître stupide, mais je me disais que si je courais assez vite, je pourrais remonter le temps, revenir en arrière, avant l'accident. Callum ne serait pas mort et je ne l'aurais pas vu se désarticuler ni entendu son corps se briser sur le sol.

Il n'était pas mort, ce que je ne savais pas encore. Une ambulance l'a emmené à l'hôpital et les médecins l'ont plongé dans le coma, le maintenant en vie grâce à des machines qui pompaient son cœur. Mais elles ne pouvaient sauver ses jambes. Ses os avaient été broyés et l'un de ses membres était sectionné. Ils ont simplement terminé le job.

Ces souvenirs affluent dans ma mémoire. J'emplis mes poumons d'air, pourtant je peine à respirer. J'inspire profondément et observe mes mains, si crispées que mes ongles ont laissé des marques rouges sur ma peau.

Une lumière boueuse perce les ténèbres au dehors. Une nouvelle journée commence.

21.

Isaac McBain vit dans une cabane sur un chantier de construction qui empeste le mildiou et le bois pourri. Ruiz frappe à la porte, mais personne ne répond.

Je scrute l'intérieur par la fenêtre sale. Dans la pénombre, je distingue une salle à manger meublée de bric et de broc, un frigidaire et un écran plat d'un mètre trente de large. L'homme connaît ses priorités. Au mur, une collection de disques : des centaines de vinyles empilés sur des étagères. Une existence emplie de musique, répertoriée par genres et rangée en ordre alphabétique.

— Je peux vous aider, messieurs ?

La voix appartient à un grand homme aux cheveux frisés, debout derrière une clôture de barbelés. Habillé d'un sweat-shirt Nike, d'un pantalon large et de baskets coûteuses, il tient en laisse un Bull Terrier. Le chien se rue sur la clôture en montrant les crocs, sans aboyer. Le larynx de l'animal a été enlevé ou abîmé lors d'un combat. L'homme tire sur la chaîne, ce qui fait lever le terrier sur ses pattes arrière.

— Nous cherchons Isaac McBain.

— Qui vous a dit qu'il était ici ?

— Son fils.

L'attention de l'homme est presque entièrement accaparée par Ruiz.

— Vous êtes là pour ses dettes ?

— Non.

— Vous bossez pour les frères Connolly ?

— Non.

Ce doit être Vic McBain. L'oncle de Natasha.

— C'est à propos de Natasha. Isaac vous a mis dans la confidence ?

— Ouais. Que foutait Natasha dans les lacs Radley ?

— Aucune idée.

Une nouvelle longue pause. Le Bull Terrier s'est calmé.

— Charmant animal, dit Ruiz.

— Il pourrait vous arracher la gorge.

— Il est sûrement adorable avec les enfants.

Vic se frotte la bouche.

— Vous avez l'air d'un flic.

— J'en étais un avant. Maintenant, je bosse en solo. Moins d'heures. Moins de contraintes.

— Isaac n'est pas venu travailler aujourd'hui. On peut pas vraiment lui en vouloir.

— Une idée de l'endroit où on peut le trouver ?

— Sûrement ivre à l'heure qu'il est. Automédication. Pour endormir la douleur.

— Dans quel bar cuve-t-il habituellement ?

— Au White Swan d'Abingdon.

Vic McBain se retourne et s'éloigne sur le chantier, entre les agglomérats de tubes d'échafaudage et de bois de construction. Le chien boitille derrière lui, pousse du museau un bidon en métal et lève la patte arrière.

Le White Swan est ce genre de pubs que l'on ne trouve que si l'on fait partie des habitués ou si l'on s'est perdu. Nous avons dû demander deux fois notre chemin. Le troquet est éclairé par les néons au-dessus du bar et la lueur des portes ouvertes ironiquement intitulées DAMES et MESSIEURS.

La barmaid a les cheveux bleus en brosse, rasés d'un côté du crâne, et les ongles vernis de noir.

Ruiz se penche sur le comptoir pour observer les bières à la pression.

— Le panneau dehors dit que vous avez une belle sélection de vraies bières.

— Et alors ?

— Vous n'avez que de la Morland's Original à la pression. C'est pas vraiment ce qu'on peut appeler une sélection.

La fille me regarde.

— C'est quoi son problème ?

— Il se prend pour un connaisseur.

Isaac McBain est assis à l'extrémité du comptoir, sous l'Union Jack. Entre ses mains, une pinte et un petit verre de whisky posés sur des ronds de bière assortis. Son choix fait, il lève le verre de whisky et l'avale d'un trait.

Nous prenons chacun un tabouret de bar et encadrons Isaac. Il se tourne lentement vers nous, le regard vitreux.

— Je ne suis pas d'humeur à causer, bafouille-t-il.

— Votre frère nous a dit qu'on pourrait vous trouver ici, dit Ruiz.

— Ouais. Il m'a appelé pour me prévenir.

— Toutes nos condoléances, dis-je en faisant les présentations.

Il ignore ma main tendue. Je la retire.

Isaac cligne lentement des yeux. Ses cheveux empestent le tabac. Je vois un homme qui se torture avec différents scénarios. Et s'il n'avait pas fait de prison ? S'il avait été un meilleur père ? Sa fille serait-elle toujours en vie ? Aurait-il pu la protéger ?

Ces pensées l'ont hanté pendant trois ans, s'insinuant dans ses rêves, lui brisant le cœur chaque fois qu'il tournait au coin de la rue et apercevait une fille qui ressemblait à Natasha.

— Ils m'ont laissé la voir, murmure-t-il. Ce corps… c'était pas celui de Tash, vous savez. Enfin, oui et non. Elle était belle, vous voyez.

Il boit la moitié de sa bière en déglutissant bruyamment.

— Ils disent qu'elle était prisonnière.

— Oui.

— Quelqu'un l'a gardée en vie.

— Oui.

— Et... lui a fait des choses.

— Oui.

Son visage se tord sous l'effet de la souffrance. Je vois qu'il hurle intérieurement.

— J'ai besoin d'une clope.

Il se lève avec sa bière et sort par la porte de derrière pour aller dans la cour où sont disposés des tables en bois et des bancs. Il allume sa cigarette. Une volute de fumée s'enroule autour de son poignet.

— Un tas de types ont rejeté la faute sur moi. Même la police. C'est pour ça qu'ils ont organisé cette conférence de presse quand les filles ont disparu.

— C'est une pratique courante, dit Ruiz. On examine toujours les familles en premier.

— Ouais, eh bien, tout le monde s'est mis à me regarder de travers. Ils ont raconté partout que j'avais fait de la tôle, vous savez. Des potes avec qui je buvais ne voulaient plus fréquenter le même bar que moi. Mon barman m'a dit d'aller me saouler ailleurs. J'ai fini dans ce rade.

La barmaid est sortie fumer elle aussi.

— J'ai entendu, dit-elle.

— Va te faire foutre.

Dans le regard d'Isaac brille une lueur sauvage, reflet de l'autre versant de sa personnalité : c'est cet esprit rebelle qui l'a conduit en prison, et dont Tash a hérité.

— Je les ai foutus en rogne, les flics. Quand Natasha et Piper ont disparu, on a organisé nos propres recherches. On avait des centaines de volontaires. Des amis. Des voisins. Des étrangers. Vic a fait une grosse partie du boulot. On était sur les dents, mais la police nous demandait d'attendre. Ensuite, j'ai entendu l'inspecteur dire qu'il ne voulait pas compromettre les preuves, comme s'il pensait que les filles étaient déjà mortes. Je me suis engueulé avec lui : « Nom de Dieu, c'est ma fille ! On doit la retrouver. C'est pas sorcier ! » Le type m'a dit de reculer et de baisser d'un ton. Je ne l'ai pas fait. Ensuite, il a menacé de me faire arrêter. Foutaises !

Nous laissons Isaac vider son sac.

— Ils croient toujours que c'est moi, vous savez. Ils sont venus me demander où j'étais la nuit du blizzard. Ils ne m'ont pas lâché, ils cherchaient à me déstabiliser, persuadés que j'allais avouer. Comme s'ils me faisaient peur ! Je me suis fait cogner par des taulards capables de vous arracher la tête en un clin d'œil. Les flics sont des rigolos à côté de ces gars-là.

— Pourquoi êtes-vous allé en prison ? demande Ruiz.

— Ah !

— Je vous pose une simple question.

— Vol à main armée. Peine de cinq ans, réduite à trois. Je n'ai rien à cacher. Dans une petite ville comme Bingham, tout le monde est au courant. Mais dites-moi, monsieur Ruiz, en quoi cette information va vous aider à boucler l'assassin de ma fille ? Je vous pose une simple question.

— Je ne voulais pas vous blesser. Je me demande seulement si vous avez des ennemis. Des gens qui voudraient vous en faire baver ?

Isaac expire bruyamment par la bouche.

— Vous parlez des frères Connolly. Pas la peine de tourner autour du pot.

— Vous avez donné des preuves contre eux.

— J'ai dit la vérité.

— Peut-être qu'ils se sont vengés sur Natasha.

— Les frères Connolly ne se vengent pas sur des gamines. (Il écrase la cigarette sous son talon.) S'ils voulaient punir quelqu'un, ils s'en seraient pris à moi.

— C'est peut-être ce qu'ils font en ce moment, dis-je.

Il secoue la tête.

— Les frères Connolly n'ont pas kidnappé Tash et Piper. C'était pas la peine.

Il ferme les yeux, comme pour se remémorer une scène de son passé.

— Mon ex-femme me le reproche aussi. Elle pense que j'ai abandonné Tash, que j'aurais pu faire plus. Mais peu de gens avaient de l'influence sur Natasha, surtout quand sa décision était prise.

« Elle n'avait que dix ans quand je suis allé en tôle. À ma libération, ce n'était plus une petite fille. On était des étrangers, vous savez. Je sais qu'elle détestait l'école et voulait quitter cette ville, mais elle ne serait jamais partie sans dire au revoir. C'était pas une fugue… Non, elle aurait envoyé une lettre ou une carte. Elle adorait sa mère. Elle l'aurait appelée pour la rassurer. Tous ces anniversaires, ces fêtes des mères, ces Noël… et pas un mot. Rien. Tash n'aurait jamais fait un truc pareil.

Il pousse un soupir las et se tourne vers le pub.

— Maintenant on sait pourquoi, hein ?

— Je peux vous offrir une bière ? propose Ruiz.

— Non, mais merci quand même. Je n'attends qu'une chose de vous – retrouver le salaud qui a fait ça à ma Tash.

22.

La porte s'entrouvre et se bloque, retenue par une chaînette de sûreté. Un œil et une frange d'adolescente apparaissent dans l'entrebâillement.

— Emily Martinez ?

Pas de réponse.

— Ta mère est à la maison ?

— Non.

— Et ton père ?

Elle regarde derrière moi.

— Il ne va pas tarder à rentrer.

— C'est toi que je suis venu voir, Emily.

Elle cligne des yeux.

— Je ne suis pas autorisée à parler à des étrangers dans la maison.

— C'est un sage conseil. Peut-être pourrait-on discuter sur le pas de la porte ? Tu peux rester à l'intérieur et moi à l'extérieur.

Elle repousse sa frange. Je vois ses deux yeux et son appareil dentaire.

— Tu n'étais pas à l'école aujourd'hui, Emily.

— Je ne me sentais pas très bien.

— J'ai parlé à Mlle McCrudden. Elle dit que tu rates souvent les cours.

Emily hausse les épaules. Elle a un petit nez fin, mais le menton épais.

Au même moment, une Lexus noire se gare dans l'allée et un homme d'une quarantaine d'années en sort, jouant avec ses clés. Grand, séduisant, les cheveux blonds et bouclés, il semble tout droit sorti d'un tournage de film avec son pantalon en toile beige et sa chemise impeccable.

Il grimpe les marches deux à deux et affiche un sourire jovial.

— On dirait que j'arrive au moment opportun. Nous n'attendions pas de visiteurs.

Il me serre la main. Emily ôte la chaîne de sécurité et ouvre la porte. M. Martinez lui tend sa mallette et son manteau.

— Je suis désolé, j'aurais dû appeler avant de venir, expliqué-je. J'aide la police dans une enquête.

— C'est à propos de Natasha et Piper ?

— Comment le savez-vous ?

Il regarde Emily.

— Je ne vois pas de quoi d'autre il pourrait s'agir.

— J'espérais pouvoir en discuter avec Emily.

— Oh, je vois, eh bien, Em a manqué les cours aujourd'hui. Elle avait une de ses migraines ce matin. (Il lui passe le bras autour des épaules.) Tu te sens mieux, ma chérie ?

Elle hoche la tête.

Il poursuit :

— Elle a déjà fait trois dépositions à la police.

— Oui, mais j'ai une approche très différente. Ce ne sera pas long.

M. Martinez jette un coup d'œil à sa fille.

— Qu'en penses-tu ?

Elle hoche la tête.

— Bien, entrons alors. Il fait froid dehors. Em, mets la bouilloire en route, veux-tu ?

Le salon en enfilade et aux plafonds hauts est décoré de meubles et de tableaux coûteux. Les pieds sculptés des fauteuils en bois représentent des animaux, qui semblent mener une existence secrète quand tout le monde est endormi.

Emily s'est éclipsée dans la cuisine, Phillip Martinez allume la cheminée à gaz et retape les coussins du canapé. Son visage est lisse, presque féminin, avec des sourcils à peine visibles.

— Quelle histoire... Ces ados qui fuguent. Ne pas savoir ce qu'elles sont devenues. On s'interroge parfois...

— Sur quoi ?

— Pardon ?

— À propos de quoi vous interrogez-vous ?

— De leurs familles, répond-il sur le ton de l'évidence. Si tout allait bien à la maison, elles ne se seraient pas sauvées.

— Et si elles avaient été kidnappées ?

— Eh bien, cela change tout.

Il m'observe un long moment. Mon bras gauche tremble.

— Quel stade ?

— Je vous demande pardon ?

— Votre Parkinson, votre stade ?

— Un.

— Combien de temps ?

— Huit ans.

— Il est lent... vous avez de la chance.

— C'est ce que j'essaie de me dire.

— Ce n'est pas vraiment mon domaine d'expertise.

— Votre domaine ?

— Je suis chercheur. Je travaille au département de sciences médicales de l'université. Nous faisons beaucoup de recherches thérapeutiques sur des maladies comme le diabète, Alzheimer et la dystrophie musculaire. Parkinson n'est pas mon rayon, mais j'ai des collègues qui font des recherches fondamentales. Vous devriez venir voir notre labo. Je pourrais vous organiser une visite.

— Merci.

— C'est en partie pour cela qu'Emily se méfie des étrangers.

— Je ne comprends pas.

— Nous faisons des expérimentations sur les animaux. Essentiellement des chimpanzés. Nous avons eu des problèmes pendant la construction du laboratoire. Des manifestations. Des bombes incendiaires. Des menaces.

— Avez-vous été personnellement menacé ?

— Ma dernière voiture a été aspergée d'acide et vous devriez voir les lettres que je reçois. J'ai appris à Emily à se montrer vigilante.

— J'espère ne pas l'avoir effrayée.

— Oh, non, c'est une fille solide. Très nerveuse. Un peu comme sa mère.

Emily réapparaît avec un plateau chargé d'une théière et de tasses. Son père la soulage de son fardeau.

— Je vais vous laisser tous les deux. Je dois répondre à mes mails là-haut. (Il se tourne vers Emily.) Chérie, si tu sais quelque chose qui peut aider ce monsieur, dis-le-lui.

Emily acquiesce et écoute son père grimper l'escalier. Puis elle suit ses pas au-dessus de nos têtes, l'imagine gagner son bureau et s'installer devant son ordinateur. Satisfaite, elle lisse sa jupe sur ses cuisses et s'assoit au bord du canapé, puis triture la manche de son pull. Prudente, tendue, elle paraît craintive, comme si elle s'attendait à être réprimandée.

J'ai lu ses dépositions. L'histoire d'Emily n'a pas changé. Mais je sais d'expérience que nos perceptions s'altèrent avec le temps. Je commence en douceur, en lui demandant de me parler de Piper et Natasha. Comment se sont-elles rencontrées ? Que faisaient-elles ensemble ?

Elle mâchouille les cuticules de son pouce et de temps à autre, hoche ou secoue la tête. Elle n'a pas envie de se confier à moi et je n'ai pas les codes pour déverrouiller ses défenses – la mystérieuse alchimie de confiance et d'expérience partagée qui pousse une adolescente à parler sans discontinuer avec ses amies et à se taire dès qu'un adulte entre dans la pièce. Si je connaissais la combinaison, je pourrais discuter avec ma propre fille.

— As-tu des secrets, Emily ?

— Que voulez-vous dire ?

— Tu sais ce qu'est un secret ?

Elle hoche nerveusement la tête.

— On en a tous. Des coups de cœur, des regrets, des lieux secrets. Nous avons des visages que nous ne montrons pas aux autres, seulement à nos amis.

Emily m'observe avec l'air absent d'une amnésique.

Je fais une nouvelle tentative.

— Pourquoi vouliez-vous vous enfuir toutes les trois ?

Elle hausse les épaules.

— Vous deviez avoir une bonne raison. Je sais que Natasha avait quelques problèmes au lycée… Toi aussi ?

— Non.

— À la maison alors ?

Elle hésite et jette un coup d'œil à l'escalier, inquiète à l'idée que son père nous écoute.

— Ma mère a été malade. Elle a eu une crise.

— Où est ta mère maintenant ?

— Elle vit dans un foyer à Londres. Elle va mieux.

— C'est une bonne nouvelle.

Emily tire sur l'ourlet de sa jupe à motifs écossais. Elle n'a pas touché à son thé.

— Qui a eu l'idée de fuguer ?

— Tash.

— Où vouliez-vous aller ?

Ses épaules se soulèvent et s'affaissent.

— Vous aviez sans doute imaginé une nouvelle vie ensemble…

— Oui.

— Vous n'aimiez pas la vôtre.

De nouveau, un coup d'œil à l'escalier.

— Au début, ce n'étaient que des paroles en l'air. Je ne pensais pas que nous allions vraiment le faire – pas pour de vrai. C'était excitant… différent… mais ensuite…

— Ensuite quoi ?

— Tash est devenue sérieuse.

— Pourquoi ?

— Après ce fameux soir où Aiden Foster a percuté Callum Loach avec sa voiture. Nous avons passé une sorte de pacte parce que c'était infernal à l'école et à la maison.

— Qu'est-ce qui n'allait pas à la maison ?

Emily lève les yeux au ciel.

— Tes parents ont divorcé.

Elle hoche la tête.

— Tash n'avait plus vraiment envie de partir, mais elle a eu des ennuis au lycée et Mlle Jacobson lui a dit qu'elle ne pourrait pas revenir après les vacances. Tash ne l'a pas dit à ses parents. Elle voulait s'enfuir avant qu'ils l'apprennent.

— Qu'est-il arrivé le soir de la foire de Bingham ?

— Que voulez-vous dire ?

— Tu étais avec Piper et Natasha.

— Seulement jusqu'à 22 heures.

— Que s'est-il passé ensuite ?

— J'ai appris que maman était à l'hôpital, alors je suis rentrée directement à la maison.

— Mais tu as vu Piper plus tard ?

— Elle m'a réveillée. Je l'ai entendue toquer à la fenêtre de ma chambre. J'ai tout de suite su que quelque chose n'allait pas, mais elle n'a pas voulu me dire quoi. Elle m'a dit qu'elles fileraient le lendemain matin. J'ai répondu que je ne pouvais pas venir – maman était à l'hôpital.

— Mais tu as changé d'avis ?

— Oui.

— Pourquoi.

Elle hausse les épaules.

— De quoi comptiez-vous vivre à Londres ?

— Tash avait de l'argent. Elle disait que son oncle avait une dette envers elle. Elle a travaillé pour lui à une époque.

— Quel genre de travail ?

— Du classement dans son bureau.

— Je croyais qu'elle était serveuse.

— Oui, aussi.

— Elle s'entendait bien avec son oncle ?

Emily sursaute comme si je venais de la gifler et se mord la joue.

— Qu'est-ce qui t'arrive ?

— Quoi ?

— Pourquoi as-tu réagi ça ?

— Comme quoi ?

— Tu as sursauté quand j'ai mentionné Tash et son oncle.

Emily laisse échapper un petit cri étranglé et secoue la tête.

— Pas du tout !

Elle se renfrogne et s'enfonce dans le canapé.

— Raconte-moi l'accident.

— On est allées à une fête à Abingdon. C'était l'anniversaire d'un copain d'Aiden, le petit ami de Tash. Aiden Foster. Il y avait plein d'étudiants et de pouffiasses qui nous ont traitées comme des gamines.

— Parle-moi d'Aiden.

— Il était cool, je trouve. Plus âgé. Il avait une voiture. Tash n'aimait pas prendre le bus, alors elle se servait un peu de lui. Aiden n'a pas arrêté de boire à la soirée et Tash s'est mise à flirter avec Callum Loach. Il a deux ans de plus que nous, mais n'allait pas dans le même lycée. Aiden s'est énervé. Il s'est jeté sur Callum puis a éclaté de rire. Un vrai fou furieux.

— Tu as assisté à la scène ?

— C'est Piper qui me l'a racontée. Moi, j'étais dans la maison.

— Que s'est-il passé ensuite ?

— Tash a été malade. Callum lui a proposé de la raccompagner, mais il est revenu pour chercher le téléphone de Tash, qu'elle avait oublié dans une chambre à l'étage. Callum revenait vers la voiture quand Aiden a déboulé avec sa Subaru et lui a foncé droit dessus. (Emily se mord fortement la lèvre.) On le croyait mort. Il a fait un vol plané et s'est écrasé sur la route.

— Il a été emmené à l'hôpital.

— Où on lui a amputé les deux jambes. Il est dans un fauteuil roulant.

— Et Aiden ?

— Il est derrière les barreaux.

— Il est toujours en prison ?

Emily hausse les épaules.
— Ton père le sait ?
Elle contemple le plafond.
— Je ne veux pas lui poser la question.

Le lendemain de la fête,

deux agents de police sont allés chez Tash et l'ont emmenée à l'hôpital, où on lui a fait des analyses de sang pour mesurer son taux d'alcoolémie et de drogue. Ensuite, elle est allée à l'antenne de police d'Abingdon pour faire sa déposition.

Aiden Foster est arrivé au poste tard dans l'après-midi avec son père et son avocat, une grosse pointure. Il a été accusé de tentative de meurtre et remis en liberté provisoire le lendemain. Ils ont confisqué sa voiture et lui ont dit de ne pas s'approcher des témoins.

La police est venue chez moi le dimanche et m'a posé une foule de questions. Comme j'étais mineure, une assistante sociale était présente pendant l'interrogatoire. La seule information que j'ai omise, c'est la drogue. J'avais peur d'être arrêtée pour avoir fumé un joint.

Le soir même, j'ai entendu papa et maman se disputer au rez-de-chaussée, dire que j'avais « dépassé les bornes », que j'étais « devenue incontrôlable » et que j'allais finir derrière les barreaux. Ou pire. Le lendemain matin, je ne me suis pas levée pour aller au lycée. Maman n'a pas frappé à la porte. J'ai mis mon uniforme scolaire et je suis allée au rez-de-chaussée, mais maman m'a dit de remonter me changer. C'est là que j'ai remarqué la valise dans un coin de la cuisine.

Deux hommes sont venus me chercher. Leur van était si propre et rutilant que les nuages défilaient sur le flanc et le toit. Je pensais qu'ils m'emmenaient au commissariat, mais ils m'ont déposée dans une sorte de pensionnat cerné de jardins et de hauts murs. On n'était pas à Oxford ni à Londres. D'un côté, je voyais la mer, et de l'autre, des champs à perte de vue.

Maman est venue avec moi le premier jour, mais elle n'est pas restée.

— S'il te plaît, tiens-toi bien et tu rentreras vite à la maison.

Je lui ai agrippé le bras et l'ai suppliée de ne pas partir.

— C'est parce qu'on t'aime, a-t-elle conclu.

Les parents disent toujours ce genre de phrases. Ou encore : « c'est plus dur pour nous que pour toi », mais comment serait-ce possible ?

Ce soir-là, ils ont fermé ma porte à clé. Et toutes les deux heures, quelqu'un passait dans le couloir et jetait un coup d'œil dans ma chambre par l'œilleton. Je ne pouvais même pas éteindre la lumière. Le lendemain, j'ai repoussé une infirmière qui m'a menacée de me menotter au lit. Je ne l'ai pas crue, jusqu'à ce qu'elle agite les menottes sous mon nez.

Ils m'ont fait passer toutes sortes de tests, comme me faire réagir devant différentes images. Des photos apparaissaient en succession rapide sur un écran d'ordinateur et je devais appuyer sur le bouton rouge ou le vert, en fonction de mes émotions. J'imagine que le rouge symbolisait la colère et le vert la sérénité. J'ai voulu fausser les résultats en appuyant sur le rouge quand je voyais des chiots et sur le vert devant les clichés de bataille.

Mon thérapeute, Vernon, m'a demandé si je me touchais. J'ai pensé à la réponse que Tash aurait donnée : « Tout le temps. Avec des concombres, des bougies, tout ce qui me tombe sous la main. »

— Vous voulez savoir ce que je ressens ? Je suis furieuse d'être ici ! leur ai-je dit.

Cela m'a valu d'être privée de télévision pour la soirée. Je leur ai dit que je me foutais de cette putain de télé, si bien que je n'ai pas eu de dessert pendant une semaine. J'ai perdu une foule de privilèges. Je ne sais pas vraiment lesquels parce que je les ai perdus avant même d'en bénéficier.

Nous avions chacun une corvée à accomplir au moment du repas. Mettre la table, la débarrasser, faire la vaisselle... Nos lits devaient être faits et notre chambre rangée. On se serait cru dans un pensionnat à l'étranger, car même nos chaussettes devaient être pliées d'une manière définie.

— Ne les nouez pas ensemble, pliez-les avec un sourire, disait la surveillante.

— Les miennes sourient comme la raie de votre cul, lui ai-je répondu.

J'ai été aussi privée de jeux.

Au moins, j'avais le droit d'écrire. Cette activité était même encouragée. On devait dresser la liste de ce qu'on aimait et ce qu'on détestait sur nous-mêmes. Mon apparence, par exemple. Mon habitude de jurer. Mon mauvais caractère. Ma nullité en math.

J'avais le droit de téléphoner une fois par semaine à papa et maman. Je les suppliais. Je pleurais. J'essayais de les culpabiliser pour qu'ils me laissent rentrer à la maison. La voix de mon père se fissurait, mais maman lui arrachait le téléphone avant qu'il ne craque.

Je n'avais pas de portable. Je ne pouvais pas parler à Tash ni savoir ce qui était arrivé à Callum ou Aiden. Les jours se sont transformés en semaines. Puis un mois s'est écoulé. Deux mois. Et d'innombrables séances de thérapie et sermons sur la drogue et l'alcool.

Mes parents pensaient que je me droguais – ou que j'allais le faire. J'étais sur « une pente terriblement glissante », selon eux.

Au bout de huit semaines, ils m'ont autorisée à rentrer chez moi. Ils ne m'ont prévenue qu'une demi-heure avant l'arrivée de mes parents. Et seulement pour me dire :

— Fais tes valises.

Maman est venue me chercher à la réception. Papa est resté dehors, près de la voiture. Voilà. Le trajet jusqu'à la maison s'est déroulé en silence et je suis allée tout droit dans ma chambre. J'ai regardé mon ordinateur et mon portable.

Je n'ai pas appelé Tash. Je n'ai écrit aucun mail. J'ai pris mes anciens jouets et j'ai joué avec. Mes poupées Barbie. J'ai peigné leurs cheveux et changé leurs vêtements. Je ne l'avais pas fait depuis des années.

Mlle McCrudden, mon professeur d'anglais – celle qui adore mes histoires –, me disait toujours de ne pas créer de personnages passifs. Ils devaient agir, pas seulement se laisser porter par les événements.

C'est là que j'ai compris ce qu'elle voulait dire. J'étais moi-même passive, je subissais ma propre vie. Je laissais le courant me porter au lieu de forger mon existence, d'écrire ma propre histoire.

Plus maintenant, me dis-je, plus jamais.

23.

Le concierge n'a pas été difficile à retrouver. Il n'a pas effacé ses traces, ne s'est pas évanoui dans la nature. Personne ne peut se cacher bien longtemps de nos jours – pas avec les courriels, les pages Facebook et les comptes Twitter. Nous laissons tous derrière nous des pistes électroniques, telles des crottes de souris dans le cyberespace.

Nelson Stokes travaille comme employé municipal à Oxford. Il pousse un chariot à bras dans les allées piétonnes et les ruelles trop étroites pour permettre le passage d'une machine.

Âgé de trente-huit ans, les cheveux longs et le visage anguleux, il porte une chemise de laine à carreaux. Sa charrette est bloquée par un frein, le temps qu'il se roule une cigarette. À l'intérieur de la boutique, une jeune vendeuse se hisse sur la pointe des pieds pour ranger des boîtes sur une étagère élevée. Stokes reluque les cuisses et les fesses qui se dessinent sous sa jupe courte.

— Monsieur Stokes ?

L'intéressé tourne lentement la tête.

— On se connaît ?

Je lui tends ma carte de visite. Il la lit attentivement et prend le temps de décider si je suis un enquiquineur ou une chance qui s'offre à lui. La lecture de son dossier était plutôt déprimante. Arrêté deux fois à l'âge de vingt ans pour possession de marchandises volées, il a plaidé coupable pour bénéficier de la clémence du tribunal. Avant ces larcins, il étudiait la mécanique à l'université, mais a été exclu pour avoir triché à son examen de première année. Depuis, il vit de petits boulots. Marié. Divorcé. Un commerce en faillite. Il a été gardien et surveillant du stade de Sainte-Catherine pendant deux ans avant d'être renvoyé.

D'après le dossier de la police, des élèves de terminale de Sainte-Catherine ont accusé Stokes d'avoir pris des photos d'elles. Plusieurs filles préféraient se changer rapidement au fond de la salle après la gym au lieu d'aller dans les vestiaires à l'étage. Stokes s'est servi d'un appareil photo numérique et a téléchargé les clichés sur son ordinateur. Des photos de Natasha y ont été retrouvées.

Le gardien a passé deux jours en détention provisoire et a été questionné pendant huit heures, mais il avait un alibi pour le dimanche matin où les filles ont disparu.

Stokes pose son balai sur la charrette, s'assoit à un arrêt de bus et allume une cigarette.

— J'aimerais discuter avec vous des filles de Bingham.

— En quoi cette affaire vous regarde ?

— On m'a demandé de revoir l'enquête.

— J'ai rien à voir là-dedans.

— Vous connaissiez ces filles.

— Vous les avez trouvés, hein ? Leurs corps ?

— Qu'est-ce qui vous fait croire ça ?

— Simple déduction. (Il souffle la fumée du coin de la bouche.) Après toutes ces années… elles sont forcément mortes.

Il lève les yeux et jette un coup d'œil de l'autre côté de la rue, où un groupe de filles discutent devant un Starbucks.

Je remarque la chaleur qui embrase son regard et sa forte odeur corporelle.

— Je suis au courant pour les photos.

— Je n'ai jamais touché ces filles ! Pas un cheveu.

— Mais vous avez pris des photos.

Il pâlit.

— C'est tout. Pourquoi remettez-vous ça sur le tapis ? Est-ce qu'une de ces petites garces s'est plainte ? Elle veut me coller un procès ? Bon courage. J'ai pas un rond. Je peux lui laisser ma charrette si elle veut.

Il rit et indique ses balais d'un signe de tête.

Stokes n'est pas un menteur expérimenté. Si vous voulez mentir, il faut ouvrir les mains pour montrer que vous êtes inoffensif. Puis vous pencher légèrement en avant sans baisser les yeux, pour renforcer vos convictions.

— Où étiez-vous la nuit du blizzard ?

— Samedi ? Je devais me laver les cheveux.

— C'est votre alibi ?

— Pourquoi ? J'ai besoin d'un alibi ? (Il me sourit tristement, un goût amer dans la bouche.) C'est l'oncle que vous devriez cuisiner. Je l'ai dit à la police. Je leur ai dit ce que j'ai vu.

— Qu'avez-vous vu ?

— La fille… avec son oncle, Vic McBain.

— Eh bien ?

— Je les ai vus ensemble. Un jour, il a déposé Natasha au lycée en voiture. Elle était assise sur ses genoux et l'embrassait. C'était pas un petit bisou sur la joue. Mais à pleine bouche, vous voyez ce que je veux dire ? Au début, j'ai cru que c'était une fille de terminale et son copain, mais ensuite Natasha est descendue de la voiture et j'ai vu le type qu'elle embrassait. Elle est allée en cours comme si de rien n'était.

— Vous êtes certain qu'il s'agissait de Vic McBain ?

— Ouais. J'en ai parlé à Natasha. Elle a dit qu'elle était au courant pour les photos et que si je parlais de son oncle à quelqu'un, elle dirait à la police que je l'ai pelotée. C'est pas vrai. Je n'ai jamais posé la main sur aucune de ces filles.

— Et vous avez raconté tout ceci à la police ?

— Ouais.

— À qui en particulier ?

— Un agent. Je ne me rappelle plus son nom.

J'ai lu les dossiers. Ils ne font mention d'aucune relation inappropriée entre Vic McBain et sa nièce.

Stokes presse sa cigarette jusqu'à ce que le papier et la cendre se désintègrent. Il jette les restes dans une pelle à poussière.

— Elle pouvait être vraiment garce, la fille McBain, tellement sûre d'elle, toujours à se pavaner comme si elle défilait sur un podium. Bêcheuse à quatorze ans, fugueuse à quinze, cette gamine n'attire que des ennuis. Peut-être qu'elle a eu ce qu'elle méritait.

— Que méritait-elle d'après vous ?

Il ne répond pas, se détourne et prend un balai à poils durs sur la charrette.

— J'ai du boulot.

24.

Ruiz étudie la surface mousseuse de la pinte de Guinness devant lui. Nous ne sommes pas au Morse Bar. Il a choisi un pub au coin de la rue, aux prix plus alléchants et à l'*happy hour* deux fois plus long.

— Je n'ai rien contre les flics à la télé, dit-il. Ils sont tous aussi stupides. Columbo par exemple...

— Peter Falk ?

— Ce pauvre type porte le même imperméable depuis vingt ans et joue les idiots pour que les gens le sous-estiment. Je connais des flics en service qui sont comme lui depuis des décennies et qui n'ont jamais résolu la moindre énigme. Et vous savez ce qui leur est arrivé ?

— Non, mais vous allez me le dire.

— Ils ont eu une promotion.

Sa pinte est vide.

— C'est votre tournée, professeur.

— Je ne bois pas.

— Ce n'est pas ma faute. C'est la tradition.

Je vais commander une Guinness au bar. Quand je reviens à notre table, Ruiz a ouvert son calepin et se lèche le pouce pour feuilleter les pages. Pendant que j'interrogeais Emily Martinez et Nelson Stokes, il a cherché tous les détails de l'accident.

Il me fait un bref résumé des faits : Aiden Foster, vingt ans, et Callum Loach, dix-huit ans, ont eu une altercation dans une fête à Abingdon. Plus tard dans la soirée, Foster a foncé sur Callum avec sa voiture puis a quitté les lieux. Foster a été arrêté le lendemain. Il a plaidé coupable pour réduire le chef d'accusation de tentative de meurtre à coups et blessures volontaires. Il est derrière les barreaux depuis quatre ans.

— Qu'est-il arrivé à Loach ?

— Ses deux jambes ont été amputées au-dessus du genou. Il est rentré chez lui.

— Et ils se sont battus à cause de Natasha ?

— Apparemment. (Ruiz boit une gorgée de Guinness et s'essuie la lèvre supérieure.) Ça ne l'a pas rendue très populaire.

— Comment ça ?

— Quand elle est venue témoigner au tribunal, des gens l'ont agressée à la sortie, la tenant pour la vraie responsable du drame. L'avocat des Foster l'a décrite comme la pire des dépravées. Des témoins ont déclaré qu'elle vendait de la drogue à la soirée.

— Donc, les familles ont tout mis sur le dos de Natasha.

— On dirait bien, oui.

Ruiz hausse un sourcil. Il sait que je cherche des motivations, des anomalies, des angles que la police aurait ignorés.

— Que faisait Aiden Foster avec une gamine de quinze ans ?

— Que faisait Vic McBain avec sa nièce ? réplique-t-il.

— Je ne suis pas sûr de croire Stokes.

— Pourquoi mentirait-il ?

— Pour détourner l'attention. Que savons-nous de Vic McBain ?

— Isaac et lui étaient associés dans une affaire. Ils ont monté une société d'échafaudages il y a dix ans. Un petit marché très compétitif et très lucratif. Vic n'a pas eu à trouver de nouveaux clients, il s'est contenté d'éliminer la concurrence.

— Que voulez-vous dire ?

— Plusieurs sociétés ont eu des camions immobilisés par des sabots, des missions annulées, des échafaudages effondrés, alors que l'affaire de Vic semble à l'épreuve des balles. Quand il s'agit de gagner des contrats, Vic est toujours le meilleur marché ou le dernier en lice.

— Pourquoi les frères ne sont-ils plus associés ?

— Ils se sont brouillés. Vic a racheté les parts d'Isaac. Et maintenant, Isaac travaille pour lui.

— Qu'a fait Isaac avec l'argent ?

— Il l'a perdu à la roue de la fortune – celle avec les numéros rouges et noirs et la boule blanche qui rebondit. C'est sûrement pour cette raison qu'il s'est retrouvé de mèche avec les frères Connolly. Il devait quinze mille livres à un usurier du nom de Cyril Honey.

— Alors il a opté pour l'opération de la dernière chance – braquer un véhicule blindé.

— Et maintenant, il vit dans un taudis alors que Vic possède quatre cents mètres carrés de terrain au bord de la Tamise et un château en France.

Ruiz ferme son calepin et replace l'élastique autour des pages.

— Vous pensez que Stokes dit la vérité ?

— Peut-être. J'aimerais vraiment savoir pourquoi Vic McBain n'est pas mentionné dans sa déposition.

— Vous devriez poser la question à l'inspecteur Drury. Illuminer sa journée.

Mon portable sonne. Je ne reconnais pas le numéro, mais la voix m'est familière.

Victoria Naparstek s'excuse pour son attitude à l'hôpital et me demande ce que je porte.

— Pourquoi ?

— Je veux vous emmener dîner, mais je voulais m'assurer que vous ne portiez pas de tweed.

— Le tweed est un problème ?

— Il vous donne des allures de professeur suppléant.

— C'est bon à savoir.

— J'ai réservé une table chez Branca, un restaurant italien sur Walton Street. Rendez-vous à 20 heures.

Je raccroche. Ruiz a un sourcil arqué.

— Vous avez un rencart, professeur ?

— Un simple dîner.

— Avec cette ravissante psychiatre ?

— Elle veut mon avis sur un patient.

— Ce n'est pas votre corps qu'elle veut, alors ?

Ruiz est le seul de mes amis à ne pas chercher à me convaincre que Julianne et moi allons nous remettre ensemble. Je pense qu'au fond de lui, il l'espère, mais ne l'avouera jamais. Même s'il parle beaucoup de sexe, la seule femme de sa vie est son ex-épouse Miranda, qui a décidé que Ruiz n'était pas un mari à la hauteur, mais un amant parfait pour une partie de jambes en l'air occasionnelle.

— Il faut que je me change. Elle n'aime pas le tweed.

— C'est manifestement une femme de goût.

— On ne joue pas dans la même catégorie.

— Du nerf. Même le plus mauvais joueur peut marquer un but.

Victoria Naparstek m'attend dans le hall de l'hôtel. Elle porte des lentilles de contact et des vêtements sexy – une robe noire courte, un legging et des bottes à talons qui la rendent plus grande que moi. Encore un désavantage.

Chaque table du restaurant italien est éclairée par une bougie sertie dans un globe rouge. La lumière tamisée est idéale pour cacher les défauts – les miens bien sûr.

— Comment va Augie ?

— Justement, je voulais vous en parler. Il a été libéré sur parole cet après-midi. Il est sorti.

— Où est-il ?

— Chez sa mère.

— Que s'est-il passé ?

— La juge était furieuse à cause de la tentative de suicide et n'a pas voulu entendre davantage d'excuses. La police a failli à son devoir de protection des détenus. Augie a été libéré à condition de porter un bracelet électronique à la cheville.

Elle lève son verre pour trinquer, puis replace une mèche de cheveux derrière son oreille.

— L'accusation a-t-elle mentionné le père d'Augie ?

— C'est inadmissible. On ne peut blâmer un fils pour les faits de son père, avérés ou non.

L'une de mes manchettes s'est déboutonnée. Je n'ai pas la dextérité de la remettre. Victoria le remarque et se penche pour le faire à ma place.

— Voilà, dit-elle.

— Merci. Je ne sais pas ce que je ferais sans vous.

Un sourire. Le genre de fossettes qui laissent une profonde empreinte sur l'esprit d'un homme.

Nous discutons de tout et de rien et nos regards se croisent. Naparstek est un nom juif. Ses arrière-grands-parents se sont enfuis de Pologne en 1935. Enfant unique, elle était gâtée et dévorait les livres. Elle a grandi à Glasgow et a étudié dans un pensionnat. Son père est réalisateur de films d'entreprises, sa mère orthophoniste.

À l'écouter, je me rappelle combien il est agréable de parler à une femme séduisante et de jouer les beaux parleurs. En revanche, je préfère oublier que ce matin je me suis réveillé avec une érection en imaginant la petite jupe stricte du Dr Naparstek remontée sur ses hanches et mon pénis contre son pubis.

— Je suis désolée de vous donner l'impression de parler toute seule. Cela ne vous dérange pas ?

— Pas du tout.

— Menteur !

— C'est la vérité.

Elle poursuit son récit. Elle a eu le rôle principal dans la pièce de son école et un temps caressé l'idée de devenir actrice. La conversation devient plus décontractée et nous évoquons les moments importants de notre vie.

Puis elle me demande de but en blanc :

— Vous rappelez-vous notre première rencontre ?

— Oui.

— Vous avez dit au tribunal que mon patient fantasmait sur l'idée de violer des femmes... de me violer moi.

— Comment va Liam ?

— Laissez-moi terminer, dit-elle en se raidissant. Après l'audience, sa demande de libération anticipée a été refusée et il a réintégré l'unité de sécurité. Six mois plus tard, il a refait une demande et a obtenu l'autorisation de sortir une journée, puis un week-end. Deux mois après, il a enlevé et essayé de violer l'animatrice d'un centre pour enfants qui promenait son chien sur Putney Common. (Elle baisse la tête.) Il lui a tailladé le cou, mais elle s'est débattue. Vous aviez raison. J'aurais dû vous écouter.

Je cherche une réponse adéquate, mais n'en trouve aucune. Le silence est plus clément.

Nous retournons à l'hôtel à pied. C'est la partie qui me terrifie. J'ai fréquenté deux femmes depuis ma séparation avec Julianne – deux nuits sans lendemain. Un professeur de l'école de Charlie et une mère divorcée rencontrée à son cours de danse. Des relations sexuelles que l'on peut qualifier de pitoyables, affamées et tristes. Deux personnes qui s'efforcent d'oublier plutôt que de forger une nouvelle relation.

Pourquoi ai-je ces idées en tête à cet instant ? Je raisonne beaucoup trop. Je ferais mieux d'agir.

Victoria Naparstek prend la décision à ma place. Elle m'attire contre la porte d'une boutique et m'embrasse fougueusement, comme une adolescente. Puis elle me prend par la main et nous continuons à marcher.

— Avant que vous m'invitiez à monter, dit-elle, j'aime autant vous dire que je vais refuser.

— Oh.

— Je vous ai prévenu, mais vous pouvez me le demander quand même.

— Pourquoi ?

— J'en serais flattée.

— Donc, vous m'appréciez.

— En effet. Vous êtes un type bien...

— Mais... Il y a bien un « mais » ?

— J'ai le sentiment que vous êtes attaché à une femme charmante... qui n'est pas moi.

— Je pourrais m'attacher à vous.

— La patience n'est pas mon fort. Et je n'aime pas attendre mon tour.

— Je ne vois pas pourquoi nous ne pourrions pas coucher ensemble.

— Est-ce une invitation ?

— Oui.

Elle rit et m'embrasse de nouveau. Quand elle s'écarte, je l'attire vers moi. Elle exhale doucement contre mon oreille. Entrouvre les lèvres. Les mots sont superflus.

Plus tard dans la nuit, ou tôt le lendemain matin, elle est allongée près de moi, la tête sur mon épaule et le bras droit en travers de ma poitrine.

— Je pensais que tu allais dire non, dis-je en dessinant du doigt le contour de son sein.

— Je suis incapable d'être raisonnable.

— Peut-être devrais-je m'excuser.

— C'est un peu tard pour ça. (Elle m'embrasse le bout des doigts.) C'était plutôt inattendu.

— Dans le bon sens ?

— Cela vaut clairement la peine de recommencer, dit-elle en roulant hors du lit. Pas ce soir, hélas, je dois me lever tôt demain.

— Alors tu m'aimes et tu me quittes ? lui demandé-je avec une familiarité naturelle.

Elle va dans la salle de bains et s'habille.

— Ce n'est pas ce que j'ai dit.

— Que veux-tu dire ?

— C'est compliqué.

— Tu vois quelqu'un d'autre ?

— C'était sans doute une erreur.

— N'en fais pas toute une histoire. Personne n'en a souffert.

Elle se contemple dans le miroir et arrange sa coiffure. Une femme qui se prépare est indéniablement sensuelle.

— Tu es mariée ?

— Non.

— Alors quoi ?

— Rien.

Elle enfile son trench et m'embrasse sur la joue. Il y a un message par terre, poussé sous la porte. Elle le ramasse et le lit, le front plissé.

Il est signé de l'inspecteur Drury.

Blackout terminé : la tempête a éclaté.

Je ne l'ai pas entendu venir.

Il est assis dans l'ombre. Seuls ses mains et ses genoux sont dans la lumière. Mon cœur s'arrête. J'inspire en tremblant, les doigts crispés sur le rebord de ma couchette.

Il se penche, son visage à présent visible.

— Bonjour, princesse.

La peau autour de ses yeux se plisse.

Quand nous étions toutes les deux, il ne descendait jamais l'échelle. Maintenant que je suis seule, il se sent en confiance. Je n'ai pas pu l'étudier de si près depuis longtemps – des années. C'est le genre d'homme qu'on oublie facilement. Le genre d'homme qu'on ne remarque pas deux fois. Pas même une fois.

— Tu dois avoir faim. Tu es prête à monter ?

Je secoue la tête.

— Je t'ai préparé un bain chaud. Des bons petits plats.

Il sourit avec un mélange de compassion et d'ironie.

— Où est Tash ?

— Ne t'inquiète pas pour elle.

— Elle va bien ?

George jette un coup d'œil à la lucarne.

— Tu as été bien imprudente de l'aider à s'échapper. Je sais ce que tu as fait. Je sais comment tu l'as fait.

— Ma vessie est pleine. Je dois aller aux toilettes.

Il arpente la cave, s'arrête devant le lavabo et examine les boîtes vides comme s'il craignait d'attraper une saleté.

Il pointe l'échelle du doigt.

— Je remonte maintenant. Tu sais ce qui va se passer si tu ne viens pas avec moi ? Tu te souviens du jet ?

Il agrippe l'échelle et monte avec agilité, se met en équilibre sur le dernier échelon et se hisse à travers l'ouverture à la manière d'un gymnaste. Il m'observe ensuite par le trou.

— Allez, Piper. Tu sais que tu en as envie.

— Vous allez me faire du mal ?

— Pourquoi ferais-je une chose pareille ?

— Vous avez fait du mal à Tash.

— Elle ne voulait pas obéir.

J'étudie la pièce à la recherche de quelque chose – une arme ou une échappatoire.

— Ne me fais pas attendre, Piper.

Je ne veux pas grimper à l'échelle, mais cela fait trois ans que je vis dans un trou. Je veux voir d'autres murs.

— J'ai des plats cuisinés. Un bain chaud.

Je monte. Une main après l'autre. Toujours plus haut. Puis je lève les mains au-dessus de ma tête. Il m'attrape par les poignets et me soulève facilement. Il me fait passer à travers la trappe et me repose sur mes pieds.

Ensuite il me lâche. La pièce est plongée dans le noir. Je me trouve sous une volée de marches en fer. George passe une porte pour gagner une seconde pièce et me fait signe de le suivre. Il est vêtu d'une veste et d'un pantalon de velours côtelé – le genre de vêtements que mon père pourrait porter.

Nous sommes dans une sorte d'atelier ou d'usine, avec des plafonds élevés et de hautes fenêtres étroites le long des murs. Le plâtre s'écaille, les panneaux de la toiture sont cassés. Je remarque un congélateur avec une lumière rouge clignotante. Une table, des caisses, des bidons en métal. Ensuite, je sens des effluves de nourriture. Du poulet frit. Tout chaud.

George déchire le sac en papier. J'ai tellement faim que je manque défaillir. Le sac vient du Chicken Cottage d'Abingdon. Je connais ce magasin parce que le gérant a épousé une Philippine de dix-sept ans qui avait mis une annonce sur Internet pour trouver un époux capable de subvenir à ses besoins.

— Tu devrais peut-être te laver d'abord, dit George.

Je secoue la tête.

Il me désigne un siège. Mes mains tremblent. J'ai des crampes d'estomac. La chair chaude et luisante du poulet, la peau croustillante et dorée, les pilons dodus...

Il s'assoit face à moi et me regarde manger. J'enfourne le poulet dans ma bouche avec voracité, de peur qu'il me le reprenne.

— Tu veux boire quelque chose ?

Il décapsule une canette de limonade.

— Tu vas te rendre malade. Ralentis un peu.

Mais je ne peux plus m'arrêter. Je n'arrive pas à mâcher assez vite. J'avale et m'étouffe.

George prend le coin du sachet graisseux et l'éloigne de moi. Mon regard et ma main suivent la nourriture, mais il me donne une tape sur le poignet et me dit de ralentir l'allure.

Je ne peux pas répondre. Un gros morceau est coincé dans ma gorge. Impossible de respirer. Il se lève et passe les bras autour de mon plexus, puis exerce une pression dessus pour pousser l'air hors de mes poumons. J'éructe une boule de poulet mastiqué.

Il se rassoit sur sa chaise.

— La prochaine fois, tu feras ce que je te dis.

C'est là que je vomis. Il recule, mais pas assez vite pour sauver ses chaussures. Il me traite de tous les noms. Je ne saisis pas ses paroles. Mes entrailles se déversent sur le sol. Je sens que je vais terminer liquéfiée par terre avec le poulet régurgité et la limonade.

Je m'essuie la bouche et le nez avec ma manche.

— Où est Tash ?

— Je l'ai rattrapée.

— Où est-elle ?

— Je l'ai tuée.

— Je ne vous crois pas.

Il rit.

— Elle est dans une autre pièce – exactement comme celle-ci.

— Puis-je la voir ?

— Non, elle est punie.

— Punissez-moi à sa place.

Il ne répond pas.

— S'il vous plaît, laissez-moi la voir.

— Non.

— Pourquoi faites-vous ça ?

De nouveau, pas de réponse.

— Je veux rentrer chez moi. S'il vous plaît, laissez-nous partir. On ne le dira à personne.

— Je pensais que tu avais grandi, dit-il, l'air déçu.

— Laissez-moi voir Tash.

Ses mains jaillissent et m'enserrent les mâchoires si fort que j'ai l'impression qu'elles vont se décrocher. Il me soulève. Mes orteils touchent à peine le sol.

— La ferme ! Compris ? Arrête de geindre.

Il prononce ces paroles d'une petite voix fluette qui se répercute dans mon crâne.

— Tu as compris ?

Il m'oblige à hocher la tête. Puis me libère. Je ne sais pas comment j'arrive à rester debout. Il renifle ses doigts et fronce le nez.

— Il est temps que tu te décrasses.

Il m'entraîne vers un lit et une vieille baignoire immense aux pieds griffus. Une chaudière à bois tiédit la pièce et chauffe l'eau. La baignoire est déjà à moitié remplie. Il ferme le robinet. Un nuage de vapeur plane au-dessus de l'eau. Des bulles mousseuses recouvrent sa surface. Au pied du lit, un grand coffre ouvert regorge de shampoings, savons, gels douche, crèmes, laits corporels, parfums – comme s'il avait dévalisé les hôtels de la région pour récupérer ces petits flacons gratuits.

Après avoir ajouté du gel moussant dans l'eau, il plonge le bras dans le bain pour mélanger les bulles. Puis il ouvre un deuxième coffre et en retire une grande serviette pelucheuse.

— Tu ne t'es pas déshabillée.

— Je ne veux pas.

— Pourquoi ?

— Pas devant vous.

— Je n'irai nulle part.

— S'il vous plaît, demandé-je d'une voix étranglée.

J'observe le bain, puis le coffre ouvert. Un miroir est fixé à l'intérieur du couvercle. Je vois mon reflet. Mes cheveux sont emmêlés comme des queues de rats. Mes yeux rouges.

Le bain est prêt. Il plonge les doigts dans l'eau.

— Ce n'est pas comme si je ne t'avais jamais vue.

C'est faux. Il ne m'a jamais vue nue. Loin de là. Pas comme ça.

Il me prend de nouveau le visage en étau, me force à le regarder dans les yeux, comme s'il voulait sonder mon âme.

— Ne me désobéis pas, Piper. Tu sais de quoi je suis capable.

J'ôte mes vêtements. Il les prend entre le pouce et l'index et les jette dans un sac poubelle en plastique. Je couvre mes seins de mon avant-bras.

Il désigne ma culotte. Sale. Jaune.

— Ça aussi.

— Je veux la garder.

Il secoue la tête.

Je me retourne et la fais glisser, puis je grimpe vivement dans le bain et me coule sous la surface, où je me roule en boule. Il rapproche sa chaise de manière à ce que ses genoux touchent le bord de la baignoire.

Il me tend un rasoir jetable rose.

— Rase tes jambes.

J'hésite. Il plonge le bras dans l'eau, me prend le mollet et le soulève. Je me retrouve complètement immergée. Il me tient la jambe en hauteur, m'empêchant de sortir la tête de l'eau. Je ne peux pas respirer. Je ne pourrai peut-être plus jamais respirer.

Quand enfin il relâche ma jambe, je me relève en toussant et en crachant de l'eau, les yeux piquants.

— Soit tu le fais, soit je le fais à ta place.

Je rase mes jambes l'une après l'autre en les calant sur le rebord de la baignoire. Il ne me quitte pas des yeux. Ma main tremble tandis que la lame glisse sur la peau couverte de mousse.

Puis il me dit de me lever. Je couvre mon aine et mes seins. Il pointe du doigt mes poils pubiens.

— Il faut faire quelque chose pour ça aussi.

Je ne comprends pas.

— Rase-toi.

Ma main tremble. Je ne peux pas.

Personne ne m'a jamais touchée à cet endroit. Personne. Le seul garçon qui a essayé est Gerard Bryant. Il avait glissé sa main sous ma jupe à l'Odeon d'Oxford, et a écopé d'un coup de poing dans l'estomac pour la peine.

Je ne frappe pas George. Je reste parfaitement immobile et goûte les larmes qui roulent au coin de ma bouche. Il me parle tout en maniant le rasoir, mais ses paroles n'atteignent pas mon cerveau. Lorsqu'il a terminé, il déplie la serviette et l'enveloppe autour de mes épaules, puis me sèche doucement, les bras, les jambes, entre les doigts de pied…

Il me laisse la serviette sur les épaules pendant qu'il soulève l'étagère supérieure du coffre. Dessous, pêle-mêle, des soutiens-gorge, des culottes, de la lingerie.

— Mets ça.

— Pourquoi ?

— Parce que je le veux.

Je lève les bras. Le tissu glisse sur mon corps. Je me sens complètement nue. Il pose les mains sur mes épaules et me fait asseoir pendant qu'il me coiffe les cheveux. Puis il me peinturlure la bouche de rouge à lèvres.

Il me prend le menton et me fait lever la tête pour étudier mon visage. Son pouce et son index s'enfoncent dans mes joues, déformant ma bouche. Je refuse de le regarder dans les yeux. Je préfère me concentrer sur un point juste au-dessus, un carré de peau sèche sur son front.

— N'es-tu pas jolie ? dit-il en me désignant le miroir.

Il m'oblige à me lever.

— Tourne sur toi-même.

Je pivote mollement. Puis il m'entraîne vers le lit et m'attire vers lui de force, ses mains relèvent fébrilement la nuisette sur mes hanches et m'enserrent la taille. Sa respiration s'accélère au rythme de ses doigts.

Je devrais me débattre. Le mordre, le griffer. Enfoncer mes ongles dans sa chair. Au lieu de quoi je gémis comme un chaton quand ses doigts me pénètrent.

Je ne sais pas ce qui se passe ensuite. Un grand blanc envahit mon esprit. Il me parle, mais sa voix est comme emportée par le vent. J'écris dans ma tête, les mots s'assemblent de manière aléatoire.

Je deviens une autre personne. Tout cela pourrait se passer ailleurs… dans un lieu sûr. Pourquoi ne pourrais-je pas être une personne en colère, capable de se défendre, de donner des coups de poing et de pied ? Pourquoi m'est-il impossible de lâcher les chiens ? Je ne sais pas d'où me vient cette idée, mais ces chiens ont l'air plutôt effrayants.

Il déboucle sa ceinture. Fait glisser son pantalon. Mon visage est pressé contre une substance moelleuse – une couverture en fourrure, douce et chaude.

— Tu sais sur quoi tu es allongée, Piper ? murmure-t-il. Des dizaines et des dizaines d'animaux. Toutes ces petites boules de fourrures mortes cousues ensemble. Avant, elles étaient vivantes et maintenant elles ne le sont plus.

Ses mots martèlent ma tête.

— Des lapins. Des bébés phoques. Des renards. Des castors. Tu veux savoir comment ils sont morts ? Ils ont eu le crâne fracassé ou ont été électrocutés. Leurs peaux arrachées de leurs crânes sanguinolents. Leurs petits corps dépecés ont été jetés sur une pile, certains encore en vie, agonisants, mourants…

Ses lèvres se pressent contre mon oreille.

— Si tu me désobéis, Piper... si tu essaies de t'échapper... je t'arracherai la peau et je jetterai ton corps dans un fossé comme ces charmantes petites bêtes.

Sa main s'enroule autour de ma tête et couvre ma bouche et mon nez. Je rejette la tête en arrière. J'agrippe ses mains et un rugissement emplit ma tête, noie mes hurlements silencieux. Je ne ressens aucune souffrance. Mon esprit est vide. Il ne peut entrer dans ma tête.

J'ai trouvé un endroit où me cacher.

25.

La nouvelle se répand sur Bingham telle une coulée de lave sur la glace, et la normalité quitte la ville comme une volée d'oiseaux effrayés. Les habitants l'apprennent en lisant les journaux du matin ou en regardant le journal télévisé pendant leur petit déjeuner.

Natasha McBain. Disparue depuis trois ans. Retrouvée morte il y a cinq jours.

À 10 heures, des vans de télévision se garent dans le centre de Bingham et les journalistes font le tour des maisons pour recueillir les réactions des voisins et amis. Les souvenirs sont balayés et retournés comme les braises d'un feu éteint, tandis que l'héroïne du jour est réinventée et redessinée. Natasha McBain n'est plus la fauteuse de troubles et la délinquante qui s'est enfuie de chez elle. C'est une victime. Enlevée. Séquestrée. Abusée sexuellement. Un prédateur vit tout près d'eux – peut-être même au sein de leur communauté –, un voisin, un collègue de travail ou bien cet homme bizarre de l'autre côté de la rue dont les lumières du sous-sol restent allumées toute la nuit.

La voiture de police traverse la foule de journalistes rassemblée devant les portes du Vieux Presbytère. Deux agents les obligent à reculer pour pouvoir refermer les portes.

Grievous remonte l'allée dallée de marbre qui mène à un garage double. Sous nos yeux, huit mille mètres carrés de jardins avec des arbres centenaires, des jardinières et des pelouses immaculées. Sans oublier l'étang, le court de tennis, le terrain de croquet et les serres remplies de semis.

— Sacrée bicoque. Sûrement pas donné, cet endroit.

— Dale Hadley est banquier, dis-je, ce qui en dit long.

Je jette un coup d'œil à mon coéquipier.

Il a du dentifrice dans le lobe de l'oreille. Comme je lui en fais la remarque, il incline le rétroviseur pour s'examiner, l'air agacé.

— Ils ont mis du dentifrice sur le téléphone de mon bureau. Toujours les mêmes vieux trucs.

L'inspecteur Drury est déjà à l'intérieur de la maison pour tenter d'expliquer à la famille de Piper Hadley pourquoi elle n'a pas été informée de la découverte du corps de Natasha McBain.

Dale Hadley est un petit homme massif aux cheveux grisonnants, avec de profondes rides autour des yeux. Ses vêtements informes flottent sur ses épaules larges et sa taille épaisse. Il fait les cent pas dans la cuisine, poings serrés.

— Que nous avez-vous caché d'autre ? Qu'est-ce que vous ne nous avez pas dit ?

— Je comprends votre colère, monsieur Hadley, mais le blocus des journalistes était indispensable. Nous devions interroger plusieurs suspects, vérifier des alibis.

— Dont le mien ! C'est pour cette raison qu'un policier est venu chez moi et m'a demandé ce que je faisais le jour du blizzard.

— Comprenez que…

— Non ! C'est à *vous* de comprendre. Je ne me laisserai pas traiter comme un putain de criminel ! Ma fille a disparu depuis trois ans. Nous n'avons eu aucune nouvelle. Pas un murmure ! Et maintenant, nous apprenons que vous déteniez des informations ?

— Nous ne vous avons jamais menti, plaide Drury, mais certains éléments de l'enquête ne pouvaient être divulgués.

À travers une porte ouverte, je vois dans le salon une fillette d'environ onze ans qui a les mains plaquées sur les oreilles de son frère.

— Papa ! s'écrie-t-elle.

— Désolé, Phoebe.

Les deux enfants retournent à leur émission de télé.

Dale Hadley se tourne de nouveau vers l'inspecteur.

— Vous devez avoir une idée de l'endroit où elle est.

— Nous la cherchons, je vous le promets. J'ai des agents qui font du porte à porte et des douzaines de volontaires qui fouillent les alentours de la ferme.

— Quelle ferme ?

— Nous pensons que Natasha essayait de rentrer chez elle. Apparemment, elle ne savait pas que ses parents avaient divorcé et déménagé.

Le visage de M. Hadley s'étire comme un masque de caoutchouc.

— Oh, mon Dieu ! Alors Piper était peut-être avec elle. Elles ont pu s'échapper toutes les deux !

— Il est trop tôt pour le dire.

— Vous avez bien des pistes ?

— Nous interrogeons un suspect.

— Qui ?

— Un homme qui se trouvait dans les parages quand Natasha a été retrouvée.

— Comment s'appelle-t-il ?

— J'ai bien peur de ne pouvoir vous donner cette information.

— Sait-il où se trouve Piper ? Lui avez-vous demandé ? Il l'a peut-être laissée quelque part ?

Drury écarte les bras.

— Je ne peux pas répondre à ces questions.

Une femme entre dans la pièce, impeccablement coiffée et maquillée. Elle porte un bébé en legging coloré et tunique rouge.

— Vous ne devriez pas discuter ici, Dale. Pas devant les enfants.

Sarah Hadley est une femme grande, séduisante, d'une quarantaine d'années, vêtue d'une chemise de soie noire, d'un cardigan en cachemire et d'un jean griffé qui n'a sans doute jamais été porté.

— Phoebe, peux-tu donner à manger à Jessica ? Elle veut des Rice Krispies. N'oublie pas son biberon.

Phoebe prend sa sœur dans ses bras et l'installe sur son rehausseur.

Sarah insiste pour poursuivre la conversation dans le salon. La pièce est meublée de canapés et de fauteuils disposés autour d'une table basse en noisetier. Un sapin de Noël, décoré de blanc, masque presque entièrement les baies vitrées.

Sarah se perche sur le bord d'un fauteuil, mains sur son giron, genoux serrés. Le blanc de ses yeux est strié de veinules et son haleine est légèrement sucrée : elle a bu pour se donner du courage.

— Ils ont arrêté un suspect, lui explique M. Hadley. Ils pensent qu'il sait où est Piper.

— Je n'ai pas dit cela, réplique Drury. À ce stade de l'enquête, il vaut mieux ne pas faire de spéculations.

Sarah tourne la tête et observe le jardin par-delà le sapin de Noël d'un air absent. Le soleil est apparu et a transformé la pelouse givrée en un tapis de diamants.

— Natasha était la plus forte, murmure-t-elle. Si elle n'a pas survécu, quel espoir pour Piper ?

Son mari lui intime le silence et veut lui prendre la main, mais elle se dérobe instinctivement. Ils forment un couple étrange. Sarah a l'air d'une ancienne reine de beauté, avec sa peau parfaite, lisse, au maquillage si subtil que son visage en paraît exempt. Dale est petit, trapu, et son visage rond est troué de cicatrices d'acné.

Tous deux réagissent très différemment à la nouvelle. Dale s'est autorisé à espérer pour la première fois depuis longtemps. Il veut aller frapper aux portes, secouer les arbres et crier le nom de Piper sur les toits.

Pendant ce temps, Sarah, qui a passé trois ans à parler publiquement de la disparition de Piper, à coller des affiches, à mettre un site à jour, a été vidée par la nouvelle du décès de Natasha.

J'ai vu des centaines de couples dévastés par la perte d'un être cher. Certains se regardent les yeux dans les yeux sans avoir besoin de mots. D'autres ont l'air d'étrangers assis dans un train au trajet interminable. Certains se jettent par terre en criant, d'autres restent de marbre, comme dénués d'émotions. Certains s'en veulent, d'autres cherchent des coupables ou se noient dans l'alcool pour oublier ou prétendre que rien n'a changé.

Je peux m'imaginer ces deux-là allongés côte à côte la nuit, le cœur brisé et l'âme fêlée, à se demander si Piper est vivante, l'un perdant tout espoir, l'autre s'accrochant à la moindre bribe – jusqu'à aujourd'hui, où les rôles se sont inversés.

Je suis passé par là. Je restais éveillé toute la nuit, à regarder fixement le plafond, les os rompus de fatigue, avec l'idée que Gideon Tyler avait enlevé Charlie, à me demander si elle était toujours vivante. J'ai connu toutes les nuances du chagrin et je sais qu'il n'est ni noir ni blanc.

Dale Hadley m'emmène dans la chambre de Piper à l'étage. Il s'arrête sur le pas de la porte, comme hésitant à franchir le seuil.

— Je n'ai pas mis le pied dans cette chambre depuis... Pas depuis sa disparition. Piper était très jalouse de son intimité. Elle détestait qu'on envahisse son « espace vital ».

Il se sert de ses doigts pour mimer les guillemets autour des derniers mots.

— Était-elle secrète ?

— Comme les autres, non ? Les adolescentes, je veux dire. (Il gratte sa joue mal rasée.) On l'a laissée mettre un verrou sur sa porte, mais on l'a enlevé après la nuit de l'accident... Tash et elle sont allées à une fête et...

— J'en ai entendu parler.

— Piper avait bu et on a trouvé des pilules dans son sac. C'est pour cette raison qu'elle était privée de sorties. Elle voulait aller au festival, on a refusé. Alors elle a fait le mur. C'est la dernière fois que... vous savez... Ses dernières paroles, c'était pour me dire qu'elle me détestait.

— Elle ne le pensait pas.

— Je sais. (Il regarde le lit de sa fille.) Nous tenons Natasha pour responsable. Elle a toujours été incontrôlable. Vous savez que les filles aiment se prendre pour des adultes, mettre les vêtements de leur mère, tituber sur des talons hauts ? Eh bien, Natasha agissait comme si elle avait toujours été adulte. Précoce n'est pas le mot juste. Elle était infernale. Nous les avons séparées en envoyant Piper dans un de ces camps pour adolescents perturbés, mais cela ne lui a fait aucun bien.

— Vous vouliez l'empêcher de voir Natasha.

— C'était une erreur, d'après vous ?

— Il ne faut pas vous en vouloir.

— Pourquoi ? C'est peut-être notre faute.

Ses yeux se ferment dans un entrelacs de rides. Dale Hadley, comme Isaac McBain, a passé trois années à se dire « Et si… » ou « Si seulement… ». Qu'aurait-il pu faire pour empêcher cela ? Pour modifier le cours des événements ?

La chambre de Piper est telle qu'elle l'a laissée. Des carnets sont empilés sur son bureau par ordre de grandeur et des photos épinglées sur un panneau d'affichage, principalement de Natasha. C'est une chambre d'adolescente classique, avec des gloss, des bracelets, des stylos multicolores, des crèmes contre l'acné, des bibelots en tous genres. Rien de particulier à signaler, si ce n'est qu'il n'y a aucun poster ou photographie de boys band ou de sex-symbols.

Je fais courir mon doigt sur les étagères de la bibliothèque. L'une d'elles déborde de carnets aux couvertures colorées.

— Elle adorait écrire, explique Dale, toujours posté sur le seuil. Nous les avons trouvés un peu partout dans sa chambre : derrière le radiateur, sous le matelas, au fond des tiroirs. Certains sont entourés de ruban adhésif pour que sa sœur ne puisse pas les lire.

— Vous les avez donnés à la police ?

— Bien sûr. (Il soupire.) Elle a écrit des commentaires douloureux sur la famille. Vous savez comment sont les ados. Ils vous aiment et vous haïssent d'un même souffle.

Je prends l'un des cahiers.

— Puis-je en emprunter quelques-uns ?

— Je vous en prie.

Il consulte sa montre d'un air absent.

— Je dois passer quelques coups de fil. Ils ont dû apprendre la nouvelle au bureau. Je devrais me manifester…

Il se détourne et s'éloigne, tel un homme immergé dans l'eau.

Prenant les journaux, je traverse le couloir et pénètre dans un petit bureau, le « centre de contrôle » de la campagne « Retrouver Piper ». Au mur, des affiches, des coupures de journaux, des mails et des photographies de Piper à toutes les étapes de sa brève existence.

Sur un cliché, elle tire un ver de terre d'une rive boueuse, si concentrée sur sa tâche que ses sourcils sont froncés. Un moment anodin, figé dans le temps, mais si religieusement encadré et exposé, qu'il donne de Piper l'image idéalisée d'une enfant promise à un destin plus grand.

Je sens une présence dans la pièce. Assise jambes croisées sur le fauteuil de bureau, Phoebe m'observe avec intensité.

— Bonjour.

— Bonjour.

— Tu dois être Phoebe.

— Comment connaissez-vous mon prénom ?

Je tapote le bout de mon nez.

— Vous êtes un policier ?

— Non.

— Vous cherchez Piper ?

— Oui.

— Si vous la trouvez, est-ce que je serai toujours invisible ?

— Comment ?

— Vous croyez que maman me verra alors ?

— Tu penses être invisible ?

— Je ne suis pas comme Piper. Les gens ne parlent que d'elle. C'est elle que tout le monde veut voir – pas moi, Ben ou Jessica. Nous, on est invisibles.

— Je suis sûr que ce n'est pas vrai. Votre maman vous aime.

Phoebe se penche en avant et pose les pieds par terre. Du rez-de-chaussée, son frère Ben l'appelle.

— Au revoir. Je suis contente que vous me voyiez.

Sarah Hadley n'est plus dans la maison.

Je la trouve dehors, dans le jardin, en train d'envoyer des balles de golf dans un filet. Les éclats de givre se détachent des mailles chaque fois que la balle atteint son but. Je l'imagine l'été dans son country club, ses longues jambes bronzées dans son short de marque.

Elle tire un nouveau coup et exécute un geste parfait, qui se termine par un gracieux mouvement circulaire derrière son dos. Comme elle garde la pose, son chemisier s'étire sur son ventre plat.

— Joli swing.

— Je jouais dans l'équipe du comté autrefois.

Au premier regard, son teint est doré et presque sans tache, mais à présent, je remarque que la peau autour de ses yeux a été tirée. Son visage a été retouché. Elle boit une gorgée de son verre. L'alcool fait luire son regard, mais ses mouvements et son esprit restent alertes.

— Peut-être devriez-vous ralentir un peu la cadence.

— C'est un peu tard. Je suis restée sobre pendant deux ans, jusqu'à ce matin.

— Je peux vous donner les coordonnées de quelqu'un si vous voulez.

— Un thérapeute ? J'ai déjà donné aussi. Rien ne marche très longtemps.

— Que pense votre mari de tout ceci ?

— Il me trouve des excuses. Pas du genre à se plaindre.

Nouveau coup, mais cette fois, la balle dévie sur la droite.

— Vous savez le plus triste ?

— Non ?

— Phoebe ne sait pas faire de vélo parce que nous n'avons pas voulu lui apprendre. Elle n'a jamais pris le bus scolaire et est incapable de faire une course toute seule. Si je la perds de vue une seule seconde, j'ai peur de ne jamais la revoir.

— C'est compréhensible, dis-je, me remémorant ma conversation avec la fillette.

— Cela l'affecte beaucoup, vous savez. Petit à petit, je la vois régresser. Elle a toujours été forte et volontaire, mais je l'ai rendue sans défense. Elle fait des cauchemars, se réveille en criant. Dale doit l'apaiser.

— Pas vous ?

— Elle a du mal à se calmer avec moi. Vous devriez voir sa chambre. Elle a conservé toutes les peluches envoyées par les gens. Le grenier en est rempli. Dale voulait les donner à une œuvre de charité, mais Phoebe ne l'a pas laissé faire.

Sarah jette un coup d'œil à sa maison derrière son épaule, fière de sa famille, mais incapable d'expliquer les sentiments mitigés que lui inspire son mariage. Le sapin de Noël se voit à travers les baies vitrées du salon.

— Nous suspendons les chaussettes de Piper tous les ans. Et nous faisons un gâteau pour son anniversaire, avec le nombre de bougies exactes. Nous avons fait semblant, mais aujourd'hui cela semble plus réel… plus réel qu'hier.

Elle place une balle sur le tee, ajuste son club, étudie son mouvement.

— J'ai grandi avec l'habitude d'être le centre de l'attention. Les gens murmurent derrière mon dos. Ils pensent que je recherche la notoriété. Phoebe est rentrée un jour de l'école et m'a rapporté les propos d'un de ses camarades. D'après lui, Piper est morte et je ferais mieux de la boucler… Voilà ce que pensent les gens. Ils pensent que notre petite fille a été assassinée ou a fugué parce que nous sommes de mauvais parents. Ils pensent que je perds mon temps, que je me démène en vain… pour que Piper ne tombe pas dans l'oubli. Savez-vous pourquoi je n'abandonnerai jamais ?

— Non.

— J'ai parlé à un médium… une voyante. Elle m'a dit que Piper et Natasha étaient encore en vie. Elles sont ensemble et essaient de rentrer à la maison. Elle a dit : « Elles sont sous terre, mais pas en terre. Elles respirent dans les ténèbres. »

— Comment avez-vous rencontré cette voyante ?

— Elle sortait avec Vic McBain.

— L'oncle de Natasha ?

Sarah hoche la tête et une lueur enfiévrée traverse son regard. Cela ne m'étonne pas qu'elle se soit raccrochée aux paroles d'une voyante, mais trois années sans nouvelles, c'est long, et le désespoir est une tasse de café froid.

— Qu'a-t-elle dit d'autre ?

— Elle a dit qu'elle voyait des lumières vives et un grand bâtiment, comme une cheminée ou un moulin sans ailes. Les filles sont sous terre, pas en terre. Vivantes, elle m'a bien assuré qu'elles étaient vivantes.

Un bruit nous parvient des buissons derrière le filet. Un homme apparaît. Jeune. Effronté. Le journaliste a des taches de boue sur les genoux.

— Madame Hadley, j'ai parlé à Hayden McBain. Il dit que Natasha a été violée et mutilée par un pédophile. Est-ce ce que vous avez peur pour Piper ?

Les poings de Sarah se serrent. Elle marche vers le journaliste et brandit son club comme une machette.

— Espèce de pervers ! Vautour ! Charogne ! Sortez de ma propriété !

L'homme tourne les talons et court vers le mur de pierres, qu'il peine à escalader avec ses baskets mouillées.

Sarah repose son club sur la pelouse et se met en position. D'un mouvement délié, elle envoie la balle droit sur le journaliste. L'homme vient d'atteindre le haut du mur et lève les bras pour fêter sa victoire. La balle l'atteint entre les omoplates. Il chute comme un arbre mort et atterrit dans le jardin voisin avec un bruit étouffé.

26.

— Nous avons reçu cinq cents appels ce matin, dit Drury en regardant par la fenêtre. Tous ont été enregistrés, analysés, répertoriés… Je suis pour l'appel à témoins, mais nous avons des témoignages de tous les citoyens modèles, les détraqués et les contribuables qui en veulent à leurs voisins.

— Qui a vendu la mèche ?

— Hayden McBain l'a donnée en pâture au *Sun* pour une bouchée de pain.

— La nouvelle aurait fini par s'ébruiter un jour ou l'autre.

Drury secoue la tête, dégoûté, et garde le silence un long moment. Son travail est devenu bien plus compliqué. Les gens ont peur. Les parents veulent que l'affaire soit rapidement résolue et la presse réclame des explications. Des réponses. Des progrès. Des comptes rendus quotidiens. En cas d'échec, des têtes vont tomber.

La route qui quitte Bingham est congestionnée de véhicules dont les fumées toxiques polluent l'air glacial. Drury ordonne à Grievous d'allumer les sirènes. Les automobilistes stoppent leurs véhicules et la voiture banalisée progresse rapidement.

Les paroles de Sarah Hadley résonnent encore dans mon esprit. Le chagrin l'a maintenue occupée pendant trois ans, l'a aidée à tenir. Mais la mort de Natasha, au lieu de renforcer sa foi, a distillé le doute en elle.

— J'ai des questions à vous poser sur Victor McBain.

L'inspecteur me jette un coup d'œil par-dessus son siège.

— Quoi ?

— Nelson Stokes affirme qu'il a vu Natasha embrasser son oncle dans sa voiture. Ce n'était pas un simple bisou sur la joue. Il dit avoir prévenu la police, pourtant je n'en ai trouvé aucune trace dans sa déposition.

Drury paraît réfléchir à ce qu'il va me révéler.

— Nous avons enquêté sur Vic McBain, dit-il en regardant le pare-brise. Vous connaissez la procédure. Lorsqu'un enfant disparaît ou est assassiné, on passe d'abord la famille à la loupe, puis les amis. Dans quatre-vingts pour cent des cas, on tombe en plein dans le mille.

— Pourquoi ces allégations ne sont-elles pas dans la déposition de Stokes ?

— McBain nous a menacés de nous intenter un procès si quelqu'un s'en servait.

— Ces allégations ont-elles été vérifiées ?

— Bien sûr.

— Donc il n'y a aucune vérité…

Drury m'interrompt :

— Il faisait à Natasha des cadeaux inappropriés.

— Quel genre de cadeaux ?

— Des bikinis, de l'alcool, des préservatifs.

— Pas vraiment des cadeaux classiques de la part d'un oncle.

— J'ai vu Vic McBain il y a trois ans. Il était prêt à mettre la ville à feu et à sang pour retrouver Natasha. Il avait aussi un alibi pour le matin de la disparition des filles.

— Et la nuit du blizzard ?

L'inspecteur perd patience.

— Si vous avez de nouvelles informations, professeur, je veux bien les entendre, mais ne jouez pas aux devinettes avec moi. Je n'ai pas de temps à perdre.

— Sarah Hadley a parlé à une voyante – que Vic McBain lui a présentée. Cette femme affirme que Natasha et Piper sont retenues quelque part contre leur volonté. Elle a employé : « Sous terre mais pas en terre. »

— Ne me dites pas que vous croyez à ces conneries de voyance ! ? Savez-vous combien de médiums et de mystiques nous avons rencontrés pour cette affaire ? Des douzaines !

— C'est peut-être différent cette fois. Cette voyante a vu une cheminée ou un moulin. Le légiste a trouvé des traces de métaux lourds sur les vêtements de Natasha. Et si Vic McBain lui avait fourni certains détails ?

— Pourquoi aurait-il fait cela ?

— Je ne sais pas, mais il y a un autre élément qui me chiffonne. Quand les filles ont planifié leur fuite, Natasha a dit à Emily que son oncle lui devait de l'argent. Mais quand j'ai demandé pourquoi à Emily, elle s'est refermée comme une huître, mal à l'aise.

— Vous pensez que Natasha faisait chanter son oncle ?

— C'est une possibilité.

— D'accord, d'accord, nous allons revoir son dossier.

Drury se pince l'arête du nez et souffle comme s'il ajustait la pression de sa boîte crânienne.

— J'ai un rhume de cerveau. C'est ma fille qui me l'a donné. Si vous voulez mon avis, les vrais responsables de l'épidémie de la peste ne sont pas les rats. Ce sont les gosses.

Phillip Martinez fait un esclandre au poste de police. Il se dispute avec le sergent de l'accueil, dont la pression artérielle a grimpé en flèche. Une douzaine de personnes attendent leur tour. Emily se tient derrière son père, les mains enfoncées dans les poches de son caban.

Martinez semble soulagé de me voir.

— Professeur O'Loughlin, vous, vous allez comprendre !

— Comprendre quoi ?

— Nous avons une information importante. Emily… elle n'a pas tout dit à la police. Elle a reçu une lettre.

— Une lettre ?

— De Piper.

Drury fait volte-face comme s'il avait été giflé. Il hurle au sergent de laisser passer M. Martinez et Emily. La porte est déverrouillée et père et fille sont rapidement escortés dans le bureau de l'inspecteur à l'étage.

Emily garde les yeux baissés. Elle n'est pas habillée comme les autres filles de son âge. Pas de bottines, de jupes colorées ni de rouge à lèvres pâle. Elle porte une jupe longue et un pull large.

Je remarque une partition qui dépasse de son sac.

— De quel instrument joues-tu ?

— Du piano.

— Quelle année ?

— Sixième.

— Elle prend des cours particuliers pendant les vacances, précise M. Martinez. Son professeur dit qu'elle a beaucoup de talent.

Emily paraît embarrassée, et préférerait qu'il se taise.

Drury entre, s'excuse de la méprise. J'étudie Emily de biais, en quête de signes de son agitation intérieure.

M. Martinez parle à la place de sa fille.

— Elle ne m'a parlé de la lettre que ce matin. J'ai essayé de ne pas y toucher et je l'ai mise dans un sac en plastique. J'ai pensé qu'elle pouvait porter des empreintes, vous savez, ou de l'ADN.

Drury prend la lettre et la pose sur son bureau. Le papier est de piètre qualité et détérioré au niveau des plis, mais les phrases sont encore lisibles, malgré l'encre pâle.

Chère Em,

S'il te plaît, je t'en prie, ne parle à personne de cette lettre – ni à mes parents ni à la police. Tu dois le promettre. Ce sera notre secret.

Tout le monde sait que nous avons fugué maintenant et j'espère qu'ils vont bientôt arrêter de nous chercher. Nous habitons à Londres, au fait, comme prévu. C'est une grande maison, mais je ne peux pas te donner l'adresse.

Tash va bien. Tu nous manques à toutes les deux. Nous sommes désolées de t'avoir fait attendre à la gare, mais c'est sûrement mieux que tu sois restée. Un jour, quand nous aurons toutes dix-huit ans, on louera une maison ensemble.

Je suppose que ma mère est plus heureuse aujourd'hui. Elle peut se concentrer sur Phoebe et Ben sans que je sois dans leurs pattes. Ils méritent mieux que moi. Je regrette de ne pas avoir été plus gentille avec eux.

À un de ces jours…

Gros bisous

Piper xxxooo

Je reconnais l'écriture de Piper. Les lettres bouclées et les capitales carrées, profondément ancrées dans le papier bon marché, ont laissé des particules de graphite brillantes dans leur sillage.

— Quand l'as-tu reçue ?

Emily écarte sa frange. Son père répond à sa place :

— Je lui ai dit que c'était mal. Elle s'en veut beaucoup. Cela ne se reproduira pas.

— Quand cette lettre est-elle arrivée exactement ?

De nouveau, M. Martinez prend la parole :

— L'enveloppe portait le cachet de Londres. La date est floue, mais cela pourrait bien être octobre 2008.

Je regarde Emily pour avoir confirmation. Elle acquiesce d'un signe de tête.

— Pourquoi ne l'as-tu montrée à personne ?

— Piper me l'a demandé. Elle me l'a fait promettre.

— Ce n'est pas une excuse, Emily, dit son père. Tu aurais dû me le dire.

Drury prend le téléphone pour demander à l'équipe scientifique de venir chercher la lettre et l'enveloppe. Des analyses vont être réalisées sur le papier et le timbre.

— Ne trouves-tu rien d'étrange dans ce message ?

Ma question laisse Emily sans voix.

— Comment Piper a-t-elle su que tu l'attendais à la gare ? Tu ne l'as pas vue là-bas. Cette information n'a jamais été divulguée.

La confusion emplit son regard.

— Qui d'autre savait que tu les attendais à la gare de Radley ?

— Personne.

Je regarde Phillip Martinez.

— Vous le saviez ?

Il secoue la tête.

— Tu l'as dit à quelqu'un, Emily ?

— Je ne crois pas.

— As-tu vu quelqu'un ?

— Non.

— Où es-tu allée après ?

— J'ai essayé d'appeler Tash, mais elle n'a pas répondu à son téléphone. Je lui ai envoyé des SMS et je suis allée au café où je travaillais le dimanche. J'espérais qu'elle viendrait.

— Qui as-tu vu là-bas ?

— Je ne m'en souviens pas.

— Réfléchis bien. C'est important.

— J'ai parlé au gérant et aux autres serveuses.

— Personne d'autre ?

— L'oncle de Natasha prenait son petit déjeuner à une table. Il a vu mon sac et m'a dit qu'il avait l'air lourd. Il m'a demandé en plaisantant si je comptais quitter la ville.

— Crois-tu qu'il était au courant ?

Emily hausse les épaules. Je jette un coup d'œil à Drury pour jauger sa réaction. Un autre détail me turlupine. En général, les adolescentes n'écrivent pas de lettres. Elles envoient des courriels, des SMS ou elles téléphonent.

Drury demande à Emily si Natasha parlait souvent de son oncle. Elle secoue la tête nerveusement.

— Ils s'entendaient bien, tous les deux ?

— Oui, j'imagine, répond Emily avant de jeter un regard implorant à son père. On peut partir maintenant ? Ils ont la lettre.

L'inspecteur n'en a pas terminé avec elle.

— Avec quel argent comptiez-vous partir ?

— Tash avait de l'argent.

— Comment ?

— Elle avait un travail.

— Tu veux dire qu'elle vendait de la drogue avec son frère ?

Emily retient son souffle, comme si cela l'exemptait de répondre. Elle finit par hocher la tête. Expire.

— Ce n'étaient que des pilules et un peu d'herbe.

— Où ?

— À des soirées. Ce n'est pas comme si elle vendait de la drogue à des enfants.

Phillip Martinez ne cache pas son mépris.

— N'essaie pas de la défendre. C'est mal !

Emily évite son regard. Son père se lève.

— Je pense qu'elle en a dit assez.

Drury insiste :

— Votre fille a caché des informations cruciales dans une enquête de police.

— Elle a commis une erreur.

— Elle aurait dû montrer cette lettre aux familles.

Emily cligne des yeux entre ses larmes, l'air profondément misérable.

— Je suis désolée. Vraiment désolée. Je croyais qu'elles étaient à Londres.

M. Martinez se lève.

— Nous partons. Viens, Emily.

Il passe le bras autour des épaules de sa fille, qui se contracte à son contact. Drury ne cherche pas à les arrêter.

Sur le seuil, Martinez se tourne vers moi.

— Cette étude dont je vous ai parlé. J'ai vérifié auprès de mes collègues. Il y a encore de la place. Je peux vous recommander.

— Merci, dis-je, embarrassé par cette proposition publique. Je vais y réfléchir.

Drury se penche sur sa chaise et se masse les tempes, tandis qu'une nuée de pensées se rassemblent dans son esprit.

— La lettre est authentique, d'après vous ?

— Oui.

— Donc elles étaient à Londres ?

— Pas nécessairement.

J'étudie de nouveau la lettre, sa syntaxe, sa phraséologie. Je n'ai aucun doute à propos de l'écriture, mais le langage manque des fioritures habituelles de Piper, son sens de l'humour, son fatalisme, son autodérision.

— Je pense que la lettre a été dictée. Piper a été forcée d'écrire ces mots. D'en dire le moins possible.

— Pourquoi lui faire envoyer une lettre ?

— Imaginons qu'elle a été envoyée en octobre, deux mois après la disparition des filles. C'est à peu près l'époque où la police pensait écarter la théorie de la fugue. Le ravisseur voulait sans doute augmenter la confusion.

— Il espérait que la lettre referait surface.

— Pas vous ?

Drury se lève et se poste à la fenêtre, le regard perdu dans l'agitation de la rue en contrebas.

J'ai d'autres questions en tête.

— Comment Piper savait-elle qu'Emily l'attendait à la gare ?

— Emily a pu mentir à ce sujet, répond l'inspecteur.

— Elle semblait contrite. Effrayée.

— Alors quelle est votre théorie ?

— Il y a trois possibilités. Soit quelqu'un l'a vue à la gare, soit Emily l'a dit à quelqu'un. Soit le ravisseur avait accès à des informations qui n'ont pas été rendues publiques.

— Vic McBain était au café, dit Drury. Je vais le mettre sous surveillance.

— C'est peut-être une coïncidence.

— Ouais, eh bien, vous savez ce qu'on dit sur les coïncidences… certaines nécessitent beaucoup de préparation.

Il ne m'a pas violée.

J'ai de nouveau vomi... partout sur ses petits animaux morts. Le poulet rôti a été régurgité plus vite qu'il n'a été avalé.

George m'a frappée au visage et j'ai senti un liquide chaud couler de mon nez. Ensuite il m'a renvoyée dans ma cave et m'a pris mes couvertures.

Il m'a laissé un talkie-walkie, un appareil en plastique vert avec une petite antenne et un bouton sur le côté. On aurait dit un jouet d'enfant.

— Quand tu seras gentille avec moi, tu auras tes couvertures, m'a-t-il dit avant de refermer la porte et de faire glisser un objet lourd dessus.

Je me roule en boule sur ma paillasse. J'ai mal. Mes os sont douloureux et froids sur le fin matelas en mousse. Je finis par m'assoupir, mais me réveille au milieu de la nuit avec une sensation de malaise, une sorte de frissonnement. Aussitôt, je pense à Tash. George a dit qu'elle était punie. Cela veut-il dire qu'elle se trouve dans une autre pièce ? Est-elle éveillée elle aussi ? En train de penser à moi ?

Je prends le talkie-walkie et presse le bouton.

— Allô ? Est-ce que quelqu'un m'entend ?

Rien.

— Allô ? Il y a quelqu'un ?

Quand il répond, je sursaute.

— Tu es prête à être gentille avec moi ?

Je laisse tomber le talkie-walkie, qui rebondit sur le sol de ciment. Une petite pièce de plastique se casse, mais l'appareil fonctionne encore. George continue à parler, mais je ne réponds pas. Je me recroqueville sur mon lit de fortune et plaque un oreiller sur ma tête. Il finira bien par s'en aller.

Je comprends pourquoi Tash a accepté de grimper à l'échelle et de rejoindre George. Elle l'a fait pour me protéger. Elle savait que j'étais vierge. Inexpérimentée. Naïve. Mais chaque fois qu'elle revenait dans notre prison, une part d'elle-même ne redescendait pas l'échelle. Comme si George gardait un peu de son âme après chaque moment passé avec elle.

Tash m'aimait. Pas de la manière dont moi je l'aimais, mais je m'en fiche. Je sais ce que c'est d'aimer quelqu'un et d'être incapable de le lui dire, pour ne pas briser l'amitié. Avoir cette personne pour amie est mieux que de ne pas l'avoir du tout.

C'était ainsi avec Tash. Au début, je croyais que c'était seulement un béguin d'adolescente, un truc de filles, vous savez, mais ensuite j'ai compris que c'était autre chose. Tash essayait tout le temps de me pousser vers des garçons, mais aucun d'eux ne m'intéressait. Je voulais passer tout mon temps avec elle.

Tout le monde adorait Tash : les hommes, les garçons, les grands-pères. Ceux qui lui demandaient de faire du baby-sitting puis la raccompagnaient en voiture chez elle. Les gérants qui l'embauchaient, les professeurs avec qui elle minaudait. J'ai surpris mon père en train de la regarder furtivement. Moi aussi, je la regardais.

C'était seulement un jeu pour Tash. Elle taquinait, charmait tout le monde. Elle nourrissait des espoirs, qu'elle brisait ensuite sans forcément en avoir conscience. Vouloir changer Tash équivalait à demander au pape de cesser de prier. Elle était pleine de contradictions – mûre avant l'heure, passionnée, toujours sur le fil du rasoir.

Elle me disait qu'elle s'arrêterait lorsqu'elle aurait atteint le point de non-retour, ce qui pour moi n'avait aucun sens. On ne peut plus s'arrêter quand on a atteint cette limite. On a déjà sauté de la falaise. On chute dans le vide. La gravité ne peut pas se renverser. Même si une fois, on m'a raconté qu'une femme avait sauté du Clifton Suspension Bridge et que sa jupe longue, gonflée par le vent, lui avait servi de parachute. Je me rappelle m'être dit : « Quelle petite veinarde ! » Mais elle ne voyait sûrement pas les choses comme moi.

J'ai pensé au suicide. Pas tant pour me tuer que pour imaginer les personnes présentes à mes funérailles – tous ces gens qui ont rendu mon existence misérable. Cela semble puéril maintenant. Ma vie n'était pas si terrible à l'époque. Tout devient très relatif lorsqu'on est emprisonnée dans une cave.

Mourir n'est pas ce qui peut arriver de pire. J'ai vu Callum Loach rentrer de l'hôpital dans un fauteuil roulant. J'ai vu ma meilleure amie se déliter et perdre tout espoir. Je vis dans un trou noir.

L'ambulance qui a ramené Callum chez lui était équipée d'une petite rampe à l'arrière. Ses parents ont fait installer ces petites rampes partout dans la maison et ont transformé le salon en chambre pour qu'il n'ait pas à grimper les escaliers.

Une foule de personnes sont venues lui souhaiter la bienvenue, mais il avait l'air plus embarrassé que content. Il préférait rester seul.

Il était rentré à temps pour témoigner contre Aiden Foster au procès. Des photographes ont pris des clichés de lui à son arrivée au tribunal, poussé par son père. Il n'avait pas encore ses prothèses, si bien que son pantalon de costume flottait absurdement à la place de ses jambes.

Son père affichait un visage de pierre dans les couloirs. Ils auraient pu inventer cette expression pour décrire M. Loach : « visage de pierre » – comme taillé dans le roc. Ou sur le mont Rushmore.

Aiden est arrivé en costume, avec une coupe de cheveux sage, qui lui donnait l'air d'un enfant de chœur. Il s'était même fait une raie sur le côté. Au lieu de pavaner, il gardait la tête baissée et marchait entre sa mère et son père.

Emily a témoigné en premier. Elle avait l'habitude d'aller au tribunal parce que ses parents se disputaient sa garde. J'ai attendu à l'extérieur, assise à côté de mon père, qui a pressé ma main en disant : « Contente-toi de dire la vérité. C'est tout ce qu'on te demande. »

Ils m'ont ensuite appelée à la barre. La lourde porte s'est ouverte. Je me suis avancée entre les bancs et les tables. Aiden était assis dans un box. J'ai dû lever la main droite et jurer sur la Bible. Puis l'un des avocats m'a demandé de raconter ce que j'avais vu ce soir-là. Je leur ai tout dit.

L'avocat d'Aiden Foster m'a posé d'autres questions. Il voulait savoir ce que Tash avait bu et quelles drogues elle avait prises. Il la faisait passer pour une vraie droguée. Et chaque fois que je disais une chose gentille sur elle, il haussait les sourcils comme s'il n'en croyait pas un mot.

— Avez-vous du mal à dire la vérité ?

— Non.

— Alors répondez à mes questions par oui ou non.

— Toutes les réponses ne sont pas aussi simples. Et les questions à choix multiples ?

Les gens ont ri, mais l'avocat avait oublié comment faire et s'est contenté de montrer les dents.

Après avoir été libérée par le juge, je me suis assise dans la salle du tribunal et j'ai suivi le procès. Tash est entrée comme une star de cinéma. Quand elle est arrivée à la barre, elle a ôté ses lunettes de soleil et a croisé les jambes en tirant sur sa robe.

L'avocat d'Aiden Foster bouillait d'impatience. Pendant la déclaration de Tash, il faisait une tête épouvantable et s'agitait sur son siège pour montrer sa frustration. Au moment du contre-interrogatoire, il n'a pas arrêté de grimacer et de gesticuler.

Chaque question semblait avoir un double sens. Chaque fois que Tash voulait développer sa réponse, il rétorquait :

— Répondez seulement par oui ou non, mademoiselle McBain.

Au bout d'un moment, Tash s'est embrouillée, a dit oui quand elle voulait dire non. À la moindre faille, l'avocat ne la lâchait plus. Il triturait son grand couteau invisible dans ses entrailles, en regardant de temps à autre les jurés pour s'assurer d'avoir leur attention.

Ce n'était pas le procès d'Aiden Foster. C'était celui de Tash. Chacune de ses paroles était détournée et déformée. Elle s'est mise en colère, a commencé à jurer. Le juge lui a demandé de surveiller son langage. L'avocat souriait au jury.

À la fin du carnage, Tash n'était plus qu'un pauvre animal sans défense et le contre-interrogatoire une traque sans merci. Personne ne compatissait pour elle en dehors de moi.

Quand elle a quitté le tribunal, les gens se sont jetés sur elle. Ils lui ont crié des injures, lui ont craché dessus. Les amis d'Aiden et de Callum unis contre un ennemi commun. Ils rendaient Tash responsable de tout ce qui s'était passé.

Izzy Cruikshank a essayé de la gifler, mais un agent de sécurité l'a repoussé. Tash n'a pas réagi. Elle a continué à marcher comme si de rien n'était.

Tard cette nuit-là, elle est venue frapper à ma fenêtre.

— Je m'en vais, Piper.

— Quand ?

— Tout de suite.

— Où ?

— N'importe où.

On raconte que lorsqu'on est jeune, on pleure des larmes de chagrin et lorsqu'on vieillit, ce sont des larmes de joie. Voilà pourquoi je veux vieillir.

27.

Ruiz m'attend dans le salon de l'hôtel, assis dans un fauteuil si immense qu'il semble presque petit. Il a passé la matinée à lire toute l'enquête préliminaire, à la recherche du moindre détail insolite.

— Huit mille interrogatoires, trois mille dépositions, plus d'un million d'heures de travail de la police. Je pourrais passer les dix prochaines années à lire ce truc et passer à côté.

— Rien de particulier alors ? demandé-je en prenant un dossier.

— Si, le silence. Les filles ont disparu un dimanche matin, peu après 7 h 40, l'heure où Alice McBain est partie travailler. Personne ne les a vues sur la route de Bingham, le long des champs ou à la gare. C'est anormal.

— Quelqu'un a pu les enlever au début du parcours.

— Ça voudrait dire qu'elles connaissaient cette personne. Des filles de cet âge ne montent pas dans la voiture d'un étranger.

— Elles ont peut-être été emmenées de force.

— Nous aurions alors affaire à deux ravisseurs.

— Plutôt rare.

Ruiz a faim. Nous allons dans un café qui sert des petits déjeuners vingt-quatre heures sur vingt-quatre.

Le soleil s'est levé et des pigeons se disputent des miettes sur le bitume, battant des ailes dans une danse désespérée. La serveuse a le regard rêveur, et des mèches s'échappent de sa queue de cheval. Ruiz commande un petit déjeuner anglais avec des champignons, des tomates au four et des haricots en sauce.

— Avec des toasts au pain complet. Mon médecin veut que je mange plus sainement.

La fille ne rit pas. Ruiz essuie son couteau et sa fourchette sur une serviette en papier.

— J'ai découvert un détail troublant : Augie Shaw connaissait forcément Natasha McBain.

— Pourquoi ?

— Quand les Heyman ont emménagé dans la ferme, Augie tondait déjà leur pelouse. Il travaillait pour les McBain.

— Et son père ?

— Je n'ai pas trouvé de lien, mais Drury a mis douze agents là-dessus.

— Je ne vois toujours pas Augie Shaw kidnapper ces filles.

— Peut-être que vous avez raison. À moins que vous ne vouliez pas voir en lui un criminel parce que son psychiatre est votre nouvelle petite copine ? (Un petit sourire étire ses lèvres.) Comment s'est passé votre rencart ?

— Ce ne sont pas vos oignons.

— Plutôt prometteur.

Il sourit et remue son sachet de thé dans l'eau bouillante.

— Vous serez heureux d'apprendre que moi aussi, je suis capable de jouer les jolis cœurs. J'ai discuté avec une charmante divorcée dans le bureau administratif du tribunal.

— Que faisiez-vous là-bas ?

— J'ai jeté un coup d'œil aux minutes du procès d'Aiden Foster. Le jury l'a déclaré coupable de coups et blessures intentionnelles et le juge l'a condamné à sept ans d'emprisonnement avec liberté conditionnelle au bout de quatre ans.

— Où est-il à présent ?

— À la prison de Sa Majesté, Bullingdon.

— Vous avez fait des recherches sur Callum Loach ?

— Il habite toujours dans le coin.

Ruiz enfonce ses mains dans ses poches.

— J'en ai profité pour consulter les journaux locaux de l'époque à la bibliothèque. Et j'ai trouvé ceci.

Il me tend une pile de photocopies d'articles de l'*Oxford Mail*, la plupart liés au procès. Une coupure comporte une photographie de Natasha à la sortie du tribunal, escortée par une foule en colère. L'objectif a capturé le moment où elle tressaille sous la menace d'une personne agressive, qu'un agent de sécurité repousse d'une main.

— La population l'a rendue responsable de ce qui s'est passé, dit Ruiz.

Il mange comme un condamné à mort, les coudes plantés de chaque côté de l'assiette.

Pendant qu'il me résume la situation, je parcours les articles. Les derniers rapportent que Callum Loach a été sélectionné dans l'équipe paralympique nationale. Une photo le montre dans son fauteuil roulant avec un ballon de basket-ball.

Ruiz repousse son assiette et réprime un rot.

— Être estropié est un mobile puissant… tout comme croupir derrière les barreaux. Je doute qu'Aiden Foster ait versé beaucoup de larmes quand Natasha McBain a été portée disparue.

— Nous devrions peut-être aller lui poser quelques questions.

— J'ai une longueur d'avance sur vous, dit Ruiz en sortant un billet de dix livres de son portefeuille, qu'il glisse sous la sous-tasse. J'ai prévu une petite virée là-bas. Avant la fin des heures de visites à 16 h 30.

La prison de Bullingdon se situe à trente kilomètres au nord-est d'Oxford, dans la banlieue sud de Bicester. C'est un établissement pénitencier de catégorie C, dont les détenus se partagent entre les tueurs en série (département de haute sécurité) et les ministres disgraciés (prison ouverte).

Les épouses et les petites amies sont déjà rassemblées dans le centre des visiteurs. Certaines ont des enfants qui gesticulent et se débattent, manifestement peu désireux d'être là. Une fois à l'intérieur, un agent nous fouille, vérifie nos identités et confisque nos effets personnels pour les ranger dans un casier. Les cadeaux sont soigneusement examinés. Toute personne portant une tenue trop similaire à l'uniforme des prisonniers est priée de se changer.

Les formalités terminées, nous sommes escortés jusqu'à une vaste salle où les tables et les chaises sont boulonnées au sol. Les visiteurs doivent attendre à l'extérieur l'arrivée des détenus. Le registre signé, les portes s'ouvrent. Visiteurs et prisonniers doivent garder leurs distances. Les genoux ne sont pas censés se toucher, pas plus que les lèvres. Ils peuvent néanmoins se tenir les mains et les détenus ont le droit de prendre leurs enfants dans leurs bras. Certains enfants se comportent normalement. D'autres geignent. D'autres encore ne quittent pas les jupes de leurs mères et regardent l'étranger en face d'eux avec effarement.

Aiden Foster a vingt-trois ans maintenant, mais il paraît plus jeune. Ses cheveux blonds sont savamment chiffonnés avec du gel. Il s'assoit les jambes écartées, comme si un poids énorme pendait entre ses jambes. C'est un gamin qui joue à être un homme, qui essaie de survivre dans un milieu où les hommes à l'allure juvénile sont pris pour des femmes.

Il parcourt la pièce du regard, s'attendant à voir quelqu'un d'autre. Puis son front se plisse. Mentalement, le sol semble se dérober sous lui.

Il s'avachit sur son siège. Je remarque les hématomes dans son cou et les cernes sous ses yeux. La vie est dure. La liberté conditionnelle n'est plus très loin.

Ruiz sort un sac en papier de sa poche. À l'intérieur, deux paquets de cigarettes et des chewing-gums. Aiden en inspecte le contenu comme s'il s'agissait de son déjeuner pour l'école. Il empile les paquets de cigarettes sur la table, et pose les chewing-gums au-dessus.

Je me présente, puis Ruiz fait de même. Aiden ne réagit pas. Il veut donner l'impression d'être parfaitement à l'aise. Un petit crucifix d'argent pend au bout d'une chaîne à son cou.

— Nous sommes venus vous parler de Natasha McBain.

— On a retrouvé son corps ?

— Qu'est-ce qui vous fait dire ça ?

— Pourquoi vous seriez là sinon ?

Il sourit.

— Cela n'a pas l'air de vous affecter beaucoup, Aiden.

— Oh ! Vous faites pas de bile, intérieurement, je suis bouleversé.

De nouveau, il sourit. Ruiz croise les bras, peu impressionné. Il a eu affaire à beaucoup de gamins qui se donnaient de grands airs et a toujours envie de les secouer.

Certaines personnes ont une voix dissonante par rapport à leur corps, et Aiden Foster est de ceux-là. Sa voix étant trop aiguë, il s'efforce de la rendre plus grave en adoptant un vague grognement. J'ai lu son dossier, ainsi que la transcription de son témoignage au procès. Je connais ce genre de personnage. Brutal à la moindre occasion, victime quand cela l'arrange. J'ai connu un type comme lui pendant ma scolarité. Un certain Martin Payne, qui a fait de ma vie un enfer à l'internat. Martin a intégré l'armée après le lycée. Il a combattu en Bosnie, au Koweït, il a gagné la médaille de la bravoure de la reine. En dépit de ces actes héroïques, je l'ai toujours considéré comme un être instable, capable d'accès de folie. Et ce que je craignais est arrivé. Après avoir écumé quatorze pintes, il a parié avec un copain qu'il pourrait sauter par-dessus les rails du métro londonien – un saut digne de Bob Beamon. Martin a échoué de deux mètres et est mort écrasé. Vaincu par la bêtise.

Aiden se renverse sur son siège et se gratte l'entrejambe. Je pointe son crucifix du doigt.

— Dieu t'aide à dormir la nuit ou bien il plaide en ta faveur à la commission de libération conditionnelle ?

— Le prêtre a été sympa avec moi.

— Parlons de Natasha.

— Que lui est-il arrivé ?

— Elle est tombée dans un lac gelé.

— À Londres ?

Au bout d'un moment, Ruiz pose une question évidente.

— Qu'est-ce qui te fait penser qu'elle était à Londres ?

Aiden hésite, se prépare à mentir.

— Tu as eu de ses nouvelles ?

— Non.

— Alors pourquoi ?

Le silence s'étire. Ruiz reprend la parole :

— Laisse-moi te donner un petit conseil gratuit, Aiden, puisque tu n'as plus que six mois à tirer. La plupart des détenus ici sont des brutes ignares, des drogués et des récidivistes. Ils connaissent bien le système et savent comment survivre. Alors que toi, tu n'es qu'un bleu. Trop jeune et trop mignon pour un endroit pareil. Je parie que les loups te tournent autour, impatients de te faire vivre une petite romance carcérale.

— Pas question, mec.

Un objet tombe au bout de la pièce avec un grand bruit qui fait sursauter Aiden. Après un moment de silence, les conversations reprennent. Aiden hausse les épaules, mais paraît soudain moins sûr de lui.

— L'heure de la douche doit être un enfer, continue Ruiz. Si tu les repousses, ils vont te punir. On te poignarde dans la file de la cantine ou ta paillasse prend feu pendant ton sommeil. Tu ne dois pas dormir beaucoup, hein, Aiden ? Moi je ne pourrais pas à ta place. Je resterais constamment dos au mur.

Aiden ouvre de grands yeux.

— À moins que tu te sois trouvé un bienfaiteur, un type qui te protège. Qu'est-ce que tu lui donnes en échange ? Tu es gentil avec lui, Aiden ? Ou bien tu passes de la drogue ? Tu lui as trouvé une autre poule ?

— Vous avez tout faux !

— Je me demande ce que tes petits copains penseront quand ils sauront que tu es la pute de quelqu'un.

— N'importe quoi ! Je ne suis la pute de personne !

— C'est le genre de rumeur difficile à étouffer. Les filles ne te traiteront plus jamais de la même manière.

Elles te demanderont de faire le test du SIDA rien que pour pouvoir les regarder.

Les yeux d'Aiden sont noirs de colère.

— C'est des conneries !

— Je ne t'apprends rien, hein ? Peut-être que tu te fiches de l'avis de tes petits camarades. Même s'ils racontent des histoires derrière ton dos – à propos du mec au bec de lièvre qui t'a trouvé seul dans les douches et qui t'a dit des mots doux à l'oreille.

— C'est totalement faux !

— Je te crois, je t'assure, dit Ruiz en me regardant. Vraiment, je me demande qui propage des rumeurs pareilles.

Le silence dure une douzaine de battements de cœur.

— Elle m'a envoyé une lettre, laisse tomber Aiden.

— Qui ? demandé-je.

— Tash.

— Quand ?

— Quelques mois après sa disparition. (Il plisse les yeux en direction du plafond.) Elle disait que Piper et elle étaient à Londres. Elles vivaient dans un squat et Tash travaillait pour un type qui tient un bar à Soho.

Je regarde Ruiz. Puis continue l'interrogatoire :

— Pourquoi vous a-t-elle écrit ?

— Pour me dire qu'elle était désolée.

— Désolée pour quoi ?

— D'après vous ?

— Avez-vous toujours cette lettre ?

— Oh, ouais, je l'ai rangée dans mon journal intime avec mes fleurs séchées et mon tricot.

Aiden se croit drôle. Il a un public.

— Lui avez-vous répondu ?

— Pour quoi faire ? Elle m'a envoyé en tôle. Elle a collé Callum dans un fauteuil roulant. Sans cette petite salope, on n'en serait pas là.

Les épaules de Ruiz se contractent sous sa chemise. Ce ne sont pas tant les simagrées d'Aiden qui l'agacent, mais son arrogance, et l'incroyable désinvolture avec laquelle il rend une adolescente responsable de sa stupidité, au lieu d'assumer ses actes.

— Pourquoi n'avez-vous parlé à personne de cette lettre ?

— J'avais aucune raison de le faire ! Personne ne m'a fait de cadeau à moi !

Je prends une photographie dans la poche de ma veste et la pose sur la table entre ses coudes. Elle vient de la morgue. Le corps frêle de Natasha est étendu sur la table d'examen en acier inoxydable, un corps enflé et exposé, au regard vide. Aiden ne me quitte pas des yeux, peu désireux de regarder le cliché. Lentement, il baisse le regard. Hésite. Reprend contenance.

— Elle n'est plus très belle à voir, dit-il en détournant les yeux.

— Tu penses toujours qu'elle a eu ce qu'elle méritait ? demande Ruiz.

Aiden sourit avec la contrition d'un requin lâché dans une colonie de phoques.

— Je vais à l'église depuis que je suis ici. J'ai appris deux ou trois trucs. Comme la Bible le dit : « Ce qu'un homme aura semé, il le moissonnera aussi. » Hommes ou femmes, quelle différence ? Elle a eu ce qu'elle méritait.

En quittant la prison, Ruiz prend un bonbon dans sa boîte en métal et le suce férocement, comme pour évacuer le goût amer dans sa bouche.

— Vous savez que la plupart des détenus méritent d'être ici...

— Oui.

— Eh bien, certains le méritent plus que d'autres.

28.

Tard dans l'après-midi, je traverse Oxford dans un brouillard qui semble hésiter entre se dissiper et déverser des rideaux de pluie. Les rues sont encombrées de voitures et de bus de tourisme. Les écoles ferment leurs portes, c'est le début des vacances. Les derniers cadeaux de Noël doivent être achetés de toute urgence. Dans les facs, les parents viennent chercher leurs enfants pour les fêtes. Les valises sont descendues dans les escaliers étroits et chargées dans les coffres.

Cela me rappelle mes années universitaires. Je m'attendais à quatre années de soirées débridées, avec alcool, sexe et drogues douces. Au lieu de quoi, je suis tombé amoureux d'une flopée de filles inaccessibles, qui me trouvaient drôle et appréciaient ma compagnie, sans pour autant vouloir coucher avec moi. Elles préféraient les joueurs de rugby et les garçons prénommés Rupert, dont les parents possédaient d'immenses domaines. Moi, je ne leur offrais que mon amour éternel et une bouteille de Lambrusco tiède.

Le visage de Victoria Naparstek s'impose à mon esprit, son regard timide et sa bouche immense. J'ai lu dans ses yeux la même gratitude que celle que j'éprouvais. Elle était reconnaissante de ce moment partagé et je n'avais pas été totalement ridicule.

Après m'être garé sur le parking du centre sportif, je pousse les doubles portes et entends l'écho des ballons de basket dans le cerclage des paniers. À l'accueil, je demande à une femme mince en survêtement si Callum Loach est là.

Elle me désigne une autre série de portes.

— Il est à l'intérieur avec le grand manitou.

— Et qui est le grand manitou ?

— Theo. Son père.

Le gymnase compte trois terrains de basket, mais un seul est utilisé. Theo Loach marche en long et en large au bord du terrain. Il crie des instructions et agite les bras comme s'il jouait depuis les gradins. Le tatouage bleu des parachutistes sur son bras droit s'est légèrement effacé.

— Hé, Cal ! Attention à la contre-attaque ! Ouais… Ne le lâche pas !

Je n'avais jamais assisté à un match de basket-ball en fauteuil roulant. Leur vitesse est surprenante. Grâce à plusieurs passes rapides, les compétiteurs progressent à toute allure d'un bout à l'autre du terrain.

Je reconnais Callum grâce aux photographies. Il est assis dans un fauteuil léger dont les roues sont incurvées vers l'intérieur, ce qui donne l'impression qu'elles penchent vers ses genoux.

Theo hurle :

— Bon contre ! Trouve une ouverture… c'est bon… fonce… allez !

Le ballon posé sur ses genoux, Callum donne deux coups de roue et dribble vers le panier adverse, une foule de roues et de bras actifs dans son sillage.

— Jusqu'au bout ! crie Theo.

Callum tire et marque le panier, juste avant de heurter un joueur adverse. Le fauteuil effectue un tour complet sur lui-même avant de reprendre sa position initiale. Callum rit et tape dans les mains de ses coéquipiers.

Theo se frotte les mains comme pour se réchauffer. Puis il lève les yeux.

— Je peux vous aider ?

— J'aimerais parler à Callum.

— Le match est presque terminé.

Je m'assois sur un banc et pose ma veste sur une cuisse. Theo n'est plus attentif à l'action. De temps à autre, il jette un coup d'œil dans ma direction, dévoré par la curiosité.

— Je suis le père de Cal. Que lui voulez-vous ?

— Vous avez appris la nouvelle pour Natasha McBain ?

— Bien sûr.

— J'aide la police dans son enquête.

— Quel rapport avec Cal ?

Je ne réponds pas tout de suite. Le silence est brisé par un coup de sifflet – faute et lancer franc. Le visage de Theo est rond comme un œuf sous sa casquette de baseball. Il s'assoit sur le banc à côté de moi, ce qui fait craquer ses genoux.

— Chez nous, on a établi un règle : personne ne doit prononcer le nom de cette fille.

— Pourquoi cela ?

— C'est pas évident ?

— Natasha n'a pas estropié Callum.

Theo garde le silence. Son regard change et il étudie les fils d'araignées qui pendent des projecteurs. Je remarque de nouveau son tatouage.

— Vous étiez dans l'armée.

— Ouais.

— Vous avez vu du pays ?

— La guerre des Malouines.

Il s'humecte les lèvres et plaque les mains sur ses cuisses.

— Vous avez des enfants, professeur ?

— Deux filles.

— Quel âge ?

— Quinze et sept ans.

Il hoche la tête.

— Nous n'avons été bénis qu'une seule fois. On lit des trucs sur ces femmes qui font des enfants comme des distributeurs de bonbons alors qu'elles n'ont pas de quoi les nourrir. Je ne parle pas seulement de l'Afrique et des pays pauvres. Regardez toutes les mères célibataires de notre pays – elles ne travaillent pas, vivent des allocations, ont trois gosses avec trois hommes différents. C'est criminel, vous savez.

Je préfère ne pas répondre.

Theo se gratte la joue.

— Cal ne joue pas dans cette division d'habitude. Il fait partie de la ligue olympique.

— Félicitations.

— C'est une année importante pour lui.

Son regard s'embue.

— Il jouait au football avant. À douze ans, il a été invité à l'Emirates Stadium de Londres pour rencontrer les joueurs de l'Arsenal. Ils lui ont même proposé un contrat.

— Que s'est-il passé ?

— Becky n'a pas voulu le laisser partir. Enfant unique. Vous comprenez ?

— Oui.

— Nous nous sommes disputés, mais elle avait raison. Elle l'a laissé partir à seize ans. Il faisait partie de l'équipe espoir. Vous auriez dû le voir. Si rapide, si leste. Il se mouvait comme s'il était invisible, puis il bondissait. (Theo prend une profonde inspiration, puis regarde ses chaussures.) Il serait allé loin, ce gamin. Mais voilà qu'un paumé bourré de pilules a jeté sa voiture sur lui et lui a broyé les jambes. Je n'oublierai jamais ce jour. Je peux vous donner l'heure et le lieu. On n'oublie pas des détails pareils. On n'oublie pas le jour où son fils s'est retrouvé dans un fauteuil roulant. Et où ses rêves ont été brisés.

— J'ai parlé à Aiden Foster aujourd'hui.

Theo hoche la tête tout en regardant le match.

— Il sera libéré l'année prochaine.

— Ouais, d'accord, il aura fait son temps. Ils vont le laisser sortir et il aura ses deux jambes pour le reste de son existence. Peu importe. Ce sera toujours un paumé, un bon à rien.

— En voulez-vous aussi à Natasha ?

— Elle n'était pas au volant de la voiture.

— Ce n'est pas une réponse.

Il retient son souffle quelques secondes.

— C'est elle qui lui a fourni la drogue. C'est à cause d'elle qu'ils se sont battus. Qu'en dites-vous ? Si cette garce n'avait... si elle... mon gamin serait... (Il ne peut pas terminer sa phrase.) Ah, putain ! Je préfère ne pas en parler.

Il reste silencieux un long moment, comme fasciné par le match, incapable de se concentrer.

— Aiden Foster ne nous a jamais appelés. Il n'a pas écrit non plus. Il ne s'est jamais excusé. Attendez, non, c'est pas vrai. Ses avocats sont venus nous voir pour organiser une entrevue entre Cal et Aiden. Une réconciliation, d'après eux. Ils sont arrivés avec une équipe de télévision. Ils ont voulu filmer toute la scène, pour pouvoir la montrer au juge et obtenir une réduction de peine pour Aiden. S'il était venu sans toutes ces caméras, peut-être que j'aurais pu croire à sa sincérité.

L'arbitre siffle la fin de la rencontre. Les joueurs se serrent la main. Se congratulent. Callum s'éloigne du cercle, glissant sur les planches polies. C'est un garçon séduisant, aux épaules de nageur, avec une tignasse de cheveux blonds qu'il rejette en arrière en aspergeant le parquet de gouttes de sueur. Véritable publicité vivante pour Gatorade. Ou animateur de BBC Sports qui pourrait avoir une fille canon à son bras. Theo lui jette une serviette. Callum vide le contenu de sa bouteille d'eau, s'essuie la bouche et jette la bouteille vide dans son sac de sport. Il manque sa cible.

— C'est le premier que je rate aujourd'hui, dit-il en souriant.

— Voici Joe O'Loughlin, dit Theo. Il travaille avec la police. Il voulait te parler de « Tu sais qui ».

— Tu peux dire son nom, papa.

Callum me serre la main. S'excuse d'être en sueur.

— Je lui ai dit que tu ne savais rien, dit Theo.

— Qu'est-ce qui vous fait penser que je sais quelque chose ? demande Callum.

— C'est ce que je lui ai dit. Tu ne sais rien. Tu as autre chose à penser. Cette fille n'attirait que des ennuis.

— Ne parle pas d'elle comme ça, papa. Elle est morte. C'est du passé.

Callum tourne son fauteuil vers moi.

— Que lui est-il arrivé ? Je veux dire... où était-elle pendant tout ce temps ?

— Nous n'en savons rien.

— La police doit bien avoir une idée.

— Vous en avez une ?

Le silence devient vite gênant. Callum secoue la tête.

Theo lui dit d'enfiler un sweat pour ne pas attraper froid.

— Les Jeux olympiques... plutôt impressionnant, dis-je en voyant le logo de l'équipe nationale sur son sac.

— Ouais, en effet. (Il se balance en arrière, sur deux roues.) C'est mon père qui a eu l'idée du basket paralympique. Il m'a emmené voir un match. Je lui ai dit que si je ne pouvais pas jouer sur mes pieds, je préférais ne pas jouer du tout.

— Pourquoi avoir changé d'avis ?

Il hausse les épaules.

— Avant cette histoire, faire du sport était naturel pour moi. Le football. L'entraînement. Je n'avais pas à réfléchir. Après mon accident, j'ai pris conscience de mon corps, de l'importance de rester en bonne santé. J'ai décidé de m'entretenir. J'ai commencé le basket dans cette optique. Aujourd'hui, cela me rend heureux. Me vaut le respect des gens.

— Vous devez avoir des regrets.

— À quel propos ?

— De votre handicap.

— J'ai perdu mes jambes. Mais j'ai ceci...

Il ouvre son sac et me montre deux prothèses de la couleur de la peau, dessinée pour imiter de vraies jambes. Des baskets sont lacées aux pieds.

— À qui en voulez-vous ?

— Je devrais en vouloir à quelqu'un ?

— C'est ce que font la plupart des gens.

— Pourquoi ?

— Cela les aide à continuer à avancer.

— Vous voulez dire que cela leur donne une excuse ?

— Peut-être.

Il secoue la tête.

— Quand je me suis réveillé à l'hôpital et que j'ai baissé les yeux sur mes jambes, j'ai sombré dans un gouffre. « Pourquoi moi ? » je me répétais en boucle. J'ai nié, j'ai pleuré, j'ai hurlé à l'injustice, j'ai voulu me cacher dans un trou noir. Je l'ai fait pendant un moment. J'ai haï Aiden Foster. Natasha McBain. J'ai détesté tous ceux qui marchaient sur leurs deux jambes.

— Qu'est-ce qui a changé ?

Il hausse les épaules.

— Le temps passe. J'ai cessé de me trouver des excuses. Les gagnants n'en ont pas besoin. Quand je suis sur un terrain de basket, ou que je regarde un escalier, je ne me trouve pas d'excuses. Je cherche une solution.

Il met ses prothèses en place, puis se sèche les cheveux avec une serviette. Theo est allé chercher la voiture.

— Si vous voyez M. et Mme McBain, dites-leur que je suis désolé pour eux. Dites-leur que je n'en voulais pas à Natasha.

— Et votre père ?

Il regarde les doubles portes et sourit d'un air triste.

— Ne le jugez pas trop sévèrement. Il a eu le genou brisé dans un accident de parachutisme et l'armée l'a mis à la retraite. La douleur ne le laisse jamais en paix.

— Et votre mère ?

— Elle nous a quittés il y a plusieurs années.

— Votre père ou vous ?

— Il y a une différence ?

Un klaxon retentit à l'extérieur. Theo attend son fils.

Se balançant sur ses roues, Callum fait pivoter son fauteuil et s'éloigne, les épaules fléchies comme un boxeur qui donne des coups de poing dans un sac. Il doit se retourner pour franchir les portes battantes.

La femme de l'accueil lui crie au revoir et un chœur de voix lui souhaite bonne chance. Callum sourit et répond d'un signe de main, assis bien droit dans son fauteuil – un homme aux jambes inutiles qui s'efforce d'être aussi grand que ses rêves.

Quand Tash avait une idée en tête

rien ne pouvait l'arrêter. Partir était son nouveau projet. Ses yeux brillaient dès qu'elle faisait des plans, parlait de notre future existence londonienne, les rues où nous flânerions avec des célébrités.

De plus en plus exaltée, elle commençait toutes ses phrases par « Et après... ».

— Et après on trouvera un endroit où vivre, pas un squat, mais un endroit sympa à Fulham peut-être, ou à Notting Hill. Et après on dégotera un boulot. Je pourrais être actrice ou mannequin. Ça ne me gêne pas de me désaper. Juste le haut, comme Katie Price, tu sais. Des photos glamour. Beaucoup de filles le font. Elles gagnent plein de fric.

— Je crois qu'il faut avoir dix-huit ans pour être ce genre de mannequin.

— J'ai l'air d'avoir dix-huit ans. Et j'ai une fausse carte d'identité.

— Certains photographes sont de vrais pervers.

— Tu viendras avec moi. On veillera l'une sur l'autre.

— Tu ne crois pas qu'ils vont venir nous chercher s'ils te voient en photo dans le Sun *?*

— D'ici là, ils auront cessé leurs recherches. On a le droit de s'émanciper de ses parents, tu sais. C'est un truc légal et tout. On doit juste prendre un avocat et aller au tribunal pour demander la permission au juge.

« On sera invitées à des tas de soirées géniales, on ne fera pas la queue, on passera devant tout le monde. Et on aura notre appartement rien qu'à nous. J'aurai un lit rond et des volets automatiques et je serai amie avec David Beckham et David Tennant et le chanteur des Arctic Monkeys dont le nom m'échappe...

Tash n'est allée que deux ou trois fois à Londres, mais elle en parle comme une experte. Elle sait exactement où elle veut vivre, où habitent les célébrités et connaît le coût de la vie. Fan invétérée de Katie Price, elle a lu tous ses livres et tous les articles de magazine qui parlent d'elle.

Notre professeure d'anglais, Mlle McCrudden, disait que si Tash étudiait comme elle lisait ses magazines, elle serait un génie. Tash avait tout le temps des A, alors Mlle McCrudden ne pouvait pas vraiment se plaindre d'elle. Moi, en revanche, j'avais un petit pois dans la tête.

Si Lady Adolf était gentille avec moi, c'est uniquement parce que papa a négocié un prêt intéressant pour l'école dans sa banque, pour la construction de la nouvelle salle commune. On avait donné des surnoms à tout le monde au lycée. Le prof de physique, M. Fielding, on l'appelait « Mister Bean » parce qu'il a les dents en avant et conduit une Mini. Mlle Kane, la prof d'EPS, c'était « Mlle Legourdin » parce que c'était une ancienne lanceuse de javelot. (Si vous n'avez pas lu Matilda, *vous ne voyez pas ce que je veux dire.)*

Tout le lycée sait que Mlle Legourdin a le béguin pour Mister Bean. On les voyait souvent se faire les yeux doux dans la cour et Tash les a vus s'embrasser dans l'alcôve près de la salle commune. Et elle a eu l'idée de leur jouer un bon tour. Elle a placé un dictaphone sur le rebord de la fenêtre de la salle des profs d'EPS. On était au mois de juillet et la fenêtre était ouverte.

Quand on a écouté l'enregistrement, on a bien entendu ce qu'ils faisaient. Mister Bean, avec son zozotement, ahanait : « Oh, voui, voui voui ! », pendant que Mlle Legourdin gémissait si fort qu'on se demandait si elle prenait son pied ou se faisait torturer.

Ça aurait dû s'arrêter là – une petite plaisanterie inoffensive –, mais Mlle Legourdin s'est moquée de Tash qui ne voulait pas faire la roue en EPS, et l'a traitée de prima donna. Tash avait ses règles et son survêtement était taché, voilà pourquoi elle avait refusé de faire la roue.

Après cet incident, Tash a posté l'enregistrement audio sur YouTube avec des photographies de Mister Bean et Mlle Legourdin prises sur le site de l'école.

Je l'ai avertie qu'elle risquait gros, mais elle ne m'a pas écoutée.

Le lycée a engagé des petits génies de l'informatique pour retrouver la personne qui avait posté les fichiers. Bien que Tash les ait retirés immédiatement, trois jours ont suffi pour la confondre. Tash a été convoquée dans le bureau de la directrice pour se faire sermonner.

Mister Bean était présent, le visage rouge de colère.

— Regardez ces yeux ! Elle est complètement défoncée !

Lady Adolf a persiflé :

— As-tu pris de la drogue, Tash ?

— Non.

— Tu mens.

— Pas du tout.

Nier un mensonge n'en fait pas moins un mensonge, d'après Lady Adolf. Je me rappelle m'être demandé si admettre une vérité en faisait une vérité plus importante.

Elle avait pris sa décision. Tash n'était plus la bienvenue dans cette école.

La bienvenue ? Elle n'avait jamais été la bienvenue !

29.

Depuis trois heures, je lis les récits et les poèmes de Piper. Son écriture bouclée est ponctuée de dessins, de gribouillages et d'émoticônes. Parfois, j'ai l'impression de faire intrusion dans la vie de ma propre fille, pourtant je ne me sens pas coupable. Je vais peut-être apprendre quelque chose. Mieux la comprendre.

La plupart des entrées ne sont pas datées, mais le ton devient plus dur et le contenu plus énigmatique dans les mois qui précèdent leur disparition. Elle utilise des noms de code incompréhensibles et des surnoms. L'un de ses professeurs est « Mister Bean », une autre « Mlle Legourdin ».

> *Cher merveilleux papa et son épouse de glace,*
>
> *Le jour où tu trouveras cette lettre, je serai partie. Je me serai peut-être suicidée. Je suis sûrement un cas trop désespéré pour réussir à le faire correctement. Je ne fais rien de bien. De toute façon, je ne serai plus un problème pour vous. Tu devrais être heureuse maintenant, maman. Tu as une fille parfaite avec Phoebe et un magnifique petit garçon, et ton affreuse aînée ne gâchera plus vos photos de famille.*
>
> *Je croyais avoir été adoptée. Je le pense toujours. Puis vous avez eu un bébé à vous et vous avez réalisé que je ne correspondais pas à votre conception de la famille idéale.*

Vous auriez dû me rendre à l'agence quand c'était encore possible.

Il vaut mieux m'oublier. Veillez bien sur Phoebe et Ben. Dites-leur que je les aime.

Désolée, mais je dois vous dire adieu.

Piper

Dans un autre journal, je trouve une entrée sur le quatorzième anniversaire de Piper, après ce qu'elle appelle « la pire année » de sa vie.

Parfois, j'ai l'impression que mon existence n'aura aucun intérêt si je ne deviens pas quelqu'un. Je détesterais être une personne ordinaire. Je ne peux imaginer mener une vie insignifiante puis tomber dans l'oubli. L'autre jour, j'ai lu ceci : « On n'est plus un enfant quand on comprend que l'enfance a été la plus belle période de sa vie. »

Si c'est vrai, alors passez-moi la lame de rasoir.

En poursuivant ma lecture, je découvre ce que Piper aime et n'aime pas. Ses films préférés. Les pires crimes envers la mode (jupes gitanes et vestes à mailles noires). Les groupes les plus cools. Les métiers qui lui plairaient. « Des raisons de haïr ma mère », « Pourquoi les petites sœurs devraient bouillir dans l'huile ». Il m'arrive de rire tout haut à certaines de ses observations – une horrible coupe de cheveux qui lui donne un air de « hamster effaré » ou des garçons à une compétition d'athlétisme avec des « QI de bigorneaux ».

Dans la pliure d'un carnet, je trouve une série de clichés pris dans un photomaton. Piper et Tash sont assises l'une sur l'autre et font des grimaces ou éclatent de rire, les lèvres rouge vermillon.

C'est la seule photo que j'ai trouvée de Piper où elle ne pose pas. Là, elle a l'air détendue et vraiment heureuse.

Malgré la pile de carnets éclusée, je suis loin d'avoir découvert ses pensées secrètes. On a trouvé des préservatifs dans la chambre de Tash, ainsi que deux joints. Tash avait des petits copains plus âgés et était sexuellement active. Elle allait à des fêtes où elle consommait de la drogue. Piper savait tout cela, pourtant elle n'en parle pas dans ses journaux intimes.

Dans les petites villes comme Bingham, les apparences sont souvent trompeuses. On les voit comme des paradis ruraux, parfaits pour élever des enfants. Les gens deviennent nostalgiques de ces lieux de leur enfance, s'imaginent un monde idyllique avec des palissades blanches, des cafés au coin des rues et de braves commerçants.

La réalité est très différente. Les grandes villes s'étendent et avalent les plus petites, qui deviennent de simples banlieues ou annexes. L'espace se réduit et la pauvreté émerge. Le chômage. La violence domestique. L'ennui.

Ce sont les adolescents qui souffrent le plus de ce climat délétère. Trop jeunes pour boire ou conduire, privés de cinémas, de magasins, de centres de loisir, ils trouvent d'autres manières de s'amuser. Fêtes débridées, expériences sexuelles, drogues douces, alcool. Les filles jeunes comme Natasha sont attirées par des hommes mûrs. Les garçons de leur âge sont trop maladroits, trop timides, tandis que les hommes plus âgés ont des voitures, de l'argent à dilapider dans les restaurants et les boutiques de vêtements. Les filles sont émoustillées à l'idée de plaire à des hommes, mais trop jeunes pour comprendre combien il est dangereux d'attiser leur désir.

Au bout d'un moment, je m'endors tout habillé, un carnet ouvert sur ma poitrine. Un téléphone s'insinue dans mon rêve. Mon portable. Il bourdonne. Un nom sur l'écran : Victoria Naparstek.

Avant que je puisse prononcer un mot, elle s'écrie :

— Joe ! Aide-moi s'il te plaît ! Ils sont dehors !

J'entends des cris derrière elle.

— Où es-tu ?

— Chez Augie... il y a des gens dehors... ils veulent le tuer. Ils disent qu'ils vont le brûler vif.

— Où est la police ?

— Je l'ai appelée.

— Comment va Augie ?

— Il est là... avec sa mère. Ils ont peur. J'ai peur.

— Les portes et les fenêtres sont fermées ?

— Oui.

— D'accord. Ne vous en approchez surtout pas.

Ruiz ne répond pas à son portable. Je lui laisse un message. Je jongle avec mes chaussures et mes chaussettes tout en courant vers l'ascenseur. Les rues sont désertes. Les lumières de Noël clignotent dans les vitrines des boutiques et derrière les rideaux.

En grillant les feux des carrefours déserts et en doublant les saleuses, j'arrive devant la maison en moins de quinze minutes. Il y a environ cinquante personnes dans cette rue habituellement tranquille. De nouvelles voitures affluent.

Une douzaine d'agents de police sont alignés devant une maison de deux étages. En sous-nombre. Nerveux. Ils crient aux gens de rentrer chez eux, mais la manifestation a déjà pris trop d'ampleur. Hayden McBain est au centre de la foule. Son oncle à son côté.

— C'est un tueur d'enfants ! hurle Vic McBain. Et on ne veut pas de lui ici ! Il y a des gosses dans la rue. On ne veut pas qu'un pervers infernal les touche. C'est notre ville. Ce sont nos enfants.

La foule ponctue chaque déclaration de cris, puis commence à scander :

— Pervers ! Pervers ! Pervers ! PERVERS !

Me frayant un chemin dans la cohue, je reconnais l'un des agents. Je crie par-dessus le vacarme :

— Où sont les autres policiers ?

— Ils arrivent.

— Est-ce que je peux entrer ?

Il hoche la tête et ouvre le portail. Victoria ouvre la porte et la referme prestement. Le soulagement se sent dans son étreinte. Augie se trouve dans la cuisine au bout du couloir, à moitié caché derrière l'embrasure de la porte. Sa mère se tient près de lui en robe de chambre, les cheveux emmêlés et le teint jaunâtre.

— Tout le monde va bien ?

Ils acquiescent.

Augie a les yeux sombres et solennels de sa mère, mais il jette sans cesse des regards de biais. Ses mains ne sont plus bandées, mais la chair rosie, imbibée de crème, semble douloureuse.

Dehors, la clameur augmente. Gagnant la fenêtre du salon, j'écarte le rideau. D'autres policiers sont arrivés et se donnent la main pour former une chaîne humaine, mais ils sont très vite dépassés. Une bouteille explose sur le bitume et se brise en mille éclats verts.

Rejoignant les autres dans la cuisine, je tente d'apaiser les esprits.

— Que diriez-vous d'une tasse de thé ?

Victoria remplit la bouilloire.

— Pourquoi ne nous laissent-ils pas tranquilles ? demande Mme Shaw.

— Ils sont en colère après moi, déclare Augie.

Victoria secoue la tête.

— Ce n'est pas ta faute.

— C'est la faute de qui alors ?

— Tu n'aurais jamais dû aller à cette ferme, dit sa mère. Tu aurais dû rester loin de ces gens.

Resserrant les pans de sa robe de chambre, elle fouille le garde-manger, à la recherche d'un paquet de biscuits. Puis à Augie :

— Tu as mangé tous les biscuits ?

Il courbe l'échine.

D'autres voitures de police sont venues en renfort, mais le nombre de protestataires ne cesse de croître. Ils lancent des bouteilles et des briques. Les policiers tentent de repousser les habitants en colère, qui chargent de nouveau. Chaque « Pervers ! » fait tressaillir Augie. Il plaque ses mains sur ses oreilles pour ne pas les entendre. Il gémit d'une voix d'enfant :

— Je ne pouvais pas les sauver.

— Qui ne pouviez-vous pas sauver ? demandé-je.

— Tous.

Il met le doigt sur son front et imite le mouvement d'un tournevis qui perce son crâne.

— Je n'ai pas pu sauver Mme Heyman des flammes. Je n'ai pas pu sauver mon frère. Je n'ai pas pu sauver la fille.

— Natasha ?

— L'homme des neiges l'a emmenée.

— Pourquoi l'appelez-vous l'homme des neiges ?

— Il était tout en neige.

Une vitre éclate dans le salon. Mme Shaw pousse un hurlement. Presque au même moment, on entend des bris de verre à l'étage. Ils nous envoient des projectiles.

— Que personne ne bouge ! dis-je.

Je cours jusqu'au salon tête baissée. Les rideaux ondulent sous la brise. Du verre jonche le tapis. Je me coule sous la fenêtre et jette un regard dehors. Les policiers se sont repliés sous le tir nourri des projectiles.

Les bouteilles et les briques retombent sur les voitures garées, faisant parfois éclater le pare-brise. Un van de police est arrêté au milieu de la rue, abandonné par ses occupants. Les émeutiers le secouent, et sous l'effet de balancier, le van finit par se renverser. Un grand fracas métallique sur le bitume. La foule est en liesse.

Un boulet de canon frappe l'encadrement de la fenêtre au-dessus de ma tête. Un autre explose dans le cadre sur le manteau de la cheminée.

Je rampe jusqu'à la porte d'entrée et colle mon oreille au panneau de bois. Derrière, j'entends un policier appeler des renforts par radio, désespéré. J'entrebâille la porte. Du sang coule sur son nez et ses lèvres.

— Restez dans la maison, monsieur, s'il vous plaît.

Sa tête se tourne brusquement quand un morceau de brique l'atteint en pleine figure. Il s'écroule et son casque roule sur les marches du perron. Au même moment, un faisceau de lumière jaune précède une explosion. Un grand whooouff emplit le salon. De l'essence. Des flammes. Une lumière brillante.

— Au feu ! s'époumone Mme Shaw.

— Restez dans la cuisine ! hurlé-je en retour.

Je me retranche dans la cuisine et referme les portes derrière moi. Par la fenêtre, je remarque un portail à l'arrière de la cour.

— Où mène ce portail ?

Mme Shaw paraît confuse un moment.

— À une route. On peut rejoindre Lovett Road en passant par derrière.

— Où est Augie ?

— Il n'était pas avec vous ?

— Non.

— Il doit être à l'étage.

— Je vais le chercher. Filez par derrière. Prenez vos manteaux. Et appelez les pompiers dès que vous serez sur la route.

— Je ne pars pas sans Augie, réplique sa mère.

— Je m'en occupe.

Couvrant ma bouche et mon nez, je grimpe les marches deux à deux. Il y a trois pièces à l'étage, dont deux chambres encombrées de meubles. J'appelle Augie. Pas de réponse. Je ne le vois nulle part.

Je contourne les lits, enjambe les vêtements, et jette un coup d'œil à la rue par la fenêtre cassée. Une phalange de policiers coiffés de casques et de vestes de protection noires marche sur les manifestants. Des renforts. Ils repoussent la foule et déblaient la rue tel un bulldozer humain. Derrière eux, la chaussée est parsemée d'éclats de brique et de verre. Le van de police brûle.

Aucune trace d'Augie. Je fouille les armoires et regarde sous les lits. Où peut-il être ? La fumée s'épaissit. Mes yeux piquent. Je rampe sur le palier, me cogne contre un mur. Mes doigts palpent la plinthe et je parviens à gagner la salle de bains.

À tâtons, je trouve le lavabo, ouvre le robinet et m'asperge les yeux d'eau. Je réussis à ouvrir la fenêtre de quelques centimètres et presse mon visage contre l'ouverture, aspirant goulûment l'air frais. En me retournant, je remarque une silhouette sombre sur ma droite. Augie est assis dans la baignoire, les bras autour des genoux.

J'agrippe son poignet et je crie :

— On doit sortir d'ici tout de suite !

Il m'observe, les yeux noyés de larmes.

— Augie, venez avec moi !

Il repousse ma main.

— Je ne peux pas, dit-il en pointant son bracelet de cheville, le juge a dit que je ne pouvais pas quitter la maison.

— Là c'est différent. Vous avez le droit.

— Mais ils vont me tuer, tous ces gens dehors.

Une grande déflagration nous parvient d'en bas. Des flammes lèchent le plafond de l'entrée. Le bois craque et brûle. La fenêtre ne s'ouvre pas assez pour nous permettre de fuir. Je ne peux pas porter Augie et il refuse de venir avec moi. Il a trop peur.

Je ne peux pas le laisser et je ne peux pas rester.

Ouvrant le robinet, je mouille une serviette et la drape autour de sa tête.

— Restez ici, je vais chercher de l'aide.

Il ne répond pas.

Je mouille une seconde serviette et en recouvre ma tête. À quatre pattes, j'atteins le haut des escaliers. Tête la première, je me laisse glisser sur les marches, perds le contrôle de ma glissade, atterris sur mon épaule et roule sur moi-même. Le plafond en feu menace de s'écrouler.

Je respire plus de fumée que d'oxygène. Aveuglé, j'essaie d'atteindre la cuisine, mais tout est brouillé. Je me cogne plusieurs fois aux murs. Impossible de trouver la porte. Il fait noir. L'atmosphère est viciée. Brûlante.

Me recroquevillant par terre, j'approche mes lèvres de la moquette, avide d'une goulée d'air sain. Si je pouvais aspirer une seule bouffée, je pourrais continuer. Je sens les flammes lécher l'arrière de mes jambes.

Le bois se fend et la pression de l'air change. Le feu se nourrit d'oxygène et s'engouffre par la porte du salon. Des mains puissantes m'empoignent et m'emportent le long du couloir. J'essaie d'aider mon sauveur, mais je ne peux supporter mon propre poids.

Mes jambes heurtent les marches du perron. Puis je sens la terre meuble sous moi. L'air frais. Je tousse. J'aspire goulûment l'oxygène. Je ne peux pas ouvrir les yeux, mais je reconnais la voix de Ruiz.

— Il y a encore quelqu'un à l'intérieur ?

Je hoche la tête, toujours incapable de parler. Une autre question, une autre voix. Grievous est avec lui. Je pointe le doigt vers l'étage. Toutes les fenêtres à l'arrière de la maison flamboient. Les pompiers apparaissent dans la rue, traînent de gros tuyaux vers la maison. Un agent leur crie :

— Il y a encore quelqu'un à l'intérieur ! Là-haut !

Un pompier acquiesce et demande un appareil respiratoire par radio. Les flammes crachent par les fenêtres, lèchent l'avant-toit. Ruiz m'aide à me relever. Je ne veux pas partir. Je cherche Grievous pour le remercier, mais il est déjà parti. Il donne des ordres, prend la situation en main.

Ruiz m'entraîne dans la rue, m'éloigne des camions de pompier et des voitures de police. Dans l'obscurité, je ne peux pas voir la fumée, mais les toits se découpent dans le halo orangé et les étincelles virevoltent telles des lucioles dans l'air chaud.

La foule s'est tue. Plus de missiles sifflant dans l'air. Tous observent les flammes comme des enfants autour d'un feu de camp, les joues rouges, des lueurs dansent dans leurs yeux. Toute énergie les quitte.

Un groupe de jeunes s'attarde à l'autre bout de la rue, à boire des bières blondes. Je reconnais deux d'entre eux : Toby Kroger et Craig Gould. Kroger me voit et lève sa bouteille à mon intention avec un sourire. Nelson Stokes, qui fait lui aussi partie des spectateurs, contemple le feu comme s'il s'attendait à un spectacle bien plus impressionnant et aurait mieux fait de rester chez lui.

Ruiz est toujours avec moi.

— Qui vous a averti ?

— J'ai eu votre message. Je suis venu dès que j'ai pu. Votre petite amie m'a dit que vous étiez toujours à l'intérieur.

— Merci.

— Je suppose qu'on est quitte.

— Comment cela ?

— Vous me sauverez la vie un jour.

Victoria Naparstek est assise dans une voiture de police, la portière ouverte, une couverture grise sur les épaules.

Elle a l'air soulagé en me voyant, puis elle cherche quelqu'un derrière moi.

— Où est Augie ?

— Il n'a pas voulu sortir. J'ai essayé. Je suis désolé.

Sa première réaction est la colère, puis la souffrance, et enfin la tristesse. Elle tombe dans mes bras, laisse sa tête aller contre ma poitrine, s'essuie le nez avec le coin de la couverture.

— Ils l'ont tué, murmure-t-elle d'une voix étranglée.

Je glisse avec méfiance

dans le sommeil, je prête l'oreille au moindre bruit, je guette les ombres. Il s'est glissé au-dessus de moi la dernière fois, m'a eue par surprise. Cela ne se reproduira pas.

Accroupie, le pantalon au niveau des genoux, j'écoute le tintement des gouttelettes dans le pot sous moi, en contemplant la blancheur ouatée du carré de la fenêtre. Le silence. Les oiseaux se sont tus.

Ensuite, je monte sur le banc et observe le ciel pâle et nu.

George va-t-il venir aujourd'hui ? Avant le départ de Tash, je n'avais jamais imaginé être seule. Cette idée me rend folle. Je peux supporter la faim, le froid, mais pas la solitude. J'ai besoin de George. La prochaine fois, je serai plus gentille avec lui, et il m'apportera de la nourriture, du gaz et des vêtements propres.

Je sais ce qu'il veut et je m'en fiche maintenant. Il peut me planter avec son pénis dégoûtant. Il peut m'embrasser avec sa langue visqueuse. Je veux juste qu'il revienne. Je veux parler à quelqu'un. Je ne veux pas mourir ici toute seule.

J'ai essayé d'utiliser le talkie-walkie, mais il est cassé ou les piles sont mortes. Je les ai enlevées, remises, puis enlevées de nouveau, mais cela n'a rien changé. L'œil noir m'observe toujours du plafond, mais je ne sais pas si George est derrière. Je l'ai supplié de revenir en vain.

Il fait froid. J'enfile trois couches de vêtements et soupèse la bouteille de gaz. Vide. Le robinet est gelé. Je vais devoir attendre. Les tuyaux dégèleront quand la température extérieure remontera.

Quand j'ai faim, je pense à la maison. Aux tartes et aux poires au four. Phoebe. Ben. Avant, j'étais capable de décrire le Vieux Presbytère dans les moindres détails. Chaque fissure, chaque craquelure, mais avec le temps, j'ai tout oublié.

Si je me concentre vraiment très fort, je me revois lancer des cailloux dans l'étang et je les entends frapper l'eau avec un ploc satisfaisant, avant que des bulles boueuses ne remontent à la surface. Ensuite, ma mère m'appelle pour venir prendre le petit déjeuner, mais je ne veux pas partir. Alors je m'attarde dans le jardin pour admirer les premiers rais du soleil qui caressent la pelouse.

Phoebe se lèvera tôt. Elle est du matin. Toujours à bavarder et à papillonner, abordant chaque journée comme une nouvelle aventure. Le dimanche matin, elle regardera la télé roulée en boule sur le canapé, avec une forteresse d'oreillers autour d'elle. Elle apportera son petit déjeuner à Ben parce qu'il aura faim avant que papa et maman ne se lèvent.

J'ai une nouvelle petite sœur. Je ne connais pas son prénom. George ne m'a pas dit comment ils l'avaient appelée. Je n'ai guère de souvenirs de Phoebe bébé, mais Ben est né quand j'avais douze ans. Je l'ai vu à l'hôpital dans son berceau de la maternité. Je trouvais qu'il ressemblait au Gollum du Seigneur des anneaux*.*

Un crissement au-dessus de ma tête. Des caisses que l'on déplace. George ne m'a pas dit comment ils l'ont prénommée. L'espace d'une seconde, je me dis avec espoir que Tash est revenue, quand j'entends sa voix.

— Chérie, je suis là, chantonne-t-il depuis la trappe.

Mes entrailles se liquéfient. Pauvre idiote ! Imbécile ! Je voulais tellement qu'il vienne. J'ai prié pour qu'il vienne. Mais je ne veux plus. J'ai changé d'avis. Je voudrais reprendre mes prières. Je donnerais tout pour les reprendre.

Son visage apparaît.

— Tu es prête ?

Je recule, tremblant de la tête aux pieds, et j'attends.

— Tu as demandé à me voir.

— Où est Tash ?

— J'ai de la nourriture.

— Je veux la voir.

— Oublie-la. Elle est punie. Si tu es gentille avec moi, je te laisserai lui parler. Allez, monte. C'est ça. Lève les bras. Une, deux, trois, ma jolie.

30.

L'urgentiste me nettoie les yeux et vérifie mes poumons. Victoria Naparstek m'attend dans une voiture de police, perdue dans ses pensées. L'inspecteur Drury enjambe les tuyaux, secoue l'eau des épaules de son manteau, puis s'arrête pour examiner la maison. Le devant s'est effondré, mais la structure principale est toujours intacte.

Évitant un jet d'eau, il s'avance vers le chef des pompiers qui déboucle son harnais et pose son réservoir à l'arrière du camion. Avec les brûlures qui lui balafrent le visage, le soldat du feu a des allures de M. Loyal. Il enlève son casque et essuie la suie de son front, laissant une grande traînée noire sous sa frange.

— On a retrouvé un corps dans la salle de bains de l'étage. Mâle. Jeune. Un bracelet électronique à la cheville.

Drury grimace comme si un reflux acide avait enflammé son œsophage. Il déglutit, se détourne et marche droit vers le cordon de police. Indifférent aux jets d'eau, il hurle des instructions au sergent Casey :

— Faites déguerpir ces gens d'ici ! Appelez l'équipe scientifique ! Bouclez le périmètre !

— Nous n'avons pas assez de ressources, répond Casey.

— Réveillez tout le monde.

Drury me remarque et hausse un sourcil.

— Qu'est-ce que vous faites ici, vous ?

— J'étais à l'intérieur. Grievous et Ruiz m'ont sorti de là.

— Que faisiez-vous là ?

— Elle m'a appelé.

Il tourne la tête et reconnaît Victoria Naparstek. Son regard s'adoucit instantanément. Il se penche par la portière ouverte et lui parle calmement. Des cendres volettent sur la joue droite de Victoria. Il tend la main pour les enlever, mais Victoria repousse son geste, d'une main tremblante.

— Je suis désolé, dit-il. Nous aurions dû avoir plus d'hommes... personne ne s'attendait à un tel cauchemar.

Victoria le regarde avec dureté, comme pour mesurer sa sincérité.

— Qui a provoqué l'incendie ? demande Drury.

— Je ne sais pas.

— Il s'est déclaré à l'intérieur ou à l'extérieur ?

— Un objet a été projeté par la fenêtre. Ils voulaient le tuer.

Drury se redresse en chancelant, ses genoux craquent comme une armure. Il observe la maison un long moment, puis se tourne vers Casey.

— Je veux un mandat.

— Qui arrêtons-nous ?

— Hayden et Victor McBain.

Victoria Naparstek me laisse la reconduire chez elle. Nous faisons halte au bord de la route car elle a la nausée. L'air frais lui fait du bien. Nous marchons en silence le long de la rivière. La brume enveloppe la rive lointaine, où les péniches grincent contre leurs amarres.

Son épaule frôle la mienne. Je vois encore les flocons de cendre sur sa joue droite. Drury a voulu les enlever. C'était un geste intime, avec une lueur particulière dans le regard, une extase douloureuse.

J'aurais dû m'en rendre compte avant. Les indices. Drury a tout de l'homme marié dans les affres d'une liaison. Victoria agit comme une femme qui tente d'échapper à une relation sentimentale. Je comprends maintenant pourquoi elle n'a pas voulu aller chez l'inspecteur. Elle ne voulait pas voir sa femme et ses enfants. Voilà pourquoi elle était si fâchée contre lui au poste de police, puis à l'hôpital. Elle attendait plus de lui, elle qui lui a tant donné de sa personne.

Je ne suis pas surpris. Et je ne désapprouve pas. Qui suis-je pour les juger ? Ai-je exigé son honnêteté ? Non. La vérité est une qualité très surfaite. Les mensonges rendent le monde opaque et mystérieux. Ils nous entraînent dans des directions inattendues. Ils donnent de la complexité et de la profondeur.

Victoria resserre le col de son manteau.

— Comment vous êtes-vous rencontrés avec Drury ? demandé-je.

Elle se tait un long moment.

— J'ai établi un profil psychiatrique pour un prévenu et j'ai témoigné au tribunal. C'était l'affaire de Stephen. Il m'a offert un verre après. Une chose en entraînant une autre...

Un autre silence, plus long cette fois.

— Tu l'aimes ?

— Non.

— Il est amoureux de toi ?

— Il dit que oui.

— Et maintenant tu te sens piégée.

Elle lève les yeux sur moi, puis se tourne vers la rivière.

— Plus ou moins.

Le vent plaque son manteau contre son corps et ébouriffe ses cheveux. Le sentier opère un virage. Devant nous, un pub aux volets fermés, éclairé d'illuminations de Noël. Je la pousse contre la porte et l'embrasse maladroitement, glissant ma main sous son manteau pour trouver son sein.

Sa bouche a un goût de fumée et de levure. C'est le genre de baiser que je croyais simple il y a quelques années encore – profond et langoureux – mais à présent c'est un moment béni et rare. Me repoussant doucement, Victoria regarde par-delà mon épaule, comme si quelqu'un nous observait, tapi dans l'ombre. Une impression que j'ai eue plusieurs fois en sa compagnie : cet air préoccupé ou ce besoin de chercher quelqu'un d'autre.

— Nous avons fait l'amour, ce n'était pas une bonne idée.

— Pourquoi ?

— Conflit d'intérêt. Tu évaluais l'un de mes patients. Cela pourrait être mal interprété.

— Le sexe ?

— Oui.

— Cela n'a provoqué aucun tremblement de terre. Personne n'écrira de poème ni ne peindra de tableau à ce sujet, mais je serais heureux de recommencer.

Elle éclate de rire.

— Tu es un homme merveilleux, Joe. Bien plus que tu ne l'imagines.

— Et ?

— Tu n'as aucune idée de là où tu mets les pieds.

J'ai envie de lui répondre que c'est moi qui suis malade.

Nous exhalons des nappes de buée qui s'entremêlent.

Derrière elle, je remarque un arrêt de bus désert et me remémore Natasha et Piper. Elles étaient censées retrouver Emily le dimanche matin, mais ont disparu entre la maison de Natasha et la gare de Radley, un parcours de sept cents mètres, en grande partie sur des sentiers et le long des champs.

J'essaie une nouvelle fois de me représenter la scène, mais je n'arrive pas à visualiser les filles. Je suis allé dans leur maison, je me suis familiarisé avec leurs personnalités, pourtant je ne les vois pas faire ce trajet.

À cet instant précis, je sens un goût différent dans ma bouche.

— Elles ne sont jamais allées à la gare, dis-je à haute voix.

— Quoi ?

— Les filles ne sont pas venues.

— Ça va ?

— Non. Je dois absolument voir quelqu'un.

— Il est 3 heures du matin !

— Je sais.

Nous retournons à la voiture. Après avoir fait demi-tour, je prends la direction d'Abingdon sans quitter des yeux les lignes blanches qui flottent au-dessus de la route bosselée. Éclairées par les phares, les haies prennent une teinte argentée et la campagne file dans le silence nocturne. Vingt minutes plus tard, nous nous arrêtons devant la maison au crépi désormais familier. Trois voitures de police sont garées dans la rue, portières ouvertes et gyrophares allumés. Deux agents escortent Hayden McBain hors de la maison. Il est menotté et sourit, les dents brillantes dans la blancheur des phares.

Alice McBain leur crie :

— Relâchez mon fils !

Ses yeux sont emplis de peur et de larmes.

Drury se campe devant elle.

— Emballez ses vêtements. Fouillez la maison.

Partout dans la rue, les lumières des porches s'allument et les rideaux vacillent.

Le sergent Casey se tient devant la portière ouverte. Il pose la main sur le crâne de Hayden pour l'empêcher de se cogner. La portière se referme.

J'émerge d'une brèche dans la haie, et j'ai l'impression d'entrer sur une scène de théâtre brillamment éclairée. Mme McBain ne me reconnaît pas tout de suite et essaie de m'éviter.

— Madame McBain, avez-vous vraiment vu les filles ce matin-là ?

Ma question résonne comme une accusation.

Alice me jette un regard dédaigneux, puis revient à son principal sujet d'inquiétude, Hayden, emporté par la voiture de police.

Je fais une nouvelle tentative :

— Vous avez dit avoir parlé à Piper et Natasha le dimanche matin. Vous avez frappé à la porte de Natasha et leur avez dit de se lever.

— Et alors ?

— Les avez-vous vues ?

— Bien sûr…, dit-elle, l'air moins assuré cette fois.

— Avez-vous ouvert la porte de leur chambre ?

Alice fronce les sourcils, fouillant sa mémoire.

— Comment savez-vous qu'elles étaient dans leur chambre ?

— J'ai frappé. Elles ont répondu.

— Qui a répondu ?

— Je ne sais plus, dit-elle, gênée.

Je vois presque les rouages de son cerveau s'actionner, son cœur s'affoler et palpiter dans sa poitrine.

— Qu'avez-vous entendu exactement ?

— Elles écoutaient de la musique.

— Natasha avait-elle un radio-réveil ?

— Oui.

— À quelle heure réglait-elle son réveil ?

— 7 h 30.

— Vous avez frappé à la porte à 7 h 40, mais vous ne l'avez pas ouverte. Et si vous aviez entendu la radio au lieu des filles ?

Alice m'observe d'un air soupçonneux, se demandant si j'essaie de la piéger. Elle veut protester. S'efforce de réfléchir. Peine perdue.

Drury s'approche.

— Que se passe-t-il ?

— Ça change tout. Et si les filles n'étaient pas dans la chambre dimanche matin ? Alice ne les a pas vues. Elle a entendu le radio-réveil.

— Vous voulez dire qu'elles ne sont pas rentrées chez elles ?

— Elles ont disparu le samedi soir.

Il m'attire à lui,

sa joue rasée de frais me caresse le front.

— Tu es un vrai glaçon. Viens là que je te réchauffe.

D'une main, il m'empoigne les cheveux comme une corde et fait glisser l'autre en bas de ma colonne vertébrale.

— Mmmm. Tu fais plaisir à voir.

Il enveloppe une couverture autour de mes épaules et me montre une porte ouverte. Mes pieds nus font des bruits étouffés à chaque pas. Il est juste derrière moi, je le sais. Je n'ai toujours pas regardé son visage. Ni ses yeux.

Un bain m'attend. Des volutes de vapeur s'élèvent de l'eau chaude. Des vêtements propres.

Un goût de cuivre emplit ma bouche. Je me suis peut-être mordu la langue.

— J'ai faim.

— Cette fois-ci, tu mangeras après.

Il fredonne pour lui-même, remet les serviettes en place. Je me déshabille et me glisse sous l'eau, laissant ma tête reposer contre le rebord de la baignoire. Je sens son regard flotter sur moi, détailler mon corps comme s'il le disséquait avec un couteau. Me découpait en petits morceaux.

Je vais être gentille avec lui. Je vais gémir et lui dire combien il me fait du bien. Si je suis gentille avec lui, il me laissera voir Tash. Nous serons de nouveau réunies et je veillerai sur elle. Si je suis gentille avec lui, il baissera sa garde et je trouverai un moyen de m'échapper.

Il m'appelle son « pauvre petit singe » pendant qu'il me lave. Je ne sens pas ses mains.

Après le bain, je le laisse me violer. Est-ce toujours un viol si je le laisse faire ?

Il brise mon hymen. Je saigne. J'observe son visage quand il éjacule, un visage qui n'a rien d'humain. Il se tord et se déforme comme un masque de caoutchouc.

Ensuite, il me laisse manger. Des brochettes de poulet et de bœuf à la sauce Satay. Cette fois, je mange lentement, l'entrejambe douloureux. Ma tasse de thé est sur la table avec un sachet gonflé d'eau en train de refroidir.

Comme il paraît calme. Il reste assis là, à m'observer, à siroter son thé comme s'il ne s'était rien passé.

— Je peux voir Tash maintenant ?

— Non.

— Vous m'aviez dit que je pourrais la voir.

— Pas maintenant.

Les larmes me montent aux yeux.

— Vous m'avez menti.

— Elle a besoin de quelques jours de plus.

— J'ai fait ce que vous m'avez demandé.

Il éclate d'un rire sarcastique. Je le regarde avec effarement. C'était une erreur. Brusquement, je comprends son fonctionnement. Il pourrait très facilement me faire du mal. Cette impression remonte le long de ma colonne vertébrale comme une araignée sur ma peau nue.

Ensuite, il s'endort à côté de moi, enchaîné à ma cheville. Je regarde son corps laiteux étendu sur le dos et j'écoute le gargouillement dans sa gorge. Son bras droit pend le long du matelas et sa main gauche touche ma cuisse.

Je ne dors pas. Je veux rester éveillée. Je veux plaquer ma main sur sa bouche et son nez jusqu'à ce qu'il cesse de respirer. Je veux planter un couteau dans son cœur. Là, allongée près de lui, je mesure combien la peur est différente quand elle est réelle. J'adorais ces manèges à la foire qui vont toujours plus haut, toujours plus vite, mais cette peur-là était mêlée de plaisir. La terreur qui m'étreint aujourd'hui n'a pas d'échappatoire ni de fin heureuse.

Il est réveillé à présent. S'étire. Je me force à me pelotonner contre lui. Son haleine me fait penser à du lait aigre.

Il me caresse la joue.

— Je t'ai manqué ?

— Vous n'êtes pas venu pendant longtemps... J'ai eu peur.

Cela lui fait plaisir.

— Est-ce que je peux rester avec vous ? Je n'essaierai pas de m'échapper.

— Ce n'est pas possible, mon petit singe.

Je demande à voir Tash. Est-elle près d'ici ? Quand pourrais-je lui parler ?

Son humeur change brutalement. Comme un interrupteur. Il me gifle et me cogne la tête contre le mur. Puis il lève de nouveau une main menaçante, me défiant de le provoquer.

— Oublie-la !

— Je suis seule.

— Je te trouverai une autre amie.

— Quoi ?

— Quelqu'un pour te tenir compagnie, hein ?

Mon cerveau se bloque. Suggère-t-il vraiment ce que je pense ?

— Non... qui ?

— Je peux trouver quelqu'un.

— Non ! Non ! S'il vous plaît, non !

Il sort une photographie de son portefeuille.

— Pourquoi pas elle ?

Ma gorge se serre. C'est une photo d'Emily. Je l'ai déjà vue. On faisait les imbéciles dans un photomaton de la gare d'Oxford. On s'amusait à faire de drôles de têtes.

— C'est ton amie ?

— Non !

— Tu lui as écrit une lettre.

— Je ne veux pas d'amie.

Malgré les paroles qui sortent de ma bouche, une part de moi n'est pas convaincue. Je veux quelqu'un à qui parler.

Je ne veux pas rester seule. Je repousse cette idée. Horrifiée. Je me hais.

— Je veux juste voir Tash. Personne d'autre.

— C'est impossible. Elle est toujours punie.

Il me ramène à la trappe et m'embrasse. Puis il me fait descendre jusqu'à ce que mes pieds atteignent l'échelle.

— Si tu veux une amie, je te promets de t'en trouver une.

— Non. S'il vous plaît, laissez revenir Tash.

La trappe se referme.

— Ça, je ne peux pas te le promettre.

31.

Seize heures se sont écoulées depuis l'incendie. J'ai dormi presque d'une traite et à mon réveil, de nouvelles couches de neige recouvrent les rues et les parcs. Tous les gros titres des journaux évoquent des cas de justice rendue par la foule et de lynchages publics.

Ironie du sort, c'est peut-être la première fois de sa vie qu'Augie Shaw suscite la compassion des gens et apparaît comme une victime au lieu d'un homme à abattre. D'après le *Guardian*, la police est responsable de ce gâchis. Elle a mis trop de temps à réagir. Le *Daily Mail* affirme qu'Augie Shaw n'aurait jamais dû être mis en liberté provisoire : le juge avait manifestement été dépassé par les événements.

Délaissant les journaux, je dispose une douzaine de photographies dans ma chambre d'hôtel, sur les chaises ou les meubles. Puis je m'assois au milieu de la pièce, bien en face du cliché de Natasha et Piper assises côte à côte sur la photo de classe, la blonde et la brune, la blanche et la bronzée, le poivre et le sel.

Avec ce mélange de vulnérabilité et de sensualité, Natasha est d'une beauté classique. Par comparaison, Piper paraît anguleuse et garçonne.

Je commence à comprendre ce crime. Les détails m'échappaient, mais à présent ils font sens. Le coupable n'est plus un mystère. Il n'est plus un effet de mon imagination. Je peux voir le monde à travers ses yeux. Entendre par ses oreilles.

C'est un collectionneur. Il aime posséder des choses, des pièces rares, des objets de valeur, des choses qu'on lui a déniées par le passé. Certains collectionneurs tombent amoureux de grandes œuvres d'art, et vont même jusqu'à les voler. Peu importe. C'est une question de possession, pas d'argent. Posséder un objet inaccessible et baigner dans la lumière de sa perfection.

C'est un esthète qui rêve de contrôle et d'ordre au sein d'un monde chaotique. Un homme extrêmement discipliné, habitué à raisonner et à tout calculer, dépourvu de morale. Il ne se croit pas soumis aux mêmes règles que le commun des mortels, mais accepte de respecter la loi pour dissimuler ses désirs déviants. Les autres ne comprendraient pas ce besoin de « posséder » un être humain, d'exercer un contrôle total sur lui – la vie, la mort, la lumière, l'obscurité, le froid, la chaleur, la nourriture.

D'où lui vient ce désir ? Où a-t-il pris racine ? Dans une enfance impuissante, un passé torturé, des attentes impossibles. N'importe laquelle de ces raisons, toujours est-il qu'à un moment donné, il a développé un sentiment de légitimité puis de colère à l'encontre de cet objet qui lui était dénié.

Les yeux clos, je m'efforce de l'imaginer, pas son visage, mais son esprit. Te voilà ! Je te tiens maintenant ! Tu es un voleur intelligent, audacieux. Tu as enlevé deux adolescentes qui se connaissent très bien depuis l'enfance – même maternité, même école primaire, même lycée. Tu as planifié ton coup à l'avance. Au début, c'était un fantasme, puis tu l'as transposé au monde réel.

Mais pourquoi avoir choisi ces filles ? Une prostituée aurait tout aussi bien fait l'affaire. Ce sont des filles faciles à trouver, souvent anonymes, qui disparaissent sans faire la une des journaux ni mettre tout le pays en émoi. La disparition de lycéennes est une autre histoire. Le monde entier prie pour elles.

Tu as choisi Piper et Natasha parce qu'elles avaient une signification particulière pour toi. La possession, c'est ainsi que cela a débuté, mais ensuite, tes désirs ont changé. Peut-être l'objet a-t-il perdu de son lustre ? Tu t'en es lassé. Ou bien les filles n'étaient pas assez complaisantes à ton goût. La réalité ne sera jamais à la hauteur de tes fantasmes.

C'est là que tu as découvert une autre forme de contrôle. Le châtiment. Infliger de la douleur. Il suffit de voir ce que tu as fait à Tash. Quelle manière plus intimiste de punir une femme que de nier l'essence même de sa féminité ? Tu lui as enlevé son clitoris. Tu l'as privée de toute gratification sexuelle. Elle peut toujours être un objet sexuel, mais ne pourra plus jamais aimer le sexe de la même manière.

Tu t'attends à être horrifié... à te sentir coupable ou à éprouver des remords, mais au contraire, tu ressens une joie pure parce que c'est la première fois que tu vis une expérience aussi intime, invasive et totale.

À présent, tu as perdu l'un de tes jouets. Tash a réussi à s'échapper et a failli regagner son foyer. Elle t'aurait démasqué, elle aurait détruit ta vie secrète, si savamment élaborée.

Tu vas être traqué. Tu dois te cacher pendant un moment. Si Piper est toujours en vie, elle est seule, plus vulnérable que jamais. Plus nous nous rapprochons de toi, plus elle est en danger. Tu te protégeras en effaçant toute trace d'elle.

Sur un calepin, je note les idées principales.

Entre trente-cinq et soixante ans.

D'une intelligence supérieure.

Vit seul ou avec un parent âgé, ou une femme soumise – ils ont trouvé un arrangement domestique de sorte que personne ne questionne ses mouvements ni ses absences inexpliquées.

Qualifications tertiaires qui requièrent discipline et précision.

Connaissance de l'environnement. (Les filles ont disparu rapidement.)

Connaissance des victimes. (Il les a choisies pour une raison particulière.)

Ne se voit pas comme un monstre. Il mérite tout cela. Il a sa récompense.

Se concentrait au début sur son interaction avec les filles, avant de devenir sadique.

Possède des rudiments de médecine. Prudent. Expérimenté.

Le taxi me dépose au poste de police d'Abingdon. L'inspecteur Drury est dans la salle de contrôle des caméras de surveillance. Il n'est pas rentré chez lui. Des ronds de transpiration maculent ses aisselles et son odeur corporelle le suit comme un nuage toxique. Hayden McBain et son oncle sont détenus dans des cellules séparées. Pour leur donner le temps de cogiter.

Les six écrans du poste de contrôle me font penser au centre de commandes de *Star Trek*. Notre attention se concentre sur un écran : quarante-quatre secondes d'un enregistrement noir et blanc neigeux montrant un homme en train de siphonner le réservoir d'une voiture en stationnement. Il porte un sweat-shirt à capuche et une casquette de baseball.

La technicienne aux cheveux hirsutes fait des réglages.

— La caméra se trouve à quatre pâtés de la maison des Shaw.

— On ne voit pas son visage, dit Drury.

— L'image est trop pixélisée. Inutile de zoomer davantage, la qualité serait trop mauvaise.

— Pouvez-vous essayer ?

L'opératrice ajuste la luminosité et le contraste.

Drury se tourne vers moi.

— Est-ce Hayden McBain ?

— Ce pourrait être n'importe qui.

— Mon Dieu, quel merdier !

L'équipe de Drury s'est rassemblée à l'étage pour une réunion de crise. Des types accablés de sommeil – que je reconnais pour la plupart sans cependant me rappeler leurs noms – serrent un gobelet de café dans leurs mains. Une femme sergent se présente. Karen Middleton. Elle a les yeux cernés et trop maquillés.

Grievous nettoie le tableau blanc et s'assure que les marqueurs ont tous leurs capuchons. Il s'est immédiatement entiché de Ruiz, et tous deux boivent de grandes tasses de café.

Ruiz lève sa tasse à l'attention de Drury.

— Bonjour, Columbo.

— Vous n'êtes pas aussi drôle que vous le pensez.

Ruiz sourit.

— Il est encore tôt. Attendez que la caféine fasse effet et vous verrez que je suis un vrai comique.

Drury pénètre dans le cercle des policiers, ôte sa veste d'un coup d'épaule et roule soigneusement ses manches. Cette entrée en matière n'est pas nécessaire. Autour de lui, les agents sont assis sur le bord des bureaux ou sur des chaises retournées.

— Nous savons tous ce qui s'est passé la nuit dernière, intervient Drury. Nous avons un nouvel homicide sur les bras.

— C'est une blague ? marmonne un sergent.

L'inspecteur tourne lentement la tête.

— J'ai l'air de plaisanter, sergent ?

— Non, inspecteur.

— Un homme a été tué hier soir. Un crime a été commis.

— Oui, inspecteur.

— Nous avons un crime à résoudre. Si vous ne voulez pas faire votre boulot, vous pouvez aller vous faire foutre.

— Compris, inspecteur.

La réunion se poursuit : Drury répartit les policiers en équipes. Une douzaine d'agents enquêtera sur l'émeute et l'incendie. Les autres repasseront en revue l'enquête préliminaire sur les filles de Bingham, à partir d'une nouvelle chronologie des événements.

— Nous pensons maintenant que les filles ont disparu le samedi soir et non le dimanche matin. Ça signifie vérifier tous les alibis, interroger tous les suspects et étudier les photos du festival de Bingham. Je veux qu'un nouvel emploi du temps soit entré dans la base de données de l'ordinateur. Voyons ce que HOLMES2 va nous dégoter.

Où sont-elles allées samedi soir ? À qui ont-elles parlé ? Qui ont-elles vu ?

Le chef de la police, Fryer, arrive en uniforme complet. C'est un homme imposant, plein d'assurance, en mission.

Les policiers se lèvent. Fryer n'a d'yeux que pour Drury.

— Dans votre bureau. Tout de suite !

Le chef remarque Ruiz et marque une pause.

— Vincent ?

— Thomas.

— Tu as grossi.

— Pas plus que toi.

Les deux hommes se jaugent du regard.

— On devrait aller boire une bière un de ces jours, dit Fryer avant de tourner les talons et de se diriger vers le bureau de Drury.

Il claque la porte avec une telle force qu'elle rebondit et s'ouvre de nouveau, permettant à tous d'entendre sa fureur contenue.

— Bon sang qu'est-ce qui vous a pris d'arrêter Hayden McBain ? Vous avez écouté la radio ? Ils nous crucifient. Ils disent qu'on a coffré le frère d'une pauvre fille assassinée – une adolescente qu'on a mis trois ans à trouver. De quoi on a l'air, d'après vous ?

L'inspecteur s'efforce de rester impassible.

— Malgré tout le respect que je vous dois, monsieur, on ne peut pas laisser la foule gouverner la rue. Augie Shaw est mort. Quelqu'un a lancé un cocktail Molotov à travers la fenêtre du salon.

— Quelqu'un ? Vous ne savez pas qui ?

— C'est McBain et son oncle qui ont provoqué l'émeute. Nous avons des témoins. Il n'a pas le droit de faire justice lui-même.

— Ne me parlez pas de ses droits. (Fryer baisse la voix.) Augie Shaw a-t-il eu l'opportunité de s'échapper de la maison ?

— Oui, monsieur.

— Donc, il est complice de sa propre mort.

— Il n'a pas initié le feu.

— Je le reconnais, inspecteur, mais dites-moi une chose : pensez-vous qu'Augie Shaw a tué les Heyman ?

— Oui, monsieur.

— A-t-il enlevé Natasha McBain ?

— C'est très probable, monsieur.

— Augie Shaw pourrait donc être la réponse à nos prières, Stephen. Réglez-moi ça. Classez l'affaire Heyman et laissez le légiste décider de ce qui est arrivé à Natasha McBain.

Je frappe à la porte ouverte.

— Vous faites erreur, dis-je. Augie Shaw n'a pas kidnappé les filles de Bingham.

Fryer s'empourpre.

— Et vous en êtes absolument certain ?

— Le ravisseur est un homme plus âgé, plus expérimenté. Un homme qui était au courant des détails de l'affaire.

— Pourquoi ?

— La police n'a pas ébruité le fait qu'Emily Martinez a attendu les filles le dimanche matin. L'homme qui a kidnappé les filles le savait, ce qui signifie que c'est un proche des familles, ou des enquêteurs.

Fryer agite ses gants avec dédain.

— C'est une hypothèse audacieuse pour quelqu'un qui n'est là que depuis quelques jours. Cette affaire a fait l'objet de deux enquêtes de police et d'une investigation judiciaire.

— Si vous classez l'affaire, vous abandonnez Piper Hadley.

— Je garde l'esprit ouvert, professeur, mais il n'existe aucune preuve substantielle que Piper soit encore en vie. Si elle s'était échappée avec Natasha McBain, nous l'aurions déjà trouvée. Dans le cas contraire, la question est pourquoi ? À mon avis, elle est morte. Peut-être depuis déjà trois ans.

— Vous n'en savez rien.

— Honnêtement, professeur, vous non plus. (Sa voix s'adoucit.) Vous êtes le genre de joueur de poker qui double la mise parce qu'il perd et qu'il espère se refaire. C'est une erreur. On ne double la mise que lorsqu'on gagne. Faites-moi confiance. Laissez tomber.

Le chef de la police se tourne vers Drury.

— Quel est votre plan d'action ?

— J'ai organisé une conférence de presse avec les Hadley. Dans l'intervalle, nous allons fouiller une nouvelle fois la zone, vérifier tous les alibis et réinterroger les témoins. Si nous ne trouvons rien de neuf, je réduirai les recherches pour Noël et préparerai un dossier pour le légiste.

Fryer hoche la tête d'un air approbateur.

— Méfiez-vous de la presse. Agissez avec prudence.

32.

Ruiz me rejoint dans l'ascenseur et nous descendons en silence.

Mes médicaments ne font plus beaucoup effet. Je sens l'autre « homme » se réveiller en moi, prêt à gesticuler comme un ivrogne.

— Ils ne pensent pas que Piper est en vie, dis-je.

— Ils ont peut-être raison.

— Elle mérite mieux.

Les portes s'ouvrent. Ma jambe droite s'affaisse et je vacille. Ruiz me rattrape. Je me raidis et retrouve mon équilibre l'air de rien. Je vois nos reflets sur le grand panneau de verre à côté des portes. Un homme qui boite et un autre avec un bras baladeur. Tous deux fiers. Et abîmés.

— Ne dites rien. Vous devriez retourner à Londres. Où passez-vous les fêtes de Noël ?

— Claire m'a invité chez elle. J'ai peur que Miranda soit là aussi.

Claire est la fille de Ruiz. Miranda est sa dernière ex-femme, celle avec qui il continue de coucher.

— Je croyais que vous grimpiez aux rideaux tous les deux.

— Je ne me plains pas de ce côté-là, mais elle veut que j'aie des sentiments.

— Des sentiments ?

— Je lui ai dit que je n'en avais que trois.

— Trois ?

— J'ai faim, j'ai envie de baiser et je suis fatigué... dans cet ordre.

— Comment l'a-t-elle pris ?

— Pas très bien.

Nous atteignons les portes principales. Je me rappelle de lui demander :

— Votre ami... le petit génie de l'informatique.

— Capable Jones.

— Vous êtes toujours en contact ?

— Je suis son mentor. De quoi avez-vous besoin ?

— Pouvez-vous lui demander de me trouver des cartes et des photographies aériennes du comté d'Oxford ? Je m'intéresse aux usines, en activité ou non, qui fabriquent des pesticides, des plastiques ou des caoutchoucs synthétiques, ce genre de choses. Le rapport d'autopsie mentionne des traces de métaux lourds et de composés organochlorés sous les ongles de Natasha.

— Quel est le périmètre des recherches ?

— Sept ou huit kilomètres autour de la ferme. (Il me regarde d'un air perplexe.) Vous pensez que je m'accroche à un fil.

— Les athées ne sont pas censés demander des miracles.

Victor McBain est relâché au bout de dix heures de garde à vue. Habillé d'une combinaison jetable bleue, il signe le registre de sortie et récupère ses vêtements et ses effets personnels, scellés dans un sac en plastique.

— J'espère que vous les avez lavés et repassés, maugrée-t-il.

— Non, mais on a cherché des traces de produits inflammables, dit le sergent Casey, indifférent au sarcasme.

Ouvrant le sac en plastique, McBain palpe les poches de son pantalon et prend ses cigarettes et son Zippo. Dans un même mouvement, il ouvre le Zippo et frotte la roulette du pouce. Observant la flamme, il sourit au policier avant de l'éteindre.

— Où puis-je me changer ?

Casey pointe l'autre bout du couloir. McBain me reconnaît en passant et plisse ses yeux pâles.

— Qu'est-ce que vous regardez ?

— Vous.

Il soutient mon regard. Puis me dépasse.

— Puis-je vous poser une question ?

— J'ai déjà donné.

— Je ne suis pas de la police. Vos propos ne sont pas enregistrés. J'essaie seulement de comprendre quelques détails. Pourquoi avez-vous donné des préservatifs à votre nièce ?

McBain m'observe longuement, les narines frémissantes et les lèvres retroussées comme s'il s'adressait à un sourd ou un demeuré.

— Elle m'en avait demandé.

— Pourquoi ?

— Ses parents ne voulaient pas lui en acheter.

— Vous ne trouvez pas ça un peu bizarre… un homme de votre âge qui achète des préservatifs à une adolescente ?

— Elle avait des relations sexuelles. Je voulais qu'elle se protège.

— Avec qui avait-elle des relations sexuelles ?

— Avec son petit ami j'imagine.

— Vous imaginez ?

— Qu'est-ce que vous insinuez ?

— Nelson Stokes vous a vu embrasser votre nièce dans votre voiture quand vous l'avez déposée au lycée.

— Qui est ce connard de Nelson Stokes ?

— Le gardien du lycée.

— Elle m'a fait un bisou sur la joue.

— Et votre langue a dérapé ?

Le visage de McBain se déforme.

— Espace de sale pervers ! Si vous répétez ça en public, je vous attaque en diffamation !

— Est-ce que vous couchiez avec votre nièce ?

— Foutez le camp ! Vous n'avez aucun droit de venir me dire des horreurs pareilles.

McBain enfile son pantalon, boucle sa ceinture, glisse les bras dans son T-shirt et le fait passer par-dessus sa tête.

— La veille de sa disparition, Natasha est venue vous voir. Elle vous a demandé de l'argent. Vous faisait-elle chanter ?

— Non.

— Alors elle n'est pas venue vous trouver ?

— Non.

— Pourquoi Emily mentirait-elle ?

— Parfois, Tash faisait des petits boulots pour moi. Du classement, des trucs de ce genre.

— Avez-vous vu Tash le soir du festival ?

— Ouais, je l'ai vue. (Il s'accroupit pour lacer ses boots.) Je ne vois pas ce que ça change. Tash est portée disparue seulement dimanche matin.

— C'est là que vous faites erreur. Alice McBain s'est trompée. Elle n'a pas vu les filles ce matin-là. Elle a entendu la radio de Natasha.

Il réalise ce que cela implique. Sa bouche s'ouvre et se referme sans bruit.

— À quelle heure avez-vous parlé à Natasha samedi soir ? Vous êtes peut-être le dernier à l'avoir vue vivante…

Il ne parle plus. Son esprit mesure les implications de ses paroles.

— Vous n'avez pas d'alibi pour ce soir-là, n'est-ce pas ? Pas plus que pour la nuit du blizzard.

— J'étais avec mon frère.

— Non, c'est faux.

Il ouvre la porte et s'éloigne à grands pas dans le couloir. J'essaie de l'arrêter.

— Écoutez, Vic, la police en a après vous maintenant. Ils vont passer toute votre existence au crible. Ils ne s'arrêteront pas avant d'avoir trouvé quelque chose. Où étiez-vous la nuit du blizzard ?

Il me contourne et traverse le hall pour gagner les portes, qui s'ouvrent automatiquement. Les journalistes et les photographes assaillent une voiture garée devant. Sarah et Dale Hadley descendent du véhicule, et sont aussitôt escortés de policiers.

Vic McBain s'arrête et a un mouvement de recul à l'approche du couple. Sarah Hadley croise le regard de McBain et détourne vivement la tête. À cet instant, un sentiment passe entre eux – un sentiment inhabituel. Une douleur. Une blessure.

Sarah traverse la porte tambour et prend la main de son mari. Son maquillage se craquelle au niveau de la bouche. McBain la suit des yeux, la regarde pénétrer dans l'ascenseur au moment où les portes se referment sur elle. Se détournant, il fend la marée des journalistes, tête baissée, épaules basses.

Je connais ce regard. Je l'ai vu dans le miroir. Je l'ai vu hier soir dans les yeux de Drury quand il n'a pas pu consoler Victoria. Être incapable de rendre une femme heureuse diminue un homme. Le monde n'est plus aussi brillant, aussi coloré. Il ne voit plus que la pauvreté de l'univers.

Comment est-ce arrivé ? songé-je. J'imagine Sarah Hadley debout près du lit de Piper, un vêtement dans ses mains, comme si elle découvrait quelque chose de nouveau au sujet de sa fille. Elle se remémore les bons moments. S'efforce de la garder en vie. Elle s'accroche au moindre signe, la moindre rumeur, consulte des médiums et des voyantes. Vic McBain lui présente une de ses petites amies qui affirme avoir un don. La voyante dit à Sarah que les filles sont vivantes. Elle lui donne un peu de réconfort. D'espoir.

Le deuil est une épreuve solitaire. Le chagrin ne se partage pas. Sarah ne supportait plus de voir son mari parce qu'il lui rappelait trop Piper. Vic McBain la comprenait. Et un soir, ils se sont retrouvés dans la chambre insolite d'un hôtel ou à l'arrière d'une voiture, maladroitement, comme des adolescents. Qui a séduit qui ? Peu importe. Vic McBain a permis à Sarah d'être de nouveau elle-même – et non la mère en campagne, la porte-parole des journalistes ou la femme dont les gens ont pitié quand ils la voient pousser son caddie au supermarché...

Avec lui, elle pouvait échapper aux murmures, aux regards insistants, devenir anonyme quelques heures, suspendue entre fantasme et réalité, à ressentir du plaisir et non du manque, ou peut-être ne rien ressentir du tout.

Après tous ses sacrifices et ses efforts, Sarah Hadley souffre d'un terrible dégoût de soi. Elle a épousé un homme sans attrait mais riche, un homme qui l'adorait mais qu'elle n'aimait pas. Elle s'est débattue dans la médiocrité au lieu d'atteindre des sommets. Elle aurait pu accepter sa situation, mais sa fille a disparu et elle s'en est voulu. Elle ne méritait pas d'être heureuse. Elle méritait un mariage sous assistance respiratoire, des relations sexuelles sordides dans un hôtel miteux.

Vic McBain a atteint le coin de la rue et attend que le feu change de couleur. Je le rattrape.

— Je sais ce que vous cachez.

Il ne répond pas.

— Dites-moi seulement une chose. Après, je promets de vous laisser tranquille. La nuit du blizzard, étiez-vous avec Sarah Hadley ?

Il cligne des yeux, incapable de répondre.

— Je ne dirai rien à son mari. Personne n'a besoin de le savoir.

— Elle mérite mieux que moi. Elle mérite de trouver sa fille.

33.

Derrière la porte vitrée de la salle de conférences, des flashs illuminent les panneaux de verre dépoli. De l'extérieur, on dirait une fusillade silencieuse. Les journalistes et les photographes massés dans la pièce surchauffée jouent des coudes pour avoir le meilleur point de vue.

Dale et Sarah Hadley entrent par une porte latérale. La lumière les enveloppe. Phoebe serre la main de sa mère, le regard baissé. Les autres enfants sont restés à la maison, sous la surveillance d'amis ou de parents.

Les membres de la famille s'installent à une table longue. Les flashs continuent de crépiter. De nouveau, Piper Hadley retient l'attention du pays tout entier. Pour la deuxième fois, son destin fait l'objet de débats dans les maisons, les bars et les bureaux. On établit des comparaisons avec d'autres enlèvements célèbres et des noms comme Sabine Dardenne et Elizabeth Smart émergent, ainsi que Natascha Kampusch, la miraculée.

L'inspecteur Drury prend un siège à côté des Hadley. Il attend que les photographes cessent.

— Le corps retrouvé dans les lacs Radley il y a six jours a été identifié grâce aux dossiers dentaires. Les proches de la défunte ont été informés. Je peux donc à présent vous révéler son nom. Nous enquêtons sur la mort de Natasha McBain, dix-huit ans, disparue de la ville de Bingham le week-end du 30 août 2008. La cause officielle de la mort est la noyade.

Nouvelle volée de flashs.

— Nous avons de bonnes raisons de penser que Natasha était retenue prisonnière avant son accident. Son ancienne maison, une ferme à la périphérie de Bingham, a été le théâtre d'un double homicide samedi soir. Nous sommes maintenant certains que Natasha se trouvait dans cette ferme à un moment de la soirée. Nous ne savons pas si elle a joué un rôle dans le décès de William Heyman et son épouse Patricia, mais il semblerait qu'elle se soit enfuie de la ferme avant l'incendie et ait chuté dans un lac gelé, où elle a succombé au froid.

« Comme tout le monde le sait, Natasha McBain n'a pas disparu seule. Une autre adolescente a été portée disparue ce jour-là : Piper Hadley, quinze ans. Au nom des familles, je fais un appel à témoin : je demande à tous nos concitoyens de nous aider à résoudre ces deux affaires.

« Quelqu'un sait forcément ce qui est arrivé à Piper. Quelqu'un sait où Natasha et Piper ont été séquestrées. Peut-être avez-vous vu une personne se comporter bizarrement. Cela peut être un ami, un voisin, un amant qui mène une vie secrète. Un sous-sol fermé ou une pièce que personne n'est autorisé à visiter. Une personne aux horaires étranges.

Drury marque une pause.

— Plus de quatre-vingts agents et volontaires fouillent les alentours de la ferme. Nous avons des hélicoptères, des limiers et des radars à pénétration de sol. Nous poursuivrons les recherches jusqu'à ce que nous ayons épuisé toutes les possibilités.

Un journaliste crie depuis la porte :

— Avez-vous eu des contacts avec Piper ?

— Non.

— Avez-vous la preuve qu'elle est vivante ?

— Non.

— Donc elle peut être morte ?

Sarah Hadley rétorque au journaliste d'une voix glaciale :

— Notre fille est vivante.

Drury pose la main sur son épaule. Sarah se tait.

— Le chef de la police a ordonné de reprendre toute l'enquête à la lumière de ces dernières découvertes. Nous cherchons surtout des témoins qui auraient vu Piper Hadley et Natasha McBain le soir du samedi 30 août 2008. C'était le dernier soir du festival de Bingham. (Drury regarde droit vers les caméras de télévision.) Avez-vous remarqué ces filles ? Leur avez-vous parlé ? Les avez-vous vues monter dans une voiture ? S'il vous plaît, ne tenez pas compte des informations qui ont été rendues publiques précédemment. Quoi que vous ayez vu ou entendu, n'allez surtout pas croire que la police sait quels ont été les derniers agissements de Piper et Natasha.

Drury prend une feuille de papier dans sa poche et la déplie sur la table.

— Je vais faire un pas inhabituel aujourd'hui en vous révélant une partie du profil psychologique établi par le Pr Joseph O'Loughlin, le psychologue clinicien assigné à l'enquête. Pour des raisons opérationnelles, je ne vous livrerai pas son profil complet, mais je vais vous donner certains détails, qui je l'espère raviveront vos souvenirs et encourageront des témoins à se faire connaître.

« D'après le Pr O'Loughlin, le suspect que nous recherchons est un homme entre trente-cinq et cinquante-cinq ans, avec une intelligence au-dessus de la moyenne et une bonne connaissance de la région. Les filles n'ont pas été enlevées par hasard : il a choisi Piper et Natasha pour une raison précise. Il les connaît sûrement.

« Il vit seul ou est dans une situation domestique où personne ne questionne ses mouvements ni ses absences inexpliquées. Il possède une maison isolée, une pièce secrète ou un sous-sol où il détenait Natasha McBain. Il lui apportait de la nourriture, de l'eau, des vêtements… quelqu'un a dû voir ses allées et venues.

« Il était dans le blizzard samedi soir. Peut-être l'avez-vous vu. Ses vêtements devaient sentir la fumée et être tachés. Si vous avez des informations, je vous en prie, faites-vous connaître.

De nouveau, un flot de questions de la part des journalistes. Drury lève la main et en appelle au calme.

— S'il vous plaît, je vous laisserai poser des questions tout à l'heure. Nous allons d'abord laisser M. et Mme Hadley s'exprimer…

Il pousse le micro sur la table. Dale Hadley se penche pour s'en saisir.

— Tout d'abord, je voudrais… enfin, nous voudrions… remercier le public pour son soutien et sa gentillesse. Nous aimerions également offrir nos condoléances à la famille de Natasha et leur dire combien nous sommes désolés qu'elle n'ait pas pu rentrer chez elle. Je sais qu'ils n'ont jamais perdu espoir. (Il prend la main de Sarah.) Tout comme nous. C'est pourquoi nous vous demandons votre aide. Celui qui a fait ça a détruit notre famille. Donc si vous savez quelque chose, si vous soupçonnez quelqu'un, si vous avez vu ou entendu quelque chose de bizarre, je vous en prie appelez-nous !

Les flashs mitraillent les Hadley de plus belle, révélant chaque tressaillement, chaque expression de douleur. Sarah prend le micro. Il y a quelque chose de froid et de cassant chez elle, tels les cristaux qui forment la glace. Les recherches la maintiennent en vie, lui donnent la force de tenir. Tout le reste peut s'écrouler, tout sauf son désir de trouver Piper. Elle ne peut trouver ni le repos ni le sommeil. Elle doit découvrir la vérité.

J'ai moi-même expérimenté ce genre de certitude. Quand Gideon Tyler a kidnappé Charlie, quand il a renversé son vélo et l'a attachée à un évier, la tête entourée de chatterton, un tube dans la bouche pour respirer. Lorsque cela s'est produit, ma gorge s'est serrée, mes boyaux se sont liquéfiés, et la panique s'est emparée de moi. Mais j'étais certain d'une chose : je ne m'arrêterais pas avant de l'avoir trouvée.

Sarah regarde les caméras bien en face.

— Si vous êtes celui qui détient Piper, si vous nous écoutez ou nous regardez, il est temps de la relâcher. Laissez-la rentrer à la maison.

De nouvelles questions fusent.

— Blâmez-vous la police ?

— Allez-vous lancer des poursuites judiciaires ?

— Avez-vous appelé les parents de Natasha McBain ?

Les réponses se font de plus en plus courtes. Oui. Non. Je ne sais pas. La conférence de presse est écourtée. Des agents de police escortent la famille qui s'éclipse par une porte latérale. Phoebe a presque été oubliée. Elle baisse la tête et court derrière ses parents.

La famille attend sa voiture devant les portes arrière du commissariat. Phoebe lève les yeux et me remarque. Elle sourit.

— Vous allez retrouver Piper ?

— Je vais essayer.

— Vous pensez qu'elle est toujours la même ?

— Pourquoi ne le serait-elle pas ?

— Maman dit qu'elle est toujours avec nous. C'est pour ça qu'on suspend ses chaussettes à Noël, qu'on met toujours son assiette et qu'on lui prépare un gâteau pour son anniversaire. Mais c'est un peu effrayant parce qu'elle est comme un fantôme. Sa chaise et son lit sont vides, mais elle est toujours là.

— Les gens ne vivent pas la douleur de la même manière.

Phoebe hoche la tête et regarde ses parents.

— Qu'est-ce qui te dérange ?

Elle hausse les épaules.

— Mes parents sont différents.

— Dans quel sens ?

— Ils sont différents quand ils parlent de Piper.

— Ils sont seulement inquiets pour elle.

Phoebe pose les mains sur son visage et se frotte le front.

— Alors je devrais arrêter de m'inquiéter.

— Oui.

Elle remarque une tache sur la manche de sa robe et essaie de l'enlever avec son pouce.

— Je les entends grimper l'escalier le soir. Ils se lavent les dents et éteignent la lumière, mais ils ne se parlent pas.

— Que veux-tu, Phoebe ?

Sa voix se mue en murmure.

— Je veux retrouver mes parents.

Mes gencives saignent.

Maman disait toujours que j'aurais le scorbut si je ne mangeais pas mon fruit. Maintenant, je ne mange plus rien – plus depuis hier. J'ai décidé de faire la grève de la faim jusqu'à ce qu'il me laisse voir Tash.

Je ne me laverai plus. Je ne monterai plus l'échelle. Je ne le laisserai plus me toucher. Il peut me frapper, m'asperger d'eau glacée, me priver de lumière. Il peut me prendre mes couvertures. Je préfère mourir de faim ou de froid plutôt que de continuer sans Tash.

La seule chose que je fais bien, c'est courir. Autrefois, j'imaginais que si je courais assez vite, j'aurais un aperçu de mon avenir. Je tournerais au coin d'une rue, escaladerais une colline et me verrais disparaître au loin. Je ne peux plus le faire maintenant que je suis piégée ici. Je ne peux plus entrapercevoir l'avenir. Je n'imagine plus aucun avenir.

Allongée sur ma couchette, je me rappelle des moments heureux, comme le jour où on est allées chez l'oncle de Tash et qu'il nous a laissées conduire son vieux break sur le sentier. Nous avons cahoté sur les nids-de-poule et les bouses de vache. Vitres grandes ouvertes et musique à fond, on faisait semblant de rouler sur la célèbre route du sud de la France à flanc de falaise – celle où Grace Kelly est morte. Encore une princesse tragique. J'ai grandi entourée de contes de fées où tout le monde vit heureux pour toujours, alors que dans la vraie vie, les vraies princesses meurent dans des accidents de voiture, divorcent ou vendent des produits diététiques.

Un jour, Tash m'a dit que la plupart des gens se contentaient de la deuxième place, mais cela ne m'étonne guère. Cette place n'est pas si mal après tout. Je suis arrivée deuxième au championnat national. Quand on est en seconde position, on n'a pas besoin de regarder tout le temps derrière son épaule.

J'ai fait un cauchemar où George revenait avec Emily. Il doit la surveiller. Sinon, comment se serait-il procuré sa photo ? Il a dit qu'il surveillait Tash avant de nous enlever, pourtant je ne l'avais jamais vu avant ce soir-là.

Passant la main sous mon oreiller, je serre dans ma paume une pique de brochette de poulet en bambou. Je l'ai prise l'autre jour sur la table, quand George regardait ailleurs, et je l'ai fourrée sous mes vêtements sales. Mes doigts glissent le long de la baguette jusqu'à la pointe tranchante. J'ai une arme.

Cela ne le tuera probablement pas, sauf si je lui enfonce dans l'œil ou l'oreille. Je pourrais attendre qu'il s'endorme pour le faire.

Je me rappelle le tournevis cassé. Tash a eu la même idée. Elle voulait le poignarder dans le cou. Puis elle est revenue avec plein de sang entre les cuisses et s'est roulée en boule sur sa couchette. C'est là qu'elle a perdu tout espoir.

Étendue sur le dos, je fixe le plafond du regard et j'essaie de contrôler ma respiration. La ralentir. Non, pas de grève de la faim. J'ai besoin de toutes mes forces si je veux m'enfuir. Je vais manger, mais rien d'autre.

Me glissant hors du lit, je fouille le placard et prends une boîte de haricots cuisinés. Comme l'ouvre-boîte est émoussé, il me faut vingt minutes pour ouvrir le couvercle. Pendant que mon plat chauffe, je prends un rouleau adhésif et en décolle l'extrémité du bout de l'ongle. J'enroule soigneusement une bande autour de la baguette, sans toucher à la pointe.

La bande me servira de poignée. Je l'empoigne et mime un coup de poignard au ralenti. Je ne me sens guère assurée. Je fais une nouvelle tentative. Puis je revois Tash roulée en boule sur sa paillasse, vrillée de douleur. Cette fois, je frappe dans le vide avec aisance. Je pense à papa et maman, Phoebe et Ben, à la petite sœur qui m'a remplacée – tout en plantant mon poignard improvisé dans ma cible imaginaire.

Je rejoue cette scène inlassablement dans ma tête. J'enfonce la baguette dans son dos, je le pousse vers la trappe et le traite de sadique pervers. Il lève alors sur moi un regard surpris, blessé, effrayé.

Je n'ai jamais été violente avec qui que ce soit, mais je ferai une exception pour George. Je vais le faire souffrir. Lui faire payer ce qu'il nous a fait.

34.

— Expliquez-moi une chose, dit Grievous en pianotant sur son volant. Pourquoi les gens demandent-ils toujours combien de temps un moteur met pour atteindre cent kilomètres heure ? Ce que je veux savoir, c'est pourquoi on fait toute une histoire de ces cent kilomètres heure ? À croire que les gens pensent que des extraterrestres vont atterrir et ne pourront pas dépasser les quatre-vingt-dix-neuf. Ils vont sucer nos cervelles jusqu'à ce qu'on soit capables d'aller de zéro à cent kilomètres heure en moins de dix secondes.

Il marque une pause, attendant une réponse.

— Je n'avais jamais envisagé le problème sous cet angle.

— Les amateurs de bagnoles n'ont pas de cerveau. Les extraterrestres ne seraient pas intéressés.

La circulation voit une longue file de voitures s'étirer entre les feux et les ronds-points.

— Vous avez toujours voulu être policier ? lui demandé-je.

— Oh non, monsieur, cela m'est venu tard, répond-il, apparemment ravi par la question.

Il sort une photographie de sa poche intérieure.

— C'est moi là. Le deuxième sur la gauche.

Le cliché montre un groupe d'adolescents en tenue de combat, au repos, leurs armes entre les genoux.

— Vous étiez cadet dans l'armée ?

— Oui, monsieur.

— Pourquoi n'avez-vous pas rejoint l'armée ?

— Recalé à l'examen médical. (Il pointe la cicatrice au-dessus de son oreille gauche.) J'ai eu une tumeur. Bénigne. Mais elle compressait une partie de mon oreille interne. J'ai été sourd d'une oreille jusqu'à l'âge de vingt et un ans. Les gens pensaient que j'étais lent. Stupide, vous voyez.

— C'est pour ça que vous penchez la tête sur le côté.

— Pardon ?

— Je l'ai remarqué la première fois que je vous ai vu. Vous penchez légèrement la tête quand vous parlez aux gens.

— L'habitude, sans doute...

Il rit, puis remet la photographie dans sa poche.

— Comme je n'ai pas pu rejoindre l'armée, j'ai travaillé comme infirmier, puis je suis devenu agent de sécurité dans les tribunaux. J'ai vu des policiers témoigner lors de procès criminels et je me suis dit : Ouais, je pourrais faire ça. Je suppose que j'avais besoin de faire mes preuves... de faire la différence. C'est un peu cliché, non ?

Je secoue la tête.

La voiture de Phillip Martinez est garée devant la maison, mais personne ne répond à la porte. Les rideaux sont tirés. Les lumières éteintes. Je suis sur le point de renoncer quand j'entends des bruits en provenance du garage. Je frappe aux doubles portes. Un loquet se soulève et la porte de droite s'entrebâille.

M. Martinez ne me reconnaît pas tout de suite.

— Vous avez frappé ? Je suis vraiment désolé. J'étais complètement absorbé.

Un carillon tinte derrière lui. Il ouvre la porte toute grande.

— Mon passe-temps... c'est un peu embarrassant... un adulte qui joue avec des trains.

Un chemin de fer modèle réduit emplit tout l'espace du garage, avec des circonvolutions sur différents niveaux. Montagnes, rivières, routes, passages souterrains, gares, tunnels, panneaux indicateurs, locomotives, wagons, tout y est. Les détails sont particulièrement soignés. Jusqu'aux minuscules personnages et animaux. Des personnages animés et pourtant immobiles, habitant un univers entièrement recréé. Une ville entière avec des usines, des entrepôts, des boutiques, des restaurants et des cinémas. Des piétons sont arrêtés au milieu de passages. Des voitures attendent le feu vert. L'horloge du clocher figée.

— Seules trois lignes fonctionnent aujourd'hui, explique-t-il. Normalement, il y en a cinq. Que diriez-vous d'une visite guidée ?

— Avec plaisir.

Il m'entraîne vers un poste de contrôle et appuie sur plusieurs boutons, enclenchant la mise en route des locomotives. Les barrières des passages à niveau se soulèvent.

— Combien de temps cela vous a-t-il pris ?

— Deux ou trois ans.

— Et vous avez terminé ?

— Je n'arrête pas de changer d'idée et modifier l'infrastructure.

— Une œuvre perpétuelle ?

— Une tâche à la mesure de Sisyphe.

Grievous soulève un wagon-restaurant.

— Hé ! Il y a des personnages minuscules là-dedans. On voit même de la nourriture dans les assiettes.

— S'il vous plaît, ne touchez à rien, dit M. Martinez. Certaines pièces sont très délicates.

Le policier stagiaire repose le wagon et essuie une tache d'huile au bout de son doigt.

Sur le mur du garage, je remarque une photographie d'Emily. L'image a été pliée dans le cadre pour cacher la personne à côté d'elle.

— J'espérais parler à Emily.

— Elle travaille aujourd'hui. Elle a un boulot à temps partiel à Abingdon.

— Puis-je vous poser une question ? Pourquoi Emily voulait-elle s'enfuir ?

M. Martinez ne réagit pas. Il actionne plusieurs manettes. Un autre train se met en branle.

— Nous étions en plein divorce. C'était une période difficile.

— La mère d'Emily vit à Londres ?

— Oui.

— Vous ne partagez pas la garde ?

M. Martinez marque une pause, presse ses tempes entre son pouce et son index.

— Ma femme a tenté de se suicider il y a quelques années. Il fallait s'y attendre. Amanda abusait de l'alcool et des médicaments, essentiellement des antidouleurs. Elle ne se comportait plus comme une adulte responsable, c'est pour cette raison que j'ai réclamé la garde au juge.

— Elle s'est battue pour obtenir gain de cause ?

— Oui, mais le bon sens l'a emporté.

— Quand a-t-elle tenté de se suicider, avant ou après ? Son sourire s'est évanoui.

— Votre question ne me met pas très à l'aise.

— Je suis désolé. Ce n'est pas ce que je voulais insinuer.

— J'en doute fort, professeur. Vous ne m'avez pas l'air d'être le genre d'homme qui parle sans réfléchir.

— Vous avez un léger accent américain, si je ne me trompe, dis-je pour changer de sujet.

— J'ai travaillé aux États-Unis pendant sept ans. Amanda ne s'est jamais vraiment adaptée et son alcoolisme a empiré. Un jour, quand je suis rentré à la maison, Emily et elle avaient fait leurs bagages et étaient rentrées en Angleterre.

— Vous les avez suivies.

— Pas tout de suite. Mon travail était trop important.

— Cela devait être difficile, d'être séparé d'Emily.

— Je revenais la voir quand je le pouvais. Amanda ne voulait pas laisser Emily prendre l'avion seule pour aller aux États-Unis. Au final, j'ai tout sacrifié pour revenir – mes projets de recherche, mes financements.

Les trains circulent toujours, avec leurs lumières clignotantes et leurs sifflets.

— Je l'ai fait pour Emily parce que je voyais bien ce qui était en train de se passer. L'alcoolisme d'Amanda empirait. Elle est allée aux alcooliques anonymes pendant un temps, mais elle rechutait à chaque fois. Elle avait toujours été combative, mais elle est devenue totalement autodestructrice. Elle avalait pilule sur pilule. Perdait connaissance. Deux fois, Emily n'a pas pu la réveiller et a dû appeler une ambulance. C'est pourquoi je me suis battu pour la garde d'Emily et je l'ai gagnée.

— Vous en parlez comme d'un trophée.

Il me jette un regard torve.

— Tous les enfants sont des cadeaux.

— Votre fille voulait fuguer.

— Nous avons mis un certain temps à nous connaître. Le chemin a été semé d'embûches.

— D'embûches ?

— Amanda a fait une rechute et a été internée dans un hôpital psychiatrique. Emily m'en a voulu.

— Pourquoi ?

— Je ne sais pas. L'internement d'Amanda est sans doute ce qui a décidé Emily à rester. Elle a rendu visite à sa mère tous les jours et dans l'intervalle, nous avons appris à nous connaître. La situation s'est améliorée… elle a compris les règles.

— Les règles ?

— Les règles habituelles – pas d'alcool, pas de cigarette, pas de drogue, pas de sucreries, pas de sorties tardives… Son poids était trop élevé et ses notes mauvaises. Tout a changé quand j'ai repris le flambeau.

— Elle était en pleine puberté.

— Exactement. Les adolescents ne doivent pas être traités comme des adultes. Ils n'ont pas les capacités émotionnelles et intellectuelles requises. C'est la moitié des problèmes dans ce pays – le manque de supervision, les enfants livrés à eux-mêmes dans les rues. Regardez les émeutes de Londres. Des jeunes cassent des fenêtres, abîment des voitures et volent des écrans plats parce qu'ils s'ennuient et n'ont pas de modèle parental.

— Quelle est l'autre moitié du problème ?

— Je vous demande pardon ?

— Vous avez dit que les enfants étaient la moitié des problèmes de ce pays.

Il se tait et m'observe avec un sourire bizarre, qui me met mal à l'air.

— Je sens que vous désapprouvez mes méthodes, professeur, mais ma fille m'adore. Je suis seulement heureux qu'elle ne soit pas allée avec ces filles. Elle aurait pu être kidnappée aussi. Avez-vous des enfants ?

— Deux filles.

— C'est compliqué... d'élever des enfants. Le monde devient chaque jour plus complexe. Ils trouvent des informations dans les magazines, les émissions télévisées, sur Internet, les réseaux sociaux et les messageries instantanées. On a peur de la cyberpornographie et des pervers qui traquent les mineurs sur la toile. Ils veulent tous être célèbres. Ils se croient en droit de l'être. C'est effrayant là dehors.

Où au juste ? ai-je envie de lui demander, mais je suis las d'écouter ses complaintes et sa paranoïa. Mon bras gauche tremble. Il y a trop d'objets fragiles autour de moi. Si je trébuche, je risque de détruire une rue entière, de faire dérailler un train.

— Cela vous dérange-t-il que je parle à Emily ? dis-je en me dirigeant vers la porte.

Il me donne le nom de la pharmacie où elle travaille.

— Dites-lui que je cuisine des *linguini* ce soir. C'est son plat préféré.

35.

Le soleil s'attarde sur les toits et se reflète sur le pare-brise. Ébloui par les rayons obliques, Grievous conduit prudemment, maudit par les chauffeurs de taxi et les conducteurs de BMW et d'Audi sombres.

Ruiz répond à son portable à la première sonnerie. Il est dehors et respire comme un ex-fumeur.

— Savez-vous combien de sites industriels abandonnés se trouvent près de lignes de chemin de fer dans le comté d'Oxford ?

— C'est une question piège ?

— J'en ai visité neuf jusqu'ici et tous méritent d'être réduits en poussière.

— Je pensais que Capable se procurerait des photographies et des cartes aériennes.

— On voit que dalle sur une carte aérienne. Un immeuble de dix étages peut passer pour un terrain de tennis.

— Alors vous escaladez des clôtures.

— Jusqu'ici, j'ai été pourchassé par deux chiens et une vieille folle a menacé d'appeler les flics.

— Charmant. J'ai une autre faveur à demander à Capable Jones.

— Moi qui étais de si bonne humeur !

— J'ai besoin qu'il fouille le passé de Phillip Martinez. Il est chercheur au département de sciences biomédicales de l'université d'Oxford.

— Pourquoi cet intérêt soudain ?

— Ce type me met mal à l'aise.

— Rien d'autre ?

— C'est un moralisateur qui traite sa fille comme un compte bancaire gardé secret au moment du divorce.

— Vous lui avez dit ses quatre vérités ?

— Je suis trop bien élevé.

— Alors vous lui avez léché les bottes.

— C'est ce qui s'appelle rester professionnel.

Ruiz éclate de rire et met fin à l'appel. Mon portable sonne presque aussitôt. C'est Julianne. Elle est en voiture et j'entends Emma, ma cadette, chanter une comptine en chœur avec le CD. Chaque fois que je parle à Julianne, je ressens une douloureuse nostalgie, et je regrette de ne pas trouver les mots qui la rempliraient de joie et d'émerveillement.

— Bonjour, dit-elle.

— Bonjour.

— Comment vas-tu ?

— Très bien.

— Je voudrais savoir à quelle heure tu viens demain.

— Demain ?

— La veillée de Noël, idiot. Tu la passes avec nous.

— Ah oui, bien sûr.

— Les filles veulent t'attendre pour accrocher leurs chaussettes – enfin, surtout Emma. Charlie ne m'adresse toujours pas la parole. Je vais cuisiner de bons petits plats. On les laissera ouvrir un cadeau avant d'aller au lit.

— Comme au bon vieux temps.

— Tu es sarcastique ?

— Non.

— Alors ? Quelle heure ?

— Je ne sais pas au juste.

— Bon, essaie d'éviter les embouteillages et ne m'achète pas de cadeau.

— D'accord.

Elle raccroche et je me demande soudain quel cadeau je pourrais lui offrir. Elle m'aura trouvé quelque chose de spécial. Elle y aura pensé à l'avance, l'aura choisi avec soin et malgré tous mes efforts, mon présent ne sera jamais à la hauteur.

Nous approchons de la pharmacie. Grievous se gare et me désigne l'autre côté de la rue.

— C'est là. Je vais me chercher un truc à grignoter. (Il palpe son ventre.) J'ai le gène de l'homme des cavernes – tout le temps affamé. Ma petite amie m'a mis au régime pour le mariage. Elle remplit mon frigo de saletés diététiques – céleri, laitue, faisselle... plus de bière. Plus de pizza. Là, je tuerais pour un hamburger et des frites.

— C'est un peu extrême, non ?

— Vous avez raison. Je me contenterais de rouer un type de coups jusqu'à ce qu'il ne puisse plus bouger.

Il baisse le pare-soleil, affichant le macaron de la THAMES VALLEY POLICE.

— Je vous attends ici, dit-il en verrouillant la voiture.

Emily est en train de déballer des cartons de shampoing et après-shampoing qu'elle aligne sur les étagères, l'étiquette bien en vue. Une étiqueteuse de prix est posée en haut de l'escabeau. Lorsqu'elle me voit, une lueur d'inquiétude traverse son regard.

— Je travaille, dit-elle, je ne peux pas vous parler.

— C'est important.

Elle jette un coup d'œil par-dessus son épaule en se mordillant la lèvre.

— Je peux peut-être prendre ma pause.

Nous allons dans un café de l'autre côté de la rue. Elle commande un chocolat chaud allégé et étudie longuement les muffins avant de choisir le plus gros, comme s'il s'agissait d'un acte de rébellion. Je doute que son père approuverait l'énorme gâteau aux myrtilles.

Elle porte une jupe noire et un corsage blanc avec un badge à son nom épinglé sur sa poche de poitrine. Prenant une chaise, elle se voûte sur son breuvage, comme gênée à l'idée d'être vue en ma compagnie.

— Je voudrais te reparler de ce fameux soir.

— Lequel ?

— Tu étais avec Piper et Natasha au festival d'été. Quand les as-tu vues pour la dernière fois ?

— Près des auto-tamponneuses. Il y avait un stand où il fallait marquer des paniers et Tash essayait de gagner un panda. Je me rappelle qu'elle s'est disputée avec le type, elle disait que le jeu était truqué parce que les ballons rebondissaient trop pour entrer dans les paniers.

— Quelle heure était-il ?

— Un peu plus de 21 heures.

— Avec qui étaient les filles ?

— Personne en particulier.

— Personne ne leur tournait autour ?

— Elles ont parlé à plusieurs garçons.

— Qui ?

— Je ne connais pas leurs noms. Des amis de Hayden.

— Hayden était présent ?

— Non.

— Qui d'autre était là ?

— Tout le monde ! La foire de Bingham, c'est un événement.

J'essaie de trouver des noms et de reconstituer le parcours des filles pendant cette fameuse soirée. Emily parle timidement, et hoche faiblement la tête de temps à autre.

— As-tu croisé quelqu'un de bizarre ? Au comportement inhabituel ?

— Je ne sais pas.

— Et l'oncle de Tash ?

— Il s'occupait de la tombola. Il était plutôt marrant… il racontait des blagues pour faire acheter des billets aux gens.

— Qui d'autre as-tu vu ?

— Des filles de l'école… le pasteur et sa femme… Callum Loach était là avec sa famille. Les gens avaient pitié de lui. Il ne risquait pas de monter sur les manèges.

— A-t-il parlé à Tash ou Piper ?

— Je ne crois pas. J'ai entendu son père dire quelque chose à propos de Tash.

— Quoi ?

Elle picore une myrtille de son muffin.

— Un commentaire assez méchant. Il l'a traitée d'allumeuse et de garce. Tout le monde sait qu'il la déteste.

— Quand Piper est venue chez toi ce soir-là, où était Tash ?

— Je ne sais pas.

— Piper t'a paru bizarre ?

— Je savais que quelque chose clochait. Ses fringues étaient sales. Elle avait de la boue sur son jean au niveau des genoux, et aussi sur les coudes. J'ai pensé qu'elle était tombée. Elle s'est assise sur mon lit et a sali le plaid.

— Était-elle blessée ?

— Non.

— Est-ce qu'elle a pleuré ?

— Piper ne pleure jamais.

Emily se passe la main dans les cheveux et coince une mèche derrière l'oreille.

— Tu as quitté la foire à 21 heures, c'est bien cela ?

— J'ai appris que maman avait été hospitalisée.

— Qui t'a appelée ?

— Mon père.

— Ta mère vit à Londres maintenant, n'est-ce pas ?

— Oui.

— Tu la vois souvent ?

— Quand papa me le permet.

— Tu aimerais la voir plus souvent ?

Son visage exprime une douleur contenue. Il ne reste que des miettes dans son assiette.

— Je dois y aller. Je n'ai que quinze minutes de pause.

— Une dernière chose. Aviez-vous un endroit spécial où vous aimiez vous retrouver ?

— Vous voulez dire comme un club ?

— Oui, un lieu secret.

— À vous entendre, on a huit ans et on utilise encore des mots de passe.

Je ris.

— C'est juste que Piper et Tash n'ont pas emporté grand-chose avec elles. Il ne manque aucun vêtement dans leurs armoires. J'ai pensé qu'elles cachaient peut-être des affaires quelque part. Tu as dit que votre fugue était planifiée.

— Oui, dit-elle en scrutant la rue. L'été, on aimait bien traîner au centre de loisirs. À la piscine. On se servait des casiers. Tash planquait souvent des trucs là-bas.

Emily repousse sa tasse vide. Elle en a trop dit.

— Je dois y aller.

Sans plus attendre, elle attrape son manteau et se précipite dehors, puis traverse la rue après avoir regardé de chaque côté. Mon sentiment de malaise s'est mué en une angoisse sourde, tel un roulement de tambour, chaque jour plus fort.

Parvenue sur le trottoir d'en face, elle marque une pause, puis m'observe par-dessus son épaule un bref instant, comme si elle s'inquiétait de ce qu'elle venait de laisser derrière elle, et pourtant décidée à continuer sans.

Un jour, mon père m'a dit qu'une personne

pouvait réaliser un exploit lorsque sa vie ou celle d'un proche était en danger. Une mère capable de soulever une voiture pour sauver un bébé piégé, des gens qui survivent à un crash d'avion.

Un jour, je serai sûrement capable d'actes extraordinaires. Chaque fois que je me projette en train de poignarder George, ma gorge se serre. Un peu comme une crise cardiaque, même si je ne sais pas ce que l'on ressent en pareil cas. J'imagine une brûlure d'estomac un million de fois plus douloureuse, parce que personne n'est jamais mort d'un mal de ventre.

En réalité, c'est une simple crise de panique. J'en ai déjà eu. Avant, Tash m'aidait à les surmonter. Elle maintenait un sac sur ma bouche, me massait le dos et me disait de respirer lentement en pensant à un lieu ou une personne agréables.

C'est ce que je fais en ce moment. Je me vois allongée sur la pelouse de notre jardin en bordure de l'étang, par une belle journée ensoleillée. Phoebe est près de moi et je lui tresse une couronne de trèfle, avec un bracelet et un collier assortis. Dans la cuisine, maman est en train de préparer un poulet à la Kiev, mon plat préféré.

Cette scène peut paraître naïve, comme dans une publicité pour une lessive, mais elle m'aide à passer la crise. Au bout de quelques minutes, je parviens à respirer de nouveau normalement. Je me passe de l'eau fraîche sur le visage. Puis je fais bouillir de l'eau et mange des pâtes avec une cuillerée d'huile. Je n'en avale que quelques bouchées. Je suis bien trop nerveuse pour manger.

Je regarde la trappe, l'oreille aux aguets. S'il ne vient pas aujourd'hui, ce sera sûrement pour demain.

J'ai nettoyé une boîte de haricots vide pour me servir d'amplificateur de sons. Je la plaque contre le mur et colle mon oreille à la base, dans l'espoir d'entendre Tash de l'autre côté de la paroi. Je l'imagine même en train de faire la même chose. Nos têtes se touchent presque.

Le soir où nous avons finalement décidé de fuguer, nous nous sommes fait des promesses, front contre front. Je pensais Tash incassable, mais ce soir-là, elle s'est brisée en mille morceaux et j'ai tout tenté pour la réparer.

Depuis le procès d'Aiden Foster, elle ne parlait que de s'enfuir. Son renvoi de l'école nous en a simplement donné le prétexte. Nous allions passer un dernier été à Bingham, disait-elle. Nous partirions juste avant la rentrée des classes.

Le festival a eu lieu le dernier week-end des vacances. Il y avait des manèges, des stands et des spectacles dans le village vert. Le club d'équitation local a organisé une parade et le révérend Trevor a fait office de juge pour la compétition de dressage.

La journée entière aurait dû être une fête. Elle a débuté par un thé dans les jardins du Vieux Presbytère – une tradition que papa et maman ont accepté de perpétrer quand ils ont acheté la maison. D'après les historiens locaux, le presbytère offrait le thé tous les matins aux travailleurs du village depuis cent soixante-deux ans.

Je ne sais pas qui étaient ces travailleurs, car la majorité des visiteurs étaient de vieilles bigotes assises à de longues tables sur la pelouse. Il y avait des gâteaux au yaourt, des diplomates et du pudding recouverts d'un tissu en mousseline pour les protéger des mouches. Jasmine Dodds a emmené son nouveau-né, un bébé au crâne couvert d'écailles, comme s'il était en pleine mue. Cela n'a pas empêché les gens de pousser des Oh ! et des Ah ! chaque fois qu'il faisait son rot. Jasmine était ma baby-sitter quand j'étais petite.

À l'heure du déjeuner, M. Swanson, le boucher du village, a installé une rôtissoire et a fait rôtir un cochon qui ressemblait tellement à un être humain dépecé que je me suis fait l'effet d'une cannibale quand j'ai salivé.

Papa et maman m'ont fait trimer toute la journée. J'ai servi le thé et les gâteaux, débarrassé les tables, fait la vaisselle. Puis j'ai rangé les chaises et remis en place les mottes de terre arrachées. Pendant ce temps, je voyais des jeunes grimper sur le toboggan géant et j'entendais des cris en provenance du Disco Ride. Et une voix qui a annoncé dans le haut-parleur que tel ou tel enfant s'était perdu.

Finalement, ma mauvaise humeur l'a emporté. J'ai déclaré que c'était une putain d'injustice et j'ai traité maman de méchante garce. Les épaules de papa se sont affaissées comme un ballon qui se dégonfle. De nouveau, je le décevais.

On m'a renvoyée dans ma chambre. Punie. J'ai entendu papa et maman parler de m'envoyer de nouveau dans un camp. Maman disait que j'étais incontrôlable, papa lui répondait qu'elle exagérait.

Tash m'a envoyé un mail depuis son téléphone avec une image en pièce jointe. Emily et elle étaient sur le bateau pirate, toutes décoiffées tandis qu'il tanguait de droite à gauche. Je ne pouvais même pas leur envoyer un SMS. Mon téléphone avait été confisqué. Qu'allaient-ils me prendre ensuite ?

À 20 h 30, je me suis lavé les dents et me suis préparée à aller au lit. Phoebe et Ben dormaient déjà. Dès que j'ai entendu papa et maman débuter un film dans le salon, je suis sortie par la fenêtre de ma chambre. Du toit, j'ai gagné les anciennes écuries, puis je me suis laissée glisser sur la pile de bois. En traversant le jardin, j'ai fait taire les grenouilles et les criquets. Après m'être glissée par le portail latéral, je n'étais plus qu'à deux minutes du parc.

Tash et Emily se trouvaient près du trampoline géant. Elles faisaient une attraction où elles se retrouvaient la tête en bas et hurlaient de rire chaque fois que leurs jupes se retournaient.

Il était à peine 21 heures et la foire se terminait à minuit. Nous avons marché bras dessus bras dessous dans les allées. Tash était dans son élément. Elle battait des paupières et rejetait ses cheveux en arrière. Les garçons et les hommes adultes la couvaient du regard, certains admiratifs, d'autres alléchés.

Peu après 21 heures, Emily a appris que sa mère était à l'hôpital. Ce n'était pas la première fois. Nous avions l'habitude de savoir Mme Martinez malade. Je me rappelle même avoir regretté que ma mère ne soit pas elle aussi hospitalisée, une mauvaise pensée qui aujourd'hui me remplit de culpabilité.

Tash a glissé sa main dans son pantalon et en a retiré une petite boîte de pilules. Puis elle m'a pris la main et m'a entraînée derrière l'une des tentes.

— Je n'en ai qu'une. On va devoir partager.

Elle l'a mise dans sa bouche, a passé son bras sous le mien, puis m'a embrassée, pressant sa langue contre la mienne jusqu'à ce que la pilule se désagrège et se dissolve comme un cachet d'aspirine. Elle s'est écartée en gloussant. J'avais les joues en feu.

— Je crois que tu as aimé ça, a-t-elle dit en riant.

Déjà, je sentais l'ecstasy m'inonder d'une joie chimique. Je goûtais la musique qui bourdonnait dans mon cerveau comme un bonbon acidulé.

Tash m'a repris la main.

— Allons à la piscine !

— Mais elle est fermée.

— Je sais comment entrer.

Elle parlait de la piscine du centre de loisirs. Tash m'a traînée derrière elle. L'idée d'aller nager avec elle m'a remplie d'un bonheur pur. Quelques adolescents ivres parlaient à la police près de l'entrée du parc. Nous avons dépassé le groupe et couru jusqu'au centre de loisirs.

C'était une soirée chaude, emplie d'insectes et de l'odeur de miel mêlée de jasmin. Tous mes sens étaient aiguisés. J'aurais pu courir plus vite que jamais. J'aurais pu courir toute la nuit et toute la semaine suivante.

La seule chose que je trouvais étrange était ma voix. Je ne la reconnaissais pas.

— On doit partir d'ici, m'a dit Tash avec la lassitude affectée d'une femme au foyer mourant d'ennui. Cet endroit est tellement étriqué, mesquin, et…

— Morose ?

— Si on ne se tire pas d'ici, on va crever d'ennui. On sera piégées. On finira mariées, enceintes et prisonnières d'une maison pendant cinquante ans comme nos parents.

Elle a tournoyé dans la rue bras tendus en criant :

— À nous la liberté !

Puis elle a virevolté encore et encore avant de s'écrouler par terre, prise de vertiges et d'un fou rire incontrôlable.

Le centre de loisirs compte deux piscines extérieures et un grand bassin intérieur recouvert d'un dôme baigné d'une lumière bleutée et décoré de peintures murales.

Nous avons contourné la clôture extérieure jusqu'à un camion-benne garé contre un pylône de briques, derrière le bâtiment administratif.

Tash a grimpé sur la benne.

— Tu vas devoir me faire la courte échelle. (Elle a soulevé le bas de sa robe, révélant son string.) Ne regarde pas !

J'ai entrelacé mes doigts et elle a mis le pied sur mes paumes jointes.

Puis elle a escaladé le pilier de brique où elle a posé le pied tel un capitaine de bateau, regardant au loin.

— Je vois de l'eau.

— Et moi alors ?

— Longe la clôture. Je te ferai entrer par la grille.

Il faisait noir et je me suis égratigné le tibia contre un râtelier pour vélos. J'ai juré et sautillé sur un pied en me frottant l'autre. J'ai appelé Tash, mais elle n'a pas répondu.

J'ai regardé à travers la clôture en me demandant où elle était passée. Puis je l'ai repérée près de la grille, sa robe courte négligemment posée sur l'épaule, ses cheveux sur le côté. Dans le brouillard chimique et l'obscurité, elle avait l'air d'une sirène qui s'était débarrassée de sa queue et apprenait à marcher.

Elle a regardé par-dessus son épaule puis s'est mise à courir, s'emmêlant les pattes comme un jeune poulain. Au début, j'ai pensé qu'elle me fuyait, puis j'ai compris qu'elle courait dans ma direction. Elle n'a pas ralenti, a heurté la clôture de plein fouet et est tombée en arrière. Une fois remise sur pied, elle a essayé d'escalader la clôture, mais n'a pas réussi à se hisser. Elle n'avait pas assez de force.

— Cours, Piper ! a-t-elle crié. Cours !

36.

Drury contemple l'hiver grisâtre par la fenêtre de son bureau. À la veille de Noël, le vent s'est levé mais les nuages semblent trop épais pour se dissiper. L'été pourrait bien ne jamais revenir.

— Ce n'est pas Victor McBain, déclaré-je.

L'inspecteur ne semble pas m'écouter. Après une longue pause, il se tourne vers moi et réprime un haut-le-cœur, comme s'il transférait une lourde charge d'une épaule à l'autre.

— Qu'est-ce qui vous a fait changer d'avis ?

— La nuit du blizzard, il était dans une chambre d'hôtel avec une femme. Il ne veut pas l'impliquer.

— Il nous faut un nom.

— Sera-t-il rendu public ?

— Seulement en cas d'absolue nécessité.

— Sarah Hadley.

— C'est lui qui vous l'a dit ?

— Oui.

— Et vous le croyez ?

— Oui.

Le regard de l'inspecteur parcourt la pièce, s'égare sur son bureau, le dossier de son siège, le rebord de la fenêtre. Son esprit est ailleurs. Peut-être contemple-t-il sa propre infidélité ou essaie-t-il de se rappeler une époque où les gens ne le décevaient pas.

— Je ne sais pas combien de gars j'aurai perdus demain. Ils vont rentrer chez eux pour Noël. Mon budget est épuisé, je ne peux plus les rémunérer.

— Et les recherches ?

— Nous avons déjà tout passé en revue. Je suis obligé de les abandonner.

Des voix l'interrompent. Le bruit d'un esclandre. Il se tourne vers la fenêtre. Une foule s'est rassemblée dehors. Les caméras, journalistes et photographes encerclent Hayden McBain. Il porte un blazer bleu et a peigné ses cheveux.

— Ma sœur est morte et ils ont le culot de m'arrêter ! crie-t-il en pointant le poste de police. C'est moi qu'on enferme. C'est moi qu'on menace. Ils m'ont dit de la fermer. Eh bien, je ne vais pas rester sans réagir. Je vais attaquer ces salauds pour arrestation abusive et préjudice moral ! Ils vont payer pour avoir sali mon nom !

Drury pose le front contre la vitre et y laisse une empreinte grasse.

— Regardez-moi cette petite frappe. Il s'est trouvé un agent, un type du nom de Max Clifford, pour refourguer son histoire au plus offrant. On aurait dû l'inculper.

— Cela aurait été pire.

— C'est un profiteur. Il devrait exister des lois contre ces types-là.

Nouvelle interruption. Dave Casey, cette fois.

— Vous devriez venir voir ça, patron. Sky News vient juste de publier de nouvelles photographies de Natasha McBain sur leur site. Ils disent qu'elles ont été prises le soir de sa disparition.

Casey tape l'adresse du site sur l'ordinateur du bureau. La page s'ouvre sur les photographies avec l'intitulé : « La dernière danse de Natasha. »

Les images, de mauvaise qualité, ont été prises avec un téléphone portable, mais le sujet est facilement identifiable. Natasha McBain porte une robe d'été et danse. Tournoie. Le mouvement soulève sa jupe au-dessus de ses hanches.

Plusieurs hommes dont on ne voit pas les visages la regardent. Ils sont assis sur des bancs ou debout autour d'elle.

Voici les dernières images prises de l'adolescente Natasha McBain, tragiquement disparue il y a trois ans avec son amie Piper Hadley. Ces clichés ont été pris quelques heures seulement avant la disparition de Natasha du festival de Bingham, dans le comté d'Oxford, le 30 août 2008.
Le corps de Natasha a été retrouvé la semaine dernière dans un lac gelé à près d'un kilomètre de chez elle.

— Je veux les originaux, ordonne Drury. Je veux savoir qui les a pris.

Quinze minutes plus tard, on lui passe un appel du directeur de l'information de la chaîne câblée. Nathan Porter a un accent de Birmingham chaleureux. Il est sur haut-parleur.

— En quoi puis-je vous aider, inspecteur ?

— Vous êtes en possession d'images de Natasha McBain. D'où viennent-elles ?

— Un particulier me les a fournies.

— J'ai besoin d'un nom et d'une adresse.

— Notre source souhaite rester anonyme.

Drury s'efforce de contrôler son agacement.

— Ce n'est pas WikiLeaks, monsieur Porter. Nous enquêtons sur un meurtre.

— Sky News se doit de protéger ses sources. Dans une société libre...

Drury prend le socle du téléphone et fait mine de le détruire sur le bureau. Porter parle toujours :

— ... l'indépendance de la presse est l'un des piliers de la démocratie...

Toute bonne volonté entre les deux hommes s'est évanouie.

— Soyons sérieux, monsieur Porter, vous ne protégez pas la démocratie, vous protégez le meurtrier d'une adolescente.

— Allons, inspecteur, je pense que vous exagérez. Je n'ai rien fait d'autre que publier une histoire juteuse.

— C'est ça pour vous, une *histoire juteuse* ? Une fille est morte ! Une autre a disparu. Vous avez quinze minutes pour fournir à la police l'identité de votre source. Si vous refusez, j'organise immédiatement une conférence de presse. Je suis persuadé que M. et Mme Hadley seront ravis de commenter l'éthique de la chaîne d'information qui refuse de divulguer des éléments susceptibles d'aider la police à retrouver leur fille.

Un long silence s'ensuit. Les silences ont leur propre grammaire et syntaxe.

Le directeur de la chaîne répond enfin :

— Veuillez patienter, je vous prie. Je prends conseil auprès de mes avocats.

— L'heure tourne, gronde Drury.

En attendant, nous entendons une annonce pour les programmes de Noël sur Sky Premiere.

Cinq minutes plus tard, Porter reprend la communication.

— Il s'agit d'une sorte de malentendu, dit-il en s'excusant d'avoir fait attendre son interlocuteur.

— Que voulez-vous dire ?

— Nous avons toujours eu l'intention de vous donner les photographies. Nous ne voulons en aucun cas ralentir ou entraver votre enquête. Peut-être qu'en échange de notre aide, vous pourriez demander aux Hadley de nous accorder une interview exclusive.

— Impossible, dit Drury.

— Ou alors *vous* pourriez nous accorder un entretien, inspecteur.

— Ce n'est pas une bonne idée, croyez-moi.

— Pourquoi ?

— Je pourrais dire des choses que vous regretteriez.

— Je vois.

— Qui vous a donné ces photographies ?

— Un homme a appelé la salle de rédaction. Il s'est fait appeler John Smith – clairement un faux nom – et voulait être payé en liquide. Nous lui avons donné cinq mille livres.

— Tout simplement ?

— Nos caméras de sécurité l'ont filmé quand il est venu chercher l'argent. Donnez-moi une adresse électronique et je vous envoie les bandes.

— Et les clichés de Natasha ?

— Ils ont été pris par un téléphone portable. Il nous a donné quatre clichés qui forment une séquence, sans doute extraits d'une vidéo. Je vous envoie un mail tout de suite.

Peu après, l'ordinateur bourdonne.

— Merci pour votre coopération, monsieur Porter.

— Avec plaisir, inspecteur.

Drury raccroche et clique sur le message. La pièce jointe s'ouvre dans une autre fenêtre. Il s'agit d'un fichier vidéo. La séquence montre un homme qui franchit la porte tambour puis traverse le vestibule. Il porte une capuche enfoncée sur une casquette de base-ball. Mains dans les poches de son jean. Il parle à la réceptionniste et refuse d'être photographié pour obtenir un passe visiteur. Au lieu de quoi, il attend l'arrivée d'une journaliste vêtue d'une jupe stricte. Il admire le galbe de ses jambes. L'échange a lieu. Puis il gagne la porte.

— Là ! s'exclame Drury.

L'enregistrement se fige. Ledit John Smith a jeté un bref coup d'œil à la caméra de surveillance, révélant son visage une fraction de seconde.

— Bordel ! dit Drury en attrapant son manteau sur le dossier de son siège.

Il ouvre la porte et crie :

— Blake ! Casey ! Middleton ! Avec moi…

37.

Blackbird Leys est le plus grand lotissement de logements sociaux d'Europe. Il a été construit dans les années 1950, quand les urbanistes ont cru résoudre le manque de place dans le centre-ville en déplaçant les gens des quartiers pauvres à la périphérie. Loin des yeux, loin du cœur.

Mais cette idée utopique a vu proliférer des agglomérations bétonnées, plus mornes et désolées que n'importe quelle description de Dickens, où se côtoient usines illégales, repaires de drogués, bordels, squats, cimetières de voitures, ateliers clandestins et magasins aux fenêtres grillagées.

Cela ne ressemble en rien à l'Oxford pimpant des touristes. C'est là où vivent les « classes laborieuses » – balayeurs, femmes de ménage, ouvriers, livreurs et vendeurs – qui font tourner la ville.

Les monuments locaux sont les tours jumelles Windrush et Evenlode : deux immeubles à loyer modéré de cinquante étages qui gagneraient à recevoir de plein fouet une boule de démolition ou une vingtaine de kilos d'explosifs.

L'entrée de service de Windrush empeste les poubelles, le désinfectant et la pisse de chat. Je regarde une douzaine d'agents équipés de gilets pare-balles grimper l'escalier. Quatre autres empruntent l'ascenseur tels des astronautes en chemin vers leur module de commande.

Toby Kroger habite au septième étage avec son jeune frère. Leurs voisins ont été discrètement évacués. L'équipe d'intervention est en place. Le chef des opérations a une caméra fixée sur son casque qui nous fournit des images en direct. Drury regarde fixement l'écran, un écouteur dans l'oreille droite.

« *Ouverture de la porte. Sortie d'un individu mâle.* »

« *C'est le frère.* »

Un gamin d'à peine dix-sept ans sort de l'appartement avec un sac poubelle plat. Il laisse la porte ouverte et se dirige vers le vide-ordures. Dans trois secondes, il atteindra l'escalier où sont embusqués les agents.

— Il va les surprendre, maugrée Drury. (Puis il chuchote dans sa radio :) Préparez-vous à intervenir.

Le frère jette le sac poubelle et glisse sa main derrière son dos. Pour prendre un pistolet ?

— Go ! crie Drury dans sa radio. Go ! Go ! Go !

La caméra tressaute sur le casque de l'agent qui court dans le couloir en direction de la porte d'entrée ouverte. Des éclats de lumière se reflètent sur les casques et les armes blanches.

— POLICE ! TOUT LE MONDE À TERRE ! TOUT DE SUITE !

Les agents s'agglutinent dans l'appartement jusqu'à occuper tout l'espace. Kroger est étendu torse nu sur le sol, bras et jambes écartés. La télévision est en marche. Jeux vidéo. Cartons à pizza. Canettes de bière.

Un peu plus tard, Kroger émerge de l'appartement menotté, à moitié transporté par les policiers, avec l'air d'un homme qui vient de sauter sur les rails du métro. Dans le reste de l'immeuble, un chien aboie, un bébé pleure, et quelqu'un crie de cesser ce boucan.

L'opération a duré deux minutes au total, pourtant j'ai l'impression de l'avoir suivie au ralenti. Blackbird Leys n'a pas changé. Je jette un coup d'œil à la rue déserte et vois un homme marcher sur le sentier, un sac en plastique à la main. Il s'arrête brusquement, regarde autour de lui, puis plonge dans une allée latérale. Peu après, il réapparaît et s'éloigne à pas vifs. C'est Craig Gould.

Drury est en train de fouiller l'appartement du septième étage. Karen Middleton est restée en faction, sa radio à la main. Je lui fais un signe discret et pointe du doigt Gould qui s'éloigne de nous. Il se faufile entre deux bâtiments et escalade un haut mur. L'instant d'après, il a disparu.

Middleton contacte Drury par radio :

— Patron, un type a filé entre les voitures de police et a franchi le mur sud. Je le prends en chasse.

Rempochant sa radio, le sergent se dirige déjà vers le parking. Cette petite femme solide court à une vitesse surprenante. Elle saute sur le capot d'une Volkswagen en stationnement, passe par-dessus le mur tête la première, et disparaît de mon champ de vision.

Je cours à mon tour, et emprunte une allée entre deux rangées de terrasses pour contourner le mur. Devant moi, des magasins aux rideaux de fer tirés et une aire de stationnement déserte. Où est-elle passée ?

À ma droite, un terrain vague protégé par une clôture. Je repère une forme bosselée et mouvante. Je passe une jambe par-dessus les fils barbelés, frémis à la sensation du métal froid sur mes testicules, réussis à passer la deuxième jambe et retombe lourdement de l'autre côté. Le sergent Middleton est à terre, la lèvre inférieure entaillée. Elle gémit.

Je lui prends sa radio.

— Agent à terre, je répète, agent à terre !

Elle me reprend l'appareil des mains.

— Je m'en occupe.

Devant nous se dresse un immeuble abandonné aux vitres cassées. Mon regard suit la clôture jusqu'à une brèche dans les barbelés. Gould ne peut guère être loin. Plongeant dans l'ouverture, je longe une série de garages. Puis emprunte une allée piétonne.

Au bout d'une dizaine de mètres, je parviens à un croisement. Des voitures blanchies par le givre sont garées de chaque côté. Un moteur démarre et ronronne à travers un silencieux trafiqué. Peu après, une Ford Escort rugit dans ma direction. Gould est au volant, une lueur de démence dans son regard. Je suis au beau milieu de la route. Il fait une embardée et enfonce les freins trop fort. L'arrière du véhicule se déporte et il heurte une voiture en stationnement. Gould tente de corriger sa trajectoire. Sans succès. L'Escort fait une queue de poisson. Comme la pédale de frein est enfoncée, les roues se bloquent dans un nuage de caoutchouc brûlé. Poursuivant sa glissade, l'Escort entre en collision avec un van et termine sa course dans un fracas métallique.

Les agents de l'unité d'intervention arrivent au même moment, pistolet au poing. Ils s'accroupissent et mettent le véhicule en joue. Gould se débat pour lever les mains en l'air. Il ne peut entendre leurs instructions, couvertes par le hurlement d'une demi-douzaine de sirènes de police.

Drury arrive à son tour, les prunelles tels des graviers noirs.

Karen Middleton est au côté de l'inspecteur, avec une commotion sans gravité.

Gould est menotté et poussé dans une voiture de police. D'un claquement de la paume sur le capot de la voiture, Drury leur donne le signal du départ.

— Tout va bien ? me demande-t-il.

— Ça va.

— À quoi pensiez-vous ?

— Elle s'est lancée seule à sa poursuite.

— Ce qui est son problème. Pas le vôtre.

De lourdes bottes arpentent l'appartement de Toby Kroger. Les agents procèdent à une fouille en règle. Ils ouvrent les tiroirs, les armoires, les commodes, passent les mains sous les matelas, palpent le poster d'une fille aux seins nus sur une moto.

L'appartement empeste le graillon et l'eau croupie. Depuis le couloir, je les regarde arracher les couvertures des lits défaits. Ouvrir et vider les boîtiers de DVD.

Ils dénichent un ordinateur dans un tiroir. En veille. Drury soulève le couvercle. Le fond d'écran est la photo d'un groupe de métal. Il double-clique sur l'icône dans le coin en haut à gauche et accède au bureau, qui n'est pas protégé par un mot de passe.

La messagerie de Kroger contient quatre mille trois cent vingt-sept messages. La boîte d'envoi deux mille cinq cent douze.

Drury ouvre le « Finder » et cherche les fichiers vidéos. Une liste apparaît, avec des chiffres au lieu de noms. Les onglets mettent du temps à se charger. Il y a des centaines de vidéos, pour la plupart des clips pornos et des bandes-annonces.

— Cet ordinateur a moins d'un an, dit Drury. Le film de Natasha a été tourné avant. Peut-être qu'il n'a pas transféré les anciens fichiers sur son nouvel ordinateur.

— Il n'aurait jamais détruit une vidéo de Natasha, dis-je.

— Pourquoi ?

— Regardez les clips qu'il a téléchargés. La plupart sont des fantasmes de femmes violées ou soumises. La vidéo de Natasha a sans doute une signification particulière pour lui, parce qu'il éprouve un sentiment de possession. Essayez des dates antérieures.

Drury clique sur « options », et sur l'onglet des datations.

— L'ordinateur a été enregistré en mai. Voyons combien de fichiers il a créés à cette date.

— Il a dû les importer de son ancien ordinateur, dit Drury en ouvrant les dossiers.

Il regarde plusieurs secondes de chaque clip. De jolies filles aux lèvres peintes prises de force, avec des moues affectées. Rien d'érotique ni d'excitant dans ces images. Au contraire, elles sont d'une banalité abrutissante, à vous ficher la migraine.

Une nouvelle vidéo s'ouvre sur l'écran. Des images de piètre qualité montrent un sol, puis un mur, avant de se concentrer sur une fille vêtue d'une robe fleurie, aux cheveux emmêlés, qui danse maladroitement tandis que des serviettes mouillées lui cinglent les jambes et les cuisses. La musique – « Single Ladies » de Beyoncé – est diffusée par un portable.

Les hommes sont assis sur des bancs en bois ou debout. Le visage masqué par une cagoule ou un foulard.

Natasha les supplie de la laisser partir. L'un d'eux presse une cigarette allumée sur sa jambe. Elle titube, épuisée.

« *Fais-nous une pirouette, ma jolie.* »

Elle s'exécute.

« *Tu peux faire mieux que ça.* »

« *Plus vite !* »

Elle tournoie plus vite. Sa robe se soulève, révélant ses sous-vêtements.

L'un des hommes plaque les mains sur les seins de Natasha. Elle le repousse. Un autre homme la prend par la taille et la soulève. Une main plonge entre ses jambes.

« *Non !* supplie-t-elle. *S'il vous plaît, laissez-moi partir.* »

« *Je croyais que tu aimais danser.* »

« *Je danserai, mais ne me touchez plus.* »

« *Allez ! Bouge ton petit cul.* »

L'enregistrement s'arrête. Puis reprend. L'angle est différent. Les serviettes fouettent les cuisses et l'estomac de Natasha, mais cette fois elle est nue.

On voit six hommes sur la vidéo. Un septième tient la caméra.

« *Ouais ! Vas-y !* » dit une voix.

« *Montre-nous comment tu bouges.* »

Un poing lui agrippe les cheveux et lui renverse la tête en arrière.

« *Ne pleure pas, ma jolie. Quand ce sera terminé, tu vas marcher bizarrement un moment, mais tu auras toujours deux jambes.* »

Un rêve.

Ce que j'ai entendu.

Ce que j'ai vu.

Ce que j'aurais préféré oublier.

Ils ont dû nous suivre à la foire, mais je ne sais pas comment ils sont entrés dans le centre de loisirs. Tash s'est retrouvée piégée à l'intérieur.

J'ai couru. J'ai failli atteindre la route éclairée par les lampadaires et les maisons, mais j'ai trébuché sur le râtelier de vélos, le même que la dernière fois. J'ai cru que ma jambe était cassée. J'ai boité en direction de la route.

Une ombre a bougé sur ma droite. Un homme m'a enlacé la taille d'une main et a plaqué l'autre sur ma bouche et mon nez. Je ne pouvais plus respirer, mais je ne pouvais pas le lui dire. Je me suis débattue, j'ai crié, mais il me maintenait fermement.

Il m'a ramenée au centre. J'ai cru suffoquer. Mais il a fini par me poser par terre et m'a ligoté les mains derrière le dos. J'étais assise dehors, à la sortie des vestiaires.

De l'intérieur me parvenait de la musique. Des rires d'hommes. Et la voix de Tash qui les suppliait de la laisser partir.

L'homme m'a relevé la tête et m'a enfoncé une pierre lisse dans la bouche.

— Ne l'avale pas, sinon tu vas t'étouffer, a-t-il conseillé en me bâillonnant avec un tissu, qu'il m'a noué derrière la tête.

Puis il a soulevé ma chemise pour me couvrir le visage. J'étais gênée qu'il voie mon soutien-gorge.

— On ne va pas te faire de mal. Ta petite copine a juste besoin d'une bonne leçon.

Je ne voyais pas son visage, mais je sentais sa sueur et son haleine imbibée d'alcool.

Les éclats de voix dans les vestiaires. La musique. Les rires.

— Déhanche-toi !

— Montre-nous ce que tu sais faire !

— Relève le menton. Je veux voir ta tête.

38.

Assis jambes écartées, les mains jointes derrière la tête, Toby Kroger s'efforce de prendre l'air désinvolte. Intérieurement, une dynamique est à l'œuvre. Il est mort de trouille. Effrayé par sa spectaculaire arrestation, il se demande quel coup du sort a provoqué ce brusque revirement de fortune.

J'ai lu son dossier. Au chômage, sans diplôme, Kroger est d'une famille de trois enfants dont les parents ont divorcé quand il avait sept ans. Son père et son grand-père travaillaient sur une chaîne de production à la Morris Motor Company de Cowley jusqu'au dégraissage des années 1980, qui a vu disparaître quatre-vingt-dix pour cent de la main-d'œuvre.

Kroger a été renvoyé du lycée à l'âge de quinze ans et arrêté deux fois avant son dix-septième anniversaire. Les ouvriers n'avaient plus de travail. Les mines ont été fermées et les usines délocalisées. L'État lui donnait des allocations et se demandait pourquoi un gamin comme lui s'était tourné vers la criminalité, quand le seul « boulot rémunéré » sur le marché venait des dealers et des gangs. Ils avaient embauché plus de policiers et construit plus de prisons en espérant que les classes laborieuses finiraient par disparaître.

Drury se tient derrière moi dans la salle d'observation.

— Que pensez-vous de ce type ?

— Il va se refermer comme une huître. Les interrogatoires ne l'impressionnent pas parce qu'il est déjà passé par là.

— Je suis du genre patient.

— Cela ne suffira pas. Vous devez le secouer. Le déstabiliser. Je peux vous aider. Laissez-moi venir avec vous.

L'inspecteur ne paraît pas rebuté par cette idée.

— Expliquez-vous.

— Pour le moment, Kroger ne sait pas pourquoi il a été arrêté, mais il se doute que cela a un rapport avec les photographies. Les gens deviennent nerveux dans l'entourage de psychologues. Ils croient qu'on va les embrouiller ou farfouiller dans leurs têtes. Ça pourrait le faire sortir de sa réserve.

Drury réfléchit à ma proposition. Puis se décide :

— D'accord, on va tenter le coup.

Quand nous pénétrons dans la pièce, Kroger ne lève pas les yeux. Je prends une chaise et m'assoit sur le côté. Il m'observe de biais, puis s'adresse à Drury :

— C'est qui celui-là ?

— Le Pr O'Loughlin est psychologue. Il est ici pour vous observer.

— Il a le droit ?

— Détendez-vous, Toby.

— Mais pourquoi il est là ?

— Peu importe.

Kroger me regarde de nouveau. Le silence s'étire un moment.

— Je veux qu'il arrête, marmonne Toby.

— Arrêter quoi?

— De me regarder comme ça !

Ignorant sa remarque, Drury ouvre un dossier et feuillette les pages. Kroger éloigne sa chaise de la mienne, puis croise les bras. Le visage fermé. Sur la défensive.

Une nouvelle minute s'écoule.

— Qu'est-ce que vous attendez ? demande-t-il.

— Je vous donne le temps de vous préparer, dit Drury.

— Hein ?

— De réfléchir à votre petite histoire. Ça aide d'avoir une bonne histoire à raconter quand on va être inculpé d'agression sexuelle.

— Je ne l'ai pas touchée. Si c'est ce qu'elle a dit, elle ment.

Drury marque un temps d'arrêt.

— De qui parlez-vous, Toby ?

Kroger hésite.

— Je ne sais pas. Une fille.

— Natasha McBain. Nous avons trouvé une vidéo d'elle sur votre ordinateur.

Kroger tressaille et met un moment pour se reprendre.

— Ce n'est pas mon portable.

— Nous l'avons trouvé dans votre appartement. Avec votre messagerie électronique.

— C'est un type qui me l'a vendu.

— Quand ?

— Il y a quelques semaines.

— Où ?

— Dans un bar.

— Lequel ?

— L'Ox.

— L'Ox est fermé depuis le mois de mars.

— C'était sûrement un autre bar. Je ne m'en souviens plus.

Drury secoue la tête.

— J'ai déjà été très patient avec vous, Toby.

— C'est la vérité ! Je l'ai acheté à un type. Blond, gros, la quarantaine. Sûrement un joueur compulsif, parce qu'il n'en voulait que soixante livres.

— Et tous ces films pornos sur votre ordinateur ?

Kroger sourit, ses dents en or brillent.

— Ce n'est pas illégal.

— Les photographies de Natasha McBain que vous avez vendues, qui les a prises ?

— Je ne sais pas de quoi vous parlez.

— Nous avons un enregistrement de vous en train de prendre l'argent d'une journaliste, qui vous a identifié comme la source.

Son sourire s'évanouit. Il me jette un coup d'œil nerveux.

— Je les ai trouvées sur l'ordinateur. Le type n'avait pas effacé son disque dur.

— Avez-vous reconnu Natasha McBain ?

— Ouais.

— Pourquoi ne pas avoir appelé la police ?

— Je voulais juste me faire un peu de fric.

— Elle a été agressée sexuellement.

— Je n'ai pas regardé toute la vidéo.

— Vous pensiez peut-être qu'elle le méritait ?

— C'est pas mes affaires.

— Qui a pris cette vidéo ?

— Je vous l'ai dit.

— Un gros blond dans un bar ?

— Ouais.

— Dernière chance, Toby. Je veux la vérité.

Drury fait signe au miroir. Un moment plus tard, on frappe à la porte. Dave Casey entre avec un téléphone portable.

— Est-ce votre téléphone, Toby ?

Kroger hésite.

— C'est une question simple, reprend l'inspecteur. Il est enregistré à votre nom. Quel est le code ?

— Je n'ai pas à vous le dire.

— Aucune importance – nous l'avons déjà débloqué.

Kroger fixe le téléphone du regard comme s'il allait exploser.

— C'est une propriété privée. Vous devez avoir un mandat ou un truc de ce genre.

— C'est là que vous vous trompez.

L'inspecteur fait courir son doigt sur l'écran.

— Nous avons fouillé la mémoire. Et nous avons trouvé l'enregistrement.

Il éloigne le portable. La vidéo débute. Natasha danse sur le petit écran. Kroger ne la regarde pas.

— Il n'y avait pas de gros blond dans le bar, Toby. C'est vous qui avez fait cet enregistrement. Vous avez filmé toute la scène. Elle avait quinze ans. J'ai compté six hommes adultes. Sept avec vous.

— Je n'ai fait que filmer ! Je ne l'ai pas touchée !

— Vous l'avez violée.

— Non, non, non.

Il secoue vivement la tête, suppliant Drury de comprendre.

— On lui a juste fait un peu peur. On lui a donné des petits coups de serviette. On l'a obligée à danser. Personne ne l'a violée.

— C'est des salades !

— Non, c'est vrai. Personne ne l'a violée, je le jure.

— Où ça s'est passé ?

De nouveau, Kroger hésite. Drury frappe la table du plat de la main.

— Combien de temps nous faut-il d'après vous pour trianguler les signaux et trouver l'endroit exact où ça s'est passé ? Et combien de temps pour retrouver la trace des autres portables qui se trouvaient dans ce lieu précis au même moment ? On va obtenir les noms de tous les types sur ce film et on va les inculper pour agression sexuelle, enlèvement et peut-être même meurtre.

— Quoi ? Non, non, on n'a tué personne. On ne l'a pas enlevée. C'était juste pour rigoler. La punir pour ce qu'elle avait fait.

— Qu'avait-elle fait ?

Kroger se tait brusquement. Il en a trop dit.

— La punir de quoi ? répète Drury.

— Rien. Je veux dire, c'était une allumeuse, vous savez. Elle attirait les ennuis.

— Alors vous l'avez violée ?

— Vous voulez bien arrêter de dire ça ? (Kroger me regarde et réagit violemment.) Et vous, arrêtez de me regarder ! (Il croise les bras.) Je veux un avocat.

— C'est votre droit, Toby.

— Je ne répondrai plus à aucune question.

— Bien. Comme vous voudrez. Je vous inculpe pour la séquestration et l'agression sexuelle de Natasha McBain. Vous n'êtes pas obligé de parler, mais tout ce que vous direz pourra être retenu contre vous…

Kroger veut répondre, mais Drury ne lui en laisse pas le temps.

— Vous avez eu votre chance, Toby. Retournez dans votre cellule et revenez avec une meilleure histoire. Soyez plus créatif. L'amnésie peut-être. La folie. Vous allez le payer cher. C'est pour ça qu'il vous regarde de cette manière. Il peut lire dans votre petit cerveau malade. Il sait que vous aimez les scènes de viols pornographiques… Imaginez un peu ce qui va vous arriver en prison… Des centaines de gars qui voudront vous couper les couilles pour avoir violé une mineure. Un pervers sexuel, un pédophile, un voyeur. Ils vont vous faire la fête, Toby.

Kroger secoue la tête d'un air affolé.

— Je ne l'ai pas touchée ! J'ai seulement filmé la fille. Personne ne l'a violée.

Drury se penche vers lui.

— Vous croyez que quelqu'un va vous sauver ? Toute cette histoire va vous exploser à la figure. Dommage. Vous avez eu votre chance et vous l'avez laissée passer. Votre copain Craig Gould est en bas et il va chanter comme Amy Winehouse. Il a accepté de passer un marché avec nous. Donner des noms.

Drury se lève. Je ne bouge pas d'un pouce.

— Je passe cette porte et vous croupissez les douze prochaines années au trou.

Il ne lui faut pas plus de trois pas.

— D'accord ! D'accord ! Attendez ! Personne ne l'a violée, d'accord, pleurniche Kroger, mais je vais vous raconter ce qui s'est passé.

Drury se rassoit.

— Où a été prise la vidéo ?

— Dans les vestiaires du centre de loisirs de Bingham.

— Où était Piper Hadley ?

— À l'extérieur. On l'avait ligotée.

— Où est-elle à présent ?

Kroger fronce les sourcils et hausse les épaules. Il ne paraît pas saisir l'importance de la question. Puis soudain, il comprend la situation.

— On n'a pas enlevé les filles ! On les a laissées filer.

— Où ?

— À la piscine. (Il dit cela comme si c'était évident.) On ne les a pas kidnappées, je le jure. (Il lève de nouveau les yeux sur moi.) C'est la vérité. Juré.

— Qu'avez-vous fait alors ?

— On a secoué un peu Tash. On l'a fait danser. Ensuite on l'a mise sous la douche et on l'a lavée, c'est tout. Elle allait bien.

— Elle allait *bien* ?

— Enfin, vous voyez ce que je veux dire.

Drury fait glisser un calepin vers lui.

— Je veux leurs noms. Tous jusqu'au dernier.

Quand c'est terminé,

j'ai aidé Tash à se rhabiller et à nettoyer le sang sous son nez. Ses mouvements étaient comme au ralenti. Je ne comprenais pas très bien où elle souffrait. Elle avait des marques rouges sur les cuisses et l'estomac, le dos, les bras. Des hématomes bleuissaient déjà.

Ils nous avaient prévenues de ce qui se passerait si nous en parlions à qui que ce soit. Ils avaient des photographies, disaient-ils, un film de Tash nue. Ils le diffuseraient sur Internet et mettraient les images sur Facebook.

Ensuite, ils nous ont dit de compter jusqu'à mille, et c'est ce que j'ai fait. J'ai compté jusqu'à mille, puis jusqu'à deux mille.

Tash ne disait rien. Elle aurait aussi bien pu être endormie.

Enfin, j'ai entendu une petite voix inquiète.

— Piper ? Je veux partir tout de suite.

J'ai pensé qu'elle voulait rentrer à la maison, mais elle parlait de fuguer.

— J'ai cinq cents livres. Combien peux-tu avoir ?

Je n'ai pas répondu tout de suite.

— Ne t'inquiète pas. J'en ai assez pour deux.

— On devrait aller voir la police.

— Non.

— Mais tu es blessée.

— Je ne sens rien.

— Tu saignes.

— Pas grave.

C'était comme si quelqu'un avait appuyé sur un interrupteur en elle et que plus rien ne pouvait l'atteindre.

— Et Emily ?

— Va chez elle. Dis-lui qu'on la retrouve demain matin à la première heure. Elle n'est pas obligée de venir, mais je ne changerai pas d'avis.

Mon estomac s'est tordu et enroulé comme un serpent à l'intérieur de mon corps. Le regard de Tash m'a traversée comme si j'étais de verre et qu'elle pouvait voir à travers moi.

— Je sais que tu as peur, dit-elle. Moi aussi j'ai peur.

Je n'ai pas trouvé les mots pour la faire changer d'avis. Dans son esprit, Tash était déjà loin. Elle voulait que je la rattrape. Justement, c'est ce que je sais faire, me suis-je dit. Courir.

39.

Une heure avant l'aube de la veille de Noël, plusieurs équipes d'intervention armées sont rassemblées au poste de police d'Abingdon. Sept adresses ont été identifiées. Cinq autres suspects sont recherchés. Je suis à peine réveillé quand ces hommes sont tirés de leurs lits chauds, menottés sous les yeux de leur famille, et embarqués dans des voitures de police.

Theo Loach arrive au poste la tête haute, et repousse le manteau qu'un policier lui propose pour masquer son visage. Ses cheveux argentés sont impeccablement peignés et le seul signe de perturbation de sa routine est le début de barbe qui ombre son menton.

Reuben Loach, le cousin de Callum, a un physique de cycliste et le crâne recouvert d'un casque de cheveux noirs. Il répète sans relâche qu'il est victime d'une erreur.

L'oncle de Callum, Thomas Rastini, est un vendeur d'assurances âgé de cinquante ans flanqué d'une femme et trois enfants. L'homme corpulent transpire malgré le froid et tambourine à la porte de sa cellule pour supplier les policiers de le laisser parler à sa femme.

Scott Everett est un ami de Callum. À environ vingt ans, il a des cheveux coupés à la mode et des yeux couleur pois cassés. Il se recroqueville sous la couverture comme pour disparaître. Quelques minutes plus tard, son père arrive au commissariat. L'homme, d'une courtoisie extrême, laisse tomber le nom de son avocat.

Le dernier suspect n'a aucun lien apparent avec Aiden Foster ou Callum Loach. Nelson Stokes, l'ancien gardien de l'école, ne paraît pas surpris d'être arrêté. Il connaît la chanson – quand baisser la tête, quand la couvrir, quand se taire.

Les suspects sont séparés. On prend leurs empreintes, on leur tire le portrait et on leur lit leurs droits.

À neuf heures, l'atmosphère du commissariat est festive. Tout le monde est dans l'attente d'un heureux dénouement : une affaire majeure est sur le point d'être résolue, la vérité va bientôt éclater au grand jour. C'est une question d'heures, de jours tout au plus. Les relevés téléphoniques vont relier tous les suspects au lieu de l'agression. Au début, ils nieront les faits, jusqu'à ce que l'un d'eux brise le rang et supplie la police de passer un marché. Ensuite, ils se retourneront les uns contre les autres comme les invités d'un reality-show de Jerry Springer.

J'assiste aux premiers interrogatoires, espérant déceler un signe qui en fasse sortir un du lot. Tous sont coupables d'agression sexuelle, conspiration et séquestration. Ils ont retenu Natasha contre sa volonté. Ils ont découpé ses vêtements, l'ont forcée à danser, ont ignoré ses suppliques. Je ne sais pas s'ils l'ont violée, mais l'un de ces hommes a sans doute enlevé les filles. Qui parmi eux est le collectionneur ?

D'après la déclaration de Toby Kroger, c'est Theo Loach qui a eu l'idée de punir Natasha. Aiden Foster était sous les verrous pour avoir estropié Callum, or aux yeux de Theo, Natasha était tout aussi coupable. C'est elle qui a provoqué la dispute et fourni la drogue. Elle est toujours en liberté. Son sentiment d'impunité n'a fait que croître lorsqu'il a vu Natasha minauder et faire tourner la tête des garçons à la foire en marchant sur ses deux jambes. Quelqu'un devait lui donner une bonne leçon. Lui montrer que ses actes n'étaient pas sans conséquences.

Il a recruté les autres avec l'aide de Kroger et Gould. Tous se sont réunis dans un bar d'Abingdon.

— Nous voulions seulement lui faire peur, a expliqué Kroger. Theo parlait de lui jeter de l'acide au visage ou de lui tatouer un truc sur le dos, mais on n'était pas d'accord. Ensuite on a pensé à lui raser le crâne. Nelson disait que c'est ce qu'on faisait aux femmes qui fraternisaient avec l'ennemi pendant la guerre, vous savez, les Allemands.

À suivre les interrogatoires derrière le miroir sans tain, je m'efforce d'apprendre un maximum d'éléments sur les suspects. Theo Loach ne paraît éprouver aucun remords. Reuben Loach, étrangement silencieux, repousse sans cesse ses lunettes sur son nez et fronce les sourcils à chaque question. Thomas Rastini est dans le déni et demande à rentrer chez lui. Scott Everett est sur la défensive. Craig Gould pleure à deux reprises pendant son interrogatoire et s'excuse de pleurnicher ainsi.

En voyant la vidéo de l'agression, il déclare :

— Je sais que ça a l'air terrible, mais elle ne fait que danser. Rien d'autre.

Seul Nelson Stokes reste imperturbable. Il ne prend pas l'air traqué, ne feint pas la contrition et ne cherche pas à se défendre. Il répond aux questions avec franchise, sans détails superflus. Sa posture et son visage ne montrent pas de signes de stress. Il joue même à un petit jeu, jette des nombres sur une feuille de papier, sans vouloir dire s'il s'agit de coordonnées cartographiques ou de messages codés.

Souvent, les coupables ont l'air détendu parce qu'ils n'ont plus à s'inquiéter – ils ont déjà été pris. Les innocents craignent les erreurs et les bévues. Les témoins peuvent mentir. Les preuves être perdues. Sans parler des jurés douteux, des juges acrimonieux et des policiers corrompus.

J'ai beau faire des efforts, je ne vois pas Stokes dans la peau du ravisseur. C'est un pervers et un voyeur, mais sur l'échelle de la violence sexuelle, enlever et séquestrer deux adolescentes... mutiler Natasha... est d'une toute autre envergure. Ce n'est pas impossible, mais cela me semble peu probable.

Délaissant mon poste d'observation, je gagne la salle des opérations à l'étage. Le sergent Casey remet les tableaux blancs à jour en aimantant les informations qui relient les suspects au centre de loisirs.

— Combien d'entre eux ont des alibis pour la nuit du blizzard ? demandé-je.

— Les Loach, Rastini et Everett. (Il pointe leurs photographies.) Gould et Kroger affirment qu'ils étaient ensemble.

— Stokes ?

— Il dit qu'il ne s'en souvient pas. C'est un connard arrogant.

— Que donnent les empreintes retrouvées dans la ferme ?

— L'équipe scientifique dit que nous n'aurons pas les profils génétiques avant Noël.

Drury nous rejoint avec le sergent Middleton.

— Gould a lâché le morceau, annonce-t-il. Il vend ses petits camarades.

Les policiers rassemblés dans la pièce se congratulent et se tapent dans les mains.

— Je veux qu'ils soient mis en examen. Une audience spéciale aura bientôt lieu pour décider de leur mise en liberté provisoire. Je veux bien relâcher Theo et Reuben Loach, Rastani, Gould et Everett, mais à la condition qu'ils n'aient aucun contact entre eux ni avec les témoins. Kroger et Stokes sont en liberté conditionnelle. Nous recommanderons leur mise en détention provisoire.

— Et pour Piper Hadley ?

— Gould et Kroger nient l'avoir séquestrée. Les autres refusent de parler. Nous allons continuer à poser des questions et à retracer tous leurs faits et gestes, déclare Drury à l'ensemble des agents. Notre boulot n'est pas terminé, mesdames et messieurs. Alors au travail ! Plus tôt ils seront mis en examen, plus vite nous rentrerons chez nous pour Noël.

Je l'entends venir cette fois.

Il déplace des caisses au-dessus de ma tête.

— Toc toc, dit-il en toquant à la trappe.

Son visage apparaît dans l'ouverture, souriant.

— Je t'ai manqué ? Je t'ai apporté un cadeau.

— Pourquoi ?

— C'est la veille de Noël. J'ai une délicieuse soupe chaude, des petits pains frais et des douceurs pour le dessert.

— On peut manger avec Tash ?

Sa voix se durcit.

— Ne commence pas.

Je grimpe l'échelle et lève les bras. Il me soulève aisément, mais me pince la peau des poignets sous ses pouces. Je frotte les zones douloureuses et le précède dans la pièce principale. La baguette de bambou est logée au creux de mes reins, maintenue contre ma colonne par l'élastique de ma culotte. J'ai peur qu'elle glisse dans la jambe de mon jean et tombe à mes pieds.

— D'abord le bain ou le repas ?

— J'ai tellement faim que je me sens un peu dans les vapes. Peut-on manger d'abord ? S'il vous plaît.

— Puisque tu me le demandes si gentiment, la réponse est oui.

Il m'avance une chaise et s'assoit face à moi. Il a l'air plus jovial aujourd'hui, presque insouciant, comme si ses épaules étaient soulagées d'un poids. Nous mangeons la soupe. Je peine à l'avaler tant ma gorge est serrée, mais je meurs de faim et l'odeur me rend faible. Il mange tête baissée, avec des morceaux de pain. Il ne ferme pas la bouche quand il mâche, m'offrant le spectacle de sa nourriture à moitié mastiquée.

J'observe furtivement la pièce autour de moi. Son manteau repose sur le dossier de son siège. Des briques sont empilées contre le mur près d'un sac de charbon pour le poêle à bois.

Il me fait la conversation. Je l'interroge sur Noël. A-t-il un sapin ? Une famille ? Oui, bien sûr, répond-il, sans rien ajouter.

Après la soupe, il me présente un sachet contenant quatre gâteaux à la crème. Je sens l'odeur sucrée de la crème et du glaçage. Je voudrais les rapporter avec moi dans ma prison, mais il veut me voir les manger. Les gâteaux collent et la crème dégouline au coin de ma bouche. Il tend la main pour ôter une trace de poudre sur mon nez.

Mes mains sont poisseuses. Je fais mine de me lever, mais il tend la jambe pour m'en empêcher.

— Où crois-tu aller ?

— Je voudrais me laver les mains.

— Je ne t'ai pas donné la permission.

Une douleur enflamme ma vessie et remonte dans ma gorge. Je me rassois.

Il mange son gâteau crémeux. La bouche pleine de pain détrempé et de gâteau, il reprend :

— J'ai le nez de travers aujourd'hui ?

— Non.

— Alors pourquoi me regardes-tu bizarrement ?

— Je ne vois pas ce que vous voulez dire.

Il repousse sa chaise de la table et se lève. Je l'imite. Il me dépasse d'une bonne tête et se penche vers moi.

— Tu me regardais bizarrement.

— Je suis désolée. Je ne le referai pas.

Sa colère est immédiate, comme s'il l'avait contenue, attendant une erreur de ma part. J'ai peur, mais je suis aussi agacée, parce que je n'ai rien fait de mal.

— C'est une de mes mauvaises habitudes.

— Tu vas devoir t'en débarrasser.

— Je le ferai.

Je sens la baguette contre mon dos. Je dois agir avant de me déshabiller ou de me faire prendre. Je dois agir quand il a le dos tourné.

Son visage s'adoucit. Il se penche et m'embrasse près de la bouche. Il a encore de la crème sur sa lèvre supérieure. Je dois cesser de me dérober.

Il sourit et jette un regard au bain.

— Tu es prête ?

— Il fait trop froid. Je ne veux pas prendre de bain. Je suis propre.

Je me coule dans le lit.

— Vous pouvez me réchauffer.

Il sourit, enchanté de mon changement d'attitude. Mon cœur bat à tout rompre contre mes côtes.

Il s'assoit sur le lit, envoie valdinguer ses chaussures et ses chaussettes, et déboutonne sa chemise.

— Je dois me laver les dents, dis-je en allant près du lavabo pour mettre du dentifrice sur ma brosse à dents.

J'observe mon visage dans le petit miroir en pied. Voilà, me dis-je, c'est maintenant ou jamais.

Ôtant mes vêtements, je les plie soigneusement et glisse le bambou entre mon pull élimé et mon jean avant de les poser sur le lit. Il m'a préparé un pyjama de poupée. J'ai l'air d'une gamine de huit ans dedans.

J'enfile la culotte pendant qu'il repousse les draps, déjà nu, avec une érection.

Je le laisse m'embrasser. Me toucher. S'allonger sur moi. Ma main droite a saisi la baguette. Je la serre contre le matelas et rassemble mon courage, attendant le moment opportun.

Soudain, je l'enfonce de toutes mes forces du côté de sa poitrine où je pense trouver son cœur. Je ne vois rien, je ne ressens rien. Puis je roule hors du lit et m'enfuis en courant. Il se lève, la main plaquée sur sa blessure, vacille en arrière. Le sang semble le réanimer. Il rugit.

Saisissant une brique, j'arme mon bras très haut et le frappe fort sur le crâne au moment où il tente de se lever.

Il tombe à la renverse. La brique chute par terre. Je devrais la ramasser et le frapper de nouveau. Mais je ne sais pas comment on tue quelqu'un. Peut-être est-il déjà mort. Il ne bouge plus.

Le cœur battant, j'enfile mon jean, mon pull et mes chaussures de toile sales. J'attrape son manteau. Toutes les particules de mon être me hurlent de fuir, mais je veux trouver Tash. Elle est sûrement là quelque part. J'essaie toutes les portes, je l'appelle, pas trop fort, sans succès. Et s'il m'avait menti ? Je ne peux pas la laisser. Et je ne peux pas rester.

La majorité des pièces sont remplies de vieilles machines et de matériel rouillé. Certaines portes sont verrouillées. Il doit en avoir les clés. Il a toujours un trousseau dans son pantalon. Il est sur la chaise. Je retourne vers le lit, quand je l'entends grogner. Il tourne la tête, il a les yeux ouverts et la morve au nez.

Je hurle en le voyant rouler et tendre le bras vers moi, avant de tomber du lit. Étendu par terre, la main sur la poitrine, il tente de se relever.

Courant de pièce en pièce, j'atteins la porte extérieure. Fermée à clé. Je fais demi-tour et grimpe en trombe l'escalier dont l'armature métallique vibre sous mon poids, menaçant de se détacher du mur. Il est sur mes talons, monte lentement les marches. Je déplace un bidon, une poubelle. Pousse une porte. La referme derrière moi et tire le verrou.

Je me retrouve dans une vaste pièce vide, avec pour seul mobilier une table et des chaises dépareillées. Elle a une fenêtre. Je regarde par la vitre sale et vois un toit plat.

Le corps de George heurte la porte avec un bruit sourd, ce qui me fait hurler. Il me parle doucement à travers la porte, me dit qu'il n'est pas fâché. Il peut me pardonner. Si je lui demande pardon. Je dois lui ouvrir la porte.

Je ne réponds pas. La porte tremble sous un second coup de boutoir.

— Je vais te tuer, salope. Te fracasser le crâne ! Tu es morte !

Je voudrais lui crier que je suis morte depuis trois ans.

Le poing enveloppé dans son manteau, je cogne la vitre, mais je ne suis pas assez forte pour briser le verre. Je rapproche la table et prends appui dessus pour donner des coups de pied dans la vitre. Un, deux, trois. Le verre se brise et les morceaux tombent sur le toit dans un tintement.

À l'aide du manteau, j'enlève les derniers éclats tranchants et me coule dehors, sur la toiture métallique. Je cherche une échappatoire du regard. En bas, le sol est recouvert de mauvaises herbes et de détritus. Je laisse tomber le manteau de George, qui atterrit sans un bruit.

Derrière moi, la porte cède dans un grand fracas. George apparaît à la fenêtre.

Je hurle depuis le toit.

— À l'aide ! Au secours !

— Personne ne peut t'entendre.

Je m'assois sur le rebord et regarde en bas. C'est trop haut.

— Tu vas te casser les jambes, dit George. Et ensuite je t'abattrai comme un cheval.

— Je m'en fiche.

— Non, c'est faux.

— Si vous approchez encore, je saute.

— Tu ne reverras plus jamais Tash.

— Je ne crois pas qu'elle soit là.

— Je t'emmène la voir maintenant si tu veux.

— Vous mentez.

Il passe une jambe par la fenêtre.

— N'approchez pas !

— Tu ne vas pas sauter.

Il continue de grimper. Je me tourne sur le ventre et me laisse glisser en m'agrippant à la gouttière rouillée, dont le bord dentelé me mord les doigts.

Le voyant fondre sur moi, je lâche prise. Je vais me briser les deux jambes. Je vais mourir. Les mauvaises herbes et le manteau de George amortissent ma chute. Étendue sur le dos, j'observe le toit. Le visage de George apparaît au-dessus de moi. Je l'ai surpris. Je suis vivante.

De nouveau sur pieds, je rampe dans les ronces, qui lacèrent mes vêtements. Il y a des immeubles autour de moi. Abandonnés. Décrépis. Un château d'eau. Une cheminée noircie. Des fils barbelés entremêlés de mûriers sauvages.

Je cours le long de la clôture à la recherche d'une ouverture. Je repère une brèche sous les barbelés. À genoux, je gratte la terre et les feuilles pour agrandir le passage. Je jette de temps à autre un coup d'œil par-dessus mon épaule. Je ne vois pas George, mais je sais qu'il va venir. D'abord, j'enfonce le manteau dans le trou, puis j'essaie de me glisser sous la clôture. Ma tête et mes bras passent, mais mon pull s'accroche à un crochet, qui me lacère le dos. Je plante mes ongles dans la terre et les herbes et continue d'avancer. Le pull se déchire mais je réussis à m'extirper de là. Le sol sous mes fesses est humide. Je suis assise sur un tas de feuilles en décomposition.

George apparaît au coin d'un immeuble, silhouette encore floue à la chemise tachée de sang. Il se rapproche. Il vient me chercher.

Je me relève péniblement et me mets à courir, me frayant un chemin entre les branchages et les ronces qui me cinglent le visage et ralentissent ma course. J'ai oublié ce qu'on ressent à l'air libre, j'ai oublié combien les épines étaient malveillantes. Je suis une coureuse. Si je trouve un espace vierge, je pourrai le distancer. Mais dans une clairière, je ne pourrai pas me cacher.

J'entends George jurer et haleter dans les branchages derrière moi. Me crier des menaces. Me supplier.

Débouchant dans une clairière, je remarque un sentier sinueux entre de grands arbres. Le terrain grimpe en pente douce et je glisse sur la boue et les cailloux avec mes chaussures en toile.

Peu après, le sentier se scinde en deux. Un chemin semble plus usité, mais je choisis l'autre, parce qu'il s'enfonce au plus profond de la forêt. J'essaie de deviner les intentions de George. Le sentier se rétrécit et se raidit, puis longe une gorge boisée, aux pentes raides et rocailleuses. Je poursuis ma course, évitant les flaques et les branches tombées.

Le chemin opère un brusque virage. Au moment de changer de direction, je trébuche et chute vers la gorge. Je dévale la pente sans pouvoir m'arrêter jusqu'à ce que mon épaule heurte violemment un arbre.

Je me retrouve étendue sur le dos, à inspirer avidement l'air dans mes poumons. Mon épaule est en feu. Je me suis sûrement cassé quelque chose.

Soudain, je retiens mon souffle. L'oreille aux aguets. Il est juste au-dessus de moi sur le sentier, à moins de trente mètres. Je le vois à travers le rideau des feuilles et des buissons.

Il s'arrête et prête l'oreille. Il me cherche. Me traque. Je ne respire plus. Nous entendons tous deux le bruissement de la rivière et le gémissement du vent dans les arbres. En manque d'air, je prends de petites inspirations silencieuses. Le froid se coule sous mes vêtements, s'infiltre dans mes os.

— Piper ?

Il attend.

— Je sais que tu m'entends.

Nouveau silence.

— Si tu reviens maintenant, je ne me fâcherai pas et je te laisserai voir Tash.

J'ai envie de tousser, mais je me bâillonne de mon poing.

— Et si tu reviens, je ne prendrai pas Emily. Je sais où elle habite. Elle est à son travail aujourd'hui... Piper ? C'est ta dernière chance.

Il se remet à marcher et s'éloigne sur le sentier. De temps à autre, je l'entends m'appeler.

Toujours sur le dos, je contemple les nuages qui défilent au-delà de la canopée des arbres. Je suis étendue sur un rocher plat, juste au-dessus de l'eau. Mon jean est déchiré et mes genoux saignent.

Au-dessus de moi, je repère une crevasse taillée par des siècles d'écoulement de pluie. L'anfractuosité est juste assez grande pour que je me faufile à l'intérieur. Je rampe sur le tapis de feuilles et me glisse entre les parois rocheuses, où je me roule en boule dans le manteau de George, pour tenter de me réchauffer.

L'épuisement alourdit mes paupières. Je veux juste me reposer quelques minutes. Fermer les yeux. Dormir. Ensuite, je pourrai courir.

40.

Le gardien du centre de loisirs de Bingham boite et a le bras gauche inerte, paralysé à la suite d'une attaque. Son nom est Creighton et malgré de nombreuses séances de rééducation, sa diction est toujours empâtée.

— Nous fermons l'hiver, explique-t-il. Chauffer la piscine coûte trop cher.

Il tient son trousseau de clés entre ses dents pendant qu'il ouvre le cadenas d'une chaîne à l'aide de sa main valide et le fait glisser hors de l'anneau. La grille s'ouvre péniblement sur ses charnières raides.

Prenant un autre jeu de clés à l'accueil, le gardien appuie sur une série de boutons. Au bout de quelques secondes, les néons illuminent les lieux d'un halo bleuté. La piscine olympique s'étend sous toute la longueur du dôme. Tout au bout des lignes d'eau, se trouvent des plongeoirs bas et des starting-blocks inclinés vers la surface.

— Les flics étaient là ce matin. Ils n'ont rien trouvé. C'était pas ce qu'ils espéraient. (Il remonte son pantalon d'une main.) Que voulez-vous voir ?

— Les vestiaires.

— Je l'aurais parié.

Il pose le trousseau sur le comptoir et étudie les clés une par une.

— Alors venez.

Je le suis le long de la piscine où les lumières qui se reflètent sur l'eau dessinent des ondulations sur les murs.

— Qui a accès au centre quand il est fermé ?

— Quatre personnes ont les clés.

— Avez-vous déjà eu des infractions ?

— Des gamins s'introduisent parfois ici pour piquer de l'argent liquide dans la caisse ou rafler des marchandises à la boutique. Les flics ont parlé d'agression sexuelle ? Jamais entendu un truc pareil. Ils m'ont demandé si on avait des caméras de surveillance. Pas dans les vestiaires, bien sûr. Vous imaginez le scandale ! Violation de la vie privée et tout.

Les vestiaires hommes et femmes se trouvent aux deux extrémités du couloir. Ouvrant un tableau de contrôle, le gardien actionne plusieurs manettes pour déverrouiller des portes. Une bande de caoutchouc antidérapante serpente entre la piscine et les douches. Des séries de casiers forment des alcôves, avec des bancs de bois au milieu.

Je reconnais ces bancs. C'est là où les agresseurs de Natasha étaient assis pendant qu'elle dansait. Sept hommes déterminés à la punir. Ils ont parlé de lui raser les cheveux et lui jeter de l'acide au visage. De la marquer à vie. Telle est la puissance de la foule, quand l'esprit de groupe l'emporte sur la responsabilité individuelle. C'est ce qui s'est passé la nuit où Augie Shaw est mort. Comme le jour des émeutes de Londres.

Peu importe le comment et le pourquoi, la psychologie à l'œuvre est toujours la même. La foule confère l'anonymat, abroge la responsabilité, diminue la conscience de soi. Loin de perdre son identité, le groupe en gagne une nouvelle. Les gens s'unissent contre un ennemi commun, réel ou non. Ils deviennent une tribu.

Sept hommes qui séquestrent et agressent une adolescente. Je ne sais pas s'ils l'ont violée. Collectivement, ils ont justifié un crime qu'ils n'auraient même jamais pu imaginer en tant qu'individu. Ils l'ont fouettée, l'ont forcée à danser, l'ont traitée comme un animal de foire et non plus comme un être humain.

Pourtant, en d'autres circonstances, si j'avais fait la connaissance de l'un de ces individus seul, je l'aurais sûrement trouvé agréable, travailleur, respectueux de la loi. Sans doute un père aimant, un mari fidèle et un homme compatissant. Je ne cherche pas d'excuses à ces hommes, je m'efforce de les comprendre.

L'enregistrement de l'agression affiche une date et une heure. La caméra s'est arrêtée à 23 h 17. Piper Hadley s'est présentée chez Emily peu avant minuit. Elle aurait pu aller trouver la police, mais ne l'a pas fait. Peut-être avait-elle peur. La dernière fois que Natasha a été témoin à un procès, elle a été traitée comme l'accusée et Piper a été envoyée dans un centre de redressement pour adolescents à problèmes.

Les filles n'ont pas passé la nuit chez Natasha et Mme McBain ne les a pas réveillées le lendemain matin. Alors où sont-elles allées ? Quand ont-elles été enlevées ? Le ravisseur est certainement l'un des hommes qui les ont agressées plus tôt dans la soirée. L'un d'eux est revenu par la suite, ou a attendu le bon moment pour les intercepter.

M. Creighton s'impatiente. Je longe la piscine, puis nous sortons par une porte latérale, dans une cour où les feuilles mortes se sont empilées contre la clôture, rabattues par le vent. L'air est froid et vif, avec une odeur de fumée de bois et d'argile.

Mon portable vibre contre ma poitrine. C'est un message du Dr Leece : il veut me voir.

Les persiennes sont tirées dans le bureau du légiste. Je frappe à la porte. Une voix me dit d'entrer. John Leece est assis dans la pénombre, dans un fauteuil de cuir incliné, un bandeau de flanelle sur les yeux. Une lampe de bureau jette un cercle de lumière pâle sur une série de clichés post-mortem disposés sur la table.

— La migraine, dit-il sans ôter son bandeau. J'en souffre depuis l'enfance.

Il me fait signe de m'asseoir.

— Il y a des moments où je préférerais me tirer une balle dans la tête pour me débarrasser de la douleur.

— Plus efficace que l'aspirine.

— Et plus définitif.

Il relève le bandeau et plonge les doigts dans un verre d'eau avant de se les passer sur ses paupières. J'étudie les photographies sur le bureau. L'une d'elles montre le corps de Natasha sous la glace, son visage délicatement figé. Un rayon de soleil perce les nuages et illumine la neige, créant un halo autour de sa tête. Elle paraît presque sereine, comme si elle reposait pour l'éternité dans un mausolée de glace.

— Vous vouliez me voir ?

— Avez-vous entendu parler de tritium ?

— Non.

— C'est un atome d'hydrogène au noyau constitué de deux neutrons et d'un seul proton. Même s'il peut s'agir d'un gaz, il réagit généralement avec l'H2O pour former de l'eau tritiée. Incolore. Inodore. Bien que peu dangereux, il comporte un risque de radioactivité. La molécule est tellement petite qu'elle pénètre facilement dans l'organisme – inhalation, ingestion, même à travers l'épiderme.

— Pourquoi me dites-vous cela ?

— Des traces de tritium sont apparues dans les urines de Natasha. À un moment ou un autre, elle a ingéré des molécules, probablement dans de l'eau contaminée. Soit elle a pris un bain, soit elle l'a bue.

— De l'eau radioactive ?

— Normalement, le tritium est évacué de l'organisme environ trente jours après son ingestion, donc elle a dû être contaminée au cours du mois passé.

— Est-ce dangereux ?

— Le tritium est produit naturellement dans la haute atmosphère, quand les rayons cosmiques frappent les molécules d'air, mais aussi lors d'explosions nucléaires et dans les produits dérivés des réacteurs nucléaires. C'est un polluant qui, en grandes quantités, peut engendrer des cancers, des malformations congénitales et des mutations génétiques.

— Où a-t-elle été contaminée ? Dans les lacs Radley ?

— C'est un site naturel protégé. L'eau est régulièrement analysée. Une contamination de ce niveau aurait été décelée. (Il se lève et traverse le bureau pour gagner son fauteuil.) J'ai parlé à une personne de l'Autorité britannique de démantèlement nucléaire. Au début, il ne m'a pas cru. Il a dit que l'exposition au tritium est rarissime, mais que des fuites accidentelles sont possibles dans les eaux de refroidissement des centrales nucléaires ou dans les effluents industriels.

— Donc, vous dites que Natasha a été exposée à une forme de déchet nucléaire accidentellement rejeté dans l'eau ?

— Oui.

— Provenant d'une centrale nucléaire ?

— C'est la source la plus probable.

— La centrale électrique de Didcot ?

— Didcot fonctionne à l'huile et au charbon.

— Où alors ?

— Je pensais à Harwell. Ce n'est qu'à vingt-cinq kilomètres au sud.

— Je croyais que cette centrale était démantelée depuis plusieurs années.

— Les trois derniers réacteurs ont été fermés en 1990 et les terres ont été assainies, mais il existe encore des sites de stockage de matériaux radioactifs. Il faudra encore dix ans pour tout nettoyer.

Le Dr Leece ouvre son ordinateur et lit tout haut les résultats d'une recherche Internet. Harwell a été le premier réacteur nucléaire de Grande-Bretagne, installé dans les années 1940 quand le gouvernement a cédé une base de la RAF à l'Atomic Energy Research Establishment.

— Les eaux usées de l'ancienne centrale nucléaire sont traitées dans la station d'épuration de Sutton Courtenay, qui se trouve à quelques kilomètres seulement au sud des lacs Radley.

Il lance Google Earth. Une image de la planète apparaît sur l'écran, prise depuis l'espace. La caméra plonge vers la surface de la terre et se resserre sur le comté d'Oxford. Elle ralentit, puis s'arrête. L'image se précise.

— Il y a aussi cet endroit, dit le Dr Leece. Le Centre Culham est un laboratoire de recherches qui fait des expériences sur la fusion nucléaire en partenariat avec le projet de recherches européen Torus.

— Où est-ce ?

— À environ un kilomètre et demi au sud des lacs Radley.

— Alors le tritium pourrait venir de là ?

— C'est une simple hypothèse.

J'observe l'écran. La principale ligne de chemin de fer qui relie Oxford à Didcot passe à côté du centre de recherches. Natasha McBain aurait pu suivre les rails pendant le blizzard pour tenter de rentrer chez elle.

— L'inspecteur est-il au courant ?

— Je lui ai laissé un message.

— C'est là que nous devrions concentrer nos recherches.

— Ils ne feront rien aujourd'hui – on est à la veille de Noël.

Je me réveille toute tremblante.

Je ne sais pas combien de temps j'ai dormi, mais je ne sens plus mes pieds ni mes orteils. Le sang a séché sur mes genoux, mais les plaies se rouvrent dès je me penche et se remettent à saigner.

George a dit qu'on était la veille de Noël. J'ai rêvé de mes parents autour de la table : papa, maman, Phoebe, Ben, Grandpa et la petite sœur que je ne connais pas.

Je glisse sur le ventre jusqu'au bord de la saillie. Le sol est humide et il fait très froid à présent. Assez froid pour qu'il neige.

Descendant de la crevasse, je lève les yeux vers le haut des rochers et scrute le chemin. Aucune trace de George. Un silence épais règne. Les arbres au-dessus de moi sont telles des esquisses au fusain.

Je reprends le manteau, époussette les feuilles, et plonge les bras dans les manches. Il est bien trop grand pour moi. Je roule les poignets et enfonce les mains tout au fond des poches. L'habit a l'odeur de George.

Mes doigts rencontrent un téléphone portable. Je suis si surprise que je manque le laisser tomber. À deux mains, je le retourne et cherche le bouton de mise en route. La lumière verte s'allume et une petite musique de bienvenue carillonne. Pas de réseau. Si je prends de la hauteur, je capterai peut-être un signal.

Remontant la pente, je trébuche plusieurs fois sur le bas du manteau. Je continue à monter en tenant le portable à bout de bras, ce qui rend mon ascension difficile, car je ne peux pas m'accrocher aux arbres.

À l'approche du sentier, je m'accroupis derrière un rocher et examine les alentours. Je ne le vois pas. Il n'est pas question de revenir sur mes pas, donc je m'éloigne de l'usine, en quête d'une route, d'une maison ou d'une voiture.

Malgré la bruine et la brume, je réussis à suivre une piste sinueuse entre les arbres. Elle s'élève peu à peu. Parfait. Peut-être vais-je finir par capter un réseau.

Toutes les deux minutes, je m'arrête et observe l'écran pour vérifier la puissance du signal. Une unique barre clignote faiblement puis disparaît. J'attends. Elle revient un bref instant. J'escalade un rocher et tends la main vers le ciel. Une seconde barre se matérialise à côté de la première. Le signal est plus fort.

Je compose le 999.

— Bonjour, répond l'opératrice, quel service désirez-vous ? La police, les pompiers ou les urgences médicales ?

— La police. J'ai besoin d'aide !

— Pouvez-vous me donner votre nom, s'il vous plaît ?

— Piper. Il me poursuit ! Dépêchez-vous s'il vous plaît.

— Ne quittez pas.

Une autre voix prend la communication. Une voix de femme.

— Ici la police. Quel est votre nom s'il vous plaît ?

— Venez me chercher ! Il va me tuer !

— Votre nom, s'il vous plaît ?

— Piper Hadley.

— Avez-vous eu un accident, Piper ?

— Non. Il arrive ! Venez vite !

— Qui arrive ?

— Je ne connais pas son nom. Je vous appelle avec son portable.

— Où êtes-vous, Piper ?

— Dans une forêt.

— À quel endroit ?

— Je ne sais pas.

— Vous vous êtes perdue ?

— J'ai été kidnappée. J'ai réussi à m'échapper. Dépêchez-vous ! Il a Tash. Je sais qu'il veut la punir.

— Qui est Tash ?

— Mon amie. Nous avons été kidnappées ensemble.

— Comment s'appelle votre amie ?

— Natasha McBain.

— La ligne est mauvaise, Piper. Pouvez-vous répéter son nom ?

— J'ai dit : Natasha McBain.

— C'est un canular ?

— Pardon ?

— Savez-vous quelle est la peine encourue pour un faux appel d'urgence ?

— Ce n'est pas un canular ! Je vous le jure !

— Inutile de crier, Piper. Si vous devenez agressive, je raccroche.

— Je ne suis pas agressive. Je vous dis la vérité.

— Je vais avoir besoin d'une meilleure localisation. Une rue ou un croisement.

— Il n'y a pas de rues ici !

— Je n'ai pas compris le nom de la rue.

— Il n'y en a pas. Je suis dans une forêt.

— Où est cette forêt ?

— Je ne sais pas.

— La route la plus proche ?

— Je ne sais pas.

Les larmes me montent aux yeux. Elle ne me croit pas. Ils ne vont pas venir. Elle me demande de rester en ligne. Elle va chercher son superviseur. Une autre femme reprend la communication.

— D'accord, ma jolie, je m'appelle Samantha. Comment tu t'appelles ?

— Piper Hadley.

— Où habites-tu, Piper ?

— Je viens de Bingham. C'est près d'Abingdon. À Priory Corner. Ma maison s'appelle le Vieux Presbytère.

— Écoute, Piper, ne panique pas. Reste calme. Nous essayons de localiser l'appel. Connais-tu le nom de la ville la plus proche ?

— Non.

— Et le comté ?

— Non plus.

— D'accord, ne t'inquiète pas, nous allons te trouver.

— Dépêchez-vous.

— Promis.

— Il fait de plus en plus sombre et j'ai froid.

— Peux-tu te réfugier dans un lieu chaud ?

— Je ne sais pas où je suis.

— Tu ne vois aucune lumière ?

— Non.

— Peux-tu appeler quelqu'un ?

— Je suis obligée de murmurer. J'ai peur qu'il m'entende.

— Qui pourrait t'entendre ?

— L'homme qui m'a enlevée.

— Qui est-ce ?

— Je ne connais pas son vrai nom. Aidez-moi s'il vous plaît.

— Ne pleure pas, Piper.

— Je ne peux pas m'en empêcher.

— Tu t'en sors très bien, Piper. Je vois que tu es dans le comté d'Oxford. Je vais appeler le poste de police le plus proche. Surtout, ne raccroche pas.

41.

Une enveloppe m'attend à l'hôtel. Je demande au réceptionniste de préparer ma note et me dirige vers l'ascenseur. C'est là que je vois Ruiz assis au comptoir du Morse Bar, devant un journal et un grand verre d'eau.

— Où étiez-vous hier soir ?

— J'ai pris un verre avec Tom Fryer et quelques anciens copains de rugby.

— Gueule de bois ?

Il pointe son verre d'eau.

— J'ai mangé deux bagels au bacon, j'ai bu trois tasses de café et un litre de Coca Light et je n'ai pas pissé une seule fois.

— Félicitations.

Ruiz a déjà rendu sa chambre. Il me suit à l'étage et s'assoit dans un coin pendant que je boucle mes valises. Je jette mes vêtements sales dans un sac fourre-tout et je récupère mes affaires de toilette. Il voit l'enveloppe et la lève pour l'observer à la lumière.

— Vous devriez l'ouvrir. Elle vient de Victoria Naparstek.

— Comment le savez-vous.

— Je suis voyant.

— Vous l'avez vue la déposer.

— Ça aussi.

Ouvrant l'enveloppe, je sors le carton et parcours le bref message : *J'aimerais vous revoir. Appelez-moi... si le cœur vous en dit.*

Elle me laisse son numéro de portable. Je glisse la carte dans ma poche et froisse l'enveloppe en boule. Continuant mes bagages, j'informe Ruiz des arrestations et des interrogatoires, ainsi que des révélations du Dr Leece à propos du tritium retrouvé dans les analyses d'urine de Natasha.

— Donc vous pensez qu'elle a pu être retenue prisonnière près du laboratoire de recherches.

— Possible.

— Et l'un des agresseurs serait le ravisseur ?

— Très probable.

— Vous n'avez pas l'air très convaincu.

— En effet.

— Vous pensez que ces types n'ont pas le profil psychologique. Vous avez peut-être tort.

— Peut-être.

Je consulte ma montre. Il est 15 heures passées. Quatre des sept hommes sont en liberté provisoire à l'heure qu'il est. Ils seront chez eux pour Noël. Drury ne dispose d'aucune équipe de surveillance pendant les fêtes. Si l'un de ces hommes est le ravisseur, il aura le temps de disposer de Piper et de détruire les preuves.

Ruiz se sert un verre d'eau du robinet de la baignoire et le boit pensivement, avec cette même idée en tête.

— Capable Jones m'a rappelé. Vous êtes toujours intéressé par Phillip Martincz ?

— Ça attendra.

Au rez-de-chaussée, je tends ma carte de crédit à la réceptionniste, qui me demande si j'ai passé un agréable séjour. L'imprimante chauffe, puis me fournit une facture détaillée. Je lis le montant total et prie pour que le chef de la police soit un homme de parole.

Ruiz écarte les bras.

— Bon, je suppose que c'est terminé, amigo.

Nous nous étreignons. J'ai l'impression de serrer un ours dans mes bras.

Par-delà l'épaule de Ruiz, je vois Dale Hadley débouler de la porte tambour comme s'il venait d'être éjecté d'un distributeur. Avec son pantalon large et sa chemise informe, il a l'air désorienté et égaré.

Son regard croise le mien.

— Il faut que je vous parle !

— J'allais m'en aller.

Agrippant mon bras, il m'entraîne à l'écart, à la recherche d'un coin tranquille. Il ouvre plusieurs portes et découvre un salon vide.

— Je sais tout, dit-il en serrant les poings.

— Pardon ?

— Je sais ce qu'elle faisait.

— Piper ?

— Non ! Sarah. Elle couchait avec Victor McBain ! Elle m'a tout avoué. Elle m'a dit que vous étiez au courant. Comment l'avez-vous découvert ?

— Je l'ai deviné.

Il ne peut pas me regarder dans les yeux. Ni prononcer le moindre mot. Ce n'est pas un homme charismatique, mais il a l'air diminué. Blessé. On dirait un lion ou un tigre derrière les barreaux de la cage d'un zoo, malheureux d'être emprisonné depuis si longtemps.

— Mon père m'avait prévenu à propos de Sarah. Il m'avait dit que quand on épouse une belle femme, on prend le risque de se la faire voler. Ne convoite pas la femme de ton voisin. Ne couche pas avec.

Il s'assoit sur un canapé Chesterfield.

— Je lui ai tout donné. Je lui ai acheté une grande maison, une jolie voiture. Des bijoux. Des robes. Je n'ai jamais été infidèle. Cette idée ne m'a même pas traversé l'esprit.

— Vous devriez rentrer chez vous, monsieur Hadley.

Il ne paraît pas m'entendre.

— Tout allait bien avant que Piper ne disparaisse. Ensuite, plus rien n'a été pareil entre nous. Perdre Piper a détruit Sarah émotionnellement. Elle a changé. On ne se touche pratiquement plus. Cela fait des mois...

Je ne veux pas le savoir. Je ne veux pas !

— Je lui ai donné du temps. De l'espace. Je l'ai soutenue.

— Vous avez fait ce qu'il fallait.

— Vraiment ? Vous le pensez vraiment ?

— Oui.

— Pourquoi a-t-elle couché avec Vic McBain ? Ce personnage grossier, ce butor…

Parce qu'il n'est pas vous, ai-je envie de répondre. Mais je m'abstiens. Quand Sarah Hadley est avec Vic McBain, elle n'a pas à supporter la douleur d'autrui. Elle peut endurer son propre chagrin sans avoir à le partager. Elle peut le regarder dans les yeux et ressentir autre chose que la souffrance et la perte.

Je ne dis rien de tout cela car le portable de Dale Hadley sonne. Il ne reconnaît pas le numéro. Il est sur le point de rejeter l'appel, puis change d'avis.

— Allô ?

…

— Qui est-ce ?

…

— Je suis désolé, je vous entends mal… pouvez-vous répéter… ?

…

— Piper ? Oh mon Dieu ! Piper !

…

— On était tellement inquiets. On t'a cherchée partout. On n'a jamais arrêté de te chercher. Je n'arrive pas à y croire, ma chérie. Où es-tu ?

…

— Attends, je te mets sur haut-parleur.

— Papa ?

— Je suis là.

— Tu dois venir me chercher.

— J'arrive. Dis-moi où tu es.

— Je ne sais pas. Il me pourchasse.

— Qui ?

— L'homme à qui appartient ce portable. Je ne connais pas son nom, mais il me traque. J'ai appelé la police, mais ils m'ont demandé un nom de rue ou le numéro d'une maison et je leur ai dit que je ne savais pas où j'étais. Il a Tash, papa. Il l'a rattrapée quand elle a voulu s'échapper. Il faut que tu nous aides !

— La ligne coupe, Piper. Essaie de ne pas bouger.

— Est-ce que tu m'entends maintenant ?

— Oui.

— Tu pleures, papa ?

— Je suis tellement heureux.

— Moi aussi. C'est si bon d'entendre ta voix.

— Oui.

— Je n'ai pas fugué, papa. On avait parlé de le faire, mais on n'a pas pu. Un homme nous a enlevées. Tu peux le dire à maman ? Je ne veux pas qu'elle pense que je ne l'aime pas. Et dis-le à Phoebe, à Ben, et à ma petite sœur. Comment s'appelle-t-elle ?

— Jessica.

— C'est joli.

— Qu'as-tu dit à la police ?

— Juste ce que je viens de te dire. Tash s'est échappée, mais il l'a rattrapée. Je ne l'ai pas trouvée et j'ai peur qu'il lui fasse du mal si je ne reviens pas.

— Ne t'inquiète pas pour Tash. Dis-moi où tu es.

— Je ne sais pas.

— Nous allons te retrouver, ma chérie. La police va localiser l'appel.

— Il me cherche toujours. Je dois me cacher.

— Peux-tu attendre une seconde, mon ange ?

— Ne me laisse pas.

— Jamais.

Je l'entends parler à une autre personne. Quelqu'un parle de la police.

— Tu es là, ma chérie ?

— Je suis là, papa.

— La police te cherche. Reste en ligne. Ne bouge pas, Piper.

— Et s'il arrive ? J'ai peur !

— Je sais que tu as peur. Je suis avec un homme appelé Joe. Il veut te parler.

— Bonjour, Piper.

— Bonjour.

Il a une voix agréable, douce mais ferme, pas cajoleuse comme celle de George.

— Où es-tu en ce moment ? Peux-tu décrire l'endroit où tu te trouves ?

— Je suis dans une forêt, sur un promontoire rocheux. Je n'avais pas de réseau alors j'ai grimpé le plus possible. Je n'ai plus beaucoup de batterie.

— Comment t'es-tu procuré ce téléphone ?

— Je l'ai pris à George.

— C'est l'homme qui te retenait prisonnière ?

— Ouais.

— Il s'appelle George ?

— Je ne sais pas. C'est Tash qui l'a baptisé George. Elle lui a trouvé une ressemblance avec George Clooney, mais en réalité, il ne lui ressemble pas du tout, sauf si George Clooney est devenu laid et empâté. Il est laid maintenant ?

— Pas d'après ma femme.

— Cool.

— Que vois-tu, Piper ?

— Des arbres.

— Rien d'autre ? Un point de repère, une rivière, une route ou une ligne de chemin de fer ?

— Non.

— Tu as dit que tu t'étais échappée ?

— Oui.

— D'où t'es-tu échappée ?

— D'une sorte d'usine désaffectée. Tout est cassé et en désordre à l'intérieur. Tu es là, papa ?

— Je suis là.

— Viens me chercher, s'il te plaît.

— J'arrive, ma chérie.

— Il commence à faire nuit et je n'arrête pas de trembler.

Un oiseau s'envole des arbres derrière moi. Affolée, je regarde tout autour de moi.

— Piper ?

— J'ai cru entendre quelque chose.

— Pourquoi chuchotes-tu ?

— Je ne peux pas parler fort, au cas où il m'entende.

Joe prend la parole.

— Quand as-tu vu George pour la dernière fois ?

— Je ne sais pas quelle heure il était. Il a dit qu'il allait chercher Emily.

— Quoi ?

— Il avait une photo d'Emily dans son portefeuille. Il a dit qu'il allait me trouver une amie. Je lui ai répondu que je ne voulais pas d'amie. Vous devez l'arrêter. Vous devez la prévenir.

— Nous allons le faire. De quoi a l'air George ?

— Il est vieux et moche.

— De quelle couleur sont ses cheveux ?

— Bruns.

— Quel âge a-t-il ?

— Je ne sais pas... trente ou quarante ans.

— Est-il grand ?

— Plus grand que papa, mais il a de petites mains. Je porte son manteau. Il pend sur mes chevilles. Tu es toujours là, papa ?

— Je suis là. La police recherche le signal. Je veux que tu restes en ligne.

— Il fait de plus en plus sombre.

— Je sais.

— Et Emily ?

Joe répond :

— Nous allons nous assurer qu'elle est en sécurité.

— Il commence à pleuvoir.

— Peux-tu trouver un endroit où t'abriter de la pluie ?

— *Je ne sais pas. Je voudrais juste me rouler en boule et dormir.*

— *Non, dit Joe. Tu ne dois pas t'endormir. Tu dois continuer à te déplacer.*

— *Papa m'a dit de ne pas bouger.*

— *Tu ne dois pas t'endormir. Il ne faut pas te refroidir.*

…

— *Allô ?*

…

— *Papa ?*

…

— *Joe ?*

…

— *Il y a quelqu'un ?*

42.

Dale Hadley porte son portable dans ses deux mains comme s'il avait fait tomber un vase inestimable qui s'était brisé en mille morceaux.

— La ligne a été coupée.

— Elle va rappeler.

— Il n'y a pas de numéro affiché sur l'écran.

— Elle va rappeler.

— Et si elle n'a plus de batterie ?

— Ils réussiront à localiser le premier signal.

— Elle est frigorifiée. Je l'ai entendue claquer des dents.

— Ils vont la retrouver.

— Elle avait du mal à articuler, dit-il, l'air impuissant. Oh, mon Dieu, mon Dieu, je ne peux pas la perdre maintenant.

Je pose les mains sur ses épaules, lui dis de respirer. De se détendre. De rester calme. Piper va avoir besoin de son aide. Elle ne tiendra le coup que s'il ne flanche pas.

Ruiz a l'inspecteur Drury en ligne. Je prends le téléphone et entends Drury hurler des instructions dans la salle de opérations. Puis il s'adresse à moi :

— Piper Hadley a appelé le 999 il y a vingt minutes, mais la communication a été coupée. Elle a un portable.

Nous avons tracé un deuxième appel, mais nous l'avons perdu il y a deux minutes.

— Elle parlait à son père. Ensuite ça a coupé.

— Nous avons le numéro du portable, mais il n'émet plus de signal. Le premier appel a été traité au centre de contrôle de Milton Keynes puis transféré à Abingdon. C'est le numéro d'un téléphone prépayé. L'appareil n'est pas équipé d'un GPS, mais nous avons la technologie nécessaire pour le localiser malgré tout. Il a été détecté par trois tours, ce qui signifie que nous pouvons trianguler le signal.

— Quelle est l'antenne-relais la plus proche ?

— C'est une tour de trente-deux mètres dans un champ à environ huit cents mètres de la gare ferroviaire de Culham.

— Le Dr Leece a mentionné Culham.

— Pourquoi ?

— Ils ont trouvé des traces de tritium dans les urines de Tash. C'est un polluant de faible radioactivité, dérivé des réacteurs nucléaires. Elle a dû consommer de l'eau polluée au tritium.

— Il n'y a pas de réacteur nucléaire dans le comté d'Oxford.

— Il y a un laboratoire de recherches sur la fusion nucléaire tout près de Culham.

Regonflé à bloc, Drury hurle de nouvelles instructions à ses agents. Il est sur des charbons ardents.

— J'annule les congés de Noël et je rappelle tous nos agents ! Je peux mettre quarante hommes sur le coup. Les civils volontaires vont doubler la donne. Nous allons nous focaliser sur l'antenne-relais la plus proche en attendant d'avoir une localisation plus précise. J'envoie une équipe au laboratoire de recherches. On a des hélicoptères de police à Luton et Benson, mais le temps est épouvantable et il fera nuit dans une heure.

Dale Hadley écoute la conversation. Je ne veux pas formuler à voix haute ma principale inquiétude. Piper ne survivra pas une nuit de plus dehors. Si on ne la retrouve pas rapidement, elle va devoir trouver un endroit chauffé où se réfugier.

L'inspecteur raccroche. Il veut que nous revenions au poste.

Dale Hadley tient toujours son téléphone avec délicatesse.

— Peut-être que George l'a trouvée. Sinon pourquoi la communication serait-elle interrompue ?

— Différentes explications sont possibles.

— Comme quoi ?

— La batterie est morte… Elle n'a plus de réseau…

Je lui demande de me répéter les paroles de Piper sans omettre aucun détail. Elle a appelé son ravisseur George, mais a dit que ce n'était qu'un surnom. Grand, brun, il est âgé de trente ou quarante ans, et a de petites mains. Il avait une photographie d'Emily Martinez dans son portefeuille.

Je me tourne vers Ruiz.

— J'aimerais vous poser une question : quel genre d'homme a la photo d'une adolescente dans son portefeuille ?

— Un petit ami.

— Un type plus vieux.

— Un père de famille.

— Sans rire ?

Au volant du Range Rover, Ruiz conduit à toute allure sur les routes glissantes.

Sur la banquette arrière, Dale Hadley fixe son téléphone du regard, attendant désespérément qu'il sonne. Il s'efforce de se rappeler chaque mot de sa fille, répète la conversation en espérant trouver un indice. Quelques instants plus tôt, il était bouleversé par la trahison de sa femme. C'est oublié maintenant.

— Quelqu'un va prévenir Sarah, n'est-ce pas ? La police va l'appeler.

— Absolument.

— Vous avez dit à Piper de rester en mouvement. Nous aurions dû lui dire de ne pas bouger.

— Elle ne doit pas se refroidir.

— Mais comment vont-ils… ?

— La police peut suivre le signal même quand elle ne bouge pas.

Il hoche la tête sans quitter le téléphone des yeux.

— Puis-je vous poser une question, monsieur Hadley ? Piper a-t-elle déjà rencontré Phillip Martinez ?

— Le père d'Emily ? Je ne sais pas. Emily habitait avec sa mère. Son père vivait aux États-Unis. Il est revenu après la crise d'Amanda.

Ruiz l'interrompt pour donner les détails du passé de Phillip Martinez découverts par Capable Jones. Martinez est né à Manchester en 1972 et est allé dans un excellent lycée avant d'étudier la médecine au King's College de Londres et d'obtenir un diplôme de chercheur de troisième cycle à Boston.

— Il n'a jamais pratiqué la médecine, continue Ruiz. Il a préféré se concentrer sur la recherche médicale, et a travaillé pour des compagnies pharmaceutiques et des hôpitaux de Chicago et Hawaii avant de prendre un poste à Oxford. Capable a parlé à l'un de ses anciens assistants, qui lui a dit que Martinez était du genre sûr de lui. Il était convaincu qu'il allait gagner un prix Nobel. Que ce n'était qu'une question de temps… Enfin, jusqu'à ce que sa réputation en prenne un coup. Il y a cinq ans, alors qu'il travaillait à Honolulu, il a été accusé d'avoir falsifié des données sur des biomarqueurs et des traitements contre le cancer dans deux articles. Il a nié en bloc et a ensuite tout mis sur le dos de l'assistante de recherches qui travaillait avec lui. Il a affirmé qu'elle avait trafiqué les données. La fille a perdu son travail. Et a laissé une lettre de suicide. Elle a disparu en mer.

— Et Martinez ?

— L'Office of Research Integrity a mené son enquête, mais les résultats n'ont pas été concluants. Martinez a dû rembourser deux cent mille dollars de fonds pour ses recherches. C'est à cette époque-là qu'il est retourné en Angleterre.

— Et Mme Martinez ?

— Amanda Lowe a grandi à Londres. Elle était du genre hippie, rebelle. Socialiste activiste à l'université, elle s'est assagie quand elle s'est mariée, d'après ses amis. Ils formaient un drôle de couple. Le bon docteur est un conservateur convaincu, obsédé du contrôle, arrogant, et apparemment brillant. Le mariage a duré neuf ans avant de partir à vau-l'eau, à peu près à l'époque du scandale. Au début, Martinez n'a pas cherché à obtenir la garde d'Emily, mais il a changé d'avis quand sa femme a fait une dépression nerveuse. Il a accusé Amanda d'abus de médicaments et d'alcool. Il a demandé à ce que son dossier médical soit confié à la justice. Les deux séjours d'Amanda en hôpital psychiatrique ont convaincu le juge. Emily a été confiée à son père.

Le sentiment de malaise qui a grandi en moi coule à présent dans mes veines comme un poison. Martinez a fait des études de médecine. Il a suivi des cours de chirurgie. D'après le Dr Leece, l'homme qui a mutilé Natasha a un minimum de connaissances médicales.

— Martinez est chercheur. Il est habitué à contrôler ses expérimentations, connaître les variables, éliminer les difficultés. La recherche scientifique est une affaire de questionnements, d'observations, de démonstrations. Elle requiert de l'objectivité, de la rigueur et de la justesse.

Ses trains modèles réduits sont l'exemple même de sa méticulosité. Il a recréé un monde miniature extrêmement détaillé, de manière à tout contrôler – les lumières, les déviations, les trains, les horaires… La plupart des psychopathes bâtissent un monde imaginaire – lui l'a transposé à la vraie vie.

Le Range Rover traverse la périphérie d'Oxford, dont les rues sont étonnamment désertes. La plupart des gens sont partis pour les vacances. Les derniers rentrent chez eux les bras chargés de provisions.

Ruiz se gare devant une maison. L'allée est vide. Personne ne répond à la sonnerie. Je vérifie le garage. Plongé dans le noir.

— Personne ! crie Ruiz après avoir tenté sa chance à la porte de derrière.

Je consulte ma montre. Il est 16 heures, c'est la veille de Noël.

Emily m'a donné son numéro de portable. Je cherche son nom dans la liste de mes contacts et presse le bouton d'appel. Elle ne répond pas. Sa messagerie se déclenche.

« *Bonjour, c'est moi. Je suis sûrement occupée par un truc très cool, qui m'empêche de répondre à votre appel. Laissez-moi un message et je vous rappellerai... peut-être... Après le bip... Ciao !* »

Je me tourne vers Ruiz.

— Une idée ?

— Elle est peut-être au travail ?

Les renseignements transfèrent mon appel à la pharmacie. Une femme répond. Pressée.

— Emily Martinez travaille-t-elle aujourd'hui ?

La femme soupire. Agacée.

— Elle n'est pas venue aujourd'hui. On s'est retrouvées seules pour tout faire !

— A-t-elle appelé ?

— Non. Vous êtes un ami à elle ?

— Plutôt une connaissance.

— Eh bien, si vous la voyez, dites-lui qu'elle est renvoyée !

Idiote ! Imbécile !

J'ai fait tomber le téléphone. Mes mains sont tellement gelées que je n'arrive plus à replier les doigts. Et au lieu de le rattraper, j'ai levé le pied et je l'ai envoyé dinguer dans une flaque. L'écran est craquelé. Plus de lumière.

Il est cassé ! Merde ! Merde ! Merde !

J'appuie sur le bouton. Rien. Je tape l'appareil contre ma paume. Toujours rien. Il est fichu.

Comment vont-ils me retrouver maintenant ?

Je regarde partout autour de moi en essayant de me ressaisir. Le brouillard s'est levé et, à travers les arbres, à huit cents mètres de là, je distingue un champ labouré strié de neige. Un pylône électrique se dresse sur la glace boueuse. Les câbles électriques conduisent forcément chez des gens. Ils relient les maisons entre elles.

Je descends du promontoire rocheux avec précaution et me glisse entre les arbres. Ma progression est lente pour éviter la chute. Je suis entourée d'arbres, de souches mortes, de branches cassées.

Une bruine s'est mise à tomber. Des gouttes s'accrochent aux épaules de mon manteau comme des perles de verre tissées dans la laine. Mes pieds ne sont plus engourdis, mais brûlants et douloureux.

Le champ m'avait semblé plus proche. Je ne le vois plus. Tous les arbres se ressemblent. Un moment, je panique et perds espoir, persuadée d'avoir tourné en rond. Mais je continue à descendre la pente.

L'homme prénommé Joe a dit que la police arrivait. Il avait l'air gentil. Il m'a dit de rester en mouvement, de ne pas me refroidir.

Les arbres sont de plus en plus faméliques. Le champ se déroule devant moi. Je vois le pylône électrique et au loin, une rangée d'arbres qui pourraient longer une route. L'espoir enflamme ma poitrine. Une route mène forcément à une maison ou une ferme.

Un arbre mort. J'escalade le tronc et agrippe une branche pour franchir la clôture. Mon manteau étant trop long, je l'enlève et le jette par-dessus la clôture avant de l'enjamber.

Loin d'être boueux, le sol est dur. La pluie tombe à verse maintenant, giflant mes joues comme des grains de sable emportés par le vent. Le ciel s'est obscurci et la température ne cesse de chuter.

Je traverse le champ, saute par-dessus les flaques, et gagne le pylône. Je reste là un long moment, enveloppée dans le manteau pour tenter de me donner du courage. J'observe le poteau, les fils métalliques, les rivets boulonnés. Les câbles électriques s'étirent au-dessus de ma tête, descendent vers un pylône, puis remontent vers un autre, et ainsi de suite.

Être à découvert me met mal à l'aise. George pourrait m'observer depuis le promontoire. M'éloignant du pylône, je me dirige vers la ligne d'arbres et franchis une autre clôture pour atterrir sur un chemin étroit, troué de flaques. Des traces de pneus sillonnent la terre détrempée.

Scrutant les ténèbres, je distingue au-delà du tournant la silhouette anguleuse du toit d'une maison ou d'une ferme à peine visible dans le ciel sombre. J'ai envie de courir, mais l'air est si humide que je me sens pareille à une nageuse empêtrée dans la Manche.

Tout est douloureux. Marcher. Respirer. Avaler. Je suis le sentier, passe le virage, et tombe sur une vieille boîte aux lettres, puis une maison entourée de hautes herbes.

Le portail refuse de s'ouvrir, le loquet est rouillé. À force de le malmener, je finis par le débloquer, non sans m'écor-

cher les phalanges. Les gonds grincent pour protester. Les mauvaises herbes ont envahi l'allée. Les orties me piquent les jambes aux endroits où mon jean est déchiré.

J'inspecte les fenêtres en quête d'un signe de vie. La maison me regarde d'un air sévère. De vieux appareils ménagers gisent sur le porche – la porte d'un réfrigérateur, une essoreuse, un appareil carbonisé dont les fils dépassent.

La porte est condamnée par un panneau de contreplaqué. J'ai envie de pleurer. Regardant le sentier, je me demande si je dois rebrousser chemin ou essayer d'entrer pour trouver un peu de chaleur. Il y a peut-être des couvertures à l'intérieur. Je pourrais faire un feu, qui sait ?

Glissant mes doigts sous la planche, je tire dessus de toutes mes forces, les ongles enfoncés dans le bois pourri. Je jure. Lorsque l'ouverture est assez grande, je m'introduis dans la maison et attends que mes yeux s'habituent à l'obscurité. La vieille bâtisse sent le moisi et l'humidité. Les pièces sont vides, en dehors de quelques meubles dépareillés et de morceaux de plafond cassés. Pas la moindre couverture en vue, ni allumettes pour faire un feu.

Une table de Formica a été oubliée dans la cuisine. J'actionne le robinet de l'évier, qui tourne dans le vide. À sec. Je meurs de soif.

Par la vitre crasseuse, je vois une grange. Un toit haut, mais pas de murs. Des balles de foin ou de paille sont empilées jusqu'au plafond. Une ferme doit se trouver dans les parages.

Je déverrouille la porte de la cuisine et sors. Sur le côté, un réservoir d'eau équipé d'un robinet. Je l'ouvre et laisse couler l'eau quelques secondes. Le goût de l'eau est doux. Je peux le sentir. Je mets mes mains en coupe et les porte à ma bouche. Je n'ai jamais rien bu d'aussi bon.

43.

Dans le jardin devant la maison, Ruiz scrute l'intérieur par la fenêtre. Il met ses mains en coupe contre la vitre et attend que ses yeux s'habituent à l'obscurité.

— Vous voyez quelque chose ?

— Un truc cassé sur le sol de la cuisine.

— Qu'est-ce que c'est ?

— Un vase ou une assiette.

— Un accident ?

— Peut-être.

Dale Hadley patiente dans la voiture. Ruiz retourne à la porte d'entrée.

— Connaissez-vous la différence entre présomption raisonnable et motif raisonnable ?

— Pas vraiment.

— La présomption raisonnable, c'est quand une personne raisonnable croit qu'un crime va être commis. Le motif raisonnable, c'est quand une personne raisonnable est *persuadée* qu'un crime a été commis ou est sur le point d'être commis, ce qui l'autorise à agir sans mandat. Vous saisissez la différence ?

— Plus ou moins.

— Bien. Vous me la rappellerez plus tard.

Pivotant sur un pied, il donne un puissant coup de talon à la porte, dont la serrure cède. Des éclats de bois.

La porte s'ouvre toute grande et claque sur ses charnières. Ruiz s'avance dans le vaste espace et crie le nom d'Emily. Par terre, des bris de vaisselle. Cela n'a rien d'accidentel.

Ruiz fouille le rez-de-chaussée pendant que je me rends à l'étage. La chambre d'Emily se trouve à droite du palier. Son lit est défait et ses vêtements débordent des tiroirs. Cela contraste complètement avec le reste de la maison, parfaitement en ordre.

Ce désordre est sans doute lié à l'adolescence – je sais de quoi je parle – même si Emily ne m'a pas paru aussi négligée et désorganisée que Charlie. Des pages ont été arrachées de ses livres d'école. Des horaires de train jetés dans la poubelle à papier.

Ouvrant le tiroir du haut de son bureau, je trouve une photo encadrée sous une chemise. C'est un portrait de femme. Jolie et souriante, avec de longs cheveux et un regard familier : la mère d'Emily.

Ruiz m'appelle d'en bas. Je suis le son de sa voix jusqu'au garage. Il a découvert le chemin de fer modèle réduit et sourit comme un gamin.

— Cool hein ?

— Vous voulez dire bizarre ?

— Allez ! Ne me dites pas que vous n'avez jamais voulu être conducteur de train ?

— Jamais.

— Laissez-moi deviner : enfant, vous vouliez déjà être psy ?

— Et alors ?

— Vous deviez être un gamin taciturne.

Mon portable bourdonne. Je l'ouvre.

— Nous avons triangulé le signal, dit Drury. L'appel de Piper vient d'une zone boisée à huit cents mètres au nord du laboratoire de recherches, à l'est de la Tamise. La marge d'erreur est d'environ deux cents mètres parce que les arbres bloquent le signal. Je fonce là-bas. (Il crie à quelqu'un de retenir l'ascenseur.) Où êtes-vous ?

— Chez Martinez. (Je regarde Ruiz.) Emily Martinez n'est pas allée travailler aujourd'hui et il y a de la vaisselle cassée dans la cuisine. Vous devriez envoyer une équipe scientifique.

— Où est Phillip Martinez ?

— Il n'est pas là.

Une pause. Drury s'est arrêté net.

— Qu'essayez-vous de me dire, professeur ?

— Piper a dit que George avait une photo d'Emily dans son portefeuille.

— Et vous pensez que Phillip Martinez… ?

— Je pense que nous parlons de la même personne.

— Piper vous l'aurait dit.

— Je doute qu'elle ait jamais rencontré le père d'Emily. Elle ne sait sûrement pas non plus de quoi il a l'air. Martinez est revenu habiter à Abingdon seulement après son divorce. Il a réclamé la garde d'Emily après la dépression de sa femme.

— Pourquoi aurait-il kidnappé Piper et Natasha ?

— Il a passé deux ans à se battre devant les tribunaux pour obtenir la garde d'Emily. Il n'avait pas l'intention de laisser quiconque l'éloigner de lui. Il la traite comme un objet. Comme s'il la possédait.

— Mais vous avez dit…

— Son profil correspond. Obsédé du contrôle. Il a une formation médicale. Il était dans la maison quand Piper est venue le dernier soir du festival. Il a très bien pu l'entendre parler à Emily. C'est comme ça qu'il a su qu'elles planifiaient de s'enfuir.

— Vous avez dit que l'enlèvement avait été orchestré à l'avance.

— J'ai dit que les filles n'avaient pas été choisies par hasard.

— Et les lettres envoyées à Emily et Aiden Foster ?

— Martinez a pu manigancer cela aussi. Il espérait que les lettres seraient confiées à la police – pour brouiller les pistes.

— Mais il nous a apporté la lettre d'Emily.

— Il venait à la pêche aux renseignements. Il voulait découvrir ce que vous saviez.

J'entends la respiration lourde de l'inspecteur dans le téléphone. Il plaque sa main sur le récepteur et hurle dans le couloir :

— Lancez un avis de recherche pour Emily Martinez !

Il fait noir.

Je parviens à suivre la route grâce à la terre dure sous mes pieds, mais je ne peux éviter les flaques. La pluie s'est calmée. Au loin, je distingue le frémissement des éclairs, suivis d'un roulement de tambour.

Le téléphone est toujours dans ma poche. Je le sens sous mes doigts. Je le sors, le retourne et cherche le compartiment de la batterie. Du pouce, je fais glisser le panneau arrière, puis j'ôte la batterie, pour la remettre aussitôt après en place.

Je presse le bouton d'allumage et… l'écran revient à la vie. J'appelle le dernier numéro.

— Papa ?

— Piper ! Dieu merci ! On était morts d'inquiétude !

— J'ai fait tomber le téléphone. Mes mains sont gelées.

— Tu vas bien ? Où es-tu ?

— Est-ce que la police arrive ?

— Oui. Où es-tu ?

— Sur un chemin de terre.

— Vois-tu des lumières ?

— Non. Dis-leur de se dépêcher.

— Bien sûr.

— Ont-ils retrouvé Tash ?

Papa ne répond pas. Joe reprend la ligne.

— Qu'est-ce qui ne va pas, papa ?

— Ton papa a besoin d'une minute. Il est un peu bouleversé. J'ai quelques questions à te poser.

— D'accord.

— Combien de temps as-tu marché depuis notre dernière conversation ?

— J'ai eu l'impression d'avoir beaucoup marché parce que mes pieds me brûlent, mais en fait je crois que je n'ai pas beaucoup progressé.

— Où es-tu à présent ?

— Sur une route de terre. J'ai dépassé une vieille maison abandonnée et une grange.

— D'accord. Tiens bon, je vais relayer l'information à la police.

Je l'entends parler à une autre personne.

— Très bien. Piper, que vois-tu d'autre depuis cette route ?

— Rien, il fait trop noir. Tout à l'heure, j'ai vu un pylône dans un champ.

— Et une rivière ?

— Non.

— Une ligne de chemin de fer ?

— J'entendais des trains dans la cave où j'étais enfermée.

— C'est une information importante, Piper. Autre chose : as-tu déjà vu le père d'Emily ?

— Non.

— Sais-tu de quoi il a l'air ?

— Non. Pourquoi ?

— L'homme que tu appelles George – tu l'avais déjà vu ?

— Je ne crois pas. Il savait des trucs sur nous. Il savait qu'on avait témoigné au procès d'Aiden Foster. Que papa travaillait à la City et que le père de Tash avait fait de la prison.

— Rien d'autre ?

— Non-on. Je commence à être fatiguée, Joe. Mes pieds me font si mal. Tu crois que je peux m'asseoir un petit moment ?

Le corps de Piper est en train de lâcher. Sa diction se ralentit et s'empâte. Je me tourne vers Ruiz.

— Où sont-ils ?

Ruiz lève les pouces.

— Ils connaissent le chemin de terre. Des voitures sont en route.

— Tu as entendu, Piper ? Ils sont tout près. Plus que quelques minutes.

— Mmmm.

— Parle-moi, Piper… tu es toujours là ?

— Mmmm.

— J'ai une fille à peu près de ton âge.

— Comment s'appelle-t-elle ?

— Charlie.

— Elle va où au lycée ?

— Shepparton Park School… dans la banlieue de Bath.

— Ça lui plaît ?

— Je crois que oui.

— J'ai raté tellement de cours. Je crois que je n'arriverai jamais à rattraper mon retard.

— Bien sûr que si. Une fille brillante comme toi.

Elle claque des dents.

— Je suis tellement fatiguée, Joe. Je vais fermer les yeux un tout petit instant.

— Reste éveillée, ma belle. Ils ne vont plus tarder. C'est Noël demain.

— C'est ce que George m'a dit. Est-ce qu'ils organisent une procession de Noël avec des lanternes à Oxford Castle ?

Je regarde Dale Hadley, qui hoche la tête.

Piper crie soudain avec exaltation :

— Hé ! J'ai vu quelque chose. Des lumières ! Je vois des lumières ! C'est une voiture !

— Reste en ligne, Piper.

— JE SUIS LÀ ! JE SUIS LÀ ! Ils m'ont vue. Ils ralentissent. Dites à papa que je vais le voir bientôt.

— Ne raccroche pas… Piper ?

La ligne est coupée.

Dale Hadley est en larmes. Il serre Ruiz contre lui, puis moi, puis de nouveau Ruiz. C'est un homme à qui l'on vient de donner une seconde chance, un homme qui pourrait arrêter les passants dans la rue et leur dire combien la vie est belle.

— Ils vont d'abord l'emmener à l'hôpital, lui dis-je. Pour s'assurer qu'elle va bien.

— On peut y aller ?

— Bien sûr, mais d'abord, on va faire un saut au poste.

44.

Julianne m'appelle. Elle est à la maison avec les filles. J'entends leurs rires en fond sonore. Charlie chatouille Emma. Des chants de Noël passent à la radio.

— Joe, où es-tu ? Nous t'attendons.

— Je suis vraiment désolé, mais je ne peux pas venir.

Inutile de voir son visage pour jauger sa réaction. Pas besoin de mots, de soupirs ou de silences gênés. Je sais que je la déçois. Elle s'attendait à ce dénouement.

La pluie zigzague sur le pare-brise et dégouline en rigoles tremblotantes sur les côtés.

— Piper Hadley est vivante. La police l'a retrouvée. Elle est en route pour l'hôpital.

— Alors tu joues de nouveau les chevaliers blancs ?

— Ce n'est pas ce que tu penses.

Dans le silence qui suit, Julianne fait appel à la raison.

— Je suis désolée. C'est horrible ce que je viens de dire. Pardonne-moi.

— Bien sûr.

Le silence s'installe. Je l'imagine debout dans la cuisine, à se mordiller le coin de la lèvre. Elle est plus forte que moi, plus sûre de sa place dans le monde, débarrassée du fardeau de ma présence. Cela la rend sans doute plus heureuse.

— Je te garde une assiette au cas où tu puisses te libérer. Et je laisserai la clé à l'endroit habituel.

— Merci.

— Je suis vraiment heureuse pour Piper Hadley. Quel merveilleux cadeau de Noël pour sa famille.

— Oui, en effet.

Le Range Rover se gare sur le parking. Le poste de police d'Abingdon est illuminé comme un vaisseau spatial qui se serait posé sur le toit et serait resté coincé là.

La porte à peine franchie, je sens immédiatement que quelque chose ne va pas. La salle des opérations est déserte. Drury n'est pas dans son bureau. Une douzaine d'agents sont rassemblés près de la porte de la salle de contrôle. Je m'insinue entre eux pour comprendre ce qui se passe, Dale Hadley sur les talons.

La voix de l'inspecteur Drury résonne dans l'appareil radio.

« Bon, je veux qu'on repasse tout en revue. Unités mobiles, donnez-moi les indicatifs radio et la localisation exacte de chaque équipe. Qui a récupéré Piper Hadley ? Quelles voitures étaient sur place ? »

Les voitures répondent une par une. Le sergent Casey se sert de cercles de couleur pour représenter chaque véhicule sur une carte de la région.

De nouveau, la voix de l'inspecteur.

« Vous êtes en train de me dire qu'aucune de nos équipes n'a Piper Hadley ? »

Un silence.

« Je veux des barrages sur toutes les routes. Bouclez la zone. Arrêtez et fouillez tous les véhicules. Les fermes, granges, appentis, cabanons de jardin – je veux que tout soit passé au peigne fin. »

Dale Hadley observe les visages autour de lui un à un.

— Vous l'avez entendue comme moi… Elle a vu des phares !

— Ce n'était pas l'un de nos véhicules, répond le sergent Casey.

— Mais elle a vu des phares…

— Piper a dit qu'elle avait vu des lumières, ce n'est pas pareil.

Dale Hadley se tait, bouche ouverte. Totalement sous le choc, il paraît frappé de mutisme. Ses jambes tremblent de manière incontrôlable. Un agent l'aide à s'asseoir.

— Où est Drury ? demandé-je à Casey.

— Il est sur le chemin du retour. (Puis il se tourne vers M. Hadley.) Soyez assuré, monsieur, que nous allons remuer ciel et terre pour retrouver votre fille. Nous connaissons sa dernière localisation précise. Nous avons bouclé toute la zone et nous traquons le signal de son téléphone. Nous allons éplucher l'historique du portable et découvrir l'endroit où elle a été séquestrée.

Ces mots sont vides de sens. Dale Hadley les a déjà entendus. Des paroles de réconfort. Moins de deux heures plus tôt, il avait retrouvé sa fille. Il y a vingt minutes, il la croyait en sécurité. Maintenant qu'on la lui a de nouveau arrachée, il n'acceptera plus ni excuses ni promesses.

— Je vais faire venir un agent de liaison des familles pour ramener M. Hadley chez lui, dit Casey.

— Non, je veux rester.

— Nous vous tiendrons informé heure par heure, monsieur.

— Et si elle rappelle ? Je dois être là.

Le sergent cède à contrecœur.

— Vous devez nous laisser faire notre travail, monsieur Hadley. Il est crucial que nous agissions vite.

— Ruiz peut s'occuper de lui, dis-je. Il connaît le système.

L'inspecteur Drury arrive seul. Le reste de son équipe est resté pour mettre en place les barrages routiers et fouiller les lieux de fond en comble. Un policier lui donne les derniers détails. Drury a les yeux rivés au sol, l'air perdu. Il s'est passé une chose terrible. Il ne peut expliquer comment et pourquoi. Il voudrait revenir en arrière, ou au moins avoir une seconde chance. Il me fait signe de le suivre dans son bureau.

Dans le dernier tiroir de son bureau, il prend une bouteille de whisky, arrache le capuchon de plastique et s'en sert une bonne rasade dans une tasse. Il l'avale d'un trait et serre les paupières tandis que l'alcool brûle sa langue avant d'enflammer son estomac vide.

Il lève la bouteille à mon intention.

— Non merci.

Il se sert une autre lampée et revisse le bouchon, puis replace la bouteille dans son tiroir.

— Comment est-ce possible ? C'était un chemin privatif. Sûrement pas plus d'une vingtaine de voitures par jour sur cette route. Un civil nous aurait déjà appelés. Alors qui l'a emmenée ?

— Il a dû la suivre.

Les coudes sur la table, Drury enfonce les pouces dans ses orbites.

— Le portable de Piper a été acheté dans une boutique de téléphonie du sud de Londres, il y a huit mois. Il est enregistré au nom de Trevor Bryant, le nom d'emprunt d'un petit dealer de drogue, Eddie Marsh. Nous avons perquisitionné plusieurs des propriétés d'Eddie il y a quelques mois.

— Où est Eddie March aujourd'hui ?

— Il était en liberté provisoire, mais il a quand même quitté le pays. D'après son ex, il serait à Marbella.

— Marsh a-t-il des antécédents d'agressions sexuelles ?

— Non.

— Des liens avec les hommes que vous avez arrêtés hier ?

— On creuse cette piste. (Drury change de tactique.) Emily Martinez ne répond pas à son téléphone et son père ne s'est pas présenté à son travail aujourd'hui. Que pouvez-vous me dire sur cet homme ?

— Il correspond au profil psychologique du ravisseur.

— Je ne peux pas l'arrêter sur un simple profil.

— Il a l'intelligence, l'expérience, les connaissances et le mobile.

— Toujours aucune preuve concrète.

— Vous en trouverez. Vous trouverez ses empreintes digitales ou des traces de son ADN dans la ferme.

L'inspecteur paraît réticent.

— Facile d'avoir la foi quand on n'a rien à perdre.

On frappe à sa porte. Le sergent Casey apparaît.

— Un appel pour vous, chef.

Drury décroche son téléphone.

— Où ?... À qui appartient la propriété ?... Vous êtes sûr ? Vérifiez encore.

Un champ de possibles traverse son regard.

— Y a-t-il un gardien ?... Ouais... D'accord, contactez-le... Je me mets en route.

Il lève les yeux.

— Nous avons trouvé le lieu où les filles ont été séquestrées.

45.

Durant le trajet en direction de Culham, nous passons deux barrages de police, où des agents en vestes réfléchissantes demandent aux automobilistes de s'arrêter sur le bas-côté. Les voitures, coffres, camions, caravanes, bus sont tous méticuleusement fouillés.

Drury brandit son badge. D'un signal lumineux, un policier nous donne l'autorisation de poursuivre notre chemin. Moins d'un kilomètre plus loin, nous bifurquons sur une route non signalisée, fermée d'une simple barrière avec une pancarte indiquant : PROPRIÉTÉ PRIVÉE – ACCÈS INTERDIT.

Le chemin boueux et troué de nids-de-poule disparaît presque sous les mauvaises herbes. D'autres véhicules se sont déjà frayé un passage. Nous débouchons dans un espace où plusieurs voitures de police et un van blanc viennent de se garer. Les portes du van s'ouvrent et deux chiens policiers bondissent sur la route, reniflant le sol et les arbres.

Un peu plus loin, une usine ou un entrepôt abandonné, partiellement éclairé par les phares des voitures de police. La plupart des bâtiments sont de plain-pied, mais les conduits de cheminée et les tuyauteries indiquent la présence d'autres structures en sous-sol. La clôture de fils barbelés qui entoure le complexe s'est effondrée par endroits sous le poids de vignes mortes ou d'arbres déracinés par les dernières tempêtes.

Le portail principal penche dangereusement, et ses poteaux de bois sont si vermoulus qu'ils menacent de tomber en poussière. L'allée disparaît dans un enchevêtrement de ronciers et de vignes hautes. Un passage a été aménagé à travers les broussailles denses.

Des lampes électriques balaient les lieux. Les murs les plus proéminents sont décorés de graffitis en partie effacés par le temps. Certaines fenêtres sont condamnées par des planches, d'autres sont cassées. Les portes sont scellées ou grandes ouvertes.

— L'usine a été désaffectée dans les années 1980, explique Drury. Avant, c'était un site de relocalisation nucléaire d'urgence pour le gouvernement – une sorte d'abri au cas où les Russes enverraient un missile sur les réacteurs de Harwell. Il existe une demi-douzaine de complexes comme celui-là.

L'inspecteur éclaire de son faisceau la paroi rocheuse qui s'élève presque verticalement derrière les bâtiments.

— C'est un ancien site de carrières. Ils ont miné la roche pour fabriquer du ballast au moment de la construction du Grand Chemin de fer de l'Ouest. La ligne principale est à moins de cent mètres d'ici.

— Qui est responsable de cet endroit aujourd'hui ?

— Le complexe est administré par l'Autorité de l'énergie atomique britannique, ce qui signifie qu'il est sous la juridiction du CNC.

— Le CNC ?

— Le Civil Nuclear Constabulary : c'est l'organisme de sécurité dévolu à la protection des installations nucléaires. Ces types ne savent pas s'ils sont des soldats ou des flics imaginaires.

Drury s'approche d'un petit groupe d'agents. Parmi eux, se trouve un homme en uniforme qui n'appartient pas à la police, mais s'efforce de se fondre dans la masse.

— Voici le sergent Moretti, dit Drury. Il a les clés de l'usine.

Je jette un coup d'œil aux innombrables portes cassées, mais ne fais aucun commentaire.

Moretti se tient droit comme un I. Pâle comme un poulet plumé, il a le mot POLICE cousu dans la poche de poitrine de son gilet pare-balles.

— Combien de fois par jour ce site est-il inspecté ? demande l'inspecteur.

— Il n'est sur aucun itinéraire de patrouille régulière.

— Que voulez-vous dire ?

— Cet endroit n'a pas servi depuis trente ans.

Drury expire bruyamment par le nez.

— Vraiment ?

On nous distribue des gants chirurgicaux blancs et l'inspecteur entre à la suite de Moretti. Un agent se charge d'appuyer sur les interrupteurs. La plupart des ampoules sont cassées, mais il en éclaire suffisamment pour révéler un vaste espace équipé d'installations vétustes.

— Pourquoi l'électricité n'est-elle pas coupée ? demande Drury.

— Aucune idée, monsieur, répond Moretti. Au-delà de mes compétences.

Sur une pancarte au mur est écrit : GANTS ET PROTECTION DES YEUX OBLIGATOIRES. Non loin de là, un poste de commandes avec une série de boutons rouges et verts. Les fils ont été arrachés.

Un escalier rouillé s'enroule sur lui-même jusqu'à l'étage supérieur, à environ quatre mètres cinquante au-dessus de nous. Sous les escaliers, un vieux poêle dissimule partiellement une porte. Moretti passe le premier, et écarte deux bidons où clapote un liquide non identifié.

La seconde pièce, plus petite, est équipée d'une table, deux chaises, un lit double, une baignoire et un poêle à bois. La surface du sol a été aspergée de Javel ou d'un puissant détergent. L'odeur caustique me pique la gorge et tente de s'infiltrer dans mes poumons.

C'est la même odeur que dans la ferme des Heyman.

— Qu'y a-t-il là-haut ? demande Drury.

— Plus ou moins la même chose, répond Moretti.

— Montrez-moi.

L'escalier métallique tremble sous notre poids et de petites parcelles de plâtre tombent du mur où il est fixé.

Je reste derrière le sergent Casey. La vieille baignoire a été soulevée à l'aide d'un palan. Les cordes ont laissé des marques sur les tuyaux. Un rasoir est posé sur le rebord de la baignoire. L'étagère la plus proche est encombrée de produits de toilette.

On a arraché les draps et les couvertures et enlevé le matelas du lit aux ressorts métalliques. Une grosse chaîne est enroulée autour d'un pied. À l'autre extrémité de la chaîne, une menotte de cuir tachée de sueur et fermée d'un cadenas. Elle peut être ajustée au poignet ou au cou d'une personne.

À côté du lit, un coffre de bois au couvercle incurvé. À l'aide d'un stylo, je le soulève. À première vue, il est vide, quand je repère un morceau de tissu noir et fin coincé dans l'une des charnières : un string en dentelle.

Le sergent Casey prend un sac plastique et je fais tomber la pièce de lingerie dedans sans la toucher.

La literie a été jetée dans un coin de la pièce et brûlée. M'accroupissant à côté, je me sers de mon stylo pour déplacer le coin carbonisé d'un carton à pizza. Un objet attire mon regard – une petite figurine de deux centimètres de haut. Un chef de gare habillé d'une redingote bleue tenant un drapeau.

— J'ai besoin d'un autre sac de preuves.

— Qu'est-ce que c'est ?

— Une pièce de collection.

Me relevant, j'examine la salle tout autour de moi, avec un sentiment de malaise que je n'arrive pas à expliquer. J'observe l'autre bout de la pièce. Quiconque entre dans le bâtiment principal peut trouver la porte sous les escaliers. Et cette chambre n'est pas particulièrement sécurisée ni insonorisée. Le lit n'est équipé que d'une menotte alors qu'il avait deux captives. Il ne pouvait surveiller les deux filles continuellement. Comment les contrôlait-il ?

Natasha avait des égratignures pré-mortem sur les hanches. Le Dr Leece pense qu'elle s'est échappée par une ouverture étroite, comme une fenêtre. Cette pièce n'en a aucune.

— Avez-vous remarqué les tuyauteries sur les murs extérieurs ? demandé-je.

Casey secoue la tête.

Traversant la pièce, je pousse plusieurs caisses et tombe sur une armoire métallique vide. Le sol de béton est strié de marques, comme si le meuble avait été déplacé à maintes reprises.

— Hé ! Venez m'aider à pousser ce meuble.

Casey se positionne d'un côté et nous écartons l'armoire du mur, révélant une trappe avec une poignée de corde. À genoux, je tire sur la trappe et la renverse de l'autre côté. Sous moi, un trou noir béant.

— Donnez-moi votre lampe.

Penché au-dessus du trou, je dirige le faisceau vers le bas. Des moutons de poussière se reflètent dans la lumière à mesure que le cachot se révèle petit à petit, telles les pièces d'un puzzle infernal. Deux couchettes. Un bassin hygiénique. Des couvertures grises élimées. Des vêtements éparpillés.

L'échelle ne s'élève qu'à mi-hauteur du mur. L'unique fenêtre est très haute au-dessus de l'évier. Scellée. Elle ne semble pas assez grande pour permettre le passage d'une personne.

Le faisceau poursuit son mouvement. Je remarque une affiche du port de Brighton et un collage constitué de morceaux d'images découpées dans des magazines. Des boîtes de conserve sur les étagères. Un bocal de sachets de thé près du réchaud à gaz.

Quand je suis bien certain que la cave est vide, je me recule vivement, saisi par le besoin urgent de quitter cet endroit.

La pluie s'est remise à tomber et je n'ai pas de parapluie. Je m'éloigne des bâtiments, grimpe la pente et observe la carrière en contrebas. Là, tête baissée, les bras ballants, je laisse la pluie se déverser sur mon crâne, mes sourcils, mon visage. Je n'ai jamais été un grand amoureux de la nature. Je peux apprécier sa beauté, mais je suis indifférent à ses caprices. La nature peut faire des choses incroyables, mais elle sera toujours insensible à la souffrance humaine.

Plus bas, des hommes et des femmes en combinaisons bleues explorent un sentier à travers les ronces. Ils cherchent des traces de sang, des empreintes et des fluides corporels – des signes de vie. Ou de mort.

Piper était ici. Elle a réussi à lui échapper, mais il l'a traquée. Que va-t-il faire maintenant ? À moins que cet homme n'ait noué un lien spécial avec Piper, à moins qu'elle ne soit devenue indispensable à ses fantasmes, il va se débarrasser d'elle.

Contemplant le ciel, je cherche une étoile dans l'épaisse couche nuageuse. Il y a deux mille ans, d'après la Bible, trois sages ont suivi une étoile et ont trouvé un sauveur allongé dans une mangeoire. Je ne crois pas aux miracles, mais ce soir Piper Hadley aurait bien besoin d'un miracle.

Au début, les phares m'ont éblouie.

Ce n'est que lorsque la porte du conducteur s'est ouverte et qu'il s'est avancé dans la lumière que j'ai su qu'il m'avait retrouvée. J'ai perdu tous mes moyens. Un liquide chaud a coulé le long de mes jambes et a souillé mes chaussures.

J'étais incapable de courir. De pleurer. Il ne me restait plus rien. Il m'a prise par le bras et m'a guidée vers la voiture. Il m'a ligoté les mains et les pieds avec du chatterton et m'a fait avaler deux petites pilules blanches.

Docile, je l'ai laissé me soulever et me mettre dans le coffre. Il m'a collé un morceau de chatterton sur la bouche et m'a fourré la tête dans un sac. J'ai toussé dans la poussière, peinant à respirer. Puis j'ai fermé les yeux et me suis endormie.

J'ai le vague souvenir d'un arrêt où George a parlé à quelqu'un, puis la voiture s'est remise à rouler et j'ai replongé dans le sommeil, pensant ne plus jamais me réveiller.

Et voilà que je suis étendue sur un lit agréable, vêtue d'un pyjama propre. C'est le grenier où Tash et moi avons été enfermées juste après notre enlèvement. Le mobilier n'a pas changé, sauf la télévision en noir et blanc, qui n'est plus là. Peut-être l'a-t-il jetée.

Je ne me rappelle pas avoir été portée dans l'escalier. Et je n'ai pas bougé depuis que je suis réveillée. L'épuisement me cloue au drap blanc comme un insecte punaisé sur un morceau de carton. Un jour, j'ai visité le Museum d'histoire naturelle de Londres, à l'occasion d'une sortie scolaire. On nous a emmenés dans le département d'entomologie, où se trouvent cent quarante mille tiroirs de bois contenant vingt-huit millions de spécimens. Je ne savais pas qu'il existait autant d'insectes différents dans le monde. Je n'aime pas les bestioles, mais je ne les écrase pas pour autant.

Je suis si épuisée. Je veux juste dormir. George peut faire de moi ce qu'il veut. Cela n'a plus d'importance.

Plus tard, je me réveille avec le souvenir d'avoir crié, mais le son s'est dissipé et la chambre est plongée dans l'ombre.

— Il y a quelqu'un ?

Pas de réponse.

— Répondez, s'il vous plaît.

— Que veux-tu que je te dise ? demande George.

Il est assis sur une chaise entre l'armoire et la fenêtre, dos au mur. Je ne distingue pas son visage.

— Tu as fait un cauchemar ?

— Non.

— Si.

— Je ne m'en souviens pas.

— C'est bizarre, les rêves. Moi non plus je ne me souviens pas des miens.

— Suis-je loin de chez moi ?

— Que veux-tu dire ?

— Eh bien, en distance. C'est loin ?

— Non.

— Si je marchais toute la journée, je pourrais rentrer ?

— Peut-être.

— Dites-vous cela uniquement pour me faire plaisir ?

— Oui.

46.

Il est minuit passé le matin de Noël et les seules créatures encore en activité s'abreuvent de café soluble et se nourrissent de barres chocolatées aux raisins que personne n'aime. Tous les agents disponibles ont été rappelés. Les congés annulés. Les festivités mises en attente.

Les barrages routiers ont été maintenus toute la nuit et une grande battue est prévue pour le lendemain à la première heure, avec chiens policiers, hélicoptères et détecteurs de chaleur.

Sur le tableau blanc de la salle des opérations, il est écrit : « Piper Hadley rentre chez elle. » Le message d'hier. Prématuré. Déplacé. Personne n'a eu le courage de l'effacer.

Drury traverse le couloir comme un somnambule. À la machine à café, il presse un bouton et écoute la machine émettre une toux étranglée, avant d'éructer un liquide noir comme du goudron.

Il sort le sac plastique scellé de sa poche et étudie le chef de gare miniature.

— Vous êtes sûr que cette figurine appartient à Phillip Martinez ?

— Oui.

Il fait courir son pouce sur le modèle réduit.

— Plutôt mince comme preuve.

— L'analyse des empreintes digitales et de l'ADN peut prendre des jours. Piper n'a pas tout ce temps.

Le visage de l'inspecteur se déforme.

— Nous avons lancé un mandat d'arrêt contre Phillip Martinez et donné le signalement de son véhicule.

— Et si on rendait l'information publique ?

— Il peut détenir Emily et Piper. Le risque est trop grand.

Drury boit une gorgée de son breuvage, qu'il recrache aussitôt. Il jette le marc dans l'évier et écrase le gobelet dans son poing.

— Est-ce que vous couchez avec Victoria Naparstek ?

— Quoi ?

— Vous avez parfaitement entendu ma question.

— Je ne vois pas en quoi...

— Je prends cela pour un oui. (Il se campe sur ses talons, le dos raide.) Vous feriez mieux de la laisser tranquille.

— Pourquoi ?

— Je m'inquiète pour elle.

— Elle compte beaucoup pour vous.

— Oui.

— Votre femme est-elle au courant ?

Il m'adresse un sourire crispé. Lèvres pincées.

— Ma femme et moi avons un arrangement. Je sais que ça peut paraître cliché...

— Un mariage libre ?

— Si vous voulez.

— Votre femme voit-elle d'autres hommes ?

— Rien ne l'en empêche.

Ces mots à peine prononcés, il se rend compte à quel point cela peut paraître égoïste et malhonnête. Relevant le menton, il se renfrogne.

— Êtes-vous marié, professeur ?

— Ma femme et moi sommes séparés.

— J'ai remarqué que vous portiez toujours votre alliance. Je suppose que cela fait de nous deux hypocrites, mais un seul d'entre nous se donne en spectacle.

Il me plante là et s'éloigne à grands pas, tel un soldat prêt pour la bataille. Comment un homme doué d'un tel ego et d'une si grande haine de soi peut-il supporter un métier avec tant d'échecs ? Je crains pour sa santé mentale. Et je compatis pour sa femme.

Ruiz me réveille un peu après 4 heures du matin. Je me suis assoupi sur un bureau, la tête sur les bras croisés, un filet de bave sous le menton. Je me redresse, la bouche sèche. J'ai soif.

— Vous ne tremblez pas quand vous dormez, dit-il. C'est comme si M. Parkinson faisait la sieste lui aussi.

Mes bras et ma tête font des soubresauts à présent. C'est une danse bizarroïde, contre laquelle je ne peux rien. Je prends deux pilules et Ruiz m'apporte un verre d'eau du distributeur.

— Joyeux Noël.

— Idem, mon vieux.

J'attends que les médicaments fassent effet. Ensuite, je serai de nouveau opérationnel – comme on dit dans le jargon du Parkinson.

— Où étiez-vous passé ?

— J'ai ramené Dale Hadley chez lui. Jolie maison. De beaux enfants. La petite famille idéale.

— Avec une fille en moins.

— Faut croire qu'on ne peut pas tout avoir…

Ruiz a des nouvelles. Phillip Martinez a été arrêté deux heures plus tôt par la police de la route, aux environ de Stokenchurch. Il était seul dans sa voiture.

— Où est-il ?

— En bas. Drury va procéder à l'interrogatoire. Je pensais que vous aimeriez y assister.

Je m'asperge le visage d'eau froide. Ruiz m'attend, puis nous prenons l'ascenseur. Phillip Martinez patiente dans une salle d'interrogatoire. Seul. Il observe le plafond tel un homme piégé au fond d'un puits sombre, d'où il ne voit qu'un cercle de ciel bleu.

Fatigué et débraillé, il lève sa main pour gratter son menton à la barbe naissante. Un côté de son visage est enflé et commence à bleuir.

L'inspecteur Drury et le sergent Casey entrent dans la pièce. Martinez bondit sur ses pieds.

— Il était temps !

— Asseyez-vous, s'il vous plaît, dit Drury.

— Avez-vous trouvé Emily ? Avez-vous parlé à sa mère ?

— Asseyez-vous.

— Cette garce est derrière toute cette histoire. Elle planifiait son coup depuis un bon moment.

Drury désigne de nouveau le siège. Les deux hommes se jaugent du regard, puis Martinez cligne des yeux et se résigne à s'asseoir. Il croise les jambes et balance son pied libre.

— Vous devez savoir que cette conversation est enregistrée, dit l'inspecteur. Pouvez-vous confirmer, monsieur Martinez, qu'on vous a lu vos droits ?

— Oui.

— On vous a également proposé l'assistance d'un avocat, que vous avez refusée.

— C'est exact.

— Où étiez-vous entre 14 heures et 15 heures hier après-midi ?

— Je cherchais ma fille. Elle s'est échappée.

— Pourquoi ?

— Nous nous sommes disputés.

— Comment vous êtes-vous fait cet hématome et ces égratignures sur le visage ?

Martinez se touche la joue.

— Elle était bouleversée. Elle m'a jeté des objets à la figure.

— À propos de quoi, cette querelle ?

Martinez soupire.

— Emily voulait passer Noël avec sa mère. Je lui ai dit qu'elle pourrait aller à Londres après Noël, mais pas avant. Elle refusait de m'écouter.

— Elle vous a frappé ?

— Oui.

— L'avez-vous frappée ?

— Non. Je veux dire… je voulais l'empêcher de se blesser. Elle était incontrôlable… Hystérique.

— L'avez-vous frappée, monsieur Martinez ?

— C'est ce qu'elle vous a dit ? Elle exagère. L'adolescente type. Butée. Ingrate. Mélodramatique.

— Quand l'avez-vous vue pour la dernière fois ?

— À 8 h 15 hier matin.

— Pourquoi n'avez-vous pas déclaré sa disparition ?

— Je n'ai pas compris tout de suite qu'elle s'était sauvée. J'ai pensé qu'elle était allée travailler. Comme elle n'est pas revenue à la maison à midi, j'ai commencé à m'inquiéter.

— Qu'avez-vous fait alors ?

— Je l'ai cherchée. J'ai appelé ses amies. J'ai trouvé des horaires de train dans sa chambre. C'est là que j'ai compris qu'elle était partie à Londres. Sa mère vit dans un foyer à Ealing. Je suis allé là-bas, mais Amanda n'a pas voulu me parler et le personnel a menacé d'appeler la police.

— Vous n'avez pas vu Emily ?

— Ils l'ont cachée.

Drury marque une pause. D'un geste d'une lenteur délibérée, il pose un sac plastique scellé devant Martinez.

— Est-ce votre portefeuille, monsieur Martinez ?

— Oui.

— Il y a la photo d'une jeune fille dans un compartiment intérieur.

— Emily. Et alors ?

Drury dépose un second sac plastique sur la table.

— Reconnaissez-vous ceci ?

— C'est l'une de mes pièces miniatures : le chef de gare. J'ai un chemin de fer modèle réduit. Où l'avez-vous trouvée ?

— Êtes-vous sûr qu'elle vous appartient ?

— Absolument. Je l'ai commandée à Aiden Campbell, un célèbre fabricant de maquettes. Je lui avais même fourni une photographie. Où l'avez-vous eue ?

— Dans l'usine désaffectée où nous pensons que Piper Hadley et Natasha McBain ont été séquestrées pendant trois ans.

Martinez regarde Drury d'un air incrédule, sourcils haussés, paumes ouvertes. Il paraît ne pas comprendre ce qui lui arrive.

— Vous plaisantez ?

Drury ne répond pas.

Martinez brandit un doigt menaçant.

— Oh non ! Vous ne suggérez pas… ?

— Je cherche simplement une explication…

Martinez fronce les sourcils et prend l'air outré.

— C'est ridicule. On vous mène en bateau !

Puis il se tourne vers le miroir, comme s'il se savait observé. À moins qu'il n'observe son propre reflet, comme pour s'assurer qu'il ne rêve pas.

De l'autre côté du miroir sans tain, je cherche des signes de malaise, de tromperie. Rien dans son discours n'est incohérent ni improvisé.

— Il est fort, commente Ruiz.

— En effet.

— Il dit la vérité, d'après vous ?

— À propos d'Emily… peut-être. J'ai vu les horaires de train dans sa chambre.

— Je devrais vérifier auprès de son ex-femme. Je peux aller à Londres en voiture.

— Cela en vaut la peine.

Je serre mon ours de compagnon contre moi et lui souhaite un joyeux Noël.

— Qu'allez-vous faire ?

— Je vais rester un peu ici.

— Et Julianne et les filles ?

— Je vais les appeler.

Ruiz s'en va et je me concentre sur l'interrogatoire. Drury a posé une photographie sous les yeux de Phillip Martinez.

— Reconnaissez-vous cet endroit ?

— Non.

— Regardez bien.

— Où est-ce ?

— C'est là que vous avez emprisonné Piper et Natasha. Vous avez essayé de faire place nette, mais vous n'avez pas été très minutieux. Une seule cellule suffit pour déterminer un ADN. Nous sommes en train de démanteler les tuyauteries et d'aspirer les sols. Même chose au sous-sol.

Nous passons aussi votre voiture au peigne fin. Nous allons trouver des preuves de votre implication.

— C'est totalement ridicule. Je ne sais absolument pas de quoi vous parlez.

— Je vous donne une chance de vous racheter. Dites-nous où est Piper. Dites-nous ce que vous avez fait d'Emily.

Martinez fait mine de se lever. Le sergent Casey l'imite instantanément. Le policier est plus grand, plus fort. Plus intimidant.

— J'ai gagné la garde de ma fille. Elle m'appartient. Pourquoi ne la cherchez-vous pas ?

— Répondez à ma question, monsieur Martinez.

— Je n'ai pas à vous écouter.

— Mais vous devez vous asseoir.

Le scientifique obtempère. Choqué. Furieux.

Soit cet homme dit la vérité, soit c'est un expert dans l'art du mensonge, à tel point qu'il est pathologiquement doué pour ce petit jeu. Drury a fait son maximum. Il lui a demandé une foule de détails, car c'est là que le suspect se trahit souvent. Il est en effet plus difficile de rester cohérent dans le mensonge que dans la vérité. Mais Phillip Martinez est impressionnant. Ses réponses sont parfaitement crédibles. Il reste concis et soutient le regard de son interlocuteur sans ciller. Son discours ne comporte ni hésitations ni répétitions. Il est sincèrement inquiet pour Emily – il demande sans cesse des nouvelles – et accuse son ex-femme d'avoir organisé sa disparition.

Le soir du festival de Bingham, un médecin l'a appelé pour lui dire que son ex-femme avait été admise à l'hôpital Littlemore d'Oxford parce qu'elle souffrait d'hallucinations auditives. Il a appelé Emily et l'a retrouvée à la maison. C'est là qu'il a passé la nuit. Il n'a pas vu Piper ce soir-là et ne savait pas qu'Emily planifiait de fuguer.

Même histoire lorsqu'il est questionné à propos du blizzard. Emily et lui ont dîné et regardé la télévision jusqu'à ce que l'électricité soit coupée. Ensuite, ils ont fait une partie de Scrabble à la lueur des bougies avant de se coucher.

Une brillante plaidoirie de la part d'un homme incompris. Furieux. Frustré. Irritable.

Au bout de deux heures, Drury fait une pause. Il est obligé de suivre des règles. Je le rejoins dans le couloir.

— Vous avez tout entendu ? demande-t-il en prenant de grandes goulées d'eau.

— Oui.

— C'est à croire qu'il connaît les questions à l'avance.

— Il a eu trois ans pour se préparer.

La poitrine de Drury s'élargit comme si des plaques musculaires se mouvaient sous sa chemise.

— Comment faire pour le briser ?

— Cela n'est peut-être pas possible. Les meilleurs menteurs sont ceux qui sont capables de se mentir à eux-mêmes.

— Il est déconnecté de la réalité ?

— Pas du tout. Mentir et se mentir à soi-même requièrent les mêmes dispositions d'esprit. Vous ne vous êtes jamais demandé pourquoi les gens trichent au solitaire ou regardent les réponses des mots croisés ? Même si ce n'est pas une compétition et qu'il n'y a aucun prix à gagner, ils trichent quand même.

— Ils ont besoin de se sentir bien dans leur peau.

— En trichant ?

Drury hausse les épaules.

— Alors pourquoi font-ils cela ?

— Cela tient au processus évolutionniste. Il y a quarante ans, un biologiste du nom de Robert Trivers a affirmé que notre capacité de nous mentir à nous-mêmes datait de l'ère préhistorique, quand nous étions organisés en tribus. Les communautés ont de tous temps puni les menteurs et les tricheurs. Mais comme nous sommes devenus des primates intelligents, nous avons compris que nous courions le risque d'être punis ou servis en pâture aux hyènes si nous étions pris en flagrant délit de tricherie. Cela ne nous a pas empêchés de mentir. Nous sommes seulement devenus plus forts à ce jeu. Nous avons appris à nous en tirer à bon compte.

— Donc, vous dites que l'évolution a fait de nous des menteurs ?

— C'est juste une théorie. Voilà pourquoi Mark Twain a écrit : « Si l'on est incapable de se tromper soi-même, comment peut-on tromper autrui ? »

Drury consulte sa montre.

— Mes gosses ne vont pas tarder à se réveiller. Leurs cadeaux sont sous le sapin. J'aimerais être là.

— Laissez-moi parler à Martinez.

— Impossible ! C'est contraire au règlement.

— Faites-moi entrer comme visiteur. Pas de caméras. Pas d'enregistrement.

— Ce ne sera recevable devant aucune cour de justice.

— Trouver Piper est plus important.

L'inspecteur secoue la tête en poussant un long soupir.

— Il faudrait que Martinez soit d'accord.

— Posez-lui la question.

— Pourquoi dirait-il oui ?

— C'est un fanfaron. Il a besoin d'un public.

47.

Quand j'ouvre la porte, Phillip Martinez lève sur moi un regard où l'espoir le dispute à l'impatience.

— Alors ? Ils ont trouvé Emily ?

— Pas encore.

Il ferme les yeux, image d'un homme brisé sur une île déserte, dans l'attente d'être sauvé. Dans le mouvement de l'air, je capte une bouffée de sueur séchée sur ses vêtements.

— Vous vous souvenez de moi ?

— Bien sûr. (Il m'observe attentivement.) Dois-je vous appeler professeur ou docteur ?

— Je ne suis pas médecin.

— Vous avez étudié la médecine un moment. Trois ans.

— Comment savez-vous cela ?

Martinez s'autorise un sourire.

— Vous avez parlé trois fois à ma fille. Dans vos rêves les plus fous, avez-vous vraiment cru que je ne fouillerais pas votre passé ?

— Vous êtes un homme prudent.

— Je suis toujours très prudent, professeur. Je suis un éminent scientifique dans l'un des plus grands centres de recherche d'Europe. Je gère une équipe de vingt personnes et un budget de treize millions de livres. Ne me prenez pas pour un idiot.

— Je ne ferais jamais cette erreur.

Il se penche en arrière, satisfait de la première salve.

— Nous avons pris un mauvais départ, dis-je, je ne vous mentirai pas si vous faites de même.

— Je ne vous mens pas.

— Vous avez menti à propos de votre retour d'Amérique. Vous avez été accusé d'avoir falsifié des données sur des traitements contre le cancer et été publiquement désavoué par vos pairs.

Martinez tressaute imperceptiblement. Son regard brillant et passionné me fait penser à la marionnette d'un ventriloque.

Je continue à le pousser dans ses retranchements.

— Deux articles de journaux ont été publiés sous votre nom. Vous avez accepté des financements de recherches sous de faux prétextes. Et vous avez dû rendre l'argent.

Ses mâchoires se crispent.

— Dans vos rêves les plus fous, monsieur Martinez, avez-vous vraiment cru que je ne fouillerais pas votre passé ?

Là ! Le point de rupture. Martinez se penche brusquement en avant, lèvres retroussées, dents serrées.

— Comment osez-vous ? éructe-t-il. Comment osez-vous m'insulter et questionner mon éthique ? Regardez-vous ! Vous, le croulant ! Vous ne fonctionnez que grâce aux médicaments que des gens comme moi ont découverts et testés. Votre maladie empire – elle ronge vos nerfs, vous vole votre équilibre, vos mouvements, votre élocution et bientôt votre esprit. Un jour, dans un futur pas si lointain, vous ne serez plus qu'un sac d'os chevrotant, incapable de marcher, de parler et même de se nourrir seul. Au lieu de ternir ma réputation, vous feriez mieux de prier pour que je trouve un remède ! Vous devriez me supplier de vous aider, espèce de pauvre type moralisateur et arrogant ! Vous avez besoin de gens comme moi !

En le regardant me cracher ainsi dessus, je reconnais un perfectionniste narcissique classique, gouverné par un ego puissant et un sens aigu de la dignité. Un homme qui ne supporte pas la remise en cause de l'image qu'il s'est soigneusement façonnée. Il détruira le messager plutôt que d'écouter le message. Martinez se recule dans son siège, vibrant de colère. Il veut des excuses. Il les attend.

Je vais au-delà de ses espérances.

— Je suis désolé, monsieur Martinez, je ne voulais pas douter de votre intégrité professionnelle.

Il agite la main en l'air.

— Puis-je vous poser encore quelques questions ?

Il hoche la tête.

— Le prénom George signifie-t-il quelque chose pour vous ?

— Pourquoi ?

— C'est une simple question.

— C'est un surnom. Quand nous étions mariés, ma femme m'appelait Gorgeous George. Elle trouvait que je ressemblais au lutteur des années 1950 du même nom. Nous avions tous deux les cheveux bouclés.

— Comment vous êtes-vous fait cet hématome au visage ?

Il se touche la tempe.

— Je l'ai déjà dit à la police. Emily m'a lancé une assiette parce que je ne voulais pas céder à son chantage.

— À propos de quoi vous faisait-elle chanter ?

— Elle voulait passer Noël avec sa mère. J'ai refusé. Elle a menacé de m'accuser de maltraitance si je l'empêchais d'y aller.

— Elle n'aime pas vivre avec vous.

— Nous avons des désaccords.

— Sur quels sujets ?

— Je ne suis pas pour gâter les enfants, professeur. Pas question d'être un esclave comme les autres parents. Je ne suis pas le serviteur, chauffeur et secrétaire de ma fille. Les autres les dorlotent tellement qu'ils en font des monstres. Les conduire partout, accéder à leurs moindres désirs – anniversaire, cours de danse, entraînement de football, piano, violon, tennis. Ritaline s'ils sont hyperactifs, Prozac s'ils sont déprimés, antibiotiques s'ils éternuent. Ce n'est pas pour moi. Je suis son père, pas son meilleur ami ou son confident... et certainement pas son esclave.

— Félicitations, vous êtes le père de l'année.

Il ne réagit pas.

— Où étiez-vous hier après-midi ?

— Je suis allé à Londres en voiture.

— À quelle heure êtes-vous arrivé ?

— Je ne sais pas. Il était assez tard. 9, peut-être 10 heures. Vous pouvez interroger la réceptionniste du foyer. Elle ne m'a pas laissé voir ma femme.

Le trajet pour Londres prend moins de deux heures. Il a eu amplement le temps de récupérer Piper, nettoyer le sous-sol et la cacher quelque part avant de gagner la capitale.

— Comment expliquez-vous la présence du chef de gare sur les lieux ?

Il hésite.

— N'est-ce pas évident ? Quelqu'un l'a déposé là exprès. Pour me piéger.

— Qui ferait une chose pareille ?

Il hausse les épaules.

— Ça m'est déjà arrivé. Cette histoire de résultats d'analyses falsifiés... quelqu'un a saboté mes expérimentations. J'ai été piégé.

— Dans quel but ?

— Pour me discréditer, bien sûr ! (Il paraît si sincère.) La recherche médicale est remplie de gens rongés par l'ambition. Des rivaux jaloux de mon succès, déterminés à me voler mes financements, paniqués à l'idée que je fasse une découverte majeure, d'une valeur de plusieurs milliards de dollars, avant eux.

— Vous ne croyez tout de même pas qu'un rival a essayé de vous faire accuser d'enlèvement et de meurtre ?

Il hausse les épaules.

— Vous perdez votre temps. Je n'ai rien à voir avec les filles de Bingham. Je ne les ai jamais rencontrées. Je n'habitais pas à Abingdon au moment des faits.

— N'est-ce pas étrange, que vous ayez trouvé une lettre de Piper dans les affaires d'Emily ?

— Je fouillais sa chambre.

— Pourquoi ?

— Je cherchais de la drogue.

— Vous pensiez qu'elle en consommait ?

— Comme je vous l'ai dit… je suis prudent.

— Vous fouillez la chambre de votre fille. Lisez-vous aussi ses mails ?

— Oui, ça m'arrive. (Il rit de ma surprise.) Vous n'êtes pas d'accord avec mes méthodes ?

— Non.

— Quand votre fille fumera du crack dans un bouge crasseux, vous viendrez me demander des conseils sur l'éducation.

— Où est Piper Hadley ?

— Je n'en ai aucune idée.

— Où est Emily ?

— Avec sa mère.

Il soutient mon regard, d'un air de défi.

— Je n'ai pas enlevé ces filles. Vous pourrez inventer toutes les preuves que vous voudrez, cela ne fera pas de moi le coupable pour autant.

La clé tourne dans la serrure.

La porte s'ouvre. George, en robe de chambre, porte un plateau avec un sandwich et une tasse de thé. Il pose le plateau sur une table à côté de ma tête. J'observe les volutes de fumée qui s'échappent du breuvage, les regarde s'enrouler autour du néant.

Mon poignet gauche est menotté à la tête de lit métallique. Je me sers de mon autre bras pour tirer les couvertures sur moi, mais je ne peux atteindre le drap. J'ai dû le repousser quand j'étais endormie.

— Tu devrais boire quelque chose.

Ma poitrine se serre, je peine à respirer. George s'assoit à côté de moi et pose la main sur ma jambe gauche en me disant de me calmer. Sa main remonte le long de ma jambe jusqu'à effleurer ma cuisse.

— Tu n'aurais pas dû t'échapper. Je veux t'entendre me demander pardon.

Je ne réponds pas.

Sa main caresse ma peau entre le haut et le bas de mon pyjama.

— Tu as entendu, Piper ?

— Oui.

— Demande-moi pardon.

Je secoue la tête.

Il frappe mon côté aveugle. Son poing s'enfonce dans mon estomac et remonte sous mes côtés, si fort que j'ai l'impression que mes organes ont explosé et que le sang et la bile se répandent dans ma poitrine. Je ne peux plus respirer. George attend toujours.

Je cligne de nouveau des yeux. Le coup suivant m'envoie valser hors du lit et me plaque contre le mur. Je suis prise de spasmes.

— Demande-moi pardon.

— Je vous demande pardon ! Pardon ! Je regrette vraiment ! sangloté-je en respirant avec peine.

Je regrette que tu sois un salaud et un sadique. Je regrette de ne pas t'avoir poignardé dans l'œil. Je regrette de ne pas t'avoir fracassé le crâne avec une brique. Je regrette de ne pas pouvoir t'arracher les yeux. Je veux crier tout cela, mais les mots me manquent. À la place, je me hisse sur le lit et me roule en boule.

— C'est mieux, dit-il. Maintenant, nous pouvons être de nouveau amis.

Il me prend dans ses bras, me berce, me caresse les cheveux.

— Aimerais-tu voir Emily ?

J'essaie de m'écarter de lui, mais il me serre plus fort contre lui.

— Vous n'avez pas... Vous m'aviez promis.

— Pourquoi devrais-je tenir mes promesses avec toi ?

— Je vous ai demandé pardon.

— Oui, en effet.

— Où est-elle ?

Il sourit.

— Je te ferai la surprise un autre jour.

Il se lève et gagne la fenêtre.

— Veux-tu savoir comment c'est, dehors ?

— Que voulez-vous dire ?

— C'est Noël – veux-tu savoir comment est cette journée ?

— D'accord.

— Le ciel est couvert, mais on aura peut-être du soleil plus tard.

— Décrivez-moi autre chose.

— Quoi ?

— N'importe quoi.

— Je vois le clocher d'une église et un parc. Un gamin sur une bicyclette toute neuve.

— Sûrement un cadeau.

— Oui.

— Quel est votre film préféré ?

— Je ne regarde pas beaucoup de films.

— Et la télévision ?

— J'aime bien « Danse avec les stars », mais cela n'est pas diffusé à Noël.

— Vous regardez « EastEnders » ?

— Non.

Il a l'air sincèrement désolé. Plongeant sa main dans sa poche, il en sort deux pilules blanches.

— Je dois m'absenter un moment. Je reviendrai plus tard. Ceci va t'aider à dormir. Tu ne devrais pas les avaler l'estomac vide.

— Je me sens incapable de manger quoi que ce soit.

— Quand tu auras à nouveau des forces, on reprendra depuis le début. Ce sera comme au bon vieux temps.

48.

Le sergent Blake pique un sprint dans le couloir et opère un virage si serré qu'il manque perdre l'équilibre et doit sauter par-dessus une plante. L'une des feuilles virevolte sur le sol comme une feuille de papier.

— On a trouvé ! crie-t-il en se ruant dans le bureau de Drury.

L'inspecteur somnolait. Blake continue :

— Martinez possède une autre maison. À Oxford. Il l'a louée quand il est revenu des États-Unis. Il l'a gardée jusqu'à ce qu'il obtienne la garde d'Emily, mais il n'a jamais dénoncé le bail.

Drury se redresse d'un bond.

Blake parle toujours.

— Le propriétaire de la maison est mort est 2009, mais Martinez a passé un marché avec son fils pour conserver le bail.

— Pourquoi un homme aurait-il deux maisons ? demande Drury.

— Exactement ce que je me disais, patron, dit Blake, l'air satisfait. Le fils a dit autre chose. Son père possédait un vieux modèle de Land Rover. Il le gardait dans le garage de la maison de location.

— Où est cette voiture maintenant ?

— Il n'en sait rien.

— Donc Martinez aurait pu l'utiliser ? Cela expliquerait pourquoi sa Lexus est si rutilante.

L'inspecteur est tout à fait réveillé cette fois.

— On fait un point dans quinze minutes. Je veux une douzaine d'agents avec moi. Trouvez-moi une carte aérienne de la rue et la maison. Voyez si le conseil municipal a un plan de niveau.

— C'est Noël, patron.

Drury jure.

— D'accord, mais dégotez-moi un agent de la protection de l'enfance. Je le veux avec nous.

L'atmosphère de la salle des opérations s'est totalement transformée. Les corps épuisés sont régénérés. La fatigue est oubliée.

En les observant, je réalise combien je suis différent de ces hommes. Je suis un étranger. Un civil. Qui plus est un psychologue, une profession qui ne leur inspire guère confiance. Ils imaginent que je suis constamment en train de décrypter leur langage corporel, en quête de faiblesse ou de significations cachées, comme si mes yeux étaient doués de rayons X qui me permettent de sonder au plus profond de leurs âmes. Ce sont des peurs irrationnelles et infondées, mais cela ne change rien. Certaines personnes sont incapables de se détendre en présence d'un policier, un prêtre ou un avorteur. Même chose avec un psychologue.

Le portable de Drury sonne de nouveau. Il décroche. D'un ton pressé. Irrité. C'est Fryer.

— Oui, monsieur, je suis sur le coup. Nous avons une piste sérieuse sur la localisation de Piper... North Oxford... C'est exact, monsieur... Nous avons trouvé un lien entre Martinez, l'usine désaffectée et les deux filles... je comprends vos réticences, monsieur, mais tout est sous contrôle... Dans une heure... Dès que j'ai du nouveau, bien sûr.

Casey émerge de l'ascenseur. Les épaules de sa veste en tweed brillent de perles de pluie et ses cheveux mouillés sont aplatis sur son crâne. Il a passé toute la matinée à rassembler des volontaires pour les recherches. La plupart veulent maintenant rentrer chez eux pour le dîner de Noël.

— Que voulez-vous faire, patron ? demande-t-il en dépliant ses doigts engourdis par le froid.

— Essaie de savoir combien on peut en garder sur le terrain, dit Drury.

La réunion est terminée. Les équipes se rassemblent en bas.

Des véhicules attendent, moteur en route. Drury prend la voiture de tête, équipé d'un gilet pare-balles, en homme qui maîtrise la situation. Il ne m'a pas demandé mon aide. Ne m'a pas adressé la parole. C'est son opération.

Mon portable vibre. C'est Ruiz.

— Quelle est la différence entre un bonhomme de neige et une bonne femme de neige ?

— Des boules de neige, dis-je.

— Vous la connaissiez.

— Noah la connaissait.

Ruiz soupire et tente une autre blague.

— Vous avez du nouveau ? demandé-je.

— Je devrais ouvrir ma propre agence de détectives privés.

— Vous avez toujours détesté mener les enquêtes.

— Oui, mais j'ai toujours été doué dans ce domaine. J'ai trouvé Emily Martinez. Elle était avec sa mère.

— Vous lui avez parlé ?

— Yep. Elle est arrivée au foyer hier, aux environs de midi. Il m'a fallu un moment pour convaincre Amanda Martinez de me faire confiance. Elle pensait que je travaillais pour son mari.

— Emily vous a-t-elle raconté sa dispute avec son père ?

— Oui. Elle correspond au récit de Martinez.

— Donc, il disait la vérité.

— À propos de ça, oui.

Ruiz continue à parler pendant qu'un bus rempli de volontaires se gare sur le parking. De retour de la zone de recherches, il déverse un flot d'hommes vêtus de combinaisons blanches chiffonnées et chaussés de bottes boueuses. Tandis qu'ils regagnent leurs véhicules, ils me font penser à des bonshommes de neige. À mesure que l'image se forme dans mon esprit, j'éprouve une sensation de picotement au bout des doigts.

— Je dois vous laisser, dis-je à Ruiz.

— Qu'est-ce qui vous arrive ?

— Je n'en suis pas encore sûr.

Grimpant les marches deux à deux, je gagne la salle des opérations. Le sergent Casey organise par radio une collation pour les équipes encore sur le terrain. J'attends qu'il ait terminé sa conversation.

— Les bandes de vidéo-surveillance du festival de Bingham – où puis-je les trouver ?

— On doit les avoir dans la base de données.

— Pouvez-vous me les montrer ?

Il allume l'ordinateur le plus proche et se connecte au Police National Computer, une impressionnante base de données contenant les caractéristiques de tous les délinquants et « personnes d'intérêt » de Grande-Bretagne : noms, surnoms, faux noms, cicatrices, tatouages, accent, taille, âge, pointure, couleur des yeux, des cheveux, passé criminel, complices et modus operandi. Elle contient également les dossiers des enquêtes en cours et permet de faire des recherches croisées.

— La vidéo du festival de Bingham est répertoriée d'une douzaine de manières. Elle a été prise par une caméra de surveillance en face de l'arrêt de bus, à l'entrée du village vert. Vingt-huit secondes d'enregistrement montrent Piper et Natasha en train de quitter la foire, emprunter une allée latérale et sortir par les grilles.

J'ouvre un autre fichier, qui contient cette fois une séries d'images prises par un photographe de l'*Oxford Mail*. Ce sont surtout des clichés de gamins en train de manger des bonbons et de faire des manèges, mais sur l'un d'eux, on voit Piper et Natasha à l'arrière-plan près des autotamponneuses.

Je zoome sur les filles et me déplace lentement dans l'image. Derrière elles, sur la route, est garée une voiture de police. Un policier est adossé à la carrosserie, le bras sur la portière ouverte. L'image est trop floue pour reconnaître un visage, mais la posture de cet homme m'est familière.

Une autre photographie me revient en mémoire – Natasha McBain devant le tribunal d'Oxford, escortée à travers la foule belliqueuse par un agent de sécurité. Le visage de l'homme est masqué par son avant-bras, qu'il a levé pour repousser une personne agressive.

Les pensées se bousculent à présent dans ma tête comme des gouttes de pluie sur une route sèche. L'une après l'autre... le bonhomme de neige, le chef de gare, les filles disparues... La vérité n'est pas une lumière aveuglante ni un seau d'eau froide qu'on vous verse sur la tête. Elle suinte lentement dans votre conscience.

M'écartant du bureau, je quitte la salle des opérations et me dirige à pas vifs vers les vestiaires. Chaque agent bénéficie d'un casier métallique pour déposer son uniforme et ses affaires personnelles. Je longe la rangée de casiers en lisant les numéros et les initiales.

Chaque casier est fermé par un cadenas à combinaison. Je cherche un gros cadenas. Un extincteur est fixé au mur. Je le saisis, le lève au-dessus de mes épaules, et l'écrase contre le cadenas. La porte s'ouvre. À l'intérieur, un gilet pare-balles, des bottes et une veste réfléchissante. Au fond de l'armoire métallique pendent deux combinaisons blanches avec le mot ResOx cousu sur la poche de poitrine.

À la radio, le sergent Casey écoute le déroulement des opérations à North Oxford. Les voitures se rapprochent et bouclent le périmètre.

— Je voudrais vous poser une question. Quand le chef Fryer a annulé les congés de Noël, a-t-il rappelé tous les agents sans exception ?

— Ouais.

— Où était Grievous hier ?

— Je l'ai vu à l'un des barrages.

— Où ?

— Sur Silo Road.

— Et aujourd'hui ?

— Je ne l'ai pas vu. Qu'est-ce qui se passe ?

Je ne réponds pas tout de suite. Puis je lui demande :

— Quel est son vrai nom ?

— Pardon ?

— Le vrai nom de Grievous, c'est quoi ?

— Brindle Hughes.

— Et son prénom ?

— Gerald.

— Se fait-il parfois appeler George ?

— Tout le monde le surnomme Grievous.

Je m'assois devant le terminal de l'ordinateur et lance une recherche pour trouver une déposition. L'écran se rafraîchit. J'étudie la liste. La déposition est signée et datée par l'agent stagiaire Gerald Brindle Hughes. Il déclare avoir fait une patrouille le soir de la disparition des filles de Bingham. Il a vu deux filles répondant à la description de Piper Hadley et Natasha McBain quitter la foire à environ 22 heures.

— Où habite Grievous ?

Casey lève la tête de la radio.

— Pourquoi ?

— Il faut le trouver.

Le policier m'observe avec appréhension. Son front se plisse.

— Qu'a-t-il fait ?

— Je n'en suis pas certain, mais j'ai besoin que vous me fassiez confiance. Si j'ai raison, votre carrière est assurée. Sinon...

Je ne termine pas ma phrase.

Casey est de plus en plus nerveux.

— Je devrais peut-être appeler mon boss.

— N'utilisez pas la radio. Il doit l'écouter.

— Qui ?

— Grievous. C'est comme ça qu'il a trouvé Piper.

— De quoi parlez-vous ?

— Il écoute toutes les conversations radio de la police. Cela lui a permis de retrouver Piper. Il a entendu sa localisation par la radio. Et il est allé sur place avant tout le monde.

— Mais comment ?

— Il savait d'où elle s'était échappée.

Casey comprend enfin où je veux en venir. Il me regarde d'un air de totale incrédulité.

— On parle bien de la même personne ? L'agent stagiaire Brindle Hughes ?

— J'espère me tromper. S'il vous plaît, ne perdons pas de temps.

49.

Le sergent Casey ouvre la porte anti-incendie d'un coup d'épaule et pointe son porte-clés sur une voiture de police banalisée. Les phares clignotent et les portières se déverrouillent.

— Le téléphone du patron est éteint, dit-il, son portable à l'oreille. Il ne le rallumera pas avant la fin des opérations. C'est la procédure. Uniquement les appels d'urgence.

Casey fixe l'écran du regard en se demandant s'il doit ou non laisser un message. Il veut couvrir ses arrières.

— J'expliquerai tout à l'inspecteur Drury, dis-je en me glissant sur le siège passager.

Peu après, nous quittons le parking et accélérons sur Marcham Road. Les rues sont désertes. Les gens sont chez eux en train de célébrer Noël, de déguster la dinde, le pudding aux prunes accompagné de crème anglaise, avant de sommeiller devant la télévision en attendant le discours de la reine.

— Je n'arrive toujours pas à croire ce que nous sommes en train de faire, dit Casey. Grievous est l'un des nôtres.

— Vous le connaissez bien ?

— Il fait partie de la bande.

— Vous êtes déjà allé chez lui ?

— Non.

— Avez-vous rencontré sa fiancée ?

— Pas encore.

— Elle n'est jamais venue boire un verre avec vous au bar ? Elle n'a jamais déposé Grievous au poste ?

— Non. (Casey hésite.) Il n'est pas chez nous depuis longtemps. Six mois environ.

— Où était-il avant ?

— Dans un autre service.

Le sergent bifurque sur Drayton Road, dépasse Ock Meadow et prend la direction du sud, accélérant après chaque intersection.

Les faits s'accumulent dans ma tête, se distinguent pour reformer de nouvelles images, tels les fragments d'un montage créant une réalité différente. Le passé se redessine, l'histoire se réécrit à la lumière de nouvelles explications.

Réfléchissant à haute voix, j'explique à mon partenaire que Grievous travaillait le soir de la disparition de Piper et Natasha. Les filles sont certainement passées devant lui pour se rendre au centre de loisirs. Il était également de service le jour où elles ont témoigné au procès d'Aiden Foster, au tribunal d'Oxford.

— C'est peut-être juste une coïncidence, avance Casey.

— Rappelez-vous le massacre à la ferme la nuit du blizzard… Augie Shaw a déclaré avoir vu Natasha sur la route. Pieds nus. Terrifiée. Quelqu'un la pourchassait.

— L'homme des neiges, dit Casey.

— Je pense qu'il s'agissait d'un homme vêtu d'une combinaison blanche. Un des volontaires qui participaient aux recherches. Grievous travaille pour ResOx.

— Beaucoup d'hommes se sont portés volontaires.

— Sa combinaison sent le détergent.

— C'est tout ce que vous avez ? Phillip Martinez a un mobile et pas d'alibi. Ce type est un obsédé du contrôle, vous l'avez dit vous-même. Il a reçu une formation médicale. Il aurait pu faire ce truc… vous savez… à Natasha.

Casey n'a pas le courage de le formuler.

— Grievous a étudié deux ans dans une école d'infirmerie avant de devenir agent de sécurité des tribunaux.

— Comment le savez-vous ?

— C'est lui qui me l'a dit.

— Et la figurine que vous avez trouvée dans l'usine désaffectée ?

— Grievous était avec moi quand je suis allé chez Phillip Martinez. Il a vu ses maquettes de chemin de fer. Il aurait très bien pu prendre le chef de gare et le déposer à l'usine pour incriminer Martinez.

— À vous entendre, il s'agit d'un maître dans l'art du crime ! C'est un simple stagiaire, pour l'amour du ciel !

— Alors faites-moi plaisir. On frappe à sa porte, on lui dit bonjour et on lui souhaite un joyeux Noël.

— Et ensuite ?

— On s'en va. Un verre. C'est tout.

Le sergent n'est pas convaincu. Je lui demande de tromper un collègue, de briser le lien particulier qui unit les membres de la police. Les policiers sortent ensemble, partent en vacances ensemble et se marient entre eux. Ce sont des frères d'armes, généralement haïs de tous, sauf quand on a besoin d'eux.

Nous suivons le déroulement du raid à North Oxford grâce à la radio bidirectionnelle. Les policiers fouillent la maison du sol au plafond, puis le sous-sol, à la recherche de portes dérobées et de chambres secrètes.

Nous touchons au but. Casey se gare à une centaine de mètres de chez Grievous. Il s'agit d'un nouveau quartier résidentiel d'Abingdon, avec des maisons à deux étages dotées de greniers aménagés et de garages. Des arbres décharnés se découpent sur les brillantes façades de brique. Certaines maisons ont des guirlandes lumineuses accrochées aux avant-toits et aux fenêtres.

— Donc, on dit bonjour et on lui souhaite Joyeux Noël ?

— Absolument.

— Et ensuite on s'en va ?

— Voilà.

— Et vous n'allez pas m'embarrasser en parlant de votre théorie à Grievous ?

— Non.

Nous passons le portail et remontons l'allée. Casey sonne à la porte. Pas de réponse.

— Il n'est pas là.

— Essayez encore.

— Je n'aurais jamais dû vous laisser m'entraîner là-dedans, grommelle-t-il.

La porte s'ouvre. Grievous a l'air perplexe, puis il nous adresse un large sourire.

— Tout va bien, les gars ?

— Ouais, absolument, dit Casey. Comme on passait dans le coin, on a voulu te dire un petit bonjour.

— Joyeux Noël ! dis-je.

Il n'a pas ouvert la porte en grand.

— Vous avez de la visite ? demandé-je.

— Non.

— Où est votre fiancée ?

— Elle passe les fêtes avec sa famille, à Cornwall.

— Dommage, j'espérais la rencontrer, dit Casey. Tu n'es pas venu travailler aujourd'hui.

— J'ai terminé tard hier. J'ai fait la grasse matinée. Le patron était d'accord pour que je prenne un jour de repos. Ma mère est malade. C'est peut-être son dernier Noël.

— Désolé de l'apprendre.

— J'allais justement lui rendre visite. Elle habite au coin de la rue.

— Tu as quand même le temps de boire un verre ? dit Casey avec un grand sourire.

Il passe la porte sans faire attention à Grievous et plisse les yeux dans le vestibule obscur.

— Jolie maison. Tu vis ici depuis longtemps ?

— Quelques années.

Il nous entraîne dans une cuisine morne datant des années 1970 avec des meubles de bois verni, un évier de porcelaine et un linoléum élimé. Nous ôtons nos manteaux et les jetons sur les dossiers de nos chaises. Casey s'assoit, genoux écartés, dans une posture virile.

— Nous avons quelque chose à fêter, dit-il.

— Quoi ? demande Grievous.

— Nous avons arrêté Phillip Martinez pour l'enlèvement des filles de Bingham. Tu as raté un grand moment. Martinez possède une deuxième maison. Ils la fouillent en ce moment même, ils cherchent Piper Hadley. On se rendait justement là-bas.

— Ce n'est pas la direction de North Oxford, objecte Grievous.

— Comment sais-tu que c'est à North Oxford ?

— Tu l'as mentionné je crois.

— Non.

Un bref instant, l'espace d'un battement de cœur, les deux hommes se jaugent. L'un cherche à comprendre, l'autre à trouver une échappatoire. Je perçois un léger tressaillement dans le visage de Grievous. Un petit rien.

— Pris sur le fait ! dit-il, l'air gêné. J'ai un équipement radio là-haut. J'écoute les conversations de la police. Même quand je ne suis pas de service, j'ai du mal à raccrocher.

Casey rit avec lui.

— Il est grand temps que tu te maries, mon vieux !

— Ouais, t'as raison, dit Grievous en me jetant un regard de biais.

Je ne lis rien dans ses yeux.

— Alors, reprend-il. Quelle est la véritable raison de votre visite ?

— Je retourne à Londres, dis-je. Je voulais vous remercier de m'avoir servi de guide. Je n'en avais pas eu l'occasion.

— Oh, dit Grievous, plus détendu. Eh bien, c'était un plaisir de faire votre connaissance, professeur.

— Vous n'arrivez toujours pas à m'appeler Joe, dis-je en lui serrant la main.

Je la retiens une seconde de plus que nécessaire, étudiant son visage. Puis je le libère.

— Puis-je me servir de vos toilettes, Grievous ?

— Bien sûr, elles sont à l'étage, première porte à droite.

J'essaie de croiser le regard de Casey, mais il est en train de parler avec Grievous de rénovation de cuisine. En grimpant au premier étage, je jette un coup d'œil par-dessus la rambarde avant d'ouvrir la porte de la salle de bains.

J'ouvre le robinet, puis fouille l'armoire de toilette. Mousse à raser. Fil dentaire. Dentifrice. Gel pour cheveux. Pas de produits féminins. Ensuite, je traverse le couloir pour entrer dans la chambre la plus proche. J'entends Casey et Grievous ouvrir des canettes de bière.

La pièce a été aménagée en salle de gym, avec un banc de musculation et des poids empilés sur une étagère et d'autres fixés à une barre horizontale. La seule autre pièce de mobilier intéressante est un vieux bureau anglais doté de petits tiroirs en bois. Un ordinateur portable est fermé sur la table rétractable et sur l'étagère supérieure se trouve un récepteur radio avec des chiffres numériques verts clignotants.

Je traverse le couloir en diagonale et entre dans la chambre principale. Elle dispose d'un lit immense, défait, dont les draps de coton ont été rejetés sur le côté. Un écran plat est posé sur un meuble bas devant la baie vitrée. Des DVD sont empilés de chaque côté. Des films piratés. La grande armoire en acajou a trois portes, avec un miroir en pied sur le panneau central. Deux paires de baskets sont rangées sous le lit. Des vêtements pliés sur une chaise. Un peigne planté sur une brosse. Il y a deux autres pièces. L'une est une chambre d'amis, avec un jeté de lit démodé et une coiffeuse surmontée d'un miroir ovale. La seconde sert de rangement.

Je retourne à la salle de bains et tire la chasse d'eau.

La seule pièce que je n'ai pas visitée est le grenier aménagé, en haut d'une étroite volée de marches. Je grimpe l'escalier sans faire de bruit. Je jette un nouveau coup d'œil par-dessus la rambarde. Cette fois, je n'entends plus leurs voix.

La porte est verrouillée. Mes doigts trouvent la clé et la tournent. La porte s'ouvre vers l'intérieur. Mes pupilles mettent un peu de temps à s'ajuster à la pénombre. Le toit s'incline en pente douce des deux côtés de la pièce. Contre le mur du fond, sous un puits de lumière fermé, je distingue un lit et une couverture en bouchon.

La pièce semble vide. Je m'apprête à partir, quand j'entends un faible son.

M'approchant du lit, je trouve une fille sous le drap, gémissant dans ses rêves et secouant la tête. Elle semble se débattre dans son cauchemar. Je lui touche le bras. Ses yeux s'ouvrent, mais son esprit ne réagit pas.

— Piper ?

Elle ne répond pas.

— Tu m'entends, Piper ?

Ses pupilles sont dilatées. Elle est droguée.

— C'est Joe. Nous avons parlé hier au téléphone.

Ses yeux se referment. Elle veut rouler sur le flanc, mais son poignet gauche est attaché à la tête de lit par une paire de menottes argentées. Appartenant à la police. Aucun moyen de la libérer sans une clé ou une scie à métaux.

J'ouvre mon portable et envoie un texto à Casey.

« Piper est au grenier. Soyez prudent. »

Je compose le numéro de Drury. Toujours pas de réponse. Ensuite quoi ? Le 999. Je réclame une ambulance et la police de toute urgence. L'opératrice me demande de rester en ligne, mais je lui donne mon nom et raccroche.

J'écarte une mèche des yeux de Piper. Ils s'ouvrent.

— Vous deviez venir me chercher hier.

— Je sais. Je suis désolé.

— Ne le laissez pas me faire du mal.

— Bien sûr que non.

Ses paupières se referment. Elle inspire profondément. De nouveau endormie. Je redescends les marches et regarde par-dessus la rampe, à l'écoute des voix. Mais seul règne le silence. Je continue à descendre l'escalier et me coule dans la cuisine sans un bruit.

La pièce se révèle peu à peu. Deux canettes de bière sur la table. Deux verres.

Le sergent Casey toujours assis sur sa chaise. La tête penchée en avant et la main plaquée sur la gorge pour tenter de stopper le sang qui jaillit entre ses doigts. Il gémit et relève le menton. Son regard croise le mien, un regard voilé par la mort. Elle n'est pas loin. Je couvre sa main de la mienne pour accentuer la pression sur la plaie, mais la carotide a été tranchée. Il se vide de son sang. Perd conscience. Je veux lui dire que je suis désolé. J'aurais dû rester avec lui. Ensemble… peut-être…

Sur la table devant lui, un portable, mon message sur l'écran. Le dernier qu'il a lu. Le réfrigérateur bourdonne dans le silence. Au même moment, sa tête tombe sur sa poitrine et son corps tressaille une dernière fois avant que son cœur s'arrête, la pompe bloquée. Dans cette soudaine immobilité, un léger frisson naît en moi, se répand dans tout mon corps, emplit ma poitrine et ma gorge. Je scrute le couloir. Grievous peut se trouver dans n'importe quelle pièce, aux aguets.

Je pourrais m'enfuir. Attendre la police dehors. Mais cela signifierait abandonner Piper.

Il y a un autre objet sur la table de la cuisine : une petite clé argentée, à côté du portable de Casey. La clé qui ouvre les menottes.

Je regarde de nouveau dans le couloir.

— Grievous, vous m'entendez ?

Le silence semble me railler.

— Il faut qu'on parle. Je suis doué pour écouter.

Toujours rien.

Peut-être est-il parti. Il s'est enfui et m'a laissé la clé. Il ne s'attend certainement pas à s'en sortir. J'essuie mes mains sur mes cuisses, prends la clé et me dirige vers l'escalier, en m'arrêtant à chaque porte pour jeter un coup d'œil à l'intérieur.

Un craquement au-dessus de ma tête.

— Grievous ?

Pas de réponse.

Dans la rue j'entends des éclats de rire, puis l'explosion de pétards de Noël. Des cris de joie. Des applaudissements.

Je gagne le premier étage, et progresse à pas de loup d'une pièce à l'autre. Je m'efforce de ne pas faire de bruit. Avant même d'avoir fouillé toute la maison, je sais où je vais le trouver. Grimpant la dernière volée de marches, je pousse du pied la porte du grenier.

Grievous est assis sur le lit, dos au mur. Ses bras et ses jambes entourent le corps de Piper, le serrent contre sa poitrine. Elle est tel un bouclier humain, la tête sur l'épaule.

— Je pensais que vous seriez parti, dit-il.

— Moi aussi.

Ses cheveux sont plaqués d'un côté de son visage et ses yeux tels deux trous noirs emplis d'ombre et de menace. Un pistolet est posé sur le plaid, plus près de moi que de lui. En polymère, noir comme l'encre. Un chargeur se trouve à côté de l'arme à feu.

— C'est pour vous, dit-il.

Je fixe le pistolet du regard, cherchant à comprendre ses intentions.

— Prenez-le, il ne mord pas.

Dans ses bras, Piper a l'air d'une poupée de chiffons. Les yeux clos, elle a la tête qui pend d'un côté, et respire difficilement.

— Que lui avez-vous donné ?

D'un geste de la main, il désigne le flacon vide sur la table de chevet à sa gauche.

— Diazepam. Elle ne sentira rien.

— Qu'est-ce qu'elle n'est pas censée sentir ?

— La mort, bien sûr.

— Vous n'avez pas besoin de la tuer.

— C'est un peu tard. Elle a avalé tout le flacon. Nous allons mourir ensemble.

Il lève son poignet gauche pour me montrer qu'il s'est menotté à elle. Son autre main, cachée jusqu'à maintenant, presse un couteau en travers de la poitrine de Piper, la pointe sur son cœur.

— Le flacon devait contenir une trentaine de pilules. Elle a peu de chance de survivre, même si on lui fait un lavage d'estomac. Vous n'avez vraiment pas de temps à perdre. Si vous me tuez, vous pouvez tenter de la sauver.

— Je ne vais pas vous tuer.

Il m'observe tristement et embrasse le front de Piper.

— Alors nous allons tous les deux la regarder mourir. (Il enroule une mèche de ses cheveux autour de son doigt.) Quel gâchis. Une fille si adorable.

— Pourquoi faites-vous cela ?

— C'est vous le psychologue. À vous de me le dire.

Faisant un pas vers le lit, je me penche pour prendre le pistolet et le chargeur.

— Il suffit de faire glisser le chargeur pour le mettre en place. Ensuite, il faut enlever la sécurité.

Je ne me suis jamais servi d'un pistolet. Je les hais. Je sais que pour certaines personnes, ce n'est qu'un outil, comme une clé à molette ou un marteau, mais soyons honnête, les armes à feu sont conçues pour tuer. Il y a un tas de choses que je n'ai pas faites. Me faire un piercing, sauter d'un avion ou attraper une vache au lasso. En ce moment, tout cela me semble préférable à tenir un pistolet à deux mains en réfrénant mes tremblements.

— Attention, vous pourriez tuer quelqu'un, dit-il en souriant.

— Laissez Piper partir.

— Tuez-moi et elle est à vous.

Je pointe l'arme vers sa tête.

— Voilà, dit-il.

— Je ne vais pas vous tirer dessus. Personne ne doit mourir.

Il sourit. Il sent le parfum, comme s'il s'était douché, rasé et aspergé d'eau de Cologne.

— Vous n'avez jamais fait votre service militaire, n'est-ce pas ? demande-t-il.

— Vous non plus.

— J'ai failli.

— C'est comme si vous disiez que vous avez failli coucher avec une fille, Grievous. L'avez-vous fait, oui ou non ? Le reste n'est que de la branlette.

La colère fait briller son regard. C'est la première fois que je vois son vrai tempérament. Il a appris à bien le cacher.

— Dois-je vous appeler Gerald ou George ?

— Appelez-moi comme vous voulez.

— Piper et Natasha vous ont baptisé George. Cela vous va bien. (Je m'approche encore d'un pas.) Je vais défaire les menottes.

Il me montre de nouveau le couteau.

— D'un simple geste, je peux atteindre son cœur avant que vous ne fassiez un autre pas. Êtes-vous un bon docteur ? Pouvez-vous réparer un cœur brisé ?

Je recule et trouve une chaise à dossier droit. Après l'avoir retournée, je la chevauche et pose mon bras tendu sur le dossier. Ainsi, je tiens mieux le pistolet.

— Ce crime que j'ai commis… Kidnapper et violer les filles… ne signifie pas grand-chose dans la grande roue de l'univers. Dans mille ans, personne ne se souciera plus des filles de Bingham ni de ce que je leur ai fait. Même dans cent ans. Regardez la vérité en face, professeur, les hommes prennent les femmes de force depuis les origines de notre espèce. Cela assure notre survie. Alors quelle importance si l'on ne dit pas s'il vous plaît avant et merci après ? Le résultat est le même. Nous semons notre semence. Nous procréons.

— C'est une philosophie intéressante, George. Votre mère serait très fière.

— Laissez ma mère en dehors de cela.

— C'est elle que vous voulez punir ?

— Oh, professeur, non ! dit-il avec un soupir. Vous n'avez rien trouvé de mieux que l'hostilité freudienne ? Je fais une fixation sur la mère ? Allons ! J'attendais mieux de vous.

— Vous n'avez pas de fiancée, Grievous. Encore un autre fantasme. C'est votre problème, n'est-ce pas ? Vous êtes incapable d'aimer quelqu'un. Ça se passe comme ça depuis la puberté, quand toutes ces hormones ont ravagé votre tête. Vous vouliez une petite amie, mais vous aviez un handicap. Vous étiez sourd d'une oreille et ne compreniez pas bien ce que les autres disaient. Personne ne savait qu'une tumeur vous rongeait le cerveau, une tumeur bénigne.

« Vous avez refusé de porter un appareil auditif et de vous asseoir au premier rang de la classe. Vous ne vouliez pas que les autres soient au courant, en particulier les filles. Vous vouliez faire partie des élèves populaires assis dans le fond, qui se passaient des petits mots.

« Savez-vous, Grievous, qu'il y a une corrélation entre la surdité et la paranoïa ? Quand vous entendez mal, vous avez tendance à croire que les gens parlent dans votre dos, rient de vous. N'ai-je pas raison ?

Il ne répond pas, mais presse le couteau plus fort sur la poitrine de Piper.

— Les professeurs vous croyaient lent et stupide, tout comme votre famille. Et chaque fois que des gens autour de vous riaient ou se comportaient bizarrement, vous étiez persuadé qu'ils se moquaient de vous, qu'ils plaisantaient à vos dépens.

« Vous aviez désespérément besoin d'une petite amie, mais les filles rejetaient vos pathétiques tentatives de séduction. Je ne vous critique pas. Ce n'était pas votre faute. Vous adoriez ces filles. Vous les auriez traitées comme des déesses, entourées d'amour et de tendresse. Vous leur auriez écrit des poèmes, chanté des chansons d'amour. Mais elles ne vous ont pas choisi, n'est-ce pas ? Elles préféraient les beaux garçons qui flattaient leur ego et leur donnaient de l'importance, elles se pâmaient devant eux.

« Vous fantasmiez sur ces filles inaccessibles. Vous rêviez d'elles pendant que vous souleviez des poids dans les salles de gym. Vous vous affamiez. Et un jour, vous avez découvert cette tumeur dans votre tête. Les chirurgiens l'ont enlevée et soudain, vous entendiez parfaitement. Vous étiez entier. Plus rien ne pouvait vous arrêter.

Je me tais un moment pour l'observer, et je sens que je ne suis pas loin de la vérité.

Il a une mèche des cheveux de Piper dans la bouche.

— Que s'est-il passé ensuite ?

Il ne dit rien.

— Laissez-moi deviner. Vous avez demandé à l'une de ces filles inaccessibles de sortir avec vous et elle a dit oui. Elle était gentille. Aimable. Jolie. Elle ne vous a pas raillé. Elle ne vous a pas donné de petits noms ridicules. Elle ne s'est pas moquée de vos problèmes d'audition. Vous étiez sur un petit nuage. Vous marchiez sur l'eau. Vous n'aviez jamais été aussi heureux.

« Vous ne cherchiez pas à coucher avec ces filles – pas tout de suite –, vous vouliez d'abord les séduire, leur montrer ce que vous aviez à offrir. Mais vous avez paniqué. Pétrifié. Incapable de prononcer une parole. Entendre correctement ne faisait aucune différence, parce que vous étiez nerveux et maladroit. Incapable de vous détendre, d'être simplement vous-même. Au lieu d'être un homme nouveau, vous étiez toujours le même vieux Gerald – le Gerald lent et paranoïaque.

« A-t-elle ri de votre maladresse la première fois que vous avez voulu l'embrasser ? Ou bien le rendez-vous tout entier a-t-il été une plaisanterie ? Ses brillants amis vous ont peut-être joué un mauvais tour ? Est-ce pour cette raison que vous avez choisi Natasha ? Elle vous rappelait ces filles qui se moquaient de vous. Elle était provocante, séductrice, vaniteuse, inaccessible...

Ses yeux s'ouvrent tout grands, luisants de haine. De violence.

— Parce que vous croyez que je m'intéresse à cette garce ?

— Je pense que cela répond à ma question.

— Elle n'a eu que ce qu'elle méritait.

— C'est pour cette raison que vous avez mutilé Natasha ? C'était de la haine, pas de l'amour. Votre désir est devenu pervers. Malsain. Violent. Il a nié tout droit aux autres êtres humains. Il a agi comme un poison. Il vous a dicté votre conduite. Cette haine vous habitait depuis des années. Elle vous rongeait de l'intérieur pendant que vous regardiez les autres sortir avec les jolies filles, les inviter chez eux, explorer ces jeunes corps nubiles puis s'en vanter après.

— Continuez à parler, professeur, c'est son temps que vous gaspillez.

Je jette un coup d'œil à Piper. Sa respiration est devenue sifflante. Les sédatifs sont en train d'être absorbés par son système sanguin.

— Pourquoi tenez-vous tant à ce que je vous tue ?

— C'est terminé pour moi. Je n'ai nulle part où fuir.

— Donnez-moi Piper et je vous laisse le pistolet.

Il secoue la tête.

— Je veux que vous appuyiez sur la détente.

— Pourquoi ?

Il sourit.

— Rappelez-vous ce que je vous ai dit le premier jour, dans la voiture, sur la route de Bingham : les tueurs et les ravisseurs savent quand ils sont allés trop loin. Ils n'attendent ni compassion ni compréhension d'autrui. Gideon Tyler a enlevé votre femme et votre fille. Il leur a fait subir un véritable calvaire, mais vous avez dit que vous n'auriez pas appuyé sur la détente pour l'arrêter.

— J'ai menti.

— Prouvez-le-moi. Tuez-moi maintenant. Prouvez-moi que vous en êtes capable, professeur. Pour savoir ce qu'on ressent.

— Je ne veux pas le savoir.

Il fait courir son doigt sur la joue de Piper.

— Si Piper était votre fille, vous raisonneriez différemment. Peut-être que Piper ne signifie pas assez pour vous.

— C'est faux.

Il sourit.

— Vous pensez pouvoir lire dans l'esprit des gens, professeur. Vous disséquez leurs motivations et fouinez dans leurs têtes, mais avez-vous jamais lu dans la vôtre ? Je crois que vous êtes un lâche. Je vais faire de vous un homme brave.

— Je vis avec une maladie qui m'oblige déjà à être brave.

— Elle vous donne une excuse ! crache-t-il. Vous n'avez pas pu stopper l'homme qui a kidnappé votre femme et votre fille et maintenant, vous cherchez à vous dérober. Vous vous défilez ! Arrêtez-moi ! Elle va mourir ! Faites-le !

Il soulève les paupières de Piper. Ses pupilles roulent dans ses orbites et un filet de bave mousseuse coule au coin de sa bouche. Chaque minute qui passe donne plus de temps aux pilules pour se dissoudre dans son estomac et pénétrer dans son sang. Cinq minutes après l'ingestion, elle a quatre-vingt-dix pour cent de chances de survie. Soixante minutes après, ses chances tombent en dessous de quinze pour cent. Le pistolet est devenu chaud entre mes mains. J'observe le canon avec un mélange de fascination et de mépris.

— Laissez-la partir.

— Tirez. Ce n'est pas difficile. Approchez-vous, pointez le canon sur ma tête et appuyez sur la détente. Ne me manquez pas. Je ne veux pas finir comme un légume. Et n'essayez pas de me tirer une balle dans l'épaule ou la jambe. Le couteau est très aiguisé. Un simple geste et je lui enfonce dans le cœur.

L'arme à feu pèse de plus en plus lourd dans ma main. Je contemple Piper et imagine son cœur ralentir et ses organes cesser de fonctionner. L'instant d'après, je vois Charlie sur un matelas crasseux, enchaînée à un radiateur avec du chatterton autour de la tête, un simple tuyau pour lui permettre de respirer. J'aurais appuyé douze fois sur la détente pour sauver Julianne et Charlie. J'aurais vidé le chargeur et rechargé l'arme. J'aurais fait n'importe quoi... donné n'importe quoi... si seulement...

— Si j'entends des sirènes, je la tue, professeur. L'heure tourne. (Il caresse Piper dans ses bras.) Appuyez sur la détente. Les gens prennent des vies sans arrêt. Vous allez aimer cela. Cela pourrait avoir un effet cathartique sur vous. Je veux dire, votre femme vous a quitté, vous êtes rongé par la maladie, merci à elle pour « jusqu'à ce que la mort vous sépare » !

— Ce n'est pas pour cette raison qu'elle est partie.

— Vous devez vraiment la haïr.

— Non.

— Menteur !

Je me mets soudain à lui crier dessus, tout en pointant l'arme sur son crâne. Je fais un pas vers lui.

— POSEZ CE COUTEAU !

— Non.

— LAISSEZ-LA PARTIR !

— Tuez-moi.

— NON !

— Tic tac tic tac.

— RELÂCHEZ-LA !

— Tirez !

— ELLE VA MOURIR !

Grievous se met à hurler lui aussi :

— SAUVEZ-LA ! FAITES-LE ! APPUYEZ SUR LA DÉTENTE ! ALLEZ ! TUEZ-MOI ! APPUYEZ SUR CETTE PUTAIN DE DÉT...

Le pistolet se rétracte et la détonation résonne à l'intérieur même de ma tête. Elle gémit comme un disque qui tourne trop vite. Je fixe l'arme du regard, son odeur de cordite.

Mon doigt est toujours sur la détente. J'ai l'impression d'être figé dans le roc, pendant que la terre accomplit dix mille révolutions. Tout demeure immobile jusqu'à ce que Piper glisse sur le côté, les cheveux plaqués dans le dos et poisseux de sang.

D'abord, je crains l'avoir atteinte. La balle a pu ricocher sur le mur. Je place la main derrière son crâne et comprends que le sang n'est pas le sien.

Grievous me regarde, lèvres retroussées et bouche ouverte, interrompu en plein milieu de sa phrase. Le trou de la balle dans son front est plus petit qu'une pièce de cinq pennies, alors que la plaie de sortie a éclaboussé du sang et de la matière grise partout sur le mur.

Prenant fébrilement la clé, j'ôte les menottes et passe le bras sous le corps frêle de Piper, que je soulève sans effort, et transporte en bas des deux volées de marches.

L'adrénaline court toujours dans mes veines comme la basse d'un concert de rock. Je la dépose dans le couloir près de la porte d'entrée. J'approche mon oreille près de sa bouche et ma main de sa poitrine. Elle respire, mais ses yeux sont fixes. Dilatés. Je la tourne sur le flanc, dans la position de sécurité.

Où sont les secours ? Je rappelle le 999 et je crie à l'opératrice de se dépêcher. Les sédatifs sont dans le système de Piper depuis près de trente minutes.

Je dois agir vite. Lavage gastrique. Pomper son estomac. Je me rappelle ma formation médicale – trois années à étudier la médecine, à remplir mon devoir filial.

J'ouvre les placards de la cuisine et prende le sel avant d'enclencher le robinet d'eau chaude. Ensuite, je mélange l'eau chaude et le sel dans un sac en plastique alimentaire pour créer une solution saline. Il me faut maintenant un tube : un instrument d'un mètre de long et de la largeur de mon petit doigt.

Sous l'évier, se trouve un filtre à eau avec un tuyau flexible en plastique bleu. Je l'arrache et en coupe les extrémités, priant pour qu'il soit assez long. Accroupi près de Piper, je lui tourne la tête sur le côté et lubrifie le bout du tube avec du savon, puis je l'insère dans le nez de Piper, le poussant doucement jusqu'à ce qu'il atteigne le pharynx. Puis je continue à le glisser vers l'estomac.

Je pose ma tête sur sa poitrine et souffle dans le tube pour entendre le gargouillement créé par les bulles d'air dans son estomac. Maintenant le récipient de solution saline au-dessus de sa tête, je fais un trou à sa base et y insère le tube, puis je laisse les 300 ml de liquide chaud couler dans l'estomac de Piper.

Ensuite, j'aspire l'air du tube, et laisse la mixture saline et le contenu de son estomac se déverser sur le sol. Je répète le procédé jusqu'à ce que le liquide qui ressort du tube soit clair. Mon portable a sonné plusieurs fois.

Le nom de Drury apparaît sur l'écran. Je le rappelle.

— Que s'est-il passé ? s'écrie-t-il. Les voisins ont entendu un coup de feu.

— Où sont les ambulanciers ?

— Dehors. Ils attendent que je leur donne le feu vert.

— Faites-les venir. Dites-leur de se dépêcher.

— Où est Grievous ?

— Mort.

— Casey ?

— Je suis désolé.

Peu après, la porte s'ouvre à la volée et l'inspecteur croise mon regard. Il porte un gilet pare-balles et un casque, tel un guerrier moderne. Dans la pénombre, la cicatrice sur sa joue fait penser à une tache de naissance.

Une douzaine d'agents de police se ruent dans la maison. Derrière, je vois deux ambulances, gyrophares colorés et sirènes muettes. Quatre secouristes suivent la troupe armée. Deux d'entre eux s'agenouillent au côté de Piper. La plus jeune a un visage d'adolescente.

— Qu'a-t-elle ingéré ?

— Diazepam.

— Combien ?

— Je ne sais pas.

— Depuis combien de temps est-elle inconsciente ?

— Trente minutes, peut-être plus. (Je pointe le tube du doigt.) J'ai réalisé une intubation nasotrachéale et un lavage gastrique. Il lui faut du charbon activé pour absorber le reste.

— Nous prenons le relais, monsieur.

Drury apparaît en haut des marches. Visage de cendre. Horrifié par ce qu'il vient de voir. Deux collègues morts. Une fille kidnappée vivante. Cela ne ressemble guère à une victoire.

Le soir de notre enlèvement,

j'avais laissé Tash à l'église pendant que j'allais chez Emily pour l'avertir de notre départ. L'hiver, le révérend Trevor laisse la porte latérale de l'église Saint-Marc ouverte le samedi soir pour que les fidèles qui arrivent tôt le dimanche matin n'attendent pas dans le froid. Tash était sur un banc, roulée en boule comme un chaton.

Je suis revenue bien après minuit. La foire avait fermé ses portes et les manèges avaient été démantelés et repliés comme les voitures-robots de Transformer. *Les tubes métalliques ont été chargés dans les camions et les immenses toiles de tente roulées et glissées dans leurs protections.*

Tash n'était plus là où je l'avais laissée. Je me suis dit qu'elle avait dû trouver un coin plus chaud sur les bancs du chœur ou près des fonts baptismaux. Parcourir les allées obscures était un peu effrayant, mais je n'osais pas allumer les lumières. Aussi ai-je allumé un cierge en faisant attention de ne pas me brûler les doigts avec la cire chaude.

Je me dirigeais vers la porte d'entrée quand j'ai vu George. Il était assis sur un banc, le dos droit. Tash dormait, la tête sur ses cuisses.

— Bonjour Piper, a-t-il murmuré.

— Comment savez-vous qui je suis ?

— Tu es la coureuse, dit-il en caressant les cheveux de Tash. Elle dort. Elle m'a raconté ce qui s'est passé. Je t'attendais.

— Pourquoi ?

— On doit aller à la police. On va tout leur raconter.

— Tash ne veut rien dire à personne.

— Je l'ai fait changer d'avis.

— Qui êtes-vous ?

— Je suis là pour vous aider.

Il portait un pantalon de combat noir, des bottes noires lacées jusqu'aux tibias, et sous sa veste imperméable, une chemise noire. Il avait l'air d'un représentant de l'autorité – un soldat ou un policier – avec cette tenue. À l'exception de sa veste, usée et tachée.

Il a fait glisser la tête de Tash de ses genoux et lui a redressé le buste, avant de caler sa tête sur son épaule.

— Ma voiture est juste là. Aide-moi à la transporter.

Je me suis approchée et j'ai soulevé le bras de Tash. C'est à ce moment-là qu'il a plaqué sa main sur ma bouche et mon nez, me coupant la respiration. Il a mis son autre bras en travers de ma poitrine pour m'immobiliser et m'a soulevée. Je ne pouvais pas respirer. Je ne pouvais pas courir.

— Chuuuuut, a-t-il murmuré. Dors maintenant, princesse. Tu seras bientôt chez toi.

50.

Ils m'ont laissé monter dans l'ambulance avec Piper. Bien qu'inconsciente, ses signes vitaux sont plus forts. Ils vont pouvoir la mettre sous dialyse et nettoyer son sang. Piper va s'en sortir. Elle passera la Saint-Sylvestre en famille et fera la connaissance de sa petite sœur.

Assis sur un banc latéral, les genoux contre la civière, je bringuebale durant tout le trajet jusqu'à l'hôpital. Je vois le reflet d'un visage sur la surface chromée, un visage qui ne ressemble pas au mien. Mon corps est secoué de tremblements. Je ne sais pas si c'est M. Parkinson, le froid ou une autre sensation, plus primaire. J'ai tué un homme. J'ai pris une vie.

Les paupières de Piper papillonnent. Son regard, un instant affolé, se détend lorsqu'elle me reconnaît.

— Bonjour, dis-je en lui prenant la main.

Elle ne peut pas répondre à cause du masque à oxygène.

— Tu es en sécurité. Nous allons à l'hôpital.

Ses doigts pressent les miens.

Son autre main veut ôter le masque. L'ambulancier essaie de l'en empêcher, mais elle insiste. Elle formule un mot. Je me penche vers elle et l'entends murmurer :

— Tash ?

— Je suis désolé. Tash n'a pas réussi à rentrer chez elle. Elle est morte dans le blizzard, mais elle nous a aidés à te retrouver.

Piper serre très fort les paupières. Une minuscule perle blanche comme le marbre roule sur sa joue et s'arrête au bord du masque.

Cette nouvelle est bien plus douloureuse pour elle que l'on ne peut l'imaginer. À la culpabilité du survivant s'ajoute l'impression que le monde a continué de tourner sans elle. Plus personne ne peut comprendre l'épreuve qu'elle a traversée.

51.

Il est minuit passé lorsque j'arrive au cottage. La clé est cachée sous la troisième brique, sous le pot de digitales. J'entre et m'oriente dans la maison grâce à la faible lueur des lumières de Noël. Je m'efforce de ne faire aucun bruit.

Dans le salon, je me laisse tomber sur le canapé et ferme les yeux. Trop épuisé pour grimper à l'étage, trop déboussolé pour dormir.

— Bonjour.

Julianne se tient sur le seuil. Elle porte un pyjama de flanelle trop grand pour elle, mais bien plus confortable à son goût. Son pantalon tombe sur ses hanches et le haut de son corsage est déboutonné, révélant la rivière entre ses seins.

— J'ai appris la nouvelle. Elle va s'en sortir ?

— Oui.

— Ils ont dit qu'un homme avait été tué.

Je hoche la tête.

Mes mains tremblent. Je croise son regard et une minuscule et délicate partie de moi se brise. Les larmes menacent de couler. Je tente de les retenir, mais Julianne s'assoit à côté de moi et presse son visage contre le mien.

Je sanglote.

Elle me console.

— J'ai tué un homme.

— Tu as sauvé la vie d'une jeune fille.

Elle me prend dans ses bras et me serre comme un petit enfant.

— Quand je tenais ce pistolet, je ne pouvais penser à rien d'autre qu'à Charlie. J'imaginais le moment où Gideon Tyler l'a kidnappée dans la rue. Le sentiment d'impuissance qu'elle a dû ressentir, le désespoir. Je me souviens de toi, debout dans cette pièce, incapable de me regarder dans les yeux. Je ne trouvais pas les mots. Je ne savais pas quoi dire pour te rassurer. Je ne pouvais partager ta douleur car si j'absorbais ton chagrin et ta colère en plus des miens, cela me tuerait… Je n'aurais jamais survécu.

— Ne te torture pas, Joe.

— Ça a été le début de la fin pour nous. Je le sais. Tu le sais.

— Charlie va bien. Tu dois cesser de te punir. (Elle me caresse les cheveux.) Je crois que tu devrais en parler à quelqu'un.

— Qui ?

— Un professionnel.

— Tu penses que je devrais consulter un thérapeute.

— Oui.

— Tu en vois un ?

Elle hoche la tête.

— Ça m'aide.

— Qui est-ce ?

— Je ne te le dirai pas. Tu me répondrais que tu en connais un meilleur.

J'essaie de rire, parce que je sais qu'elle a raison. Nous restons assis ainsi un long moment, à l'écoute du silence, profitant chacun de la chaleur de l'autre.

— Comment s'est passé Noël ?

— Différé. (Elle pointe le sapin de Noël et les cadeaux aux papiers brillants sous ses branches basses.) Nous avons décidé de ne pas passer Noël sans toi, alors nous l'avons reporté à demain… ou devrais-je dire aujourd'hui.

— Et le Père Noël ?

— Oh ! Il est passé.

— Et Emma n'a pas voulu ouvrir ses cadeaux ?

— Si, bien sûr. Ça a été un déchirement pour elle, mais elle voulait que tu sois avec nous. (Elle me dépose un baiser léger sur les lèvres.) Nous le voulions toutes les trois.

Julianne s'écarte doucement de moi et se lève, puis me tire la main.

— Viens te coucher.

— Laisse-moi dormir ici.

— Non.

Elle m'entraîne à l'étage, s'arrête devant la porte ouverte d'Emma, où nous contemplons notre fille cadette dormir, entourée de ses peluches et ses dessins à l'imagination débridée.

Puis nous passons devant la chambre de Charlie, dont la pancarte sur la porte interdit l'entrée aux petites sœurs et à toute autre personne en deçà d'une taille donnée. Une toise est à disposition.

Julianne ne s'arrête pas devant la chambre d'ami. Elle m'emmène tout droit dans la chambre que nous partagions autrefois. Puis elle m'aide à me déshabiller. Quand je veux parler, elle pose un doigt sur mes lèvres et m'entraîne avec elle dans le lit. Après quoi, elle passe mes bras autour de son corps, en travers de sa poitrine.

Je sens ses cheveux. Je sens son cœur. Je l'écoute s'endormir. Je ne désire rien de plus.

Je m'appelle Piper Hadley

Et j'ai disparu il y a trois ans, le dernier samedi des vacances d'été.

Aujourd'hui, je suis rentrée chez moi.

Remerciements

Demande-moi pardon est mon huitième roman, soit sept de plus que dans mes rêves les plus fous. Comme toujours, j'aimerais remercier mes agents Mark Lucas, Richard Pine, Nicky Kennedy et Sam Edinburgh, ainsi que mes éditeurs britannique et américain David Shelley et John Schoenfelder. Merci de leur hospitalité et leur amitié à Mark et Sara Derry, Ursula Mackenzie, Martyn Forrester, Ian Stevenson et la famille Honey récemment retournée à Harare.

Je voudrais également remercier John Leece, qui a gagné le droit de donner son nom à un personnage de ce roman pour sa générosité et son soutien au projet Dymocks Book Bank, dont le but est d'aider des enfants « à risques » à apprendre à lire.

Vivien, mon épouse à l'infinie patience, mérite une mention spéciale (et une médaille) pour son amour et son soutien. Elle est ma première fan, ma première lectrice, mon bâton de pèlerin, mon ancrage dans le réel et la personne pour qui je fais tout cela.

Enfin, j'aimerais remercier mes lecteurs de Grande-Bretagne, des États-Unis, d'Allemagne, d'Australie et de tous les autres pays. Je suis empli d'humilité à l'idée que mes livres sont achetés, empruntés et téléchargés. Partager une histoire avec un autre être humain est une chose très intime. C'est un contrat. Un pacte. Une promesse.

« Sais-tu combien de gens m'emmènent avec eux dans leur lit ? » dis-je à mon épouse.

Et elle de me répondre : « Dans tes rêves, mon chéri. »

CET OUVRAGE A ÉTÉ COMPOSÉ PAR NORD COMPO
POUR LE COMPTE DES ÉDITIONS J.-C. LATTÈS
ET ACHEVÉ D'IMPRIMER EN ESPAGNE
PAR CAYFOSA-BARCELONNE
EN MARS 2016

N° d'édition : 01
Dépôt légal : mars 2016

PAPIER À BASE DE FIBRES CERTIFIÉES

JC Lattès s'engage pour l'environnement en réduisant l'empreinte carbone de ses livres. Celle de cet exemplaire est de :
1,291 kg éq. CO_2
Rendez-vous sur www.jclattes-durable.fr